JULIE PETERS

Mein zauberhafter Sommer
im Inselbuchladen

AF214622

 aufbau taschenbuch

JULIE PETERS, geboren 1979, arbeitete einige Jahre als Buchhändlerin und studierte ein paar Semester Geschichte. Anschließend widmete sie sich ganz dem Schreiben. Sie lebt mit ihrer Familie im Westfälischen.

Im Aufbau Taschenbuch sind bereits die Romane »Mein wunderbarer Buchladen am Inselweg«, »Mein zauberhafter Sommer im Inselbuchladen«, »Der kleine Weihnachtsbuchladen am Meer«, sowie bei Rütten & Loening »Ein Sommer im Alten Land« und »Ein Winter im Alten Land« von ihr erschienen.

Frieke ist endlich glückliche Besitzerin des kleinen Buchladens am Inselweg und noch glücklicher mit ihrem Traummann Bengt. Doch gerade als sie beschließt, dass ihr Leben jetzt so bleiben soll – und zwar für immer –, merkt sie, dass sie schwanger ist. Damit hatte sie nun wirklich nicht gerechnet, und vor allem ist sie sich gar nicht so sicher, ob Bengt überhaupt Kinder haben will … Gut, dass sich ihre beste Freundin Emma überraschend angekündigt hat, als Mutter von Zwillingen ist sie stressresistent. Allerdings hat Emma ganz eigene Sorgen, ihr Mann Torben hat sie von heute auf morgen verlassen, und sie sucht auf der Insel nicht nur Trost, sondern vor allem ein Dach über dem Kopf. Und während sie tapfer versucht, ihren Liebeskummer zu unterdrücken und sich nicht in die blauen Augen ihres Vermieters zu verlieben, gerät Frieke zusehends emotional in Seenot.

JULIE PETERS

Mein zauberhafter Sommer im Insel- buchladen

ROMAN

 aufbau taschenbuch

ISBN 978-3-7466-3563-7

Aufbau Taschenbuch ist eine Marke
der Aufbau Verlag GmbH & Co. KG

2. Auflage 2021
© Aufbau Verlag GmbH & Co. KG, Berlin 2019
Umschlaggestaltung www.buerosued.de, München
unter Verwendung eines Bildes von mauritius images /
paul weston / Alamy
Gesetzt aus der Whitman durch Greiner & Reichel, Köln
Druck und Binden CPI books GmbH, Leck, Germany
Printed in Germany

www.aufbau-verlag.de

KAPITEL 1

»Timo, geh sofort runter!«

Beherzt griff Emma zu und zog ihren Sohn vom Tisch, der zwischen zwei mit rotem Plüsch gepolsterten Bänken festgeschraubt war. Timo kreischte sofort los und wehrte sich mit Händen und Füßen. Er hatte erstaunlich viel Kraft für einen Einjährigen.

Lars, der sich das ganze Spektakel von der Bank aus angesehen hatte, während er zufrieden an seiner Dinkelbrezel knabberte, entschied sich, in das Gebrüll seines Zwillingsbruders einzustimmen. Solidarisch wie immer.

Emma seufzte. Atmen, sagte sie sich. Einfach atmen. Die Überfahrt dauert nur noch vierzig Minuten.

Was gleichzeitig bedeutete, dass sie bereits fünf Minuten nach der Abfahrt in Neuharlingersiel die Nerven verloren hatte. Phantastisch. Natürlich guckten alle anderen Passagiere in ihre Richtung, neugierig, ob sie es schaffte, zwei heulkreischende Kleinkinder zu bändigen, die sich auf keinen Fall irgendetwas von ihrer Mama sagen lassen wollten. Wie immer unglaublich peinlich.

Emma lächelte entschuldigend in alle Richtungen und versuchte gleichzeitig, sowohl Lars als auch Timo zu beruhigen. Bei Lars war es einfach; sie drückte ihm einfach eine weitere Dinkelbrezel in die Hand. Kurz schaute er zwischen Timo und der Brezel hin und her, dann war es vorbei mit seiner Solidarität. Puh, Glück gehabt, seine Tränen versiegten so schnell, wie sie gekommen waren.

Timo war wie üblich schon etwas komplizierter. Mit Essen ließ er sich selten bestechen, er brauchte immer eine besondere Ablenkung. Möwengucken zum Beispiel. Aber sie konnte ja schlecht Lars alleine lassen … seufzend kramte sie in der großen Umhängetasche, die sie immer bei sich trug, nach einem Buch. Vielleicht würde das ja helfen. Kaum hatte Timo das Buch gesehen, schob er ihre Hand weg und vergrub seine Hände in ihrer Umhängetasche. »Widjo! Widjo!«

Emma wurde rot. Und ein bisschen ärgerlich.

»Du kannst jetzt kein Video gucken«, sagte sie streng. »Wir sind mitten auf dem Meer, da gibt es keinen Handyempfang.«

Timo starrte verständnislos zu ihr hoch, und nicht zum ersten Mal dachte Emma, dass sie für den Job als Mama einfach völlig ungeeignet war, weil das Leben mit Kindern nicht nur unberechenbar war, sondern man sich auch der Tatsache stellen musste, dass so ein Kleinkind nur die Hälfte von dem verstand, was ein Erwachsener sagte. Was natürlich nur daran lag, wie ein Erwachsener mit dem Kind sprach. Und daran verzweifelte Emma regelmäßig.

»Hier«, sagte sie resigniert und drückte Timo ihr Smartphone in die Hand. Der grinste zufrieden.

Beim Kramen in der Tasche war Emma ihre Sonnenbrille in die Hände gefallen, die sie nun aufsetzte. Erschöpft blickte sie aus dem Fenster auf das glitzernde Wasser der Fahrrinne, in der sich die SPIEKEROOG II von Neuharlingersiel zur Insel pflügte.

Sie hatte Frieke nicht Bescheid gesagt, dass sie mit den Jungs unterwegs zu ihr war. Es sollte eine Überraschung sein. Ob das die richtige Entscheidung gewesen war? Egal, jetzt war es dafür ohnehin zu spät. Wie sie Timos Dickschädel kannte, würde sie ihm das Handy nur unter Gebrüll wieder entringen können – und das auch erst, wenn sie ihm eine bessere Ablenkung bot.

Ein Krabbenbrötchen vom Imbissstand am Hafen zum Beispiel. Oder eine Fahrt im Bollerwagen bis zum Dorf.

Sie versuchte, sich etwas zu entspannen und die Blicke der Leute um sich herum zu ignorieren, denn sie sprachen Bände: Rabenmutter! Füttert das eine Kind zwischen den Mahlzeiten und lässt das andere völlig unkontrolliert Medien konsumieren!

Die Wahrheit war: Emma hätte auch so gedacht. Früher. Vor zwei Jahren, als sie noch mit den Zwillingen schwanger war, hatte sie jeden Ratgeber zu Schwangerschaft und Geburt gelesen, den sie in die Finger bekam. Und als sie damit fertig war (und zu ihrer eigenen Überraschung immer noch schwanger – was sollte das Gerücht, dass Zwillinge immer deutlich vor Termin kamen?), hatte sie schon mal alles über die Erziehung von Kleinkindern gelesen. Keine schlechte Entscheidung, wie sich kurz nach der Geburt von Lars und Timo herausstellte. Denn danach blieb ihr fürs Lesen erst mal gar keine Zeit mehr.

Emma lächelte. *Was würde Frieke mir jetzt wohl empfehlen?*, überlegte sie. Ihre beste Freundin war seit gut einem Jahr die Inhaberin der kleinen Inselbuchhandlung von Spiekeroog. Und sie wusste immer ganz genau, welches für die Leserin das richtige Buch war.

Vermutlich so etwas wie Bobo Siebenschläfer oder Paw Patrol. Schön kurz und nicht zu anspruchsvoll. Also nicht zu anspruchsvoll für Kleinkinder.

Sie musste unwillkürlich grinsen. Ja, ja, die Freuden der Elternschaft. Nach knapp zwei Jahren mit den beiden Jungs zu Hause hatte sie sich langsam, aber sicher daran gewöhnt, dass von ihrem früheren Leben nicht mehr viel übrig war. Pixibücher statt Krimis im Bett, Kinderliedervideos statt Netflix am Abend. Manchmal konnte sie sich nicht mal daran erinnern, wer sie eigentlich früher gewesen war. Vor der Schwangerschaft.

Aber wenn sie länger darüber nachdachte – automatisch steckte sie Lars noch eine Dinkelbrezel zu und strich Timo, der weiter vergnügt auf das Smartphone patschte, übers Haar –, fiel es ihr wieder ein.

Früher war sie beim KOMET beschäftigt gewesen und hatte für die vielen Reporter deren Reisen geplant und abgerechnet. Eine Arbeit, die einerseits ihrem Fernweh zugutekam, das sie im Urlaub dann ebenfalls auslebte, andererseits aber enorm von ihrem Perfektionismus profitierte. Ihr Ehrgeiz war, dass jeder Reporter die perfekten Reiseverbindungen hatte – egal, ob er nach Tiflis oder Timbuktu reiste. So lernte sie auch Frieke kennen, die in die entlegensten Winkel der Erde fuhr, um dort Reportagen zu schreiben. Ponyzucht zwischen Tradition und Moderne bei den Mongolen zum Beispiel, die ihre Ponys inzwischen auf einer Internet-Auktionsplattform zum Kauf anboten. Die Geschichte war Emma im Gedächtnis geblieben ...

»Perde!« Timo stand schon wieder auf dem Tisch, das Smartphone hatte er achtlos fallen lassen, und es war unter der Bank gelandet. Auch diesmal stimmte Lars ein. »Perde, Perde!«

Emma spähte an den beiden blonden Wuschelköpfen vorbei nach draußen, wo inzwischen die südwestlichen Ausläufer der Insel vorbeizogen. Auf den Salzwiesen standen tatsächlich Pferde. Wobei »Pferde« noch zu viel war – Ponys allenfalls. Islandponys. Sie erinnerte sich an einen ihrer früheren Ausflüge auf die Insel, als Frieke ihr bei einem Spaziergang zum Westend vom Isländerhof im Westen des Dorfs erzählt hatte. Die Isländer grasten im Sommer in dem weitläufigen Naturschutzgebiet jenseits des Deichtors, das das Dorf vor den Sturmfluten im Herbst und Winter schützte.

»Ja, Pferde«, sagte sie und versuchte, die beiden Zwerge vom Tisch zu ziehen. Da sie damit keinen Erfolg hatte, schlang Emma die Arme um die kleinen Körper und drückte sie an sich.

Einen winzigen Moment lang erlaubte sie sich, den herrlich-sauberen Duft ihrer Kinder einzuatmen und dabei die Augen zu schließen – Sonnencreme, Apfelschnitze und Sommer.

Obwohl, einer von beiden hatte auch eindeutig eine volle Windel.

Emma seufzte und schlug die Augen wieder auf. Inzwischen hatten sie schon fast den Hafen von Spiekeroog erreicht, und die kleine Herde Isländer war außer Sicht. Sie zog die beiden Jungs vom Tisch und suchte in der Wickeltasche nach frischen Windeln und Feuchttüchern.

»Sie wollen das aber jetzt nicht hier machen?«

Der Blick des älteren Herrn, der auf der anderen Seite des Gangs an einem der mittleren Tische saß, war entsetzt.

Emma schaute sich kurz um. »Wieso, gibt es hier einen Wickelraum?«, fragte sie hoffnungsvoll.

Er gab einen Laut von sich, den man allerhöchstens als schnippisches Schnauben bezeichnen konnte, und erhob sich schwerfällig. Auf seinen Gehstock gestützt, humpelte er Richtung Ausgang, während sich auch die anderen Reisenden rings um Emma fürs Aussteigen bereit machten. Emma zog Timo auf die Bank, der es zum Glück hasste, wenn er eine volle Windel hatte. Eine der seltenen Gelegenheiten, bei denen er wirklich zuverlässig stillhielt.

Zwei Minuten später stellte sie Timo auf den Boden, und sofort flitzte er los. Lars war ihm dicht auf den Fersen, und bevor sie noch etwas rufen konnte, waren die beiden in den alten Herrn gelaufen, der sich schwer auf seinen Stock stützte und geduldig mit den anderen Passagieren wartete, dass die Gangway ausgelegt wurde.

»Hoppla«, murmelte Emma.

Er fuhr zu den Zwillingen herum und ließ seinen Stock auf den Boden niedersausen. »Weg mit euch, ihr Kröten!«, rief er.

Lars zuckte nicht mal mit der Wimper, während Timo ängstlich zusammenfuhr, sich umdrehte und zurück zu Emma lief. Schluchzend barg er seinen Kopf an ihrem Rock.

So, jetzt reichte es ihr aber. Was bildete sich der Kerl eigentlich ein, sie erst anzupflaumen, weil sie ein Kleinkind wickelte, und dann auch noch so eine Gruselshow abzuziehen?

»Haben Sie ein Problem mit uns?«, fragte sie ihn und reckte kampfeslustig das Kinn. Sie hob Timo hoch und ging zwei Schritte auf ihn zu. Lars blickte immer noch zu dem alten Mann auf; dieser war tatsächlich mehr als einen Kopf größer als Emma, die grauen Haare raspelkurz geschnitten. Die Augen waren von einem verwaschenen Braun, seine große Nase wirkte etwas zu rot. Er trug einen hellen Anzug mit Weste und Einstecktüchlein.

»Warum sollte ich ein Problem haben?« Er fuchtelte mit seinem Stock vor Lars' Nase herum. Schnell zog Emma ihren Sohn zu sich, langsam wurde sie richtig sauer. Was dachte sich dieser Kerl eigentlich? Gehörte ihm etwa die Insel?

»Sie behandeln uns, als wären wir ...«

Sie verstummte.

»Abschaum?«, half er ihr. »Ich mag einfach keine Kinder. Habe ich noch nie. Sie machen Dreck, Lärm, und man fühlt sich in ihrer Nähe einfach unwohl. So. Und nun entschuldigen Sie mich bitte.« Er schob sich an den Wartenden vorbei, die ihm eher verwundert als bereitwillig Platz machten.

Kopfschüttelnd setzte Emma erst Timo, dann Lars in den Zwillingsbuggy und verließ als eine der Letzten die Fähre. Ein Pulk aus Tagesgästen und Urlaubern war bereits auf der Straße Richtung Dorf unterwegs. Der Wind jagte helle Wölkchen über den blauen Himmel, es roch herrlich nach Salzwiesen, Fisch und Urlaub. Die Imbissbude war von einigen Hungrigen umlagert, und sobald Lars und Timo die Bude sahen, setzte ein

zweistimmiges Geschrei an, weil sie unbedingt ein Krabbenbrötchen wollten.

Als Emma an der Reihe war und ein Krabbenbrötchen bestellte, fuhr gerade ein Golfkarren vor dem Terminal vor. Der ältere
Herr im hellen Anzug, der auf einer Bank gewartet hatte, sprang
auf und lief darauf zu. Ein junger Kerl half ihm in den Golfkarren und lief dann zu den Containern und zerrte einen Koffer
hervor, den er heranschleppte.

»Dauert das noch lange?«, nölte der alte Mann. Sprachlos sah
Emma zu, wie sich der junge Mann herumkommandieren und
beschimpfen ließ, weil er ein »nutzloser Lump« sei.

Was bewog solche Menschen eigentlich dazu, andere immer
kleinzumachen? Sie verstand es einfach nicht. Sie würde Frieke
mal nach ihm fragen. Vielleicht wusste die mehr.

»Ich sag ja nix, aber Ihre Jungs sollten lieber auf die Krabben
aufpassen«, meinte die Fischbrötchenverkäuferin.

»Lars, nein!«

Zu spät. Kichernd hatte der Kleine eine Krabbe aus der Bröt-
chenhälfte gepult, die sie ihm gegeben hatte, und einer der Mö-
wen zugeworfen. Im Nu hüpften weitere Vögel näher. Schnell
schob Emma den Buggy weiter. Sie musste zum Dorf. Zur Buchhandlung. Dorthin ließ sie auch ihr Gepäck liefern.

Sie seufzte, als sie an die vielen Taschen dachte. Sie war gekommen, um länger zu bleiben.

Routinemäßig ging Friekes Blick zu der Uhr, die über der
Eingangstür ihrer kleinen Buchhandlung hing. Viertel nach
zwölf. Vor zehn Minuten hatte die Fähre angelegt. Es war ein
Samstag, das Wetter sonnig und schön – einem guten, wu-
seligen Tag in der Buchhandlung mit vielen kauffreudigen Kunden stand also nichts im Wege. Sie atmete tief durch. Ende Mai.
Ein langes Wochenende stand bevor, bald begann der Juni mit

der Hauptferienzeit. Auf der Insel hatte bis zuletzt hektische Betriebsamkeit geherrscht. Ein neues Apartmenthotel war über den Winter am Noorderpad entstanden – größer als alle anderen Hotels im Ort. Im Inselrat hatte es einige Auseinandersetzungen deshalb gegeben, weil die Insulaner stets darauf achteten, dass der pittoreske Ortskern erhalten blieb. Die Fraktion der Ladenbesitzer und Gastwirte fand es gut, wenn noch mehr zahlungskräftige Kundschaft auf die Insel kam, die anderen Vermieter sahen die Entwicklung kritisch. »Wir wollen kein zweites Sylt werden, wo's nur teuer ist!«

Frieke hatte an der öffentlichen Inselratssitzung teilgenommen, bei der es letzten November um die Frage ging, ob das Hotel nicht den Charakter der Insel verrate. Es war hoch hergegangen, aber letztlich hatten sich die Befürworter durchgesetzt, und der Bau wurde fortgesetzt.

Nun stand das Hotel einige Hundert Meter weiter, und Frieke fand es gar nicht so schlimm wie befürchtet. Es war sogar recht geschmackvoll und hielt sich strikt an die Vorgaben für Neubauten: roter Ziegelstein, weiße Sprossenfenster, ein grün gestrichener Giebel. Drei Stockwerke hoch; höher durfte man auf Spiekeroog nicht bauen.

»Guck mal, wir haben Nachschub.« Ihre Saisonkraft Lilli wuchtete einen Karton auf den Kassentisch und packte einen Stapel aus: »Mein wunderbarer Buchladen am Inselweg«. Eine herrlich romantische Liebesgeschichte, die auf Spiekeroog spielte. Die Autorin dieses kleinen Buchs kannte sich wohl auf der Insel aus, und seit der Roman vor ein paar Wochen erschienen war, lag immer ein Stapel neben der Kasse. Oder auch nicht, denn es verkaufte sich sehr gut. Sie mussten ständig nachbestellen.

Frieke beobachtete, wie Lilli die Bücher ausrichtete und dann den Karton mit den restlichen Exemplaren unter den Tisch schob.

Gegenüber in der Eisdiele liefen die Vorbereitungen auch schon auf Hochtouren. Nebenan in der Friesenstube war man auf Mittagsgäste eingestellt, eine Tafel verkündete in geschwungener Kreideschrift, es gebe Spargel, wahlweise mit Schnitzel oder Lachs, auf jeden Fall aber mit Salzkartoffeln und Sauce hollandaise. Mh, sie bekam direkt Hunger.

Die ersten Besucher schlenderten den Noorderloog entlang, spähten in die Wirtschaften, studierten die Speisekarten und blieben vor der Buchhandlung stehen. Seit letztem Sommer hatte Frieke einen Strandkorb neben der Tür aufgestellt, in dem man sich ausruhen konnte, bevor man sich auf den Weg zum Strand machte. Dort lagen auch immer ein paar Bücher, die zu abgegriffen waren, um sie noch zu verkaufen. Manchmal verschwand eines, aber genauso oft ließ jemand auch dort ein Buch liegen. Frieke sah keine Veranlassung, sie daran zu hindern. Wenn Bücher auf diesem Weg zu dem Leser fanden, der sie gerade brauchte, fand sie das schön, denn sie sagte sich, dass diese Bücher vor allem von denjenigen mitgenommen wurden, die nach Geschichten lechzten, sich aber vielleicht nicht immer das neueste Hardcover leisten konnten.

Langsam füllte sich die Buchhandlung, und Frieke hatte die nächste halbe Stunde alle Hände voll damit zu tun, ihre Kunden zu beraten und zu kassieren. Lilli lief zwischen Kasse und Lager hin und her, und als es zu voll wurde, schlüpfte sie hinter den Kassentisch. »Ich mach das hier«, sagte sie sehr bestimmt.

Frieke trat hinter der Kasse hervor und atmete tief durch. Eine ältere Dame mit Wanderstiefeln und einer Outdoorjacke hielt ihr ein Buch vor die Nase. »Ist das gut?«, fragte sie und riss mit ihren Walkingstöcken beinah die Bücher vom Kassentisch.

Frieke musterte ihr Gegenüber kurz. Dann schüttelte sie den Kopf. »Für Sie habe ich dahinten das Richtige«, sagte sie und ging mit der Frau zu den Regionalkrimis und zog einen aus dem

Regal, der in der Provence spielte. Nach einem kurzen Blick auf den Klappentext wurde das Gesicht der Dame ganz weich. Düfte, Wärme, dazu eine nicht zu grausame Mordgeschichte – Frieke hatte mal wieder einen Treffer gelandet. Zufrieden wandte sie sich der nächsten Kundin zu.

»Emma!«, rief sie erstaunt, als sie erkannte, wer vor ihr stand.

»Überraschung!«, rief Emma und fiel ihr um den Hals, bevor Frieke etwas sagen konnte. Schließlich wusste sie, dass ihre beste Freundin Überraschungen eigentlich hasste.

»Wahnsinn«, stotterte sie. »Was machst du denn hier?«

»Ach, ich bin mit den Jungs hier. Ganz spontan. Sie sitzen draußen im Buggy und schlafen. Die Seeluft wirkt doch immer wieder.« Emma lachte und schob ihre Sonnenbrille in die blonden Haare. »Hier ist ja ganz schön was los.«

Frieke zuckte mit den Schultern. »Saison«, sagte sie lapidar. »Aber sag mal, können wir später sprechen? Um eins mache ich zu, dann können wir nach Hause und zu Mittag essen.«

»Klar. Ich bummle noch ein bisschen durch die Läden.« Sie zwinkerte Frieke zu. Sie wussten beide, dass Spiekeroog sich nicht gerade dadurch auszeichnete, dass es hier besonders viele Geschäfte gab, die zum Bummeln einluden.

»Mach das. Um eins wieder hier?«

Emma winkte, dann war sie schon wieder verschwunden. Frieke runzelte die Stirn. Fast hätte sie Emma ein Buch in die Hand gedrückt. »Liebe dich selbst, und es ist egal, wen du heiratest« würde gerade ebenso gut passen wie »Das Jawort« von Elizabeth Gilbert. Beide wurden besonders gern von Frauen gelesen, die das Gefühl hatten, in ihrer Ehe in eine Sackgasse geraten zu sein. Aber das war Quatsch. Emma und Torben waren doch das Traumpaar schlechthin! So ein Buch empfahl sie sonst nur frustrierten Mittdreißigerinnen, die erschöpft hinter ihrer Brut herhechelten, während der Gatte sich bestens gelaunt einen Stapel Krimis aussuchte, weil *er* ja schließlich Urlaub hatte. Nein, so war Emma nicht. Trotzdem. Als sie sie sah, hatte Frieke spontan an so ein Buch gedacht.

Emma saß im Strandkorb und hielt ihre nackten Füße in die Sonne, während die Jungs immer noch friedlich schliefen. Es war einer dieser wirklich seltenen Augenblicke, in denen sie nicht nur zur Ruhe kam, sondern auch nachdenken konnte. Leider war das im Moment mehr als gefährlich, denn sobald sie anfing nachzudenken, fielen ihr all die Dinge wieder ein, die in ihrem Leben gerade total verkehrt liefen. Schon hatte sie wieder Torbens Stimme im Ohr: »Bist du sicher, dass sie nicht in ihrem Zimmer schlafen wollen?«, »Meinst du nicht, du verwöhnst die beiden zu sehr?«, »Glaubst du, bei anderen Eltern läuft auch so viel schief?«. In den ersten Monaten hatte Torben es auch noch »süß« gefunden, dass die Zwillinge am liebsten eng an Emma gekuschelt schliefen. Dann aber, als die Jungs älter wurden, war er immer häufiger aufs Sofa ausgewichen. Fast hatte sie sich daran schon gewöhnt, war es nicht immer so in den ersten Jahren, dass die Beziehung litt und man vor allem für die Kinder lebte? Gerade bei Zwillingen? Damit hatte sie leben können, aber nicht mit dem, was gestern Abend passiert war. Noch jetzt traten ihr die Tränen in die Augen, wenn sie daran dachte! Noch nie in ihrer Ehe hatten sie sich so heftig gestritten. Und am Morgen, nach einer schlaflosen Nacht, hatte sie keinen anderen Ausweg gesehen, als ihren Koffer zu packen und mit den Zwillingen auf die Insel zu fahren. Ohne darüber nachzudenken, ob sie so kurz vor der Hauptsaison überhaupt eine Wohnung oder ein Hotelzimmer bekam. Zur Not hoffte sie, bei Frieke und Bengt unterschlüpfen zu können.

»So habe ich mir das nicht vorgestellt.«

Dieser eine Satz. Wie eine Ohrfeige.

Torben und sie hatten gerade die Zwillinge bettfein gemacht und in den Schlaf begleitet. Lars war etwas unruhig, weil bei ihm gerade die hinteren Backenzähne durchkamen. Timo hingegen schlief bereits selig, seinen Kuschelelefanten fest an sich gedrückt. Für einen Moment war sie restlos glücklich gewesen.

Und dann das. »So habe ich mir das nicht vorgestellt.«

Noch jetzt hörte sie, wie kalt Torbens Stimme dabei geklungen hatte. Sofort hatte sie sich von ihm losgemacht.

»Was hast du dir nicht so vorgestellt?«

»Das alles. Kinder haben.«

Für einen Moment war sie sprachlos gewesen, dann wollte sie es genau wissen. »Inwiefern?«

Torben zuckte mit den Schultern. »Müssen wir das unbedingt jetzt besprechen?«

Sie verschränkte die Arme und wollte ihn schon anfauchen, natürlich müssten sie das jetzt besprechen, während sie auf die friedlich schlafenden Zwillinge blickten. Wie brachte er es übers Herz, damit überhaupt anzufangen? Aber wenn sie laut wurden, würde Lars vielleicht aufwachen, und dann musste Emma ihn wieder stundenlang herumtragen, bis er sich beruhigte und wieder einschlief.

»Lass uns ins Wohnzimmer gehen.«

Torben warf sich aufs Sofa, während Emma an den Kühlschrank ging. Sie brauchte Schokolade. Viel Schokolade.

Die Worte waren in der Welt, und sie vermutete, dass Torben sie nicht leichtfertig ausgesprochen hatte, sondern unter Umständen schon seit Wochen oder Monaten darauf herumkaute, bevor er sie aussprach. So war Torben.

»Du meinst, wir hätten keine Kinder bekommen sollen?«, fragte sie, nachdem sie zwei Stücke Nougatschokolade verputzt hatte.

Er zuckte mit den Schultern. »Sieh dich an«, sagte er.

»Was soll mit mir sein?«

»Du bist nicht mehr die Frau, in die ich mich verliebt habe.«

Emma erstarrte, das wurde ja immer schlimmer. Wie konnte er zu ihr solche Dinge sagen? Und was sollte das heißen, dass sie nicht mehr die Frau war, in die er sich verliebt hatte?

»Das wirst du erklären müssen«, fauchte sie.

»Wann haben wir das letzte Mal einen Abend zu zweit verbracht? Wann sind wir mal ins Kino gegangen? Ins Theater? Dein Theaterabo hast du gekündigt. Und wir waren bisher nicht einmal in der Elbphilharmonie.«

Eine Welle der Erleichterung durchströmte sie. Offensichtlich machte er sich Sorgen um sie, hatte es nur sehr unglücklich formuliert.

»Du reibst dich auf.«

»Das wird besser, wenn sie in die Kita gehen.«

Torben schüttelte den Kopf. »Das ist ja nicht alles. Wir. Wir finden gar nicht mehr statt. Abends, wenn die beiden schlafen, bist du immer auf Abruf. Man kann nicht mal vernünftig Serien schauen, ohne dass du ständig aufspringst und nach ihnen schaust.«

Emma sagte dazu nichts. Timos unruhiger Schlaf wäre ein mögliches Argument gewesen. Oder die Tatsache, dass Lars ständig seinen Schnuller verlor und davon aufwachte. Wieso war ihm das nicht bewusst? Es waren doch auch seine Kinder?

»Außerdem … ich fühle mich so nutzlos. Ich gehöre gar nicht richtig dazu.«

»Du bist ja auch selten da«, sagte sie spitz.

In seinem Job als Rechtsanwalt hatte Torben natürlich immer viel zu tun. Manchmal war er tagelang auf Geschäftsreisen. Vielleicht bildete Emma sich das ein, aber gefühlt waren diese Reisen mehr geworden in den letzten Monaten.

»Du meinst, jetzt ist es meine Schuld, wenn ich mit den Zwillingen nicht klarkomme?« Er zog die Augenbrauen hoch.

Emma seufzte. »Das habe ich nicht gesagt.«

Sie merkte, wenn sie nicht aufpasste, gerieten sie in eine Spirale aus Anschuldigungen und Wut und wurden einander mit jeder Minute fremder. Oder waren sie sich schon so fremd, dass sie gar nicht zurückkonnten? Emma wusste es nicht. Sie war zu müde, um darüber jetzt nachzudenken. Aber sie musste sich zusammenreißen; das hier war wichtig. Wenn sie Torben nicht verlieren wollte, musste sie sich zusammenreißen!

»Ich glaube ...«, hörte sie ihn sagen.

Sie schloss die Augen. *Sag es nicht.*

»Ich glaube, wir sollten darüber nachdenken, ob es so weitergehen kann. Oder ob wir etwas ändern sollten.«

»Was können wir denn ändern?«, fragte sie leise. »Außer dass wir uns trennen.«

Er zuckte nur mit den Schultern.

Schulterzucken. Das war alles, was ihm nach sieben gemeinsamen Jahren, vielen Reisen, einer Hochzeit und zwei Kindern geblieben war.

»Ich weiß es nicht«, sagte er leise. »Darum frage ich dich. Was können wir anders machen, damit ich dich wieder für mich gewinnen kann, Emma?«

Sie war wie betäubt. Das war doch kein Wettbewerb, in dem Torben gegen die Zwillinge antrat. Sie hatten sich gemeinsam für die Kinder entschieden, gemeinsam dafür gekämpft. Sie hatten geweint vor Freude, als Emma schwanger wurde, sie hatten sich aneinander festgehalten, als auf dem Ultraschall zum ersten Mal zwei winzig kleine, blubbernde Herzchen erschienen waren. Zwillinge! Es war im ersten Moment ein Schock gewesen, auch wenn sie bewusst das Risiko eingegangen waren. Aber in den Monaten der Schwangerschaft hatten sie sich gemeinsam ausgemalt, wie schön das werden würde. Gemeinsam mit ihren Kindern wollten sie die Welt erobern, sie wollten viel reisen. Dann holte die Realität sie ein, zwei Säuglinge zu versorgen war kein Spaß. Aber Emma verzichtete gern auf die Welt, denn ihre Welt waren diese kleinen Neugeborenen. Alles eine Phase, sagte sie sich. Es würde irgendwann besser werden. Und jetzt, kurz vor dem zweiten Geburtstag der Zwillinge, hatte sie tatsächlich das Gefühl, dass es besser wurde. Und dann stellte Torben alles in Frage, was sie in dieser Zeit geschafft hatte.

»Emma?«

Er klang verzagt, aber sie sah auf und in seinem Blick war mehr als nur dieses Fremde, das sich dort über die Monate eingeschlichen hatte, in denen sie abends im Bett bei den Babys gelegen hatte, während er sich unten im Wohnzimmer irgendwelche Serien reinzog. Waren da irgendwo noch seine Gefühle für sie? Wenn es so war, verbarg er sie gut.

Wenn nicht…

»Was möchtest du tun?«, fragte sie und schluckte die Tränen runter.

»Vielleicht sollten wir eine Pause machen.«

Er hatte also schon darüber nachgedacht. Es war also schon vorbei, denn nichts anderes verbarg sich hinter dieser Floskel. »Eine Pause machen«, das hieß im Klartext doch, dass er die Trennung wollte.

Emma nickte. Sie hörte von oben ein kleines Stimmchen; Lars rief nach ihr. »Vielleicht«, sagte sie, stemmte sich vom Sofa hoch und ging nach oben. Was sollte sie auch sagen? Dachte Torben, sie würde versuchen, ihn vom Gegenteil zu überzeugen?

Während sie Lars tröstete, der nach seinem Schnuller suchte, während sie vor dem Bett kniete und durch die Gitterstäbe seine Hand hielt, bis er wieder eingeschlafen war, lauschte Emma.

Doch von unten drang kein Geräusch herauf. Auch der Fernseher blieb an diesem Abend aus, als wäre Torben sogar die Lust auf seine geliebten Serien vergangen.

Wenigstens das, dachte Emma. Es wäre ihr unerträglich, wenn er in dieser Situation weitermachen könnte wie bisher.

Die Nacht verbrachte Torben auf dem Sofa, und als Emma am Morgen mit den Jungs aufstand, die beide schon um kurz nach fünf wach waren – viel zu früh für alle Beteiligten! –, war er bereits weg. Keine Nachricht von ihm, kein Zettel. Die Decke auf der Couch sorgfältig zusammengelegt. Keine Spur.

Sie packte und fuhr nach Neuharlingersiel. »Wir machen einen Ausflug, das wird toll!«, lockte sie Lars und Timo, die fröhlich in die Hände klatschten und alles erstaunlich gutgelaunt mitmachten. Nicht mal die Autofahrt wurde zum gewohnten Horrortrip, denn sie hatten Hamburg noch nicht ganz hinter sich gelassen, als erst Timo und dann Lars die Augen zuklappten und sie bis kurz vor Neuharlingersiel schliefen.

Als wäre es genau richtig, dass Emma mit ihnen auf die Insel fuhr.

»So, jetzt habe ich für euch Zeit.« Frieke ließ sich neben Emma in den Strandkorb fallen und sprang sofort wieder auf. »Kaffee? Schwarz?«

»Hast du auch einen Milchkaffee?«

Frieke hob die Augenbrauen, nickte aber und kommentierte Emmas Sinneswandel nicht. Früher hatte sie Kaffee immer schwarz getrunken. Inzwischen war er nicht nur ein Getränk, das wach machte, sondern manchmal auch das Einzige, was sie bis zum Mittagessen zu sich nahm. Da war ein Milchkaffee mit einem Löffel Zucker zwar alles andere als gesund, aber wenigstens nahrhaft.

Als Frieke wenige Minuten später mit einem kleinen Tablett

zurückkam, auf dem sie zwei Becher balancierte, sagte sie mit einem Augenzwinkern: »Wusste ich doch, dass die Mutterschaft dich irgendwie weich gemacht hat.«

Bevor Emma das kommentieren konnte, spürte sie, wie ihr Tränen in die Augen stiegen. Sie konnte gerade noch den Milchkaffee entgegennehmen und auf den Boden stellen, bevor sie heulte wie ein Schlosshund.

»Ach herrje«, murmelte Frieke und drückte Emmas Arm. Mehr machte sie nicht. Sie wartete einfach, bis Emma sich ausgeheult hatte. Und danach fragte sie nicht, was denn los sei, sondern sie tranken schweigend den Milchkaffee und streckten gemeinsam die Füße in die Sonne. Frieke zog eine Packung Taschentücher aus der Gesäßtasche, und Emma schnäuzte sich ausgiebig.

»Was wirst du jetzt tun?«, fragte Frieke irgendwann, weil sie offenbar die richtigen Schlüsse gezogen hatte. Dafür liebte Emma ihre Freundin. Sie wusste einfach, was los war. Hatten ihr das die Bücher verraten, als Emma vorhin vor ihr stand? Gut möglich ...

Sie zuckte mit den Schultern. Sie wusste nicht, was sie tun sollte. Sie hatte keine Pläne. Bisher war ihr Leben wohlgeordnet gewesen, und sie hatte sich selbst aus dem Nest geschubst, in dem Torben und sie es sich eingerichtet hatten. Das Reihenhaus vor den Toren von Hamburg – nun, dorthin wollte sie nicht zurück. Dort waren sie glücklich gewesen, und die Erinnerung daran war im Moment einfach nicht möglich.

Sie zuckte nur mit den Schultern. »Irgendwas wird mir schon einfallen.«

»Hm«, machte Frieke. »Die Ferienwohnung über dem Buchladen ist im Moment leider vermietet, sonst könntest du dort einziehen.«

»Ich dachte, ich kann vielleicht in euer Gästezimmer ...«

Frieke schüttelte bedauernd den Kopf. »Tut mir leid, da wohnt derzeit Lilli.« Als sie Emmas verständnislosen Blick bemerkte, fügte sie hinzu: »Meine diesjährige Saisonkraft.«

»Was ist aus Thea geworden?«

»Thea studiert. Sie kommt erst Mitte Juli auf die Insel. Bis dahin müssen wir uns zu zweit durchschlagen.«

»Ich könnte auch helfen.«

»Und deine Jungs nehmen derweil den Laden auseinander? Ich glaube, ich verzichte.« Frieke lachte.

Emma biss sich auf die Unterlippe. Für einen winzigen Moment hatte sie das vergessen. Dass sie zwei Kinder hatte, die zu klein waren, um sie sich selbst zu überlassen.

»Aber wenn du auf der Insel bleiben möchtest, fällt uns schon was ein«, sagte Frieke. »Ich höre mich mal für dich um, okay?«

»Danke«, sagte Emma schwach.

Lars regte sich und wurde wach. Frieke räumte die Tassen zurück in den Laden und drückte Emma eine Brotdose in die Hand. »Hier«, sagte sie. »Mein Mittagessen.«

»Aber das ist *dein* Mittagessen.«

»Na und? Oder hast du für dich etwas mitgenommen?«

Emma schüttelte den Kopf. Natürlich nicht. Sie hatte für die Zwillinge genug dabei, aber an sich hatte sie nicht gedacht.

»Salat und kaltes Omelett. Und Erdbeeren. Geh an den Strand, creme die Jungs gut ein, und lass sie toben. Ich kümmere mich um euer Quartier für heute Nacht. Habt ihr Sandspielzeug?«

Emma schüttelte den Kopf. Herrje, hatte sie überhaupt an irgendetwas gedacht?

»Drüben in dem Laden haben sie hübsche Sets, mit denen man die schönsten Sandburgen bauen kann. Oh, und falls ihr einen Strandkorb mieten wollt, geh zu Claas und richte ihm Grüße von mir aus. Er hat für besondere Inselgäste immer welche in Reserve.« Frieke zwinkerte Emma zu. »Und ihr gehört bestimmt dazu.«

Solche Freunde, dachte Emma, während sie den Buggy den Noorderpad entlangschob und Frieke winkte, waren mit Gold nicht aufzuwiegen.

KAPITEL 2

Am Strand herrschte reges Treiben. Viele Strandkörbe waren besetzt und zur Sonne ausgerichtet. In manchen schliefen Mütter und Väter mit ihren Kindern, andere wurden von wachsenden Sandburgen umfriedet. Emma ließ Lars und Timo aus dem Buggy, und sofort rannten die beiden los, warfen sich auf den Knien in den Sand und fingen an, nach Muscheln zu graben. Sie stellte Sandspielzeug neben die beiden – alles in doppelter Ausführung, was die Wahrscheinlichkeit für Streit zumindest etwas verringerte – und ließ sich aufatmend neben ihnen in den Sand sinken. Auf den Strandkorb konnten sie verzichten – solange die beiden im Sand wühlen konnten, waren sie glücklich.

Hinter den Strandkörben führte ein Bohlenweg zu einem Dünenaufgang. Dahinter standen Bänke, auf denen ein paar Sonnenanbeter saßen. Eine ältere Frau fiel Emma auf. Sie las in einem abgegriffenen Taschenbuch und hatte die nackten Füße im Sand vergraben. Nur gelegentlich blitzten die hellblau lackierten Fußnägel hervor. Man sah ihr an, wie sehr sie ihre Lektüre genoss. Gelegentlich ließ sie das Buch sinken, und ihr Blick schweifte über Strandkörbe, Sand, Menschen und Meer, als wäre dies ein Anblick, an dem sie sich nicht sattsehen konnte.

Bei einem dieser Rundumblicke bemerkte sie Emma und lächelte. Ihre silbrigen Löckchen wippten im leichten Wind. »Schön, nicht wahr?«, fragte sie.

»Was denn?« Emma wusste nicht, wovon sie sprach.

»Mit den Kindern. Man wird ganz ruhig, wenn man sie im

Spiel beobachtet. Ich konnte früher nicht genug kriegen davon.«

»Oh.« Emma hatte gar nicht bemerkt, wie Lars und Timo einträchtig miteinander Sand schaufelten. Der eine schaufelte den Sand in die Förmchen, der andere kippte ihn wieder aus. Das taten sie so konzentriert und in ihr Spiel vertieft, dass Emma spürte, wie ihr ganz eng ums Herz wurde.

Die alte Dame stand auf und kam zu Emma herüber. »Darf ich?«, fragte sie, und als Emma ein Stück beiseite rückte, ließ sie sich mit einem leisen Ächzen in den Sand sinken. »Ich bin Johanne.« Sie streckte die Hand aus. Ihr Händedruck war warm und angenehm fest.

»Emma. Und das sind Lars und Timo.«

»Ich frage Sie jetzt nicht, ob Sie die beiden auseinanderhalten können. Oder eine dieser anderen Fragen, die man offenbar nur Zwillingsmüttern stellt.«

Emma grinste. »Nur zu! Ich glaube, ich habe sie inzwischen *alle* gehört. Als Zwillingsmutter scheint man einer seltenen Spezies anzugehören.«

Johanne wiegte den Kopf. »So selten ist das gar nicht mehr«, meinte sie.

Dazu sagte Emma nichts, denn ihr Gegenüber hatte damit gar nicht so unrecht. Als Torben und sie die Familienplanung angingen, hatte sie schon bald das Gefühl, dass irgendetwas nicht stimmte, und nach einigen Untersuchungen, zu denen Emma ihre Frauenärztin drängte, stellte sich tatsächlich heraus, dass sie nicht ohne Weiteres schwanger werden konnte. Nach dem ersten Schock führte sie der gemeinsame Weg in eine Kinderwunschklinik, und schon nach der zweiten Behandlung stellte sich der Erfolg in Form der Zwillingsschwangerschaft ein. Dass sie kein Einzelfall waren, sah Emma in ihrem weiteren Bekanntenkreis, in dem sie von mindestens zwei weiteren Zwillingspärchen wusste, die nicht auf natürlichem Weg entstanden waren. Und noch ein paar andere, bei denen sich Emma aber nicht zu fragen traute.

»Meine Großnichte hat auch Zwillinge. Süße Zwerge, aber ich sehe sie viel zu selten. Ich habe schon Probleme, immer all meine Enkel zu sehen.« Johanne lächelte. »Für Ihre Eltern muss es doch auch eine große Freude sein, dass sie Enkel haben, oder?«

Schlagartig schwand Emmas gute Laune. »Meine Mutter lebt nicht mehr«, sagte sie knapp.

»Oh, das tut mir sehr leid.« Johanne wirkte ehrlich betroffen. »Ich wollte Ihnen nicht weh tun. Aber Ihr Vater …?«

Emma schüttelte nur den Kopf, verbat sich damit jede weitere Frage, und zu ihrer Erleichterung verstand Johanne auch ohne viele Worte, dass ihr Vater nicht gerade ein Thema war, über das sie gerne sprach.

Wenn sie jetzt noch sagt, dass es doch die Hauptsache ist, wenn meine kleine Familie glücklich ist, muss ich leider aufstehen und gehen, dachte Emma. Sonst fange ich an zu heulen.

Sie vergrub ihre Füße tiefer im Sand und sagte eine Weile gar nichts. Johanne räusperte sich. »Mein Ältester wäre beinahe ohne Vater aufgewachsen. Hat sich aus dem Staub gemacht, der Lump. War damals so. Wenn man nicht verheiratet war, konnte sich der Mann verdünnisieren, und die Frau konnte sehen, wo sie bleibt. Aber ich habe es hingekriegt. Und nicht schlecht, will ich mal meinen. Er ist wohlgeraten, mein Thomas.« Ihre Stimme wurde ganz weich. »Das kriegen wir Frauen schon hin, wenn's sein muss. Und bald darauf habe ich einen gefunden, der wollte immer Kinder. Wir haben noch drei bekommen. Zwischen Thomas und den eigenen hat er nie einen Unterschied gemacht. Zumindest habe ich das nicht gemerkt. Und wir Mütter, wir haben gute Antennen dafür.«

Sie verstummte.

Emma kramte in ihrer Tasche nach der Sonnenbrille. Das, was Johanne ihr da erzählte, rührte sie, denn hinter den Worten spürte sie eine so viel größere Geschichte. Doch es tat ihr auch weh, und sie brachte es nicht übers Herz, diese nette, alte Dame zurechtzuweisen oder sie einfach sitzenzulassen, nur weil sie gerade einen wunden Punkt berührt hatte. Wie sehr sich die Geschichten doch glichen! Ihr Vater hatte sich auch immer um die Familie gekümmert – irgendwie. Dass es für ihn vor allem eine Pflicht gewesen war, manchmal sogar lästig, hatte sie auf die harte Tour begreifen müssen. Nach dem Tod ihrer Mutter verkaufte er ihr Elternhaus und zog auf eine Plantage in Südspanien, wo er Orangen und Mangos zog. Ihr Kontakt beschränkte sich im Moment darauf, dass er alle paar Monate ein Paket mit Früchten schickte, dazu eine knappe Nachricht – Grüße vom Opa aus Spanien oder dergleichen. Sie redete sich ein, dass das gar nicht weh tat. Aber das war eine Lüge.

Und jetzt hatte Torben ihre Beziehung nicht nur in Frage gestellt, sondern war auch nicht zufrieden damit, wie das Familienleben war. Er hatte es sich also anders vorgestellt? Vielen Dank auch. Achtung, Spoiler: Kinder brachten Verantwortung mit sich. Das hatten offenbar sowohl ihr Vater als auch ihr Ehemann unterschätzt. Nur hatte Torben den Mut, sich schon früher aus der Affäre zu ziehen. Oder war es nicht mutig, sondern rücksichtslos?

Es durfte sie vermutlich nicht wundern, dass sie sich einen Mann ausgesucht hatte, der keine dauerhafte Verantwortung übernehmen wollte. Dabei hatte sie gedacht, sie sei über die Kränkungen ihres Vaters hinweg. Denn genau das war es, was er mit ihr tat: stete Erinnerung daran, wie unwichtig sie für sein Leben war. Er war noch nicht einmal nach Deutschland gekommen, um die Zwillinge kennenzulernen.

»Ach, Kindchen. Ich habe mich gerade hinreißen lassen. Entschuldigen Sie.« Johanne tätschelte ihren Arm.

Emma zog den Arm zurück. Wenn es etwas gab, das für sie schlimmer war als Fremde, die ihre ganze Lebensgeschichte vor ihr ausbreiteten, dann war es, von ihnen berührt zu werden. Sie versuchte, sich zusammenzureißen. Johanne konnte ja nichts dafür, dass sie gerade in einer schwierigen Lage steckte.

»Schon gut«, sagte sie, aber Johanne verstand, dass es eben nicht gut war, und stand auf. »Ich hole uns mal was zu essen«, sagte sie. »Dürfen die Jungs Pommes?«

»Klar«, sagte Emma schwach. Sie blickte Johanne nach.

Unwillkürlich musste sie an Frieke denken. Die Insel, pflegte Frieke zu sagen, packt dich. Und dann lässt sie nie mehr los. Bisher hatte Emma das für einen Witz gehalten, aber jetzt schien es auch ihr zu passieren. Obwohl jedes Thema, das Johanne anschnitt, ihr irgendwie weh tat, mochte sie die alte Dame. Ob sie eine Urlauberin war? Oder lebte sie hier?

Es dauerte nicht lange, und Johanne kam mit einem Tablett zurück, auf dem zwei Limoflaschen und zwei große Portionen Pommes mit Mayo und Ketchup angerichtet waren. Emma half ihr, die Pommesschalen auf der Decke abzustellen, die sie im Sand ausgebreitet hatte.

Sobald die Jungs mitbekamen, dass es etwas zu essen gab, kamen sie angelaufen und ließen sich auf die Decke plumpsen, wobei sie den Sand aus ihren Klamotten großzügig rings um sich verteilten. Emma gab ihnen eine der Schalen, die andere teilten Johanne und sie sich. Dazu tranken sie Limo – für die Zwillinge gab es Wasser aus ihren Trinkflaschen –, und für eine halbe Stunde plauderten sie einfach angeregt über alles Mögliche. Emma erfuhr, dass Johanne tatsächlich auf der Insel lebte. »Schon mein ganzes Leben«, erklärte sie. »Früher hatten

Ernst – mein Mann – und ich eine kleine Pension. Fünfzehn Betten, wir waren oft von Mai bis Oktober ausgebucht. Das war sehr schön. Aber nach seinem Tod habe ich sie verkauft. Zu viel Arbeit für einen allein.«

»Ach schade!«, rief Emma. »Sonst hätte ich bei Ihnen Quartier beziehen können. Wir sind nämlich spontan hier. Meine Freundin Frieke versucht gerade, noch etwas für heute Nacht für uns zu finden.«

»Frieke ist Ihre Freundin?« Ein Lächeln hellte Johannes Gesicht auf.

»Sie kennen sie?«

»Bei nicht mal tausend Insulanern kennt jeder jeden. Aber Frieke und mich verbindet noch etwas anderes.« Johanne leckte das Pommessalz von ihren Fingern. »Ich habe ihr das erste Buch gegeben. Damals, als sie auf die Insel kam und noch nicht wusste, dass sie bleibt. Ich hab's sofort gesehen«, behauptete sie, »dass sie hierhergehört, meine ich. Und dass sie zu den Büchern gehört.«

»Ach, Sie sind die alte Dame mit dem Schmachtfetzen!« Emma erinnerte sich natürlich an die Geschichte, die Frieke gern erzählte. Wie sie auf die Insel kam und ihr auf der Fähre, wo sie kein Netz hatte, ein Liebesroman angeboten wurde. Es war der Anfang ihrer neuerwachten Bücherliebe, und wohin das geführt hatte, wusste man ja.

»Genau, ich bin das.« Johanne schien mit ihrer Nebenrolle bei dieser Geschichte sehr zufrieden zu sein. »Und wenn jemand eine Übernachtungsmöglichkeit für Sie findet, dann ist es Frieke Wallgren.«

Das hoffte Emma sehr. Sie wollte sich lieber nicht ausmalen, was geschah, wenn Frieke nichts fand. Ob sie dann mit der letzten Fähre zurückfuhren? Völlig desillusioniert?

Ich will nicht hier weg, dachte Emma. Wenigstens ein paar

Tage möchte ich bleiben und mich dieser zauberhaften Insel-
ruhe hingeben. Die hat doch schon bei anderen Wunder gewirkt…

Wunder konnte Frieke offenbar nicht vollbringen. Das gehörte
nicht zu ihren Fähigkeiten. Frustriert legte sie auf. Inzwischen
hatte sie so ziemlich jeden angerufen, von dem sie wusste, dass
er Zimmer oder Wohnungen vermietete und mit dem sie sich
einigermaßen verstand oder bei dem sie noch einen Gefallen
einfordern konnte. Nicht mal ihre beste Inselfreundin Sonja
konnte ihr helfen. »Du weißt schon, dass wir gerade kurz vor
der Hauptsaison stehen und ein Feiertagswochenende haben?«,
fragte sie ganz vorsichtig.

»Klar weiß ich das«, sagte Frieke zerknirscht. »Ich dachte
nur, dass eventuell ein Gast krank geworden ist.«

Sonja lachte hell auf. Seit sie nicht mehr mit Bosse zusammen
war, und er die Insel verlassen hatte, war sie förmlich aufgeblüht.
»Falls es dir entgangen ist, viele Leute kommen auf die Insel,
weil sie hier *gesund* werden. Oh, warte mal. Jetzt fällt mir doch
was ein.« Frieke hörte im Hintergrund etwas rascheln. »Kann
ich dich gleich zurückrufen? Ich muss mal jemanden anrufen.
Vielleicht finden wir ja doch was für Emma und die Jungs.«

Als ihr Handy wenige Minuten später vibrierte, zuckte sie zusammen. Inzwischen war sie es gar nicht mehr gewohnt, ständig auf ihr Handy zu blicken. Sie zog es aus der Gesäßtasche ihrer Jeans und las die Nachricht.

Die Brandseeschwalbenkolonie braucht mich heute Nacht. Ist es
okay, wenn ich draußen bleibe?

Bengt. Wie jeden Sommer hatte er auch dieses Jahr mit Beginn der Brutzeit seinen Bauwagen drüben am Westende der

Insel aufgestellt und beobachtete seine Vögel. Manchmal blieb er über Nacht dort, und Frieke besuchte ihn abends. Dann saßen sie auf den Stufen des Bauwagens, er kredenzte ihr Kaffee aus der Frenchpress und seine neueste Kuchenkreation. Es waren Abende, die sie an ihren ersten Aufenthalt auf der Insel erinnerten, als das alles noch neu und nicht selbstverständlich für sie war.

Ich kann heute Abend aber nicht kommen. Emma ist überraschend da.

Dann fiel ihr etwas ein, und sie schickte eine zweite Nachricht hinterher: *Passt aber. Dann kann sie mit den Jungs bei uns schlafen, und ich geh aufs Sofa.*

Es dauerte nicht lange, und Bengt schrieb zurück: *Komm doch über Nacht zu mir.* Dahinter ein Zwinkersmiley.

»Auf gar keinen Fall«, murmelte Frieke. Das hatte sie zwar letztes Jahr schon ein paarmal gemacht, aber Bengts Bett im Bauwagen war längst nicht so bequem wie das im alten Kapitänshaus. Eine schmale Pritsche, auf die sie sich mühsam zu zweit quetschten, und sie hatte nach so einer Nacht das Gefühl, sie habe ständig wach gelegen oder sei fast aus dem Bett gefallen. Und sie konnte schlecht mit Rückenschmerzen in der Buchhandlung stehen, das schaffte sie einfach nicht mit nur einer Aushilfe, wenn die Insel von Tagesgästen überschwemmt wurde.

Also schrieb sie: *Bis morgen!*

Aber sie ärgerte sich. Nicht über Bengt; sie hatte von Anfang an gewusst, dass die Brandseeschwalben für ihn während ihrer Brutzeit eine hohe Priorität hatten, und das war für sie auch absolut okay. Nein, sie ärgerte sich darüber, dass sie sich daran störte, wenn Bengt nicht nach Hause kam und Emma über Nacht bei ihnen blieb.

Komisch. Normalerweise wäre Emmas Besuch ein Grund zur Freude. Aber Frieke scheute den Aufwand. Sie musste die Betten im Schlafzimmer frisch beziehen, mit ihrem Bettzeug aufs

Sofa im Wohnzimmer umziehen, noch einmal in den Frische-markt laufen und für das Abendessen einkaufen. Dabei wollte sie nach der Arbeit einfach nur nach Hause, irgendeine Kleinig-keit essen und sich dann mit einer Tüte Chips vor den Fernse-her lümmeln, wo sie dann durch die Kanäle zappte, bis sie müde wurde. Oder mit einem Buch früh ins Bett.

Ihr leises Seufzen blieb nicht unbemerkt. Lilli legte einen Sta-pel Inselkrimis auf den Kassentisch und legte den Kopf schief. »Alles okay?«, erkundigte sie sich.

»Ja, ach. Glaube schon.«

Sie mochte Lilli. Mit ihren fünfundzwanzig Jahren war sie nach einem BWL-Studium, Auslandspraktika und einem ers-ten Jahr im Job zu der Erkenntnis gelangt, dass viel Geld auf Dauer nicht alles war, was sie glücklich machte, und dass sie nicht dafür geschaffen war, jeden Monat in einer anderen Stadt am anderen Ende der Welt aufzuwachen, weil die Beratungsfir-ma, bei der sie tätig war, sie ständig für neue Projekte einsetzte. Als Frieke sie bei dem telefonischen Vorstellungsgespräch frag-te, was Lilli sich von dem Sommer auf Spiekeroog erhoffte, ant-wortete sie lapidar: »Ankommen.« Mehr musste Frieke nicht wissen, es war klar, dass sie sich wunderbar verstehen würden. Und sie wurde nicht enttäuscht. Lilli wusste, wie man anpack-te. Sie lernte schnell, und mit ihrem blonden Bubikopf und den bunten Blumenkleidern, zu denen sie gern knallpinkfarbenen Lippenstift trug, sah sie überhaupt nicht aus wie eine Unterneh-mensberaterin auf Selbstfindungstrip.

Und offensichtlich hatte sie auch eine gehörige Portion Men-schenkenntnis, denn ganz beiläufig sagte sie jetzt: »Mich nervt das auch immer, wenn meine Pläne über den Haufen geworfen werden. Kann ich überhaupt nicht leiden.« Bevor Frieke darauf antworten konnte, fügte sie hinzu: »Kann ich dir was abneh-men?«

Normalerweise hätte Frieke abgelehnt. Aber sie war zu müde, um sich diese Form von Stolz zu leisten.

»Du könntest gleich kurz in den Frischemarkt hüpfen und Spargel für heute Abend holen«, sagte sie. »Ich glaube nämlich, auf Gäste ist mein Kühlschrank nicht eingestellt.«

»Kein Problem. Schreib mir eine Liste, und ich besorge alles, was wir brauchen.«

Eine Sorge weniger. Jetzt konnte Frieke nach der Arbeit direkt nach Hause radeln und das Schlafzimmer herrichten. Alles andere würde sich schon ergeben. Und vielleicht wurde es ja ganz schön, so ein Mädelsabend zusammen mit Emma und Lilli auf ihrer kleinen Terrasse.

»Soll ich auch Wein mitbringen?« Lilli, stets die Planerin, schrieb bereits den Einkaufszettel.

Frieke zögerte. »Aber nicht zu viel.«

»Aye, aye, lady captain!« Zackig legte Lilli eine Hand an ihre imaginäre Matrosenmütze und tauchte wieder im hinteren Teil des Ladens unter, wo sie geschäftig herumräumte. Im Moment war es ruhiger. Die Tagesgäste kamen erst in etwa einer Stunde auf dem Rückweg vom Strand vorbei, dicht gefolgt von den hungrigen Urlaubern, die vor dem abendlichen Restaurantbesuch noch ein wenig stöbern wollten.

Frieke grinste. Sie rief auf dem Tablet, das sie tagsüber für alle geschäftlichen Belange nutzte und auf dem sie abends die für sie interessanten Neuerscheinungen las, die Warenwirtschaft auf und ging die Verkäufe der letzten Tage durch. Einige Bücher bestellte sie nach, zu ihrer Freude waren auch ein paar Titel dabei, die sie im Moment besonders gern verkaufte. Früher hatten Ebba und Willem, von denen Frieke vor einem Jahr die Buchhandlung übernommen hatte, noch mit Buchlaufkarten gearbeitet. Auf diesen wurde neben Titel, Autor und Verlag auch die Anzahl der Bücher notiert, die eingekauft wurden.

Beim Verkauf wurden die Karten aus den Büchern genommen und bei Bedarf die Bücher eben nachbestellt. Das System hatte trotz des charmanten Anachronismus so seine Tücken; es bedeutete viel mehr Arbeit als die zehn Minuten, in denen sie die Liste der Warenwirtschaft durchging, und nicht selten vergaß man die Karte zu entnehmen, und das Ende vom Lied war, dass auch gutgehende Titel nur dann nachbestellt wurden, wenn ihr Fehlen dem Buchhändler auffiel.

Aber das war eben Ebbas und Willems Methode gewesen. Sie war schon etwas antiquiert, und als Frieke sich über Warenwirtschaftssysteme für Buchläden informierte, merkte sie erst, dass die kleine Inselbuchhandlung in den vergangenen Jahrzehnten offenbar einige Innovationssprünge verpasst hatte. Egal. Jetzt hatte sie nicht nur eine Facebookseite und einen Twitteraccount für die Buchhandlung (unter @kleineInselbuchhandlung schrieb sie Buchempfehlungen, kleine Anekdoten aus dem Lädchen oder kam mit ihren Kunden ins Gespräch), sondern auch eine moderne Warenwirtschaft, die sie regelmäßig auswertete.

Zehn Minuten später waren auch alle Nachbestellungen getätigt, und Frieke klappte die Schutzhülle des Tablets zu. Immer noch kein Rückruf von Sonja.

Vielleicht sollte sie sich einfach gedanklich schon mal darauf einrichten, dass Bengt für den Rest des Sommers bei seinen Brandseeschwalben blieb. Ihm würde das gefallen, das wusste sie.

Als sie vor anderthalb Jahren in das alte Kapitänshaus zusammengezogen waren, hatte Frieke schnell gemerkt, dass Bengt zwar gewisse Qualitäten als Hausmann hatte und in den Wintermonaten auch durchaus *häuslich* sein konnte, doch sobald im Frühling die Tage länger wurden und mit der baldigen Rückkehr der Brandseeschwalben zu rechnen war, galt seine Aufmerksamkeit nur noch seiner Arbeit. Er hatte dann wenig Sinn für lange Filmabende oder gemütliche Gespräche am Kamin bei Kerzenschein und Wein. Frieke sagte sich, dass das ja in Ordnung sei, schließlich hatte sie sich in ihn verliebt, weil er so war, wie er war. Außerdem blieb ihr im Sommer auch kaum Zeit für anderes als die Buchhandlung.

Trotzdem pikste das ein bisschen. Sie hatte auch für ihn ihr Leben auf den Kopf gestellt und etwas völlig Neues gewagt. Und er konnte sein Leben so weiterführen wie bisher – nur mit dem Unterschied, dass er die Winter nicht bei Tante Mette auf dem Festland, sondern bei Frieke im Inseldorf verbrachte.

Okay, jetzt übertrieb sie, aber ihr war gerade ein bisschen zum Heulen zumute, weil sie es sich einfach anders vorgestellt hatte. Vielleicht ganz gut, dass Bengt heute bei seinen Brandseeschwalben blieb, wenn sie emotional so neben der Spur war. Morgen ging es ihr bestimmt besser. Dann konnte sie mit ihm darüber reden, was sie störte und was anders laufen musste.

Nach einem letzten Blick auf den Überweisungsschein seiner nächsten Patientin ging Dr. Raik Tossens mit weit ausgreifenden Schritten in das Wartezimmer. »Frau Großewinkelmann?«

Eine Endvierzigerin, die etwas zu viel auf den Rippen hatte (Raiks professionelle Meinung), erhob sich. Sie trug eine Blümchenbluse, einen blauen Rock und Riemchensandalen, die mit Glitzersteinen besetzt waren. Am meisten strahlte aber ihr Lächeln, sobald sie Raik erblickte. »Herr Doktor!« Sie versuchte, ihm die Hand zu reichen, aber das konnte Raik gerade noch abwenden, indem er mit der rechten Hand einladend zum Behandlungszimmer zeigte.

»Dort entlang bitte.«

Er versuchte, seinen Patienten möglichst nicht die Hand zu geben, da manche mit einem geschwächten Immunsystem anreisten und daher schon ein kleiner Schnupfen sie umhauen konnte.

Wie ihm ein kurzer Blick auf Frau Großewinkelmanns Überweisung verriet, war das bei ihr zum Glück nicht der Fall.

»So, was kann ich denn für Sie tun?«, fragte er und setzte sich hinter den wuchtigen Eichenholztisch. Ein Erbstück seines Vaters, der früher Landarzt auf dem Festland gewesen war. Es hatte Raik ein kleines Vermögen gekostet, dieses Möbelstück, das ihm lieb und teuer war, nach seiner Praxiseröffnung vor ein paar Jahren auf die Insel bringen zu lassen.

»Ja, Herr Doktor, ich bin zur Kur hier, nech?« Seine Patientin versuchte sich an einem koketten Lächeln. Raik erwiderte das Lächeln nachsichtig. »Mein Hausarzt Dr. Rodenbrock meint, ich hätte es mit der Lunge.«

Sollte Raik eine Wette abschließen, würde er eher auf beginnenden Diabetes und fehlende Fitness tippen, aber er nickte nur wohlwollend und notierte etwas auf einem Zettel.

»Und darum hat er mich hergeschickt. Das Reizklima, Sie wissen schon.«

»Ja, natürlich. Wie lange bleiben Sie?«

Sie strahlte ihn an. »Drei Wochen.«

»Gut, also was kann ich für Sie tun?«

»Also, ich dachte … weil ich doch so krank bin …«

Raik nickte, doch in Gedanken war er schon woanders. Diese Patientin war wie so viele, die Tag für Tag in seiner Praxis saßen und sich über ihren Kuraufenthalt freuten: drei oder vier Wochen auf der Insel, können Sie mir Behandlungen verschreiben, ich habe es mit der Lunge, mit dem Herzen, aber das ist ja alles so teuer, die Krankenkasse wird's schon zahlen.

Frau Großewinkelmann sah nicht so aus, als könnte sie sich die zusätzlichen Behandlungen nicht leisten. Aber was wusste er schon. Viele Patienten kamen zu ihm mit diesem Wunsch, und er war es leid, mit ihnen zu diskutieren. Was möglich war, machte er.

Manchmal fand Raik seinen Job als Inselarzt anstrengend.

Aber er lächelte nachsichtig, winkte kurz zum Abschied, was Frau Großewinkelmann erröten ließ. Sie stolperte am Empfangstresen vorbei. »Auf Wiedersehen!«, flötete sie, dann war sie fort.

Lungenkrank? Um nichts in der Welt war diese Frau lungenkrank. Aber vielleicht brauchte sie Aufmerksamkeit. Ein Kuraufenthalt mochte da das richtige Rezept sein, und die Thalasso-Behandlungen würden auch nicht schaden. Zuwendung. Freundliche Worte. Nette Menschen, die sie im Frühstücksraum am Morgen begrüßten. Vielleicht auch ein kleiner Kurschatten oder eine neue Freundschaft. Raik wünschte ihr das von Herzen.

»Gerade hat Sonja Petersen angerufen und um Rückruf gebeten.« Seine Assistentin Christine schob ihm einen rosa Klebezettel über den Tresen.

»Mache ich sofort.« Raik nahm die nächste Patientenkarte vom Stapel, der nicht kleiner zu werden schien. Dann ging er zurück in sein Sprechzimmer und ließ sich aufatmend auf den Stuhl hinter dem Schreibtisch fallen.

Sonjas Nummer kannte er auswendig. Ihre Familie war in den letzten zwei Jahren ziemlich gebeutelt worden, nicht zuletzt durch die Krankheit ihres Nesthäkchens Raphaela.

»Was gibt's?«, fragte er, sobald Sonja sich meldete. »Ist bei der Kleinen alles okay?«

»Ja, ihr geht's prima.« Es war schon Ironie des Schicksals; ausgerechnet das kleine Mädchen, das im Reizklima der Nordseeinsel aufgewachsen war, litt unter schwerem Asthma. »Ich habe eine Bitte an dich.«

»Erzähl.«

»Aber du sagst nur zu, wenn es dir wirklich nichts ausmacht, okay?«

»Okay.« Jetzt war er neugierig.

»Habt ihr eine Wohnung frei?«

Raik schwieg verblüfft. »Äh, was?«

»Auf dem Hof. Ob ihr dort eine Wohnung frei habt.«

»Wir vermieten nicht, das weißt du.«

»Ich weiß aber auch, dass ihr mehrere Wohnungen auf eurem Pferdehof leerstehen habt. Seit Jahren. Und jetzt ist ein Notfall eingetreten. Ich würde dich nicht darum bitten, wenn es nicht wichtig wäre. Wir haben hier nichts frei, aber eine Frau mit einjährigen Zwillingen muss auf der Straße übernachten, wenn wir nichts finden.«

Raiks Finger trommelten auf die Tischplatte. Er drehte sich im Schreibtischstuhl um und starrte nach draußen. Der Rhododendron blühte spät dieses Jahr. Der Winter war hart und lang gewesen, gefolgt von einem überraschend kühlen Mai. Jetzt begannen die warmen Tage. Die Tage, an denen es Conny gutging. Trotzdem…

Die Vorstellung, dass sich Fremde auf ihrem Hof aufhielten, behagte ihm nicht.

»Du sagst ja gar nichts«, sagte Sonja.

»Ich überlege.«

»Dann überleg schneller.«

Er seufzte. Seine Schwester Conny war die meiste Zeit draußen bei den Islandpferden, die in diesen Tagen ihre Sommerweide bezogen. Sie bot Reitunterricht und Ausritte am Strand an – dank einer Mitarbeiterin klappte das ganz gut.

Aber Sonja hatte recht – es gab tatsächlich fünf Wohnungen, die früher vermietet worden waren. Früher. Als seine Mutter noch lebte. Das war lange her…

»Kann ich dich zurückrufen?«

»Nee«, sagte Sonja. »Du kannst es dir überlegen, und dann rufst du Frieke Wallgren an. Für ihre Freundin ist die Wohnung nämlich.«

»Frieke Wallgren hat genug Platz im alten Kapitänshaus.«

»Hat sie nicht. Sie hat im Moment schon Lilli unterm Dach wohnen, und im Juli kommt Thea. Das klappt nicht.«

Klang so, als wollte diese Mutter mit ihren Kindern länger bleiben. Es ging also nicht nur um zwei oder drei Nächte zur Überbrückung.

»Ich melde mich bei Frieke, okay.« Er verabschiedete sich. In Gedanken war er ganz woanders. Nicht bei Sonja oder Frieke, sondern bei seiner eigenen Familie.

Es begann vor über zwanzig Jahren, als er gerade mitten in der Pubertät steckte und seine Schwester Conny zehn Jahre alt war. Sie trennten mehr als fünf Jahre; beide hatten sich in ihre Welten verkrochen. Für Conny waren das die Islandpferde, die ihre Mutter auf dem Hof im Westen des Dorfs züchtete. Für Raik war es die Naturwissenschaft.

Sein Vater förderte sein Interesse in der Hoffnung, dass Raik später in seine Fußstapfen treten und Medizin studieren würde, während seine Mutter natürlich Connys Liebe zu den Pferden immer wieder neu entfachte. Und das wäre auch gar nicht schlimm gewesen, diese gegensätzlichen Interessen. Aber die Eltern stritten, und sie taten das irgendwann nicht mehr heimlich. Das angestrengte Flüstern der Herbstabende wurde im Winter zu eisigem Schweigen, und im Frühling dann, als seine Mutter alle Hände voll zu tun hatte mit den fohlenden Isländerstuten, wurde es zu einem offenen Schlagabtausch. Bis sein Vater sagte: »Ich packe, das hält ja kein Mensch aus!«

Bis heute wusste er nicht, was seine Eltern auseinandergetrieben hatte. Inzwischen, nach mehreren Beziehungen, die mehr oder weniger gut funktioniert hatten, ahnte er, dass es nicht immer den einen Grund geben konnte, wenn etwas entzweiging, das zwei Menschen gern ihr Leben lang erhalten wollten.

Damals hatte er aufbegehrt. Gegen die Enge der Insel, gegen seine Mutter, der er die Schuld an dieser Misere gab, ohne zu wissen, warum. Vielleicht, weil er sich dem Vater näher fühlte. Jedenfalls packte nicht nur Raiks Vater den Koffer und zog aufs Festland. Der Sohn folgte dem Vater, der bald schon eine neue Praxis eröffnete. Die Inselpraxis musste er abgeben, doch mit Dr. Müller fand sich schon bald ein Nachfolger.

Der Faden, der Raik noch mit der Insel verband, zerriss damals schnell. Er kappte vermutlich bewusst die Verbindung zu seinen Wurzeln, er war ein rebellischer Teenager, das machte es ihm leicht. Und es dauerte lange, bis er begriff, dass es ihn deshalb direkt nach dem Abitur durch die Welt trieb, ehe er sich spät doch noch für ein Medizinstudium entschied.

Aber Conny blieb zurück, bei der Mutter und den Pferden. Als es Raik vor vier Jahren zurück auf die Insel trieb, war sie immer noch da – gebeugt von der Trauer nach dem Tod der Mutter. Ihm gegenüber war sie feindselig, fühlte sich verraten und im Stich gelassen. Einzige Bedingung, dass er zu ihr auf den elterlichen Hof ziehen konnte, war, dass sie die Ferienwohnungen aufgaben, die bis dahin ein einträgliches Geschäft gewesen waren, und sie sich nur noch um die Pferde kümmerte. Ohne Raiks Geld aus der Praxis wäre das ein Verlustgeschäft; mit den Ferienwohnungen stünden sie besser da. Aber er fragte nicht, er machte einfach. Es war ohnehin ein Glücksfall, dass er die Praxis bekam, kaum dass er hier gelandet war; ein bisschen so, als hätte sie all die Jahre auf ihn gewartet, als wäre Dr. Müller nur ein Sachwalter gewesen für etwas, das rechtmäßig ihm gehörte. Sonst hatte aber niemand auf ihn gewartet, und das tat erstaunlich weh. Es war eben kompliziert, wie das so ist mit unglücklichen Familien.

Und nun sollte jemand in eine der Wohnungen ziehen? Selbst wenn es nur vorübergehend war, hatte Raik Bedenken. Andererseits verstand er auch die Not der unbekannten Freundin von Frieke, der er sich gewissermaßen verbunden fühlte, seit sie vor knapp zwei Jahren ihren Vater, den ollen Hansen, erst auf der Insel kennengelernt und dann viel zu schnell wieder an den Krebs verloren hatte. Raik hatte seinen Vater inzwischen auch verloren; die Demenz hatte ihn überraschend schnell vollständig seiner Vergangenheit beraubt, und er lebte in einem Pflegeheim auf dem Festland.

Auch das schmerzte. Aber so war das Leben; mit Mitte dreißig war Raik in einer Lebensphase angelangt, in der die wenigsten frei waren von Schicksalsschlägen.

Ein Klopfen an der Tür ließ ihn aufblicken. »Das Wartezimmer füllt sich wieder«, sagte Christine. »Kommst du?«

»Klar, bin schon unterwegs.«

Er würde sich später um das Problem der jungen Mutter kümmern. Mit Conny reden. Der Tod ihrer Mutter lag vier Jahre zurück. Es wurde Zeit, nach vorne zu schauen. Die Türen wieder zu öffnen, die Menschen wieder auf den Hof zu lassen. Das Leben einladen, das so lange draußen bleiben musste.

KAPITEL 3

Nach zwei Stunden am Meer waren die Zwillinge müde und schon wieder hungrig. Emma packte sie in den Buggy, verabschiedete sich herzlich von Johanne und machte sich auf den Weg zum Inselbuchladen. Vielleicht ergab sich noch mal eine Begegnung mit dieser herzensguten Frau. Emma wünschte es sich sehr.

Sie ächzte, während sie den Zwillingswagen die Wittdün hinaufschob. Das war auch so etwas, womit man nicht rechnete, wenn man auf einer Nordseeinsel urlaubte; Spiekeroog hatte erstaunlich hohe Dünen, und der Weg, der vom Strand zum Dorf führte, wand sich zwischen diesen Sandbergen hindurch, die dicht mit Strandhafer, Sanddorn, Labkraut und wilden Stiefmütterchen bewachsen waren. Und noch ein paar anderen Pflanzen, deren Namen Emma nicht kannte.

Als das Dorf in Sicht kam, blieb sie stehen und verschnaufte. Es war warm, und die Sonne brannte auf ihren Nacken nieder. Zu spät fiel ihr ein, dass sie vergessen hatte, sich selbst einzucremen. »Typisch«, schimpfte sie leise mit sich selbst. »Deine Kinder glänzen weiß wie Speckschwarten, aber du glühst heute Abend wieder knallrot wie der Schnabel eines Austernfischers.« Dann musste sie über sich selbst lachen. Selbstgespräche. Das war auch etwas, wovon sie sich nie hätte vorstellen können, dass es sie betraf, bevor sie Mutter wurde ...

Aber manchmal war es wohltuend, den ganzen Frust, den Ärger und die Erschöpfung irgendwo abzuladen – und sei es hier oben in der Einsamkeit der Dünen, wo sich gerade kaum Spaziergänger tummelten. Denn wer das mit dem Inselurlaub ernst nahm, war jetzt noch am Strand.

Emma schob weiter. Jetzt brannte ihr Nacken wirklich unangenehm, und auch Wangen und Nase fühlten sich heiß an. Hoffentlich hatte sie keinen Sonnenstich. In Gedanken schrieb sie bereits eine Liste der Dinge, die sie besorgen musste. Mehr Sonnencreme. Einen Strohhut. Am besten auch welche für die Jungs mit möglichst breiter Krempe. Obwohl – die würden sie vermutlich sofort von den Köpfen reißen. Lieber nicht. Mehr Sandspielzeug. Mehr Snacks. Die Seeluft machte ihre zwei Fressraupen noch hungriger.

Offensichtlich auch müder, denn im Buggy war es verdächtig ruhig geworden. Emma brauchte nicht nachzusehen; die Zwillinge waren schon wieder eingeschlafen. Hätten sie nicht an diesem Tag ziemlich viel erlebt, wäre Emma jetzt direkt in Panik verfallen, dass die beiden krank wurden. So verschob sich damit nur ihr Feierabend auf unbestimmte Zeit.

Auch in Ordnung, dachte sie. Der Tag war anstrengend genug für die beiden, da würde sie den Abend auch noch irgendwie wuppen. Erstaunlicherweise fühlte sie sich nach dem Gespräch mit Johanne und ihrem Picknick am Strand seltsam beseelt und entspannt.

Sie hatte die Kuppe der Wittdün erreicht, und nun ging es nur noch bergab. Die ersten Häuser des Dorfs zogen an ihr vorbei – Pensionen und Apartmenthäuser, ein kleines Hotel. Alles ganz schnuckelig. Frieke hatte ihr erzählt, dass der Inselrat darauf achtete, dass nicht zu große Gebäude ins Dorf kamen, damit der touristisch reizvolle Charakter erhalten blieb. Emmas Empörung, weil sich nur so das pittoreske Dorfleben erhalten ließ, hatte Frieke mit einem nachsichtigen Lächeln quittiert. »Die Menschen streben nun mal immer nach mehr«, sagte sie lapidar. »Wenn man sie nicht daran hindert.«

Kurz vor der Inselbuchhandlung entdeckte Emma auf der rechten Seite einen großen Gebäudekomplex, der letzten Herbst nur eine riesige Baustelle gewesen war. »Spiekerooger Liebe« las sie auf dem grünen Schild in goldenen Lettern, das vor dem Eingang stand. Darüber ein kleineres Schild, das »Neueröffnung! Freie Zimmer!« verhieß.

Schau an, dachte Emma. Ob Frieke davon wusste? Und ob sie schon was für Emma gefunden hatte?

Na ja, fragen kostete nichts. Und bevor sie gleich noch mal zurück zu diesem Hotel lief, wenn Frieke nichts gefunden hatte, konnte sie sich ja schon mal erkundigen.

Sie schob den Buggy neben dem Eingang in eine Nische und schaute noch mal nach den Zwillingen. Lars und Timo schliefen, die Köpfe einander zugewandt. Ihre Hände berührten sich. So schliefen sie oft.

Solange ich diese beiden habe, ist alles gut.

Mit einem Lächeln auf den Lippen betrat sie das Hotel. Die Lobby war nicht besonders groß. Hell und freundlich. Ein paar Sessel vor einem Kamin, in dem jetzt natürlich kein Feuer flackerte. Im Herbst und Winter war das bestimmt gemütlich.

»Guten Tag, was kann ich für Sie tun?«

Eine junge Frau, blonde Haare zu einem Pferdeschwanz hochgebunden, dezentes Make-up, strahlend blaue Augen und ein so professionelles Lächeln, dass es Emma wie ein kalter Schauer über den Rücken lief.

»Guten Tag. Haben Sie noch ein Zimmer frei?«

»Möchten Sie spontan auf der Insel bleiben, ja?« Das Professionelle schwand aus dem Gesicht und machte einem seligen Lächeln Platz, als könnte sie diesen Wunsch sehr gut verstehen. Sie beugte sich zu dem Computer hinüber und tippte etwas ein. »Einzelzimmer oder Doppelzimmer?«

»Am liebsten ein Familienzimmer. Haben Sie so etwas?«

»Leider nein«, sagte die Rezeptionistin ernst. »Dies ist ein Hotel für Erwachsene.«

Emma war verwirrt. »Wie, für Erwachsene?«

»Keiner unserer Gäste ist unter 16 Jahre alt«, erklärte ihr die Rezeptionistin geduldig.

»Was für ein Schwachsinn«, entfuhr es Emma. »Das hier ist eine Urlaubsinsel, die besonders von Familien frequentiert wird.«

»Das mag sein, aber unser Hotel ist nicht für Familien gedacht.« Inzwischen bildete sich eine steile Falte zwischen den Brauen der Rezeptionistin.

»Hören Sie, es ist … ich stecke in einer Notlage.« Emma schluckte. Sie spürte, wie ihr Tränen in die Augen stiegen. Nein, nein, nein! Das durfte ihr jetzt auf keinen Fall passieren.

Nebenwirkung Nummer 368, wenn man Mutter wurde: Man war in der Schwangerschaft nah am Wasser gebaut und blieb es nach der Geburt ein Leben lang.

»Draußen im Buggy schlafen meine Zwillinge, und wenn Sie kein Zimmer für uns haben, dann müssen wir auf der Straße übernachten. Keiner hat ein Zimmer für uns, die letzte Fähre ist schon weg, wir können nicht nach Hause …«

Sah sie da etwas im Blick ihres Gegenübers aufflackern, das mehr als nur professionelles Bedauern war? Mitgefühl gar? Emma verstummte, denn sie wusste nicht, welche Argumente sie noch vorbringen könnte.

»Es tut mir leid. Die Anweisung kommt von der Geschäftsführung, ich kann da wirklich nichts machen.«

Das glaubte Emma ihr sogar. Ihr Gegenüber machte auf sie nicht den Eindruck, als wäre sie besonders kinderfeindlich. Trotzdem passte das, was sie Emma sagte, zu vielen Situationen, denen sie in den vergangenen zwei Jahren begegnet war. Und das machte sie wütend.

Kinder? Na ja, das ist okay, wenn sie leise sind. Zwillinge? Jungs auch noch? Herrje.

Sie dachte an eine Kollegin. Tina. Sie besaß zwei Katzen. Wohnungstiere, die maximal auf dem mit einem Netz gesicherten Balkon saßen und die Spatzen auf dem gegenüberliegenden Dach leise anknurrten, weil sie, auch wenn sie gemütliche Stubentiger waren, immer noch das Raubtier in sich spürten, das eben nicht nur eine Dose mit Whiskas kredenzt haben möchte. Tina hatte vor drei Jahren eine neue Wohnung in Hamburg gesucht. Diese Stadt mit ihrem Wohnungsmarkt, der ohnehin schon *schwierig* war – um es mal vorsichtig zu formulieren –, ließ einer alleinstehenden Frau mit Haustieren kaum Platz. Mit viel Glück fand sie schließlich weiter außerhalb eine kleine Wohnung. Aber auch erst nach monatelangem Suchen.

Wenn ich von der Insel zurückkehre, muss ich für uns auch eine Wohnung suchen.

Das Haus hatte Torben gekauft, und sie wollte ihn nicht darum bitten müssen, mit den Zwillingen darin wohnen zu bleiben. Da setzte sich dann wieder der Teil von ihr durch, der immer alles geordnet wissen wollte. Torben bezahlte die Raten fürs Haus, die Nebenkosten, Reparaturen, das Auto. Emma bezahlte Lebensmittel und die Sachen für die Kinder von ihrem Geld. Da sie im Moment nichts verdiente, griff sie auf ihre Rücklagen zurück.

Eine Wohnung. Für eine alleinerziehende Mutter mit zweijährigen Zwillingen, der eine ein schlimmerer Wildfang als der andere.

Wir werden auf der Straße landen. Erst hier auf Spiekeroog, und dann in Hamburg …

Sie schluckte.

»Alles in Ordnung?« Die steile Falte der Rezeptionistin verschwand, sie wirkte nun besorgt. »Geht es Ihnen gut?«

Vielleicht hatte sie auch nur Sorge, Emma könnte vor ihrem Empfangstresen zusammenklappen und damit den gutsituierten Hotelgästen (ohne Kinder, die waren ja ein Armutsrisiko!) einen Schreck einjagte.

Herrje. Ich kann mir doch nicht mal ein Zimmer in diesem Hotel leisten. Geschweige denn eine Wohnung in Hamburg...

»Alles okay«, sagte sie leise und trat den Rückzug an. In der Tür stieß sie mit einem älteren Herrn zusammen. Heller Anzug, Strohhut, rotes Gesicht... Ah, der Kinderfeind von der Fähre.

Hätte Emma sich ja denken können, dass so einer in diesem Hotel nächtigte.

»Hoppla!«, rief er, hielt sich an Emmas Arm fest und grinste sie an. »Entschuldigen Sie vielmals.« Er trat einen Schritt zurück.

»Ebenfalls hoppla«, gab Emma zurück, und sie kam sich im selben Moment irgendwie dümmlich vor. Und sie ärgerte sich, weil sie so einem alten Knacker auch noch mit Freundlichkeit begegnete.

Doch er schien wie ausgewechselt. »Ich hoffe, Sie genießen Ihren Aufenthalt in diesem Haus«, säuselte er. Seine Hand lag ganz leicht auf ihrem Unterarm, und sein Lächeln war so gewinnend, dass Emma fast darauf hereingefallen wäre. Er erinnerte sie jetzt eher an einen vergnüglichen Opi, der zur Sommerfrische auf der Insel weilte und mit jedem ein Schwätzchen hielt.

»Oh, leider nein«, sagte sie bedauernd. »Es war kein Zimmer mehr frei.«

»Ach!« Erstaunen. Dann eine kleine Gewitterwolke, die sich zwischen den buschigen Brauen zusammenzog. »Fräulein Theesen? Wie kann das sein, dass wir für diese bezaubernde Dame kein Zimmer mehr zur Verfügung haben?«, fragte er an die Rezeptionistin gewandt.

»Aber … aber … Entschuldigen Sie, Herr Kruse … Es ist nur …« Die junge Frau war peinlich berührt.

Herr Kruse hakte sich bei Emma unter. »Darf ich?«, fragte er und wollte sie zurück zum Empfangstresen geleiten.

Vorsichtig machte sie sich von ihm los. »Ich glaube, lieber nicht.« Jetzt verstand sie. »Ihre Mitarbeiterin hat mir erklärt, dies sei kein Hotel für Familien.«

»Das ist richtig. Ist dies für Sie ein Problem, junge Dame?«

Er erkennt mich nicht als die abgekämpfte Mama von der Fähre. Schon witzig …

Aber Emma war zu erschöpft, um diesen Irrtum auf die Spitze zu treiben oder sich auf diese Weise ein Zimmer zu erschleichen. Ihre Zwillinge verleugnen? Niemals!

»Es wird für meine beiden Kinder ein Problem sein«, erklärte sie würdevoll und machte einen Schritt zurück. »Die sitzen draußen im Buggy und schlafen. Kann ich schon verstehen, dass man sie nicht hier haben will. Sind ja so schrecklich laut.«

Die Erkenntnis blitzte auf seinem Gesicht auf. »Ach, Sie sind das«, sagte er nur.

»Ja, ich bin das. Die Mutter mit den schrecklichen Zwillingen.«

Er schwieg. Emma machte noch einen Schritt rückwärts. »Schönen Tag noch«, wünschte sie, obwohl ihr der Tag gründlich verdorben war.

Draußen packte sie den Griff des Buggys und schob ihn hastig das Stück zur Buchhandlung. Dort ließ sie sich in den Strandkorb fallen. Timo war aufgewacht und weinte; die Sonne blendete ihn, oder er hatte Durst, was wusste sie schon.

Das also war ihre Zukunft. Alleinerziehend, ohne Geld, ohne Chancen. Wie sollte sie überhaupt wieder arbeiten gehen, solange die Zwillinge nicht in eine Kita gingen? Ursprünglich hatten Torben und sie geplant, dass sie drei volle Jahre zu Hause blieb, bevor sie wieder anfing zu arbeiten. Das war jetzt wohl illusorisch. Aber Hamburg hatte nicht nur Wohnungsnot; einen Kitaplatz würde man ihr auch nicht auf dem Silbertablett servieren. Und ob man sie ein Jahr früher als geplant beim KOMET mit offenen Armen empfing...

Sie hatte das Gefühl, alles verloren zu haben.

Bevor sie sich von der Aussichtslosigkeit ihrer Situation überwältigen ließ, holte Emma Timo aus dem Buggy und gab ihm etwas zu trinken. Er schmiegte sich auf ihren Schoß und genoss die ungeteilte Aufmerksamkeit seiner Mama. Kam ja auch selten genug vor.

»Hier.« Das leise Klappern von Geschirr und Besteck. Emma blickte durch einen Schleier aus Tränen auf. Friekes Mitarbeiterin stellte eine Tasse mit Cappuccino und einen Teller mit Rhabarberkuchen mit Baiserhaube auf den kleinen Tisch vor dem Strandkorb. »Meine Mutsch sagte immer, bei Tränen hilft nur Süßes.«

Emma schluckte. »Deine Mutsch ist eine kluge Frau«, fand sie.

»War sie, stimmt.« Das Lächeln war nur ein bisschen traurig.

Es war nur ein winziges Detail, aber Emma hörte es trotzdem. *Sagte. War.* Vergangenheit.

Sie lächelte. »Das tut mir leid.«

»Ach, alles okay. Das ist lange her.« Lilli lächelte ebenfalls.

Sie wusste nicht, wie das kam, aber sie hatte das Gefühl, dass Lilli verstand. Sie teilten denselben Verlust. Es war etwas, was selbst im Erwachsenenalter Spuren hinterließ. Egal, wie man zuvor zur eigenen Mutter gestanden hatte.

Und sie hatte es auch bei Frieke beobachtet, nachdem ihr leiblicher Vater Ole gestorben war, mit dem sie doch nie so viel zu tun gehabt hatte. Eltern starben vor ihren Kindern, das war der natürliche Lauf der Dinge. Trotzdem war es etwas, was

Emma nur schwer akzeptieren konnte – erst recht, nachdem sie die Zwillinge geboren hatte. Ihre Kinder verlieren? Unvorstellbar. Selbst eines Tages nicht mehr in dieser Welt sein? Auf gar keinen Fall.

Lilli hatte sich diskret zurückgezogen, und während Emma ihren Gedanken nachhing, wiegte sie Timo. Er strampelte, weil er jetzt genug gekuschelt hatte, und sie ließ ihn runter. Sofort lief er zum Buggy und zupfte an Lars' Schuh. Los, steh auf, du Schlafmütze! Wir müssen die Welt erkunden!

Emma lachte.

»Na siehst du. Hilft der Kuchen?«

Frieke war unbemerkt herausgekommen und ließ sich neben sie in den Strandkorb sinken. Sie beobachteten die Zwillinge, die sich in ihrer ganz eigenen Zwillingssprache verständigten.

»Kuchen hilft immer.« Emma nahm den Teller und fing an zu essen. »Boah, lecker. Ist das wieder eines von Bengts Rezepten?«

Frieke nickte.

»Ich habe leider nichts für euch gefunden«, sagte sie leise. »Eine Rückmeldung von Sonja steht noch aus, aber ... hm. Es ist halt kurz vor der Hauptsaison, und offenbar sind die letzten verfügbaren Betten fürs Wochenende gerade noch weggegangen. In drei Wochen hättest du gar keine Chance mehr gehabt.«

»Dann müssen wir wohl heute Abend zurück aufs Festland.«

»Nein. Heute Abend kommt ihr mit zu mir. Bengt bleibt draußen bei seinen Vögeln, und ich schlafe auf dem Sofa. Lilli kauft gleich ein, wir lassen es uns richtig gutgehen.« Frieke legte den Arm um Emmas Schulter. »Ich lasse dich doch jetzt nicht so allein, Süße! Du warst schließlich auch immer für mich da.«

Beide lächelten. Sie erinnerten sich an die turbulente Zeit vor knapp zwei Jahren, als Frieke in Boston saß und nicht wusste, wie es mit ihrem Leben weiterging. Wie sie dann einen Neuanfang wagte.

»Danke, Liebes.« Emma schniefte.

»So schlimm?«

Sie zuckte mit den Schultern. »Ist irgendwie … viel. Also … dass wir jetzt allein sind. Und in Hamburg …« Mehr sagte sie nicht, aber Frieke verstand sie auch so. Sie hatte lange genug in Hamburg gelebt.

»Es findet sich schon was. Ich kann auch meine Eltern fragen, ob sie sich mal für dich umhören. Martin kennt viele Leute.«

»Das wäre lieb.«

Wieder schniefte sie. Schweigend stand Frieke auf und ging in die Buchhandlung. Von drinnen waberte die warme, abgestandene Luft mit dieser unverwechselbaren Geruchsmischung aus Papier und Leim zusammen mit frisch gebrühtem Espresso nach draußen. Frieke kam zurück; auf einem Tablett balancierte sie zwei kleine Schnapsgläser.

»Ungewöhnliche Zeiten erfordern ungewöhnliche Maßnahmen«, erklärte sie.

Emma lachte. »Du bist noch im Dienst!«, protestierte sie.

»Na und? Lilli kriegt die letzte halbe Stunde auch ohne mich hin. Ich habe ihr Bescheid gesagt, sie kümmert sich. Ich muss dich jetzt aufmuntern, und dann gehen wir nach Hause.« Sie drückte Emma ein Schnapsglas in die Hand. »Ich will jetzt nichts weiter hören! Runter mit dem Zeug.«

»Darf ich wenigstens wissen, was das ist?«

»Darfst du. Sanddornschnaps. Mit viel Vitamin C.«

»Na, dann ist es wenigstens gesund«, murmelte Emma und legte den Kopf in den Nacken. Vom Sanddorn schmeckte sie nicht viel, weil der Schnaps so in der Kehle brannte. Die Tränen, die ihr dieses Mal in die Augen stiegen, waren schon was anderes.

Stumm hielt Frieke ihr das zweite Glas hin. Emma nahm es und leerte auch das auf einen Zug.

»Besser?«

»Bisschen.« Emma stellte das Pinnchen mit einem leisen Knall zurück aufs Tablett. »Und jetzt lass uns die panierten Racker hier packen und in die nächstgelegene Badewanne verfrachten.«

Frieke grinste. »Das klingt schon eher nach meiner Emma. Soll ich den Schnaps mitnehmen, oder meinst du, die Wirkung hält vor?«

Emma überlegte. »Ich kriege das hin, oder?«

»Aber klar kriegst du das hin«, erklärte Frieke so überzeugt, dass Emma gar nicht anders konnte, als ihr zu glauben.

Drei Stunden später hatte Emma das Gefühl, sie könne alles schaffen, solange sie nur die Hilfe von Lilli und Frieke hatte. Sie hatten die Zeit perfekt genutzt. Im Kapitänshaus hatten Frieke und sie gewirbelt – Betten abgezogen, Bettzeug neu verteilt und bezogen, eine Maschine Wäsche eingeschaltet, die Zwillinge in die Wanne gesteckt, anschließend ein Abendbrot für sie bereitet und sie ins Bett gebracht. Währenddessen hatte Lilli in der Buchhandlung die letzten Kunden bedient, die Kasse gemacht und den Laden abgeschlossen, bevor sie zum Frischemarkt radelte und mit einem Korb voller Köstlichkeiten zurückkam: Spargel, Frühkartoffeln und Eier, drei Flaschen vorzüglicher Weißwein und zum Nachtisch kleine Küchlein, die sie auf dem Rückweg noch im Inselcafé ergattert hatte.

Die Zwillinge waren vom Tag am Strand und vom Toben im Garten so erledigt, dass sie nach nur wenigen Minuten Hand in Hand einschliefen. Emma baute aus Decken einen Schutz, damit sie nicht aus dem breiten Bett purzelten, dann schlich sie zurück auf die Terrasse, wo Lilli bereits den Tisch deckte.

»Und?«, fragte Frieke. Sie kam gerade aus der Küche und stellte eine Schüssel mit dampfenden Kartoffeln auf den Tisch.

»Klar, die beiden schlafen.« Mit einem Seufzen ließ Emma sich in einen Gartenstuhl sinken. Nur zwei Minuten Ruhe, dann würde sie bei den letzten Vorbereitungen helfen.

»Bleib sitzen«, sagte Lilli leise. Sie verschwand in der Küche und kam mit dem gekühlten Wein zurück und schenkte drei Gläser voll. »Das haben wir uns jetzt verdient – eine Pause und gutes Essen.«

Emma lächelte nachsichtig. Eine Pause? Nein, als Mama hatte sie nie Pause. Selbst jetzt waren ihre Antennen auf ihre Kinder ausgerichtet, und sie war bereit, beim kleinsten Mucks aus dem Schlafzimmer aufzuspringen.

Normalerweise trank sie auch keinen Alkohol. Und wären die Umstände andere, würde sie Wasser trinken.

Aber Torben hatte sie verlassen. Wann sollte sie was trinken, wenn nicht an einem so hochgradig beschissenen Tag?

Heute ist eine Ausnahme.

Sie wollte aus diesem Abend die Kraft schöpfen, die sie für die kommenden Tage brauchen würde.

Als Lilli aus der Küche die Platte mit dem dampfenden Spargel brachte, wollte Emma aufspringen und ihr helfen.

»Nichts da«, sagte Frieke rigoros. »Du bleibst sitzen.«

Zum Spargel servierten sie noch Schnitzelchen und Sauce hollandaise. Während sie aßen, übertrumpften Frieke und Lilli einander mit witzigen Geschichten aus dem Buchladen.

»Und weißt du noch, dieser alte Herr, der so völlig aus der Zeit gefallen zu sein scheint? Mit dem weißen Anzug und dem Hut?«

»Ah, du meinst Nucky Thompson.«

Lilli starrte Frieke mit offenem Mund an. »Echt, so heißt der?«

Emma prustete in ihr Weinglas. »Du bist aber kein Serienjunkie, oder?«

»Außerdem ist das nicht ganz richtig. Nucky Thompson wäre jünger und hatte nicht so buschige Brauen«, fügte Lilli hinzu.

Natürlich wusste Emma, von wem Frieke sprach. »Du meinst diesen Herrn Kruse, dem das Hotel gehört. Spiekerooger Liebe.«

»Genau! Kennst du ihn etwa schon?« Frieke schenkte nach, obwohl in Emmas Glas noch eine große Pfütze war. Geschickt, dachte sie. So merkte niemand, wer wie viel trank. Friekes Glas schien auch gar nicht leer zu werden.

»Ich habe heute versucht, dort ein Zimmer zu bekommen. Die Liebe erstreckt sich offenbar nicht auf Kinder.«

Frieke wurde ernst. »Dieses Hotel ist echt ein Ärgernis«, meinte sie. »Viele Insulaner finden es zu groß und zu teuer, und der alte Kruse hat sich deshalb mit dem Inselrat angelegt, das habe ich dir ja schon erzählt. Klugerweise erst, nachdem er die Baugenehmigung in der Tasche hatte. Danach konnten sie nichts mehr gegen ihn unternehmen.«

»Und das lässt sich der Inselrat gefallen?«, fragte Lilli.

»Was sollen sie machen? Mehr als ihm regelmäßig auf die Finger klopfen wohl nicht. Aber da geht ein Riss durch die Gemeinde. Einige sagen, soll er doch machen, dann kommen mehr Leute auf die Insel. Ist doch für alle gut. Andere hingegen finden, dass er den Bogen überspannt hat.«

»Und auf welcher Seite stehst du?«, erkundigte sich Emma.

»Er hat dir kein Zimmer gegeben, richtig? Dann bin ich ab sofort gegen ihn.«

»Aber mehr Inselgäste bedeutet auch mehr verkaufte Bücher«, wandte Emma ein.

»So viele Gäste kann er der Insel gar nicht bringen, dass ich ihn mag. Selbst wenn er ein Literaturfestival auf Spiekeroog ausrichtet und ich alle Büchertische mit Sebastian Fitzek und Kerstin Gier machen darf – ich mag ihn trotzdem nicht.«

»Hmm, ein Literaturfestival«, murmelte Lilli verträumt. »Das wäre mal was.«

»Aber nicht, wenn es von so einem Blödmann organisiert wird«, widersprach Frieke. »Hotel ab 16. Wir sind doch nicht auf Mallorca.«

»Literatur ist es egal, wer sie zu den Menschen bringt. Hauptsache, sie kommt an«, murmelte Emma.

»Du bestellst wohl auch zu oft im Internet, statt in eine Buchhandlung zu gehen.« Frieke runzelte die Stirn. Sie nahm noch von den Kartoffeln und ertränkte sie in den Resten der Hollandaise. Als sie Emmas Blick bemerkte, hob sie fragend die Sauciere. »Oder willst du noch?«

»Nee, ich bin satt. Aber sag mal, wann bist du denn so militant geworden? Ich dachte bisher, alle Buchhändler haben ihre Daseinsberechtigung?«

»Bin ich gar nicht«, behauptete Frieke. »Aber alle Buchhändler sollen am Ende des Monats ihre Rechnungen bezahlen können. Das schaffen eben nicht alle.«

»Und daran ist das Internet schuld?« Emma schüttelte den Kopf. »Also, wenn du mich fragst …«

»Dich fragt aber keiner«, schnitt Frieke ihr das Wort ab.

Bevor Emma sich darüber empören konnte, dass ihre Freundin offenbar zu viel getrunken hatte, hörten sie vom Gartentörchen eine Stimme.

»Hallo? Darf ich reinkommen?«

»Nur zu, die Haustür steht offen«, rief Frieke. Sie schien auch erleichtert zu sein, dass sie und Emma gerade noch einem handfesten Streit entkommen waren.

»Wer ist denn das?« Emma beugte sich zu Lilli. Ihr Blick aber klebte an dem Mann, der um die Hausecke kam. Er trug ein weißes Polohemd und eine Jeans, an der noch die Beinklammern hingen, die einen passionierten Radfahrer mit Sinn für Sauberkeit auszeichneten. Den Helm nahm er im Gehen vom Kopf und fuhr mit der freien Hand durch die unverschämt wuscheligen, dunklen Haare.

Und dazu funkelten die blauen Augen in seinem von der Inselsonne gebräunten Gesicht, als hätte er farbige Kontaktlinsen eingelegt. Wie war das in der einsetzenden Dämmerung möglich, fragte Emma sich. Dass Augen so ... so ... *intensiv* waren?

»Raik! Komm her, setz dich zu uns.« Frieke winkte den Gast heran. Emma versteckte ihr Gesicht hinter dem Weinglas und griff dann, sobald sie dieses geleert hatte, Halt suchend nach der Flasche. Die war nur leider auch schon wieder leer. »Ich hol Nachschub«, murmelte sie und kam unsicher auf die Füße. Sie stieß sich den Oberschenkel an der Tischecke. War sie denn die Einzige, die von den zwei Flaschen Wein etwas getrunken hatte? Zumindest hatte die Terrasse leichten Seegang, als sie Richtung Tür lief. Sie hielt sich am Rahmen fest, schaute über die Schulter zurück und bemerkte den spöttischen Zug um *seinen* Mund.

Oh Gott. Er hält mich bestimmt für Friekes alkoholsüchtige Freundin oder so.

Aber wieso sollte er sie überhaupt für irgendetwas halten?

Sie fand die dritte Flasche Weißwein in der Küche. Schraubverschluss, wie praktisch. Seagull Mountain – der Name war ja auch recht melodiös. Nun denn. Musste sie es nur noch heil zurück an den Tisch schaffen, solange dieser wunderschöne Mann da draußen mit Frieke redete. Worüber eigentlich, zum Donnerdrummel?

Emma kicherte. Woher kam das Wort noch mal? Es fiel ihr gelegentlich ein. Musste sie mal Frieke und Lilli fragen, die wussten bestimmt alles, so belesen, wie sie waren ...

Stopp. Du quasselst ja schon im Kopf. Da draußen hältst du am besten den Mund. Sonst wird es richtig peinlich.

Sie atmete tief durch und bewegte sich ganz vorsichtig wieder nach draußen. Der Neuankömmling – Raik, so hatte Frieke ihn angesprochen – stand mit dem Rücken zu ihr.

»… mit Conny klären. Aber das … äh …« Er dreht sich um und sah Emma an. Sie lächelte. Oder versuchte es zumindest. »Äh, das sollte kein Problem sein.«

»Was sollte kein Problem sein?«, platzte es aus Emma heraus.

Er musterte sie prüfend. Emma reckte das Kinn.

Seht her, ich bin betrunken, kann mich aber noch artikulieren!

»Das ist Emma«, sagte Frieke. »Sie braucht die Ferienwohnung.«

Oh. Oh!

»Hi«, sagte er mit einem entwaffnenden Lächeln.

Und gerade hatte sie noch überlegt, ob sie nicht morgen wieder nach Hause fahren sollte. Noch mal das Gespräch mit Torben suchen.

Letzteres sollte sie auf jeden Fall früher oder später tun. Aber nicht morgen. Sie wünschte, sie wäre nicht schon vom Schnaps und vom Wein leicht angetrunken und könnte auf dieses Lächeln angemessen reagieren, denn das würde sie sehr gern tun. Und sei es nur, um ihr Selbstwertgefühl ein bisschen aufzupolieren.

»Hi«, hauchte sie und sank statt auf den Boden wenig elegant auf ihren Stuhl.

»Raik und seine Schwester Conny haben eine Wohnung für euch. Im Westen des Dorfs auf dem Isländerhof«, erzählte Frieke. »Ihr könnt morgen dort einziehen.«

»Sie müssten sich den Hof mit uns und den vierzig Isländern teilen. Aber die sind bald auf der Sommerweide, und wir sind auch ganz angenehme Nachbarn, glaube ich.« Wieder dieses *Lächeln.* Uff.

»Oh!«, machte Emma. »Das ist ... toll.« Sie runzelte die Stirn. Die Vorstellung, Nachbarin dieses tollen Mannes zu sein, war wirklich verlockend.

»Weiß er, dass ich Zwillinge habe?«, fragte sie ins Nichts.

»Weiß er«, antwortete Raik an Friekes Stelle. Er grinste. »Wir haben wohl keine Reisebettchen mehr von früher. Aber vielleicht schlafen die Kinder auch schon in einem großen Bett?«

Emma schüttelte den Kopf. Bisher hatten die Jungs immer bei ihr geschlafen. Torben war nach einem Jahr ins Gästezimmer gezogen. Damals verständnisvoll, weil das ja für alle eine Ausnahmesituation war. Jetzt überlegte sie, ob es schon da angefangen hatte, dass er sich nicht mehr wohl fühlte mit dem Leben in ihrer kleinen Familie. Ob er sich ausgeschlossen fühlte.

»Es wird sich schon was finden«, murmelte sie.

»Das denke ich auch.« Er strahlte sie an. »Reiten Sie?«

Emma starrte ihn entgeistert an. »Auf gar keinen Fall!«, rief sie. »Keine zehn Pferde bringen mich auf den Rücken eines Pferds.«

Frieke, die neben Raik stand, verkniff sich ein Grinsen. »Na, dann ist ja alles geklärt. Conny wird sie mögen, oder?«, fragte sie, an Raik gewandt.

Er lachte. »Sie ist meine Schwester, also ja.«

Emma wurde das Gefühl nicht los, dass gerade auf recht gutmütige Art über sie gelacht wurde. Ich sollte nicht mehr trinken, dachte sie. Nie, nie wieder.

»Möchten Sie mit uns trinken?«, hörte sie sich fragen.

Raik wurde ernst. »Nein, tut mir leid, ich muss nach Hause. Kommen Sie am besten morgen früh so gegen zehn. Conny wird Bescheid wissen.« Er runzelte ganz leicht die Stirn. Dann gab er sich einen Ruck, nickte noch einmal allen zu, winkte in die Runde und verließ den Garten.

Emma blickte ihm nach.

»Noch Wein?«, fragte Lilli.

»Was muss ich machen, damit dieser gutaussehende Mann sich mit mir befasst?«, murmelte Emma.

»Du meine Güte, Emma? Geht's dir gut? Zu viel Sonne abbekommen?« Besorgt beugte Frieke sich vor. »Dein Dekolleté leuchtet jedenfalls wie der Popo eines Pavians.«

Emma zuckte mit den Schultern. »Mütterschicksal. Dafür sind die Jungs immer gut eingecremt.«

»Also, um auf deine Frage zurückzukommen«, sagte Frieke, öffnete die Weinflasche und schenkte Emma und Lilli nach. Emma war in Gedanken immer noch bei Raik, weshalb sie nicht protestierte.

Ab morgen trinke ich nie, nie wieder Wein. So!

»Welche Frage?«

»Wie du es schaffst, dass Raik sich mit dir befasst. Krank werden wäre eine Möglichkeit. Oder vom Pferd fallen und dir das Schlüsselbein brechen. Er ist unser Inselarzt«, fügte Frieke hinzu. »Dr. Tossens. Ich habe dir von ihm erzählt, oder?«

Natürlich hatte Frieke ihr von Dr. Tossens erzählt, jenem Arzt, der ihren Vater Ole in den letzten Lebensmonaten begleitet hatte. Emma hatte ihn sich immer älter vorgestellt. Er klang so ... verantwortungsvoll.

»Für den schwärmt fast jede Urlauberin auf der Insel«, warf Lilli ein und grinste. »Neulich habe ich drei Damen im Inselcafé belauscht, die sich darüber unterhielten, warum so ein schmuckes Kerlchen wie er denn noch Single sei. Sie schienen alle entschlossen, das zu ändern, obwohl sie bestimmt schon um die fünfzig waren.«

»Ach, lass ihnen ihre Träume«, sagte Frieke friedfertig.

Jeder darf mal träumen. Also auch ich? So ein netter Inselarzt, mit dem ich auf einem Hof leben darf ... Hach. Das wäre schon schön.

Aber halt mit Islandpferden. Das ist weniger schön.

»Komisch übrigens«, sagte Frieke. »Ich dachte schon, er würde uns absagen. Aber dann hat er es sich in letzter Sekunde anders überlegt.«

Jetzt hatte er tatsächlich ein Problem.

Raik hatte sich fest vorgenommen, Friekes Freundin eine Absage zu erteilen. Freundlich, aber bestimmt. Und weil er ohnehin im Osten des Dorfs noch einen Hausbesuch bei der alten Bendine Grophuis machte, fuhr er auf dem Rückweg beim alten Kapitänshaus vorbei.

Und dann hatte es ihn sprichwörtlich erwischt.

Er brachte es nicht übers Herz, die hübsche Blonde mit diesen hellen, grauen Augen zu enttäuschen, die schon etwas mitgenommen aussah mit ihrem vom Sonnenbrand glühenden Dekolleté. Sie hatte Kinder, verdammt! Und ohne ihn müsste sie morgen wieder abreisen.

Er dachte an Conny. Wie sie darauf reagieren würde, wenn er fremde Menschen auf den Hof brachte. Aber dann hörte er sich bereits sagen, das sei kein Problem, natürlich hätten sie Platz für Emma und ihre Zwillinge.

Er passierte das Tor, dahinter erstreckten sich die Stallungen, die Scheune und die beiden Häuser. In dem kleineren wohnten Conny und er. Das größere stand leer.

Und das war doch eine Schande, fand er.

Aber wie sollte er das seiner Schwester begreiflich machen?

Eigentlich dürfte sie sich nicht daran stören, wenn jemand im anderen Haus wohnte. Und dort Ordnung machen, das schaffte er, wenn er früher aufstand. Viel konnte es ja nicht sein. Gerade einmal durchsaugen, das Bad putzen, die Tücher von den Möbeln nehmen …

Im Haus brannte kein Licht. Er stellte das Fahrrad neben dem Eingang ab, streifte die Schuhe von den Füßen und lief auf Socken durch den Flur in die Küche. »Conny?«, rief er.

Nichts.

Hinter dem Haus führte ein kleiner Pfad zu den Stallungen. Normalerweise standen ihre Stiefel immer neben der Terrassentür, doch jetzt fehlten sie. Vermutlich war sie im Stall.

Nur im Stall war sie wirklich glücklich. Bei ihren Islandpferden.

Knapp vierzig dieser robusten Tiere besaßen sie inzwischen. Die meisten waren im Sommer auf den Salzwiesen im Westen der Insel, wo sie quasi zur Landschaftspflege beitrugen; sie hielten das Gras kurz, und mit ihren kleinen Hufen verfestigten sie den Boden. Das war gut für die Insel; es sorgte für zusätzlichen Schutz vor den winterlichen Sturmfluten. Und für die Islandponys war das Klima auf der Insel ideal; es ähnelte dem, das sie aus ihrer Heimat kannten.

Seine Stallstiefel standen auch neben der Terrassentür. Er schlüpfte hinein und lief durch den Obstgarten zu den Stallungen. Als er das Tor aufschob, sah er bereits, was los war. Conny stand hinten bei der großen Box, in die sie immer die Stuten brachten, die fohlen würden. Als sie ihn hörte, ruckte ihr Kopf hoch; sie legte den Zeigefinger auf die Lippen. Leise!

Er schloss möglichst geräuschlos das Tor und schlich zu ihr. Seine Schwester lehnte über der Boxentür, den Kopf auf die Arme gelegt. Ihre Augen waren feucht, und in ihren dunklen, kurzen Locken klebten ein paar Strohhalme.

»Ist es da?«, fragte er leise.

»Sieh selbst.« Sie lächelte selig.

So musste sich eine Hebamme fühlen, wenn sie einem Kind auf die Welt half, dachte Raik. Er blickte über die Begrenzung und sah die braune Stute, die ihr neugeborenes Fohlen gerade

61

sanft Richtung Euter stupste, damit es zum ersten Mal ihre Milch trank.

»Alles gutgegangen?«, fragte er.

Conny nickte. Gebannt schwiegen beide und beobachteten, wie Stute und Fohlen sich kennenlernten. Schließlich riss Conny sich von dem Anblick los. Sie berührte Raik sanft an der Schulter. »Kommst du?«

»Klar.«

Gemeinsam verließen sie leise den Stall.

»Ich schaue später noch mal nach ihnen. Im Moment kommen sie zurecht.«

Als sie wieder ins Haus traten, blickte Conny sich ratlos um. »Hm, was zu essen habe ich noch nicht gemacht.«

»Kein Problem. Ich kann drüben in der Pizzeria anrufen und uns was holen.«

Conny war erleichtert. »Das wäre gut.«

Und dann konnten sie bei einer Flasche Rotwein oder einem kühlen Bier und einer großen Pizza über die Veränderungen sprechen, die ihnen ins Haus standen. In Form einer jungen Mutter mit ihren Zwillingen.

Und wer weiß, vielleicht war auch zukünftig wieder mehr Platz für fremde Menschen auf dem Hof. Raik hatte das Gefühl, es sei an der Zeit.

Zwei Stunden später lief Raik über den dunklen Hof. Ein Schlüsselbund klirrte, dann drehte sich der Schlüssel in einem Schloss, das ihm wohl fremd war nach all den Jahren. Raik drückte die Schulter gegen die Tür, die von Feuchtigkeit und Salzluft leicht verzogen war. Er stand im Flur, seine Hand tastete nach dem Lichtschalter im Hausflur. Nichts passierte.

Vermutlich war der Strom ausgeschaltet. Er schaltete die Taschenlampe seines Smartphones ein und ging in den kleinen

Keller, der mehr ein Souterrain war, denn das Haus war in die Düne gebaut.

Nachdem er den Strom eingeschaltet hatte, ging er wieder nach oben. Fünf Wohnungen gab es hier. Eine im Souterrain, hell wie die anderen und mit Terrasse und Garten. Zwei im Erdgeschoss, zwei im Obergeschoss, jeweils mit einem kleinen Balkon.

Es war lange her, seit er hier gewesen war, das merkte er nun, als er die Wohnung im Souterrain aufschloss und eintrat. Der muffige Geruch nach Staub und Unbewohntheit schlug ihm entgegen. Die Möbel waren mit Tüchern abgedeckt.

Er öffnete die Fenster und ließ frische Luft in alle Zimmer. Für Emma und die Zwillinge sollte diese Wohnung reichen; es gab ein zweites Schlafzimmer, falls die Jungen ihre eigenen Betten wollten, ein großzügiges Bad, Küche und Wohnzimmer mit kleiner Essecke. Auf der Terrasse stand ein Strandkorb, die Bezüge etwas stockfleckig, aber das war auch nichts, das man nicht ersetzen konnte.

Er hatte mit Conny nur kurz darüber geredet, dass er jemanden auf den Hof holen wollte, weil er nicht den Anfang gefunden hatte für dieses Gespräch. Sie war so aufgedreht gewesen, weil ihre Lieblingsstute so ein hübsches Fohlen bekommen hatte, und deshalb hatten sie gemeinsam Pizza gegessen und dazu ein kühles Bier getrunken, während Conny erzählte und erzählte. Es tat ihm gut, sie so zu erleben. Es hatte ja auch andere Zeiten gegeben.

Aber die waren hoffentlich vorbei.

Sie hatte nicht besonders gut auf seine Eröffnung reagiert, und sofort machte er sich wieder Sorgen um sie.

Wäre wohl doch klüger gewesen, wenn er bei Frieke angerufen hätte, wie er es ursprünglich geplant hatte. Dann würde er jetzt nicht in dieser Bredouille stecken. Aber er kam direkt vor ihrer Haustür vorbei, und da kam es ihm blöd vor, nicht persönlich Bescheid zu sagen. Und dann stand da diese fröhliche junge Frau vor ihm, etwas angetrunken. Die Mama von Zwillingen, die ziemlich süß lächelte und trotz ihrer Angetrunkenheit noch ein kleines bisschen mit ihm flirtete – oder gerade deswegen? –, hatte ihn irgendwie gerührt. Etwas an ihr zog ihn an, und der Gedanke, sie könnte die Insel sofort wieder verlassen, wenn er ihr kein Quartier bot, hatte zu dieser Übersprunghandlung geführt.

Nun hatte er den Salat.

Raik stand in der Küche und überlegte. Dann löschte er widerstrebend alle Lichter und verließ die Wohnung.

Morgen früh würde sich schon irgendwas ergeben, damit die Wohnung nicht gänzlich unvorbereitet auf die Logiergäste war.

KAPITEL 4

»Äh, darf ich fragen, was genau du da machst?«

Emma sah auf. Frieke stand in der Wohnzimmertür, die Stirn knittrig gerunzelt, die Hände um einen Kaffeebecher gelegt. Über Nacht hatte es gewittert, und nun strömte kühle Luft durch die offenen Sprossenfenster. Sie hatte sich eine übergroße Strickjacke übergeworfen und ihre dunklen Haare zu einem unordentlichen Knoten hochgebunden. Selbst so total verwuschelt und müde sah sie toll aus, fand Emma völlig ohne Neid.

»Ich … äh … räume auf?«

»*In* den Schränken?«

Nicht nur die Türen und Fenster standen offen. Auch der Vitrinenschrank, vor dem Emma kniete. Natürlich hatte sie ihn geöffnet, es war nicht der Wind gewesen, der die Türen und Schubläden aufgezogen hatte. Es war erst nur das etwas schiefe Sofakissen gewesen, das Emmas Ordnungsliebe reizte. Darunter fand sie eine alte Zeitschrift, die sie in den Korb neben dem Sofa legte. Darin ein Sammelsurium aus Briefen, Prospekten und Büchern, das sie sortierte. Die Bücher lagen auf dem Couchtisch gestapelt, die Prospekte hatte sie im Papiermüll entsorgt, ebenso die alte Zeitung. Und wohin mit den Briefen?

Da fiel ihr Blick auf den Vitrinenschrank. Und sobald sie den Schrank öffnete, konnte sie das darin überquellende Durcheinander aus Servietten, Teelichtern, Kerzen in verschiedenen Größen und Längen, Briefen, Unterlagen, Dekokram und so weiter nicht einfach so liegen lassen. Also fing sie an, aufzuräumen. Das war etwas, das Emma schon immer leicht von der Hand gegangen war. Sie liebte diese Tätigkeit; nichts war für sie befriedigender, als abends, wenn die Zwillinge schon schliefen, auf leisen Sohlen durch das Häuschen zu schleichen und alles aufzuräumen, was über den Tag in Unordnung geraten war.

Sie stand auf, schob einen Karton mit Briefen (die sie selbstverständlich nicht gelesen hatte!) zurück aufs unterste Bord und schloss den Schrank.

»Ich dachte nur, wenn du mir schon hilfst, kann ich auch für ein bisschen Ordnung sorgen.«

Das Stirnrunzeln ihrer Freundin glättete sich. »Ach, Emma«, sagte sie leise. »Das brauchst du doch nicht zu machen. Komm. Ich koche uns erst mal noch mehr Kaffee. Wo sind die Zwillinge?«

»Lilli ist mit ihnen rausgegangen.«

Da der Buchladen erst gegen zehn öffnete, hatte Lilli, die offenbar wie Emma eher zu den Frühaufstehern gehörte, die Jungs geschnappt und gefragt, ob sie eine Bollerwagenfahrt machen wollten. Zu Emmas grenzenloser Überraschung waren die beiden sofort hellauf begeistert. Ihre kleinen Kletten wurden viel zu schnell groß…

Emma folgte Frieke in die Küche, wo diese eine große Kanne Kaffee kochte und den Tisch deckte.

»Weißt du schon, was du nach dem Inselurlaub machst?«, erkundigte sie sich.

Emma pustete die Wangen auf. »Puh, keine Ahnung.« Musste sie das denn schon jetzt wissen? Konnte sie nicht abwarten, was sich in den kommenden Tagen ergab? Sie konnte im Moment einfach keine Entscheidung treffen.

»Hamburg?«

»Vermutlich eher nicht.« Emma seufzte. Sie war zwar nicht in Hamburg aufgewachsen wie Frieke, doch sie liebte die Stadt, in die sie als Studentin gekommen war. Es würde ihr sehr schwerfallen, wegzuziehen. Ein Teil von ihr würde immer in der Hansestadt bleiben. Hier waren ihre Kinder zur Welt gekommen, hier hatte sie Torben kennengelernt ...

»Na, na, na«, sagte Frieke, setzte sich neben sie und legte ihr den Arm um die Schulter. Erst jetzt merkte sie, dass die Tränen flossen.

»Hier.« Frieke reichte ihr eine Kleenexbox, die auf dem Küchentisch stand. Emma rupfte eine Handvoll Tücher heraus und drückte sie gegen die Augen.

Ausgerechnet jetzt waren die beiden Jungs nicht da. Sie fühlte sich ziemlich einsam auf der Welt. Und Kopfschmerzen bekam sie auch von der Heulerei.

»Das macht der Wein«, murmelte Frieke.

»Was?«

»Dass du Kopfschmerzen kriegst. Kommt vom Wein. Du hast da gestern keine Gefangenen gemacht.«

»Wir hatten doch nur zwei Flaschen. Zu dritt!« Früher hätten sie zu zweit drei Flaschen geschafft, ohne Probleme.

»Die dritte ist auch halbleer. Das war also schon einiges.« Frieke zuckte mit den Schultern. »Aber ist doch völlig verständlich, du machst gerade eine schwere Zeit durch, das verstehe ich, dass du dich da ein bisschen aus dem Verkehr ziehen musst.«

Emma schnaubte. »Aus dem Verkehr ziehen. Ich bin immerhin vor dir wach gewesen, du ... du Siebenschläfer!«

Frieke prustete. »Genau, gib's mir! Du ... Lerche!«

Jetzt musste auch Emma lachen. »Tut mir leid, wenn ich in deinen Sachen gewühlt habe«, sagte sie dann leise. »Das wollte ich nicht. Aber ich war allein, ich hatte nichts zu tun ... kann sein, dass ich das nicht mehr gewohnt bin.«

»Meine Sachen sind seit unserem Einzug eben ziemlich geordnet«, sagte Frieke. »Ich habe nicht mehr so viel.«

Okay, wenn Frieke das als *geordnet* bezeichnete ... Puh. Dann war Emma froh, dass sie nie früher in Friekes Schränke geschaut hatte.

»Ich auch nicht. Manchmal denke ich, Besitz ist nur Ballast.«

»Hm«, machte Frieke. »Bücher zu haben ist aber schon ganz nett.«

»Das ist was anderes. Bücher machen ein Zuhause erst dazu.«

»Da hast du recht.«

Wieder schwiegen sie, tranken ihren Kaffee und blickten vor sich hin. Schließlich stand Frieke auf. Sie holte aus dem Kühlschrank einen Plastiktopf mit Deckel. »Ich mache mal weiter Frühstück«, sagte sie.

Wie sich herausstellte, enthielt der Topf einen am Vorabend angesetzten Hefeteig für Milchbrötchen. Die Leidenschaft fürs Backen hatte Frieke offenbar inzwischen von Bengt übernommen.

»Und wenn du das für andere Leute machst?«, fragte Frieke auf einmal, die Hände tief im Teig vergraben.

»Was?«

»Aufräumen. Aussortieren. Ihre Dinge ordnen. Da gibt es doch diesen Trend. Minimalismus oder so. Ich halte ja nichts von Trends. Da stehen im Zeitschriftenregal drüben im Frischemarkt Dutzende Zeitschriften, in denen es um Minimalismus, Ordnungschaffen und ›Declutter‹ geht. Und die Leute kaufen so was. Stapelweise. Zeitschriften übers Aufräumen, die ihnen dann nur wieder die Wohnung zumüllen. Stattdessen bräuchten sie jemanden, der ihnen sagt, wie's geht. Praktische Anwendung direkt bei ihnen zu Hause.«

Emma lachte. »Du meinst, so jemanden wie mich?«

»Du bist dafür perfekt geeignet! Du hast als Mutter nicht völlig den Überblick verloren.«

»Na vielen Dank«, murmelte Emma.

»Überleg doch mal, Zwillinge! Wer schafft es bitte schön, mit Zwillingen so entspannt und geordnet zu bleiben?«

Darüber musste Emma nachdenken, denn eigentlich fühlte sie sich alles andere als entspannt oder geordnet. Im Gegenteil. Alles war Chaos pur, so kam es ihr vor.

Trotzdem hatte sie es geschafft, an einem ganz normalen Wochentagmorgen die Jungs fertigzumachen, für alle drei Koffer zu packen und nach Neuharlingersiel zu fahren, wo sie pünktlich eintrafen, die Fähre zur Insel nehmen konnten ...

»Oh Mist!«, rief Emma.

»Was ist?« Vor Schreck fiel Frieke ein Brötchen aus der Hand. Es landete zum Glück auf dem Backblech.

»Mein Auto. Es steht noch in Neuharlingersiel. Ich muss heute wieder zurück und es in den Garagen parken.«

Gestern war nämlich doch nicht alles so glatt gelaufen, wie sie es gern gehabt hätte. Sie war viel zu spät am Fährhafen gewesen, da hatte sie es vor der Abfahrt nicht geschafft, ihren Wagen zu den Garagen zu bringen. Er stand noch direkt am Fähranleger auf dem Kurzzeitparkplatz für Tagesgäste.

»Hm«, machte Frieke. »Darum kann ich mich kümmern. Ich kenne ein paar Leute, die nach Neuharlingersiel fahren. Wenn du magst, gebe ich einem den Schlüssel mit.«

»Das geht?«

Was Emma eigentlich fragen wollte: *Und du vertraust denen, dass sie nicht mit meinem Auto durchbrennen?*

»Klar geht das. Ich rufe gleich mal an.« Schon hatte sie das Handy in der bemehlten Hand und wählte eine Nummer. Staunend hörte Emma, wie sie mit jemandem sprach. Das Telefonat dauerte keine drei Minuten.

»Alles klar, Erik kommt gleich vorbei und holt den Schlüssel. Er fährt oft mit dem Wassertaxi rüber und erledigt solche Sachen für Urlauber.«

»Wow, danke.«

Hieß das also, dass sie länger auf der Insel blieb? Offensichtlich.

Aber wie lang? Konnte sie sich das leisten? Musste sie nicht zurück und um ihre Ehe kämpfen – oder das, was davon noch übrig war?

Gestern Abend hatte sie wach gelegen und über all das nachgedacht. Er hatte sich den ganzen Tag nicht bei ihr gemeldet, und sie war zu verletzt von seinem Verhalten, um einen Schritt auf ihn zu zu machen. Erst musste sie sich selbst darüber klarwerden, was sie sich von der Zukunft erhoffte – unabhängig davon ob mit ihm oder ohne ihn.

Vielleicht braucht Torben einfach wieder einen entspannten Urlaub mit uns. Viel Zeit mit den Zwillingen. Damit er sieht, dass er doch für das Familiending geschaffen ist.

Man konnte sich ja auch einreden, dass irgendwas nicht funktionierte. Wenn er sich von Emma und den Zwillingen entfremdet fühlte, lag das doch vor allem auch daran, dass er nicht oft da war. Aber vielleicht hatte Emma ihm auch gar nicht die Möglichkeit gegeben, mit den beiden Babys den Kontakt zu pflegen, den sie brauchten, damit sie eine Bindung herstellen konnten, die auch während seiner langen Abwesenheiten hielt.

»Er hätte Elternzeit nehmen sollen«, murmelte sie.

»Wie bitte?«, fragte Frieke.

»Ach, nichts.« Emma seufzte. Hätte, hätte. Das brachte sie jetzt auch nicht mehr weiter.

»Mama! Mama Arm!«

Lars hing über dem Rand des Bollerwagens und wäre fast herausgefallen, während Timo weiter schrie und sich überhaupt nicht beruhigen wollte. Emma blieb stehen, schnaufte kurz durch und wollte dann weiter. Aber Timo fing an zu weinen. Er war schlecht drauf, während Lars die sonst für seinen Bruder so typische Unternehmungslust mit Hang zum Kamikaze zeigte.

Nach kurzem Zögern nahm sie Timo auf den Arm. Sofort schmiegte er den Kopf an ihre Schulter, flüsterte selig »Mama« und streichelte ihren Rücken. Emma schluckte. Das war fast zu viel für sie.

Ihr kleiner Sohn brauchte sie. Beide brauchten sie; Lars war nur nicht so gut darin, sein Bedürfnis nach Nähe und Trost einzufordern. Emma zog mit einer Hand den Bollerwagen und trug Timo auf dem linken Arm. Es war zum Glück nicht mehr weit. Sie konnte schon die katholische Kirche sehen, deren Kuppeldach hinter einer Düne hervorspitzte. Daneben lag der Isländerhof.

»Kannst du das letzte Stück laufen?«, fragte sie Timo. Der kleine Kerl nickte, ließ sich auf den Boden stellen und schob dann mit neugewonnener Energie den Bollerwagen, den sie nun die Auffahrt hochzog. Lars feuerte den Bruder an.

Es gab zwei Wohnhäuser, Stallungen und eine große Scheune. Paddocks. In einem stand eine Stute, ihr junges Fohlen dicht neben sich, und beobachtete Emma aufmerksam.

»Ja, ich hab zwei«, murmelte sie. »Eines macht aber auch genug Arbeit, hm?« Sie ging nicht näher ran, und als Lars aus dem Bollerwagen kletterte, um zu dem Pferd zu laufen, packte sie ihn unsanft an der Kapuze. »Lass das«, sagte sie nervös.

Pferde. Das hatte sie verdrängt. Hier gab es Pferde.

Vielleicht sollte sie doch zurück nach Hamburg fahren ...

Aber bevor sie auf dem Absatz kehrtmachen konnte, kam bereits eine junge Frau aus dem Stall. Sie stellte einen Metalleimer neben das Stalltor, wischte sich die Hände an der Reithose ab und kam zu Emma herüber. »Hallo! Sie sind die Mutter, nehme ich an?«

Hatte Raik sie so hier eingeführt? Offensichtlich. Emma lächelte krampfhaft. So richtig hatte sie sich ja noch nicht daran gewöhnt, dass sie Mutter war; auch nach zwei Jahren fühlte es sich ungewohnt an. Und dass ausgerechnet der hübsche Arzt sie so vorstellte, war schon blöd.

Habe ich denn keine anderen Eigenschaften, die mich auszeichnen? Die Mutter. Tja.

»Die bin ich wohl.« Sie gaben sich die Hand, und Emmas Gegenüber musterte sie abschätzig. »Ich heiße Emma.«

»Conny«, sagte die junge Frau, »Raiks Schwester.«

»Ah ja«, sagte Emma, weil ihr nichts dazu einfiel. Raik hatte also eine Schwester, mit der er hier zusammen wohnte. Oder wohnte er gar nicht hier?

»Ich bin leider noch nicht dazu gekommen, die Wohnung herzurichten. Ich zeige sie dir erst mal.«

Das Du, das Conny so selbstverständlich über die Lippen kam, tat Emma gut.

Timo und Lars ließen sich – zu Emmas Überraschung – ohne Murren und Geschrei an die Hand nehmen und dackelten friedlich hinter Conny her.

Die Wohnung, die Conny ihr zeigte, lag im Souterrain und war schön hell. Von einem kleinen Flur, in dem ein Putzeimer stand, gelangte man links in ein Badezimmer mit Wanne, geradeaus lagen die beiden Schlafzimmer. Rechts gelangte man in eine kleine Küche, die in das Wohnzimmer mit Essbereich überging. Nach hinten gab es eine kleine Terrasse, auf der sogar ein Strandkorb stand. Alle Möbel waren mit Tüchern abgedeckt. Es roch etwas muffig, aber das war nichts, das man nicht mit ein bisschen Lüften aus den Räumen bekam. Auf dem Tisch stand eine Vase mit einem wunderschönen Wildblumenstrauß.

»Oh, ist der von dir?«, fragte Emma und drehte sich zu Conny um.

»Nee, den hat offenbar Raik heute in aller Frühe gepflückt, bevor er in die Praxis gefahren ist.« Conny erwiderte das Lächeln. Aufmunternd. Wohlwollend.

Ein warmer Schauer rieselte über Emmas Rücken. Blumen. Es war eine winzige Geste, aber…

Torben hielt nichts von Blumen. »Wozu soll ich dir was schenken, das nach einer Woche schon in den Müll wandert?« Einerseits hatte er natürlich recht, andererseits war das eine Haltung, die sie schmerzte, denn er wusste doch, wie sehr sie Blumen liebte. Und nun pflückte ein für sie völlig fremder Mann, dessen Lächeln sie die ganze Zeit nicht aus dem Kopf bekam, für sie einen so schönen Strauß.

»Brauchst du Betten für die Jungs? Ich müsste schauen, ob wir in den anderen Wohnungen noch welche haben. Und Hochstühle…« Conny wirkte etwas ratlos.

»Hochstühle reichen. Sie können bei mir im großen Bett schlafen«, sagte Emma. »Das sind sie so gewohnt.«

»Ach so, das ist gut.« Conny wirkte erleichtert. »Brauchst du sonst noch was?«

»Einen Staubsauger vielleicht?«

»Steht schon hinter der Küchentür.«

»Perfekt. Danke.«

Conny wirkte verlegen. »Dafür nicht. Ich hätte schon geputzt, aber…«

»Nicht nötig. Ihr lasst uns hier wohnen, obwohl ihr keine Gäste aufnehmt. Dann kann ich auch die Wohnung putzen.«

Conny druckste herum. »Also, die Zeit hätte ich gehabt.«

Emma verstand nicht genau, was Conny damit meinte. »Es ist wirklich in Ordnung«, beharrte sie. »Wird mir guttun, wenn ich mich ein bisschen auspowern kann. Ich habe heute Nacht kaum geschlafen. Körperliche Arbeit vertrieb vielleicht die Müdigkeit.«

Und weil Conny sie immer noch stumm ansah, als erwarte sie eine längere Erklärung, fügte Emma hinzu: »Mein Mann hat sich von mir getrennt.«

»Ach so.«

»Ja, und im Moment weiß ich nicht, ob das irgendwie ... ich weiß nicht, wie's weitergeht.« *Mein Gott, ich plappere. Ich sollte einfach den Mund halten. Der Restalkohol. Oder die Seeluft. Klappe halten, Emma!*

»Jedenfalls«, hörte sie sich sagen, »ist das scheiße, wenn der Mann, für den du die letzten Jahre alles getan hast, dir erklärt, dass das Leben, das ihr euch da eingerichtet habt, nicht seinen Vorstellungen entspricht. Tja. Und deshalb bin ich jetzt wohl hier.«

»Wenn du noch was brauchst, ich bin drüben im Stall.« Conny schien es plötzlich eilig zu haben. »Nachmittags bin ich draußen bei den Pferden am Westend. Aber wenn was Dringendes ist, kannst du Raik fragen, er ist in der Praxis drüben am Noorderpad. Weißt du, wo?«

Emma schüttelte den Kopf.

»Ich hole dir noch einen Inselplan.« Conny stapfte davon. Die Wohnungstür schlug zu.

Lars und Timo zogen bereits die Tücher von den Möbeln. Massive, nachgedunkelte Kiefernholzmöbel kamen zum Vorschein, ein Sofa mit rotem Stoffbezug, dem man ein bisschen das Alter ansah. Gemütlich, dachte Emma.

Seltsam, dass Conny gar nicht auf ihr Geständnis reagiert hatte, kein »Tut mir leid«, kein »Du Arme«, nicht mal »Ach, stell dich nicht so an, das passiert«. Sie hatte Emmas Geschichte einfach übergangen, als wollte sie sich nicht damit befassen.

Tja, dachte Emma. Offenbar sind nicht alle Insulaner so offen, wie Frieke immer behauptet. Doof nur, dass sie wohl an die einzige Inselbewohnerin geraten war, die nicht mal einen Funken Mitgefühl zeigte. Und was auch doof war – Emma merkte erst jetzt, dass sie genau das ein bisschen brauchte. Mitgefühl. Menschen, die ihr zuhörten. Trost.

Aber zuerst musste sie die Wohnung behaglich einrichten. Dann den Kühlschrank befüllen, der hoffentlich funktionierte. Und anschließend – tja, sie wusste es nicht.

Auf keinen Fall durchatmen. Oder sonst irgendwie Zeit zum Nachdenken finden.

Zur Not konnte sie ja ein paar Bücher bei Frieke kaufen. Dank ihrer Gabe würde die Freundin schon das Richtige für sie finden.

Drei Stunden später hatte Emma die Wohnung auf Vordermann gebracht und war mit den Zwillingen im Bollerwagen zum Supermarkt gelaufen, wo sie einkaufte: frisches Obst, Gemüse, Kartoffeln, Kluntjekandis und Sahne, Ostfriesentee, Sprudel und Nudeln, Aufschnitt, Käse, Brötchen. Sie räumte die Einkäufe in den Bollerwagen, Lars schob, Timo wollte schon wieder auf den Arm, während sie den Wagen zog. Als er seinen Kopf an ihre Schulter lehnte, fühlte sich die Stirn verdächtig heiß an.

Verflixt. Wenn er krank wurde, hatte sie ein Problem. Timo war schon seit der Geburt anfällig gewesen; immer wieder hatte er sich Atemwegsinfekte zugezogen. Manchmal waren es auch fiebrige Erkältungen, die ihn plagten. Oder er bekam Zähne, das beutelte ihn auch sehr. Ganz anders Lars, der eine robuste Konstitution besaß, selten krank wurde und die Zähne einfach nebenher bekam. Letzteres war ein Segen, denn Emma wollte sich nicht mal *vorstellen*, wie es wäre, wenn die Zwillinge gleichzeitig zahnten.

Aber jetzt machte sie sich schon Sorgen. Sie hatte natürlich in ihrem gutorganisierten Gepäck eine kleine Notfallapotheke für die Kinder, aber ihr wäre wohler dabei, wenn ein Arzt ihn sich mal anschaute.

Es gab natürlich einen Arzt auf der Insel. Aber eben nur diesen einen.

Sobald sie zurück in der Wohnung war, legte sie Timo ins Bett. Er rollte sich sofort zusammen und schlief ein. Lars legte sich dazu, aber weil sein Bruder sich nicht wecken ließ, kletterte er wieder vom Bett und flitzte ins Wohnzimmer, wo er begann, mit den Küchenutensilien zu spielen, die Emma für die Kinder rausgerückt hatte. Während er mit einem Schneebesen in einem Topf rührte – ein Wunder, dass Timo von dem Lärm nicht wach wurde –, versuchte Emma, zu einer Entscheidung zu kommen.

Eigentlich gab es keine Alternative. Sie würde sich einfach wohler fühlen, wenn ein Arzt sich Timo anschaute.

»Praxis Dr. Tossens, Sie sprechen mit Frau Dreyer.«

»Hallo Frau Dreyer, hier spricht Emma Lechtermann. Mein kleiner Sohn ist krank und hat starkes Fieber. Kann der Doktor ihn sich mal ansehen?«

»Natürlich kann er das. Möchten Sie herkommen, oder soll er heute Abend bei Ihnen vorbeischauen?«

Emma zögerte. »Ich habe seinen Bruder noch hier sitzen, und der ist fit …«

»Kein Problem, dann brauchen Sie nicht herkommen. Hat es bis heute Abend Zeit?«

Wieder zögerte sie.

»Ja, schon …«

»Er kann auch versuchen, in der Mittagspause rumzukommen. Da geht er sowieso nach Hause. Sie wohnen doch jetzt bei ihm, richtig?«

Einen kurzen Moment war Emma sprachlos. *Ich wohne bei ihm?* Die stille Post der Insulaner schien irgendwie nach anderen Prinzipien zu funktionieren als in einer Großstadt.

»Äh, ja. Sozusagen.«

»Ich sage ihm Bescheid.«

Verwirrt legte Emma auf. Sie hatte ja keine Ahnung gehabt, dass sie offenbar durch ihren Einzug auf dem Isländerhof schon jetzt Gegenstand des Dorfklatschs geworden war. Ein bisschen unwohl fühlte sie sich dabei. Aber was soll's, dachte sie. Immerhin kam sie so offenbar schneller in den Genuss eines Hausbesuchs durch den Inselarzt.

Weil Frau Dreyer ihr keine Zeit genannt hatte, blieb ihr ohnehin nur, abzuwarten. Und so lange konnte sie sich auch ums Mittagessen kümmern.

Eine halbe Stunde später blubberte ein Topf mit Tomatensauce auf dem Herd, und die Nudeln waren auch schon al dente. Lars war erstaunlich ruhig, nachdem sie ihn ermahnt hatte, leise zu sein. Er saß auf dem Teppich vor dem Sofa und spielte mit ein paar Holzfiguren, die sie in einem Schrank gefunden hatte.

In dieses kleinfamiliäre Idyll hinein platzte Raik. Er klopfte, trat ein und füllte die Wohnung mit seiner großgewachsenen Freundlichkeit.

»Hallo«, sagte er. »Ich habe gehört, hier wartet ein kleiner Patient auf mich?«

»Hallo.« Emma hatte am Esstisch gesessen und stand nun auf. »Der kleine Patient schläft«, sagte sie und führte ihn ins Schlafzimmer. Raik setzte sich auf die Bettkante. Er berührte Timo sanft an der Schulter, der leise brummelte und sich umdrehte. Während Raik ihn untersuchte, blieb Emma in der Tür stehen. Ihr gefiel, wie er mit dem Kleinen umging. Ruhig und entspannt, als hätte er alle Zeit der Welt.

»Haben Sie ihm was gegen das Fieber gegeben?«, fragte er.

Emma schüttelte den Kopf. »Solange er sich nicht quält und es nicht zu hoch ist, kann er sich gesund schlafen.«

»Die Lunge ist frei. Ich vermute, es ist nur ein kleiner Infekt. Ist er sonst auch anfällig?«

»Ja, leider.«

»Machen Sie sich keine Sorgen.«

»Tun Sie mir einen Gefallen?«, fragte sie.

»Klar. Welchen?« Er lächelte.

»Sie haben für uns diesen wunderschönen Blumenstrauß ge-pflückt, nicht wahr?«

Sofort wurde er ernst. »Oje, war das nicht gut? Hat einer von Ihnen eine Allergie? Das wollte ich nicht, ich kann ihn gern wieder mitnehmen, wenn er Sie stört.«

»Nein, nein!« Emma lachte. »Das meinte ich gar nicht. Dar-über habe ich mich sehr gefreut, vielen Dank. Aber bitte, nen-nen Sie mich Emma. Ich…« Sie spürte, wie sie etwas rot wur-de. »Ich duze mich schon mit Ihrer Schwester, und es fühlt sich komisch an…«

Sein Lächeln wurde breiter. »Nur, wenn du mich Raik nennst, Emma.«

»Einverstanden. Und da das jetzt geklärt ist und weil du so nett warst und in der Mittagspause vorbeigekommen bist – möchtest du mit uns essen? Es gibt Nudeln mit Tomatensauce.«

»Würde ich gerne, aber ich bin mit Conny verabredet.« War das echtes Bedauern bei ihm?

»Aber ich würde mich gern, hm… erkenntlich zeigen. Für das alles hier. Die Wohnung und dass du sofort vorbeigekom-men bist. Und die Blumen.«

»Ach, das ist doch nichts.«

»Doch«, beharrte Emma. »Für mich ist das echt viel. Ich habe im Moment nicht so viele tolle Dinge, die mir passieren, und…«

»Und?«, fragte er leise, als sie nicht weitersprach.

Und ich habe das Gefühl, du bist grade genau das Richtige, was mir passieren kann.

Aber das sagte sie nicht laut. Es war ja nur ein Gefühl, dem es an Substanz fehlte. Das überhaupt keine Substanz haben konnte, denn sie kannte ihn doch überhaupt nicht. Sie wusste nur, dass er ein tolles Lächeln hatte.

Aber ein Lächeln genügte nicht, damit sie vergaß, wohin sie gehörte. Denn noch hatte sie sich nicht endgültig von dem Gedanken verabschiedet, dass Torben und sie eine gemeinsame Zukunft hatten.

Auch wenn er vorgestern ziemlich überzeugt geklungen hatte. Als wüsste er, dass es vorbei war.

»Okay. Morgen Abend? Oder willst du lieber nicht, weil du auf deine Kinder aufpassen willst? Immerhin ist eines krank.«

Sie nickte. »Morgen Abend klingt gut. Dann ist Timo bestimmt wieder fit und schläft ganz normal.«

Es klang nach einer guten Idee, dachte sie. Einfach beisammensitzen, etwas Gutes essen und reden. Mehr nicht.

Was war schon dabei, sich ein wenig abzulenken?

»Äh, wie bitte?«

Während sie sich in ihre Träumerei verloren hatte, sprach er weiter.

»Ich sagte, ich kann auch was mitbringen. Wein?«

»Wein klingt gut.«

»Mache ich.«

Wieder lächelte er, und diesmal glaubte Emma zu sehen, dass auch er sich auf morgen Abend freute. Dass es für ihn nicht nur ein lästiger Pflichttermin war, weil er sie aufgenommen hatte – eine heimatlose Streunerin mit ihren zwei Welpen. Sondern weil er ein wie auch immer geartetes, ehrliches Interesse an ihr hatte.

Und das war etwas, das Emma außerordentlich gut gefiel. Sie wusste, dass sie sich vermutlich in etwas hineinmanövrierte, das ihr gefährlich werden konnte. Sie flirtete mit Raik, ohne so genau zu wissen, ob sie überhaupt schon bereit war, sich auf eine neue Beziehung einzulassen. Das war bestenfalls fahrlässig. Sie

wollte keine Hoffnungen wecken, die sie nicht erfüllen konnte. Und emotional steckte sie ja auch noch in ihrer Ehe. Aber
Torben hatte sich nicht gemeldet, seit sie weggefahren war. Als
wäre es ihm ganz recht. Er machte es ihr gerade ziemlich leicht,
sich in das Leben auf der Insel zu verlieben.

Aber wollte sie das auch?

KAPITEL 5

Wenn man sein ganzes Leben auf der Insel verbracht hat, ist die Hektik auf dem Festland irgendwann nicht mehr das Richtige. So empfand es Johanne. Und trotzdem fuhr sie mindestens einmal pro Woche mit der Fähre nach Neuharlingersiel. Dort war ihr Friseur, sie kaufte ein paar Dinge, die es im Frischemarkt auf der Insel nicht gab, und sie hatte auch ein paar Freundinnen dort, mit denen sie sich gern zu einem Klönschnack bei Tee und Kirschwaffeln traf. Denn die Freundinnen besuchten sie selten auf der Insel. Zu umständlich, meinten sie. Aber das Umständliche, das gefiel Johanne. So hatte sie was zu tun, die Tage gingen rum.

Ihre Kinder waren nach der Schule alle ausgeflogen und nie auf die Insel zurückgekehrt. Vielleicht war das ganz in Ordnung, dachte Johanne. In früheren Jahren waren sie noch mit den Enkeln gekommen, hatten in den Ferien in der Pension gewohnt. Das war schön gewesen, auch wenn es ihren Mann manchmal ärgerte, weil sie die Zimmer in der Zeit nicht vermieten konnten. Aber Johanne hatte da nie mit sich reden lassen.

Inzwischen waren die Enkel auch schon erwachsen und kamen noch seltener auf die Insel als zuvor ihre Eltern. Auch das war in Ordnung. Ein neuerlicher Wandel. Johanne hatte sich eingerichtet in ihrem Leben, und solange es ihr noch körperlich und geistig gutging, sah sie keinen Grund, der Insel den Rücken zu kehren.

Sie saß an diesem Freitagmorgen auf einer Polsterbank am Fenster im Passagierraum der SPIEKEROOG II und blickte nach draußen auf das glitzernde Wasser der Fahrrinne. Auf dem Schoß lag ein Liebesroman, den sie in der kleinen Inselbuchhandlung gekauft hatte. Frieke Wallgren legte ihr jeden Monat zwei bis drei dicke Schmöker beiseite, und sie traf damit regelmäßig ins Schwarze. Auf sie konnte sich Johanne bei der Auswahl ihrer Lektüre genauso gut verlassen wie früher auf Ebba.

Gerade lag das Buch aber zugeklappt auf ihrem Schoß. Es war ein dicker Roman von Kristin Hannah – »Liebe und Verderben«, eine wundervolle Liebesgeschichte, die in der wilden Weite Alaskas spielte. Die letzten Seiten hatte sie gerade gelesen und klappte das Buch mit einem glücklichen Seufzen zu. In ihrer Tasche wartete schon das nächste Buch, das zu den wenigen gehörte, die sie danach aufhob und nicht weiterverschenkte. »Rote Sonne, schwarzes Land« von Barbara Wood erinnerte sie an einen Urlaub vor vielen Jahren. Johanne hatte es schon mehrfach gelesen, weil sie Romane über Ostafrika liebte. Vor über zwanzig Jahren waren Ernst und sie einmal nach Kenia gereist. Ihr einziger großer Urlaub. Sie hatten eine Safari gemacht und anschließend eine Woche Badeurlaub am Indischen Ozean. Das Land hatte sie beeindruckt, aber inzwischen fühlte sie sich zu alt, um noch einmal dorthin zu reisen.

Wie gut, dass es Bücher gab! Mit ihnen konnte sie jederzeit die schönsten Reisen unternehmen und Erinnerungen wecken.

Johanne beobachtete die anderen Fahrgäste. Gerade betrat ein hochgewachsener Mann in einem hellen Anzug und mit Strohhut den Raum – ein dunkler Gehstock in der einen Hand, ein Becher mit Kaffee in der anderen. Suchend blickte er sich um; es gab offenbar keinen Platz, der seinen Ansprüchen genügte.

Und über Johanne ging sein Blick hinweg, als hätte er sie noch nie gesehen. Diese blauen Augen, etwas verwaschener als damals, aber immer noch mit dieser gewissen Härte, von der Johanne wusste, nur wenige konnten sie durchbrechen.

Damals war sie es gewesen, die diesem Mann ein Lächeln entlocken konnte.

Sie atmete flacher. Vielleicht übersieht er mich, dachte sie. Das wäre wohl das Beste.

Oltmanns Kruse.

Wie lange war das her? Bestimmt fünfzig Jahre … Johanne machte sich etwas vor, wenn sie dachte, sie müsse *rechnen*, damit sie wusste, wann Oltmanns und sie sich das letzte Mal begegnet waren.

Ziemlich genau vor 51 Jahren.

Vor gut drei Monaten war sie nach Berlin gereist, wo ihr ältester Sohn eine Werbeagentur betrieb. Johanne verstand nichts von Werbeagenturen, sie wusste nur, dass ihr Ältester etwas aus der Art geschlagen war mit seinem Ehrgeiz. Von ihr hatte er den jedenfalls nicht. Sie hatten dort seinen fünfzigsten Geburtstag gefeiert, in einem großen Herrenhaus vor den Toren der Stadt. Alles sehr groß, sehr teuer, sehr *mondän*. Johanne hatte gedacht, sie werde sich dort nicht wohl fühlen, doch das Gegenteil war der Fall. Was auch an Thomas' reizender Ehefrau lag, die ihr wirklich *jeden* Wunsch von den Augen ablas, bevor Johanne selbst wusste, dass sie ihn hatte. Es gab diese Menschen: voller Aufmerksamkeit für ihr Gegenüber.

Der Mann, der nun, auf seinen Stock gestützt, in Johannes Richtung kam, gehörte in ihrer Erinnerung nicht dazu.

Oder doch, in einer Zeit davor … Bevor er aus ihrem Leben verschwand. Sich bei Nacht und Nebel davonstahl, soweit man das auf der Insel konnte. Mit einem Boot war er vermutlich übergesetzt, nachdem er sie hatte sitzenlassen; sie hatte sich danach wochenlang die Augen nach ihm ausgeweint.

Und dann hatte sie damit aufgehört, weil es nichts brachte und weil sie nicht länger nur für sich selbst verantwortlich war.

Dieser Mann also kam nun in ihre Richtung. Und sein Blick glitt über sie hinweg, als wären sie Fremde.

Vermutlich waren sie das inzwischen auch.

Natürlich hatte Johanne davon gehört, dass er zurück war. Das riesige Hotel, das in den letzten beiden Wintern mitten im Dorf entstanden war und fast die Gemeinschaft entzweit hätte, gehörte ihm. Er hatte da draußen in der Welt wohl ein kleines Vermögen gemacht, das er nun auf der Insel investierte. Der Inselrat hatte hitzig darüber diskutiert, ob man ihm das gestatten konnte. Immerhin war man darauf bedacht, die Ruhe auf der Insel zu erhalten. Ob so ein Hotel mit weiteren hundertzwanzig Betten nicht nachhaltig Einfluss nehmen würde auf das Erscheinungsbild des Dorfs?

Johanne hatte sich rausgehalten, obwohl einige – darunter der Bürgermeister, Sonjas Vater – sie um Rat baten. Niemand ahnte, dass sie noch mehr verband mit Oltmanns außer der Tatsache, dass sie beide auf der Insel aufgewachsen waren.

Und wenn es nach ihr ging, sollte das so bleiben.

Vielleicht erkennt er mich ja nicht, dachte sie. Oder er erkennt mich, sieht aber über mich hinweg. Ich war ja damals die Dumme, die sich von ihm hat abservieren lassen.

Sein Blick ging über sie hinweg, er schob sich an ihr vorbei, und Johanne wollte schon aufatmen. Sie schlug das Buch auf, die Seiten raschelten verheißungsvoll. Wie gut es ihr tat, sich in der Geschichte zu versenken, nicht länger auf der Fähre zu sitzen, sondern auf einer Farm im fernen Ostafrika, wo eine Familie ihr Glück suchte …

»Die Zeit ist gut gewesen zu dir, Hanni.«

Sie blickte auf. Oltmanns stand vor ihr, er stützte sich auf den Stock, mit der freien Hand hatte er den Hut gezogen und beugte sich leicht vor, was vielleicht als Verbeugung vor ihr durchgehen sollte, aber was wusste sie schon.

Sie klappte das Buch zu, etwas lauter als beabsichtigt, etwas verärgert noch dazu. »Oltmanns Kruse«, sagte sie nur.

Er grinste. »Eben der. Wusste ich doch, dass ich dich irgendwann hier treffen werde.«

»Hier«, damit meinte er die Insel.

Darum hatten sie sich damals überworfen. Weil er nicht länger auf der Insel hocken wollte, diesem »verschlafenen Nest voll alter Leute, die nicht sehen, wie wichtig Innovation ist«. Seine Worte vor über fünfzig Jahren.

Jetzt hatte irgendetwas ihn zurückgeführt. Ob es die Innovationen waren, die nun endlich doch auf Spiekeroog Einzug gehalten hatten?

»Da hättest du nicht auf den Zufall warten müssen«, sagte sie spitz. »Ich wohne noch im selben Haus wie damals meine Eltern.«

»Das habe ich wohl gehört.«

Aha. Er hatte sich nach ihr erkundigt.

»Und du lebst jetzt wieder auf der Insel?«, erkundigte sie sich, mehr aus Höflichkeit als aus Interesse.

Sofort hellte sich seine Miene auf. »Darf ich?« Sie wies auf die Bank gegenüber, er setzte sich schwerfällig, brauchte etwas, um seine langen Beine zu sortieren, und sein Gesicht zeigte auch, dass er wohl Schmerzen im Bein hatte. »Die Gicht«, erklärte er.

»Aha«, machte sie.

»Ich habe mir eine Wohnung im Hotel eingerichtet. Also eine Suite.« Er lachte. »Im Penthouse, wenn man so will. Man kann von da oben bis zum Meer schauen. Und es gibt einen Jacuzzi.«

Johanne wusste sehr wohl, was ein Jacuzzi war, aber sie ging darauf nicht ein, weil sie es für einen teuren, unnötigen Luxus hielt. Er wollte sie offenbar mit seinen vielen Besitztümern beeindrucken, denn er redete weiter.

»Der Weinkeller meines Hotels umfasst bereits jetzt sechstausend Flaschen von den edelsten. Es gibt jeden Tag Sterneküche. Der Koch ist aus Frankreich, ich habe ihn einem Restaurant in der Bretagne abgeworben. Wir bieten den feinen Luxus für gutsituierte Reisende, die sich nach der Stille unserer Insel sehnen.«

»Das ist Quatsch«, sagte Johanne.

»Bitte?« Er sah sie erstaunt an.

»Was ihr da macht. So ein Unsinn. Ich hab auch über vierzig Jahre lang Gäste auf der Insel gehabt. Weißt du, was sie brauchen? Ein hübsches Zimmer, gutes Essen, ein offenes Ohr. Keinen Sternekoch und schon gar nicht sechstausend verschiedene Weine.« Sie schnaubte. »Wer soll denn das alles trinken?«

Er lächelte nachsichtig. »Es sind nicht sechstausend *verschiedene* Weine, Hanni.«

»Nenn mich nicht so.« Sie wurde ärgerlich. Wer gab ihm das Recht, sie zu behandeln, als wäre sie noch das achtzehnjährige Mädchen, das sich von seiner Großspurigkeit blenden ließ? Erst nach seinem Verschwinden hatte sie begriffen, dass sie nicht so hilflos war, wie er sie gern hinstellte. Dass sie sogar, wenn sie es ganz genau nahm, mit ihren achtzehn Jahren kein *Mädchen* mehr war, sondern eine junge Frau. Eine, die zupacken konnte, die wusste, was sie wollte. Die sich nach dem ersten Schock dann schon nach wenigen Monaten mit Ernst traf; sie spazierten Hand in Hand runter zum alten Fährhafen, der damals noch gar nicht so alt war, und beobachteten, wie die Urlaubsgäste ankamen. Da hatte Ernst die Idee, eine Pension zu eröffnen, und als er sie fragte, ob sie da mitmachen würde, sagte sie einfach ja. Weil sie etwas erschaffen wollte. Sich nicht länger hilflos fühlen wollte nach Oltmanns' Korb.

Sie hatte Ernst geliebt, irgendwie. Anders als Oltmanns Kruse. Ernst hatte ihr das gegeben, was sie zu diesem Zeitpunkt gebraucht hatte – einen Halt. Schweigen, wo es sonst nur Gerede gab. Nie hatte er sie gefragt, von wem das Kind war, das sie unter dem Herzen trug, als sie anfingen, miteinander auszugehen. Nie hatte er wissen wollen, warum sie sich auf jemanden eingelassen hatte, der es offenbar nicht ernst mit ihr gemeint hatte. Er sah, dass sie verletzt war, dass sie genug damit zu tun hatte, mit ihren Eltern und den anderen Dorfbewohnern klarzukommen, die sie mit Verachtung straften oder beschimpften.

Natürlich kannte jeder die Geschichte. Aber Ernst tat so, als wüsste er nichts davon. Und als sie Thomas auf die Welt brachte, daheim in ihrem Schlafzimmer mit Hilfe der Hebamme Lotte, die vom Festland gekommen war, da nahm er das in eine Decke gewickelte Baby auf den Arm, er betrachtete es forschend, als suchte er in dem kleinen Gesichtchen Ähnlichkeit mit sich selbst. Dabei hatte er Johanne bis zu dem Zeitpunkt nicht berührt, nie mehr von ihr gewollt als ein paar scheue Küsse und Händchenhalten. Ernst war einer, der Verantwortung übernahm. Dafür war sie ihm auf ewig dankbar, und als sie ein halbes Jahr später heirateten, folgte sie ihm in der Hochzeitsnacht gern in das Schlafzimmer, wo sie dann zu Mann und Frau wurden.

Ernst hatte nie gefragt. Für ihn war Thomas sein Sohn.

Aber jetzt saß ihr Thomas' Vater gegenüber, und das war ein bisschen wie ein Blick in die Zukunft. Sie hatte es verdrängt, wie wenig ihr weizenblonder Ältester immer in die Schar ihrer vier Kinder gepasst hatte mit seinen schlanken Gliedern und der hohen Statur. Jetzt sah sie, wohin er passte. Wie viel Ähnlichkeit er mit Oltmanns hatte.

Ein bisschen tat das weh.

Das Schweigen, das sie mit Nachdenken und Erinnern verbrachte, schien Oltmanns unbequem zu werden. Er beugte sich jetzt vor. »Meinst du, man kann die Zeit zurückdrehen?«, fragte er.

»Wohin denn?«, fragte sie zurück. »Zu dem Tag, an dem wir das erste Mal am Strand waren? Dann würde ich nämlich nicht mit dir baden gehen, Oltmanns Kruse.«

Er fuhr zurück. Sie hatte ihn verletzt. Oder? Hm nein, er hatte sich erstaunlich schnell wieder im Griff. Johanne packte das Buch in ihre Tasche.

»Entschuldige. Ich warte lieber an Deck darauf, dass wir anlegen.« Sie eilte davon. Nur schnell, damit er nicht sah, wie sehr es sie schmerzte, was sie gerade zu ihm gesagt hatte.

Die Zeit zurückdrehen? Das schaffte niemand. Und sie wollte es doch gar nicht. Aber dass er es wollte, das tat ihr weh. Er hätte oft genug dafür Gelegenheit gehabt.

Dicke Luft im alten Kapitänshaus.

So nannte Bengt es, wenn Frieke backte. Das Backen war seine Domäne. Wenn er daheim war, stellte er sich spätestens jeden dritten Tag in die Küche, rührte Teig, füllte Formen, stand vor dem Backofen und wartete, bis er knusprige Brote, fluffige Brötchen oder süße Kuchen herausholen konnte, auf den Punkt gebacken, kross und innen weich. So wie er es mochte. Wie Frieke es liebte.

Leider gab es Tage, an denen sie meinte, Backen sei doch gar nicht so schwer, das könne jeder mal versuchen. Und das tat sie dann auch. Sie rührte etwas zusammen, das sie irgendwo im Internet als Rezept gefunden hatte (im schlimmsten Fall hatte sie einfach gegoogelt und das erste Rezept genommen, das ihr angezeigt wurde), sie stellte eine Form mit Kuchenteig oder einen Brotlaib in den Backofen und ging weg, um ein Buch zu lesen. Einen Wecker stellen? Das war etwas für Anfänger. Man roch schließlich, wenn so ein Kuchen fertig war. Oder die Quark-rosinenbrötchen sich langsam schwarz färbten.

Frieke roch offenbar nichts, obwohl der dunkle Qualm bereits durch die Ritzen der geschlossenen Küchentür quoll. Bengt riss die Tür und die beiden Fenster auf, schaltete den Herd aus und zog ein Blech mit zwölf perfekt geformten Kohlestücken aus dem Backofen, die offensichtlich mal Brötchen werden sollten.

»Frieke!«, rief er.

Keine Antwort.

Wo steckte sie denn? War sie schon in die Buchhandlung gegangen? Zeit wäre dafür schon längst.

Er wartete, bis der Rauch abgezogen war, kippte die Kohlebrötchen in den Mülleimer und machte sich auf die Suche.

Wenn er über Nacht bei den Brandseeschwalben blieb, freute er sich morgens auf frischen Kaffee, eine warme Dusche und ein Mützchen Schlaf, bevor er wieder nach draußen radelte. Früher hatten ihn die Sommer am Westend nicht gestört; er hatte gern im Bauwagen gewohnt, im Meer gebadet und den Kaffee über dem kleinen Gaskocher zubereitet. Aber mit dem Einzug ins Kapitänshaus war er bequem geworden. Die Matratze tat seinem Rücken gut, von dem er vorher gar nicht gewusst hatte, dass er wegen der Schlafsituation im Bauwagen gerne mal weh tat. Und so ein frischer Kaffee aus der Maschine am Morgen war auch eine Annehmlichkeit, an die er sich gewöhnt hatte. Ganz zu schweigen von einer *heißen* Dusche.

Und vor allem liebte er es, wenn er ein halbes Stündchen mit Frieke am Frühstückstisch sitzen, von seiner Arbeit erzählen und ihren Dorfklatsch erfahren konnte. Aber die Küche war jetzt mit verkohlten Brötchen verpestet.

Und wer hätte eigentlich so viele Quarkrosinenbrötchen essen sollen?

»Frieke?«

»Im Schlafzimmer!«

Die Tür wurde aufgerissen, bevor er sie erreicht hatte. Friekes Gesicht wirkte etwas... hm, rot. Erhitzt.

»Alles in Ordnung?«, erkundigte er sich besorgt.

»Ja, bestens!«, verkündete sie fröhlich. »Wieso?«

»Weil du fast das Haus abgefackelt hättest mit deinen Brötchen im Ofen.«

»Die Brötchen...? Ach du Scheiße...« Sie lief an ihm vorbei in die Küche. »Was hast du getan?«

Bengt folgte ihr mehr belustigt als verärgert. »Was ich getan habe? Das Schlimmste verhindert, hoffe ich.«

»Aber ich habe doch nur zehn Minuten auf dem Bett gelesen...« Ratlos starrte Frieke in den Mülleimer.

»Waren wohl eher zwei Stunden. Mein Tipp: Die solltest du jetzt lieber nicht mehr essen.«

Sie ließ den Mülleimerdeckel zuklappen und stand mitten in der Küche. »Hm. Herrje...«

Bengt legte den Arm um ihre Schulter. »Ich freue mich auch, dich zu sehen.« Sanft küsste er ihren Scheitel. »Alles okay bei dir?«

»Ja, alles super. Ich habe nur... hm.«

»Hunger auf Quarkrosinenbrötchen.«

»Ja.«

»Und da kannst du deinem Mann nicht einfach sagen: ›Bitte, lieber Bengt, back für mich ein paar Brötchen.‹?«

»Du bist ja nie da.«

Sie war so niedlich, wenn sie schmollte. Nein, schmollen war das falsche Wort. Wenn sie... ach, wenn sie so verrückte Sachen machte. Dafür liebte Bengt sie. Weil sie morgens Quarkrosinenbrötchen im Backofen vergaß.

»Dass du auch nie einen Wecker stellst.« Er gab ihr einen Nasenstupser. »Pass auf, wir machen es so. Du duschst jetzt und machst dich auf den Weg in die Buchhandlung.«

Frieke schaute auf die Küchenuhr und quiekte. Es war schon kurz nach zehn. »Verflixt! Wo steckt Lilli?«

Vermutlich war sie schon im Laden. Aber viel interessanter war die Frage, was genau Frieke da gelesen hatte, dass es sie so dermaßen aus der Welt gehoben hatte. Eine Frage, die er später klären wollte.

Bevor sie ihm entwischen konnte, packte er ihr Handgelenk. »Und ich backe dir neue Brötchen. Die liefere ich zur Mittagszeit pünktlich im Buchladen ab, damit du bis heute Abend nicht Hungers stirbst. Einverstanden?«

»Okay!« Sie war schon zwei Räume weiter. Er hörte die Badezimmertür klappen, dann das Rauschen der Dusche. Bengt seufzte. Ach, er würde sich viel lieber jetzt ins Bad schleichen und zu ihr unter die Dusche stellen. Aber versprochen war versprochen... Er holte die Schüssel aus dem Schrank und begann, die Zutaten für Quarkrosinenbrötchen auf der Anrichte zusammenzustellen.

Zwanzig Minuten später sauste Frieke mit nassen Haaren aus dem Haus. Sie stieg auf ihr Rad, winkte ein letztes Mal und war weg. Bengt winkte zurück. Der Hefeteig stand auf der Fensterbank, bis er sich dem wieder widmen konnte, hatte er eine Stunde Zeit.

Er ging ins Schlafzimmer. Das Bett war ungemacht und zerwühlt. Er schüttelte die Decken und Kissen auf, riss das Fenster weit auf und atmete tief durch. Dann ging er duschen, und weil er sich inzwischen durch all die Verrichtungen die Müdigkeit aus den Knochen gearbeitet hatte, zeigte er danach dem Staubsauger die dreckigen Ecken im Häuschen. Irgendetwas stimmte nicht mit Frieke, und er konnte den Finger nicht drauflegen. Sie war so strahlend und gutgelaunt, aber das war sie meistens.

Daran konnte es also nicht liegen. Das Leben auf der Insel tat ihr gut.

Was war es dann?

Erst als er in der Küche stand und die Brötchen formte, fiel es ihm ein.

»Das Buch!«

Er lief sofort ins Schlafzimmer.

Tatsächlich. Weder auf den Nachttischen noch im Bett lag ein Buch. Aber hatte sie nicht beim Lesen die Zeit vergessen und deshalb die Brötchen anbrennen lassen?

Seltsam. Um nicht zu sagen: sehr seltsam. Frieke nahm im Sommer keine Bücher mit in die Buchhandlung, denn bei der Arbeit kam sie nicht zum Lesen. Wo also war dieses ominöse Buch, das sie alles um sich herum vergessen ließ? Oder gab es gar kein Buch? Und wenn es kein Buch gab – wieso hatte sie ihn dann angelogen?

Erst als sie vor der Buchhandlung das Fahrrad abstellte, fiel Frieke auf, dass sie einen entscheidenden Fehler gemacht hatte.

Sie hatte kein Buch ins Bett gelegt.

Und Bengt war aufmerksam. Ihm entging so ein Detail nicht. Ihre kleine Flunkerei, dass sie beim Lesen die Zeit vergessen hatte, war damit wohl auf ziemlich wackligem Treibsand gebaut.

Sie biss sich auf die Unterlippe. Aber es blieb keine Zeit, sich darüber Gedanken zu machen. Sie lief in den Buchladen, rief ein fröhliches »Moin!« in die Runde und schlüpfte hinter den Kassentisch.

»Du bist spät«, sagte Lilli.

»Mir sind die Brötchen angebrannt. Und dann war Bengt wieder da, wir haben uns heillos verquatscht.« Noch eine kleine Flunkerei.

Aber sie war noch nicht so weit für die Wahrheit. Die Wahrheit war noch etwas zu groß, zu ungewohnt. Sie wollte sich selbst erst an den Gedanken gewöhnen, bevor sie jemandem davon erzählte. Und dann sollte es doch zuerst Bengt erfahren, denn ihn ging es am meisten an.

Wie er wohl darauf reagierte?

Sie hatten nie über Kinder gesprochen. Aber wie das so war mit einem möglichst nachhaltigen, plastikfreien Leben – man verzichtete auf manche Dinge, die andere Leute eben benutzten, um eine Schwangerschaft zu verhindern. Und auf die Pille hatte Frieke irgendwann auch verzichtet, nachdem sie vor ein paar Jahren für einen Artikel über die Nebenwirkungen hormoneller Verhütungsmethoden recherchiert hatte und überrascht war, wie ahnungslos sie selbst seit über einem Jahrzehnt ohne Nachdenken die Pille nahm. Dann blieben nicht mehr so viele Möglichkeiten, und offenbar hatte sie die, für die sie sich entschieden hatte – die Basaltemperaturmethode – nicht korrekt angewendet. Oder es war wohl vor drei Wochen zum Sex gekommen, obwohl sie ihre fruchtbaren Tage hatte.

Bengt und sie waren inzwischen knapp zwei Jahre zusammen, und ihr war es noch nie so gutgegangen wie in diesen zwei Jahren. Er war ihr Hafen; ohne ihn hätte sie das Experiment Inselbuchladen vermutlich schon nach wenigen Monaten aufgegeben und wäre schreiend von der Insel geflohen. Sie hatten sich im Haus ihres Vaters eingerichtet. Das Leben, das sie führten, war gut. Es war vor allem ruhig.

Aber ein Kind? Was würde ein Kind aus ihrer Ruhe machen? Wäre dann auch weiterhin Platz für lange Abende auf der Terrasse? Für Nächte im Bauwagen, in denen sie unter dem Panoramadach lagen und die Sterne zählten? Für zweisame Gespräche über all das, was in der Welt schieflief und was sie verbessern wollten?

Vielleicht. Aber wenn es diese Zeit noch geben würde, wäre sie sehr viel knapper bemessen. Frieke wusste, sie war keine von den Frauen, die überraschend schwanger wurden und dann über eine Abtreibung nachdachten. Der Gedanke war ihr völlig fremd, ohne dass sie so genau sagen konnte, warum. Sie fand es gut, dass Frauen diese Möglichkeit hatten, aber für sie selbst kam das nicht in Frage. Dennoch, irgendwie fühlten sich diese ersten Tage ihrer Schwangerschaft nicht so an, wie sie sollten. Es war keine Euphorie, keine unbändige Freude, sondern eher die Angst. Schaffte sie das? Und wenn ja, wie? Im Sommer musste sie im Laden stehen, da war doch keine Zeit für ein Kind? Was würde Bengt dazu sagen, wenn sie ihm eröffnete, dass sie ein Kind bekamen? Setzte sie damit vielleicht sogar ihre Beziehung aufs Spiel, weil er keine Kinder wollte?

»Hallo, jemand zu Hause?« Lilli wedelte mit einer Hand vor Friekes Gesicht. »Ich habe dich gefragt, ob du mit dem Lastenrad zum Hafen fährst oder ob ich das machen soll. Heute kommt Nachschub von diesem zauberhaften Buch hier.« Sie zeigte auf den jämmerlich kleinen Stapel des heimlichen Bestsellers im Inselbuchladen – der kitschfreie Liebesroman, der auf der Insel spielte. »Mir ist es egal, wer fährt, aber wir brauchen die Bücher.«

»Ich kümmere mich drum«, sagte Frieke. Bei der Gelegenheit konnte sie sich gleich noch ein Krabbenbrötchen am Imbiss holen. Die waren schweineteuer, aber sie brauchte jetzt unbedingt etwas zu essen. Und bis Bengt mit den Quarkrosinenbrötchen kam, war sie bestimmt verhungert.

KAPITEL 6

Im ersten Moment dachte Emma, als sie Conny vor ihrer Haustür stehen sah, dass sie es sich anders überlegt habe und sie bitten werde, wieder zu gehen.

Conny sah müde aus. Die dunklen, kurzen Haare wuschelig, dunkle Schatten unter den Augen und eine gerötete Nase.

»Guten Morgen. Alles in Ordnung?«, erkundigte Emma sich.

»Moin. Ich ... kann ich reinkommen?«

»Klar.« Emma machte die Tür weit auf. Die Zwillinge spielten auf der Terrasse. Zum Glück hatte sich Timo über Nacht erholt; er hatte nur noch eine kleine Schniefnase.

»Möchtest du einen Kaffee?«

»Gerne.« Conny stand etwas verloren zwischen Küche und Wohnzimmer, während Emma sich an der Kaffeemaschine zu schaffen machte. »Schön ist es hier. Also, ich meine ...«

»Die Wohnung ist toll«, sagte Emma hastig. »Ich bin so froh, dass ich hier wohnen kann. Setz dich doch.«

Conny sank auf einen Stuhl.

»Wir haben noch gar nicht darüber gesprochen, was ich für die Wohnung bezahle.«

»Ach, das ... können wir doch später machen.«

Emma stellte Milch und Zucker auf den Tisch. »Hast du auch Hunger?«, erkundigte sie sich.

»Hm, nein.«

»Mir wäre es lieber, wenn ich wüsste, wie viel ich hier jeden Tag ausgebe. Meine finanziellen Reserven sind nicht unerschöpflich.«

»Ach so.« Conny wirkte ratlos. Sie schien sich also tatsächlich noch gar keine Gedanken darüber gemacht zu haben. »Du kannst einfach zahlen, was du für angemessen hältst. Und bleiben könnt ihr, solange ihr wollt. Ich brauche die Wohnung ja nicht im Moment.«

»Das ist schade. Also, dass du sie nicht brauchst.«

Emma hatte schon darüber nachgedacht, dass es auf so einer schönen Ferieninsel Verschwendung war, wenn die Wohnung leer stand. Aber sie wollte sich auch nicht darüber beklagen, dass sie jetzt so ein lauschiges Plätzchen gefunden hatte, wo sie erst mal bleiben konnte.

»Wir vermieten nicht.«

»Darf ich fragen, warum nicht?«

Conny wandte den Blick ab. Durfte sie also nicht. Sie murmelte eine Entschuldigung und beeilte sich, einen Becher mit Kaffee vor Conny auf den Tisch zu stellen.

Vom Rumoren in der Küche angelockt, kamen die Zwillinge ins Wohnzimmer und bekundeten ihren Hunger. Emma gab ihnen eine Banane, die sie in zwei Hälften brach. Sofort fingen sie an zu heulen, weil jeder eine Banane für sich haben wollte. Als sie Lars rasch eine zweite Banane gab, heulte Timo, weil seine ja nun in zwei Teile zerbrochen war. Als sie anbot, sie könnten ja tauschen, bekam Timo die heile und Lars eine Hälfte von der zerbrochenen. Aber das schien beide zufriedenzustellen.

»Kannst du mir einen Gefallen tun?«, fragte Conny, die während Emmas Beschwichtigungsversuchen bei den Zwillingen schweigend ihren Kaffee trank.

»Klar. Was kann ich machen?«

»Ich brauche noch ein paar Sachen aus dem Dorf. Aber ich muss gleich zu den Pferden, und ich bin im Moment ziemlich erkältet.« Sie zeigte auf ihre gerötete Nase.

»Kein Problem. Was brauchst du denn?«

Conny holte aus der Gesäßtasche ihrer Hose einen Zettel, den sie Emma zuschob. »Du kannst die Sachen drüben in die Küche stellen. Das Haus ist nicht abgeschlossen.«

Emma nahm den Zettel und faltete ihn auseinander. Es war eine ziemlich lange Liste Lebensmittel, dazu ein paar Dinge aus der Apotheke. Sie hob die Augenbrauen, sagte aber nichts. Conny legte ein paar Geldscheine auf den Tisch.

»Es wäre wirklich lieb, wenn du das machst. Ich schaffe das nicht.«

Emma nickte. Sie verstand.

Es war nicht die fehlende Zeit, dass Conny es »nicht schaffte«, die Sachen zu besorgen. Sie wollte nicht ins Dorf. Nicht unter Leute. Es war egal, ob es daran lag, dass sie erkältet und müde war, oder daran, dass ihr der Kontakt mit Menschen schwerfiel. Auf jeden Fall befand sie sich in einer Notlage, und Emma war froh, dass sie ihr wenigstens ein bisschen helfen konnte.

»Danke«, sagte Conny noch mal. Sie stand auf, stürzte den letzten Schluck Kaffee hinunter. »Auch hierfür. Bis später.«

Sie verließ die Wohnung. Emma blieb am Tisch sitzen. Sie sah hinaus zu ihren Kindern.

Wenn ich nicht funktionieren müsste – würde ich dann irgendwann zusammenbrechen? Oder bin ich einfach nicht der Typ dafür?

Dann schüttelte sie den Kopf, stand auf und machte sich an den Abwasch. Natürlich, die Trennung von Torben war schlimm. Und irgendwann, wenn sie zur Ruhe kam und der erste Schock nachließ, würde es sich noch schlimmer anfühlen. Jetzt funktionierte sie ja nur.

Aber sie wusste auch, dass sie das schaffte. Weil sie schon so vieles in ihrem Leben gemeistert hatte. Weil sie für ihre Jungs stark sein würde. Und weil sie gelernt hatte, auf sich aufzupassen, als vor über fünfzehn Jahren ihr Vater von einem Tag auf den anderen damit aufgehört hatte, weil er sie in Deutschland zurückließ.

Sie hatte sich damals geschworen, es bei ihren Kindern eines Tages besser zu machen. Und dieses Versprechen würde sie, verdammt noch mal, auch einhalten!

Auf dem Weg zum Supermarkt kam Emma wieder am Hotel vorbei. Vor dem Eingang stand immer noch die Tafel mit dem Hinweis auf die freien Zimmer. Soeben goss die Rezeptionistin, mit der Emma bei ihrer letzten Begegnung aneinandergeraten war, die Hortensien neben dem Eingang.

Emma ließ den Bollerwagen auf der Straße stehen. Mit Lars und Timo an den Händen näherte sie sich der jungen Frau. »Entschuldigen Sie…«

Sie fuhr herum. Starrte Emma an, als wäre hinter ihr ein Geist erschienen. Das adrette Aussehen war heute früh leicht derangiert, die Bluse knittrig, ein kleiner Fettfleck neben der Knopfleiste auf Höhe des Rockbunds. »Was ist?«, herrschte sie Emma an. »Sie kriegen hier kein Zimmer, das hat er Ihnen doch gesagt!«

»Ich weiß. Darum geht's mir auch gar nicht. Sie haben vor zwei Tagen nur so… unglücklich gewirkt. Als wäre Ihnen nicht wohl.«

»Ach, Quatsch. Mischen Sie sich doch nicht in fremder Leute Angelegenheiten.«

Emma wollte protestieren, aber ihr Gegenüber funkelte sie so wütend an, dass sie sich lieber zurückzog.

Sie machte einen Abstecher in die Buchhandlung, wo Frieke seltsam blass hinter der Kasse hing, während Lilli sich um die Kunden kümmerte. Emmas Eintreten aber ließ Frieke munter werden. »Hier, ich hab was für dich«, sagte sie und zog unter dem Kassentisch ein schmales Büchlein hervor.

»Magic Cleaning – die Kunst des Aufräumens?«

»Vielleicht sind ein paar Anregungen für dich drin.«

»Ich kann aufräumen«, erwiderte Emma spitz.

»Weiß ich doch. Dachte trotzdem, es könnte dir Spaß machen.« Frieke zuckte mit den Schultern, als wüsste sie selbst nicht so genau, warum das Buch zu Emma wollte.

»Ist das wieder so ein Ding mit deiner ›Gabe‹?«

»Weißt du, wenn du das so sagst, höre ich die Gänsefüßchen. Als würdest du meine Gabe nicht ernst nehmen.«

Beide schwiegen für einen Moment betreten. Dann sagte Emma: »Tut mir leid. Ich bin wohl irgendwie schlecht drauf.«

»Jeder hat mal einen schlechten Tag«, meinte Frieke friedfertig. »Also, möchtest du es haben?«

Emma zuckte mit den Schultern. Ihr stand der Sinn eher nach einem leichten Liebesroman. »Meinetwegen.«

»Und noch was Leichtes für abends auf dem Sofa?« Frieke hielt den Roman hoch, der stapelweise neben der Kasse lag. Sie grinste. »Das wird dir gefallen, glaube ich. Ist eine nette Liebesgeschichte, aber nicht ganz so seicht.«

»Kommt ein Ornithologe drin vor?«

Friekes Grinsen wurde breiter. »Ich verrate nichts.«

»Mir wäre ohnehin eher nach einem Arzt.« Emma legte das Buch auf das andere und schob beide in Friekes Richtung. »Und hast du auch noch was für die Zwillinge? Sie lieben es, wenn ich ihnen abends vor dem Einschlafen vorlese, aber wenn ich noch ein einziges Mal ›Wie kleine Tiere schlafen gehen‹ aufsagen muss, denn von Lesen kann nun wirklich keine Rede sein, dann schreie ich, dass man's auf der ganzen Insel hört.«

»Oh, aber klar.« Frieke wurde munter. Sie verschwand in der Ecke des Ladens, in der die Kinderbücher waren.

»Entschuldigung, darf ich?«

»Natürlich.« Emma trat beiseite und machte dem nächsten

Kunden Platz. Erst da bemerkte sie, dass Raik Tossens hinter ihr stand.

Oh mein Gott, wie peinlich! Wie lange stand er schon da? Hoffentlich hatte er Emmas Bemerkung nicht gehört, dass ihr der Sinn eher nach einem Arzt als einem Vogelkundler stand …

Raik lächelte und legte drei Bücher auf den Kassentisch. Lilli kassierte. Ein bisschen verloren stand Emma neben ihm und hielt ihr Portemonnaie fest. Weil es im Inselbuchladen so eng war, stand der Bollerwagen vor der Tür. Sie hörte bereits Lars nach ihr rufen.

»Haben Sie sich gut bei uns eingelebt?«, fragte er, nahm von Lilli die Tüte entgegen und blickte Emma erwartungsvoll an.

»Ja, bestens.« Emma überlegte kurz, ob sie Connys Probleme ansprechen sollte, aber vermutlich war das jetzt nicht der richtige Moment.

»Timo ist wieder fit?«

»Ja, zum Glück. Er hat nur noch eine kleine Schnupfennase.«

Sie lächelte. Er erwiderte das Lächeln so breit, dass ihre Knie ein bisschen unter ihr nachgaben. Herrje, was war denn mit ihr los? Sonst verhielt sie sich nicht so irrational, nur weil ein Mann mal nett mit ihr quatschte.

»Ich muss leider wieder los.«

»Ja, schönen Tag noch.« Sie hob die Hand und winkte, was in der Enge des Ladens irgendwie deplatziert wirkte. War jetzt auch egal. Sie hatte sich ja eh schon maximal blamiert, dachte sie.

»Ach, noch etwas.« Raik blieb stehen. »Wir waren ja verabredet für heute Abend, aber ich kann leider nicht.«

Okay. Es konnte also doch noch peinlicher werden. Emma spürte, wie ihre Wangen heiß wurden, und hoffte, dass es zu dunkel im Buchladen war oder irgendein anderes Wunder dafür sorgte, dass er es nicht bemerkte.

Er hatte es bestimmt gehört und sagte deshalb ab.

»Das, äh...«

»Etwas ist dazwischengekommen«, fuhr er fort. »Ein Termin, den ich nicht verschieben kann. Aber wie wäre es mit morgen?«

»Nur, wenn ich auch etwas kochen darf«, sagte sie lahm. »Ich kann ganz gut kochen, weißt du?«

»Okay.« Wieder Lächeln. »Sagen wir halb acht?«

»Lieber um acht. Dann schlafen die Kröten hoffentlich.«

Er hob bestätigend die Papiertüte, verabschiedete sich und war fort, bevor Emma allzu genau über all das nachdenken konnte, was sie gerade gesagt hatte.

»Ich kann ganz gut kochen?«, murmelte sie. »Was habe ich mir denn dabei gedacht?«

Vermutlich hatte sie gar nicht gedacht. Und jetzt hatte sie so etwas wie ein Date, falls ihr mal wieder nach einem Arzt war. Konnte es eigentlich noch peinlicher werden? Sie wollte am liebsten im Boden versinken. Sich im Watt vergraben. Nie mehr einen Fuß auf den Isländerhof setzen.

Gestern hatte es noch nach einem gemütlichen Beisammensitzen bei Wein geklungen, und heute ...

Ich bin noch gar nicht so weit, mich emotional für eine neue Beziehung zu öffnen.

Sie schnaufte einmal tief durch. Wer redete hier eigentlich über eine neue Beziehung? Das war Quatsch. Es war nur ein gemütliches Abendessen mit ihrem Vermieter. Ganz sicher nicht mehr.

»Hier habe ich's.« Frieke legte ein Buch auf den Kassentisch. »Sternenhäschen!«

»Und das ist besser als die kleinen Tiere, die schlafen gehen?« Emma zog die Stirn kraus.

»Viel besser«, versprach Frieke ihr. »Sternenhäschen hilft den anderen Tieren beim Einschlafen. Stell dir einfach beim

Vorlesen vor, dass die Autoren bewusstseinserweiternde Substanzen zu sich genommen haben, dann wirst du viel Spaß haben.«

»Na gut.« Emma schob den Bücherstapel über den Tisch. »Dann nehme ich die drei.«

»Ich mach das schon, Lilli. Du kannst weiter auspacken.« Bereitwillig machte Lilli Platz, und während Frieke die Bücher in die Kasse einscannte, lehnte sie sich auf einmal seufzend gegen den Kassentisch. »Sag mal, als du schwanger warst – hast du dich da am Anfang komisch gefühlt?«

»Wenn du mit komisch meinst, dass ich kotzend über der Kloschüssel hing – das könnte schon hinkommen.«

»Nee, das meine ich nicht. Ich dachte eher an komisch wie ›Verdammt, ich habe mir doch immer ein Kind gewünscht, jetzt kriege ich eines und habe Angst vor der eigenen Courage‹.«

»Ach das? Ja, das hat wohl jede Mutter, glaube ich.«

Emma stopfte die Bücher in den mitgebrachten Stoffbeutel. Draußen krähten inzwischen beide Zwillinge nach ihr. Wenn sie nicht vom Dorfpolizisten wegen Kindeswohlgefährdung angesprochen werden wollte, musste sie sich langsam sputen. »Wir sehen uns!« Sie winkte, und diesmal fühlte es sich nicht deplatziert an.

Erst, als sie schon fast den Supermarkt erreicht hatte, ging ihr auf, dass sie Frieke nicht gefragt hatte, ob ihre Frage irgendeinen besonderen Grund habe. Besonderen Grund wie in »Ich bin schwanger, fürchte aber die Verantwortung, ist das normal?«.

Ach was. Frieke doch nicht. Die hatte ihr Leben so gut im Griff, dass sie sich vor nichts und niemandem fürchtete.

Sie ahnte, dass es ein Fehler gewesen war, Emma zu bitten, ein paar Besorgungen für sie zu machen.

Aber da es nun mal passiert war, beschloss Conny, das Beste aus der Situation zu machen. Und das Beste hieß in diesem Fall: Sie konnte den ganzen Tag draußen bei den Pferden bleiben und an der frischen Luft hoffentlich ihre elende Schnupfennase auskurieren.

Mit einem klapprigen Herrenrad fuhr sie zur Sommerwiese. Dort standen die Isländer ab Ende Mai bis zu den ersten Herbststürmen. Die Vegetation ähnelte sehr der, die sie aus ihrer Heimat kannten, und mit ihren kleinen Hufen verdichteten sie die Wiesen, ohne sie zu beschädigen. Conny brauchte keine großen Flächen zu pachten, auf denen ihre Ponys im Sommer stehen konnten, und die Insel bekam so einen sehr effektiven Landschaftsschutz. Es war eine Kooperation mit Vorteilen für alle Beteiligten, die ihre Mutter schon vor vielen Jahren vorgeschlagen hatte. Seither waren die Islandpferde von den Wiesen im Westen der Insel nicht wegzudenken.

Als Conny mit ihrem Rad in den Feldweg einbog, der zu dem Stall führte, sah sie, wie auf der Wiese ein Falber den Kopf hob. Sie glaubte sein Wiehern zu hören, bevor er sich in Bewegung setzte und zum Gatter trabte. Sofort musste sie lächeln; Snorri war *ihr* Pferd, ein kleiner, eifriger Wallach, mit dem sie seit zehn Jahren durch dick und dünn ging. Nie würde sie vergessen, wie Mama ihn ihr zum 18. Geburtstag geschenkt hatte. »Jetzt bist du erwachsen und alt genug, selbst die Verantwortung für ein Islandpferd zu übernehmen.« Bis dahin hatte Conny immer noch Mama als Rückhalt gehabt. Auch danach konnte sie mit allen Fragen zu ihr kommen, doch sobald Snorri in ihren Besitz übergegangen war, entwickelte sie einen gewissen Ehrgeiz. Sie wollte das ganz allein schaffen. Nicht nur Snorris Versorgung, sondern auch die eventuell anfallenden Tierarztkosten. Mit Snorri wurde sie erst richtig erwachsen, und schon kurz danach wusste sie, dass sie niemals von der Insel verschwinden würde. Nicht wie ihr Bruder Raik oder ihr Vater.

Sie begrüßte Snorri, pfiff nach den anderen Pferden und stieß das Gatter auf. Snorri trottete brav zum Sattelplatz, und die anderen folgten. In einer Viertelstunde kamen die Reiter für diesen Tag, und Conny hatte es sich zur Angewohnheit gemacht, vorher zu kontrollieren, ob die Ponys alle fit waren.

Es war heute eine Anfängergruppe bestehend aus sieben Reiterinnen, die einen zweistündigen Ausritt gebucht hatten. Das bot für Conny und Snorri wenig Abwechslung; die meiste Zeit würde es im Schritt am Strand entlang und durch die Dünen gehen, auf ausgewiesenen Pfaden. Die Gruppen mit erfahrenen Reitern waren ihr lieber, denn mit denen konnte sie auch durch die Brandung galoppieren.

Aber sie beschwerte sich nicht. Sie liebte ihren Job, sie liebte die Islandpferde und die Möglichkeit, fast den ganzen Tag unter freiem Himmel zu verbringen. Das war das Beste, was sie für sich tun konnte, damit die Wolken, die ihr Gemüt wieder verdunkeln wollten, keine Chance hatten.

»Moin!«

Als sie um die Ecke des Stalls bog, kam ihr bereits Regina entgegen. Sie war eine Mitarbeiterin des Islandhofs, solange Conny denken konnte; einst die beste Freundin ihrer Mama, hatte sie in den letzten Jahren ein bisschen die Mutterrolle übernommen, soweit Conny es zugelassen hatte. Mit ihren großen Schneidezähnen, dem offenen, länglichen Gesicht und ihren dichten, blonden Haaren, in denen erste weiße Strähnen aufblitzten, sah sie den Islandpferden ein bisschen ähnlich. Ihre Augen funkelten stets vergnügt, und Conny konnte sich nur an wenige Gelegenheiten erinnern, zu denen sie Regina wirklich traurig erlebt hatte.

Aber wenn sie darüber nachdachte, fiel ihr wieder die *eine* Gelegenheit ein, als Regina untröstlich war. Als niemand Conny in ihrem Schmerz hatte helfen können. Als Raik so spät auf die Insel kam, dass es *zu spät* war. Er hatte sich nicht von ihrer Mutter verabschieden können.

Ob ihn das noch belastete? Er machte auf sie nicht den Eindruck. Das wiederum belastete Conny, darunter litt auch ihr Verhältnis zu Raik. Er passte auf sie auf, doch tat er es immer noch mit der Distanziertheit des großen Bruders, der nicht mit ihr zusammen aufgewachsen war.

»Moin Regina. Alles klar?«

»Bestens.« Regina war keine Frau der großen Worte. Sie war eine typische Ostfriesin, obwohl sie nicht hier oben im Norden aufgewachsen war, sondern in einer Großstadt im Ruhrgebiet. Aber dorthin, das hatte sie Conny mal anvertraut, hatte sie nie so richtig gepasst; die offene, oft schnoddrige Art der Ruhrpott-Westfalen hatte sie oftmals als befremdlich empfunden. Erst hier auf der Insel fand sie ihr Zuhause.

»Heute sind es sieben Reiterinnen.« Conny legte die Hand auf Snorris Kruppe, der recht entspannt neben ihr stand.

»Willst du allein mit ihnen raus, oder soll ich mitkommen?«

Conny zögerte. »Ich dachte, du könntest sie vielleicht übernehmen.«

»Klar, kein Problem.« Das mochte Conny an Regina. Sie fragte nicht nach, sie machte einfach. »Das schaffe ich allein. Wo willst du hin?«

Conny lächelte. »Ich lass mir ein bisschen den Wind um die Nase wehen.«

»Zum Ostend also.« Regina nickte, als wüsste sie genau, was Conny dorthin zog. Die Ostplate war eine riesige Sandbank, die sich am anderen Ende der Insel schier unendlich dahinzog – ideal, um dort durch die Brandung zu galoppieren oder sich einfach bei einem langen Ausritt all die negativen Gedanken aus dem Kopf pusten zu lassen.

»Ich bin mittags zurück.«

»Na klar.«

Conny war erleichtert. So konnte sie tatsächlich ein paar Stunden so verbringen, wie es für sie am besten war: draußen am Strand, im Sattel. Ganz bei sich und zugleich die Gedanken fliegen lassen.

Denn es gab vieles, über das sie nachdenken musste. Emmas Einzug auf dem Hof zum Beispiel. Sie mochte die junge Mama, ihr gefiel Emmas unaufgeregter, zärtlicher Umgang mit den beiden Kleinkindern. Aber dass Kinder auf dem Hof waren, brachte auch Erinnerungen zurück – an die Zeit, als sommers wie winters so viel Leben auf dem Isländerhof herrschte, dass Conny sich nie über einen Mangel an Spielkameraden beklagen musste. Obwohl sie schon damals nicht das Bedürfnis nach vielen Freundschaften verspürte.

Vier Jahre waren eine lange Zeit, um sich von der Welt abzuschotten, wie sie es getan hatte. War jetzt der richtige Moment gekommen, den Hof wieder zu öffnen? Die Wohnungen zu vermieten? Sie wusste, ohne Raiks monatlichen Zuschuss, den er auf ihr Geschäftskonto einzahlte, könnte sie Reginas Lohn nicht bezahlen, da sie selbst nicht so viel mitarbeitete. Raik und Regina schleppten sie mit durch, dabei wären die Wohnungen ein einträgliches Geschäft. Aber keiner fragte Conny, niemand drängte.

Vielleicht sollte sie sich an den Gedanken gewöhnen, dass wieder Leute auf dem Hof wohnten. Dass es ein bisschen wieder so wäre wie früher.

Auf dem Rückweg kam Emma wieder am Hotel vorbei. So langsam wurde es Zeit, dass sie ihre Ortskenntnisse im Dorf mal verbesserte, es musste doch eine Straße geben, die zum Isländerhof und nicht zwangsläufig daran vorbeiführte. Die Zwillinge kabbelten sich um eine Dinkelbrezel, weshalb sie erst gar nicht bemerkte, dass die junge Rezeptionistin, die sie vorhin vor der Tür gesehen hatte, jetzt ein paar Meter weiter auf dem Rand eines riesigen Pflanzkübels hockte und hektisch an einer Zigarette zog. Erst auf den zweiten Blick bemerkte Emma die schwarzen Spuren, die von den Tränen übers Gesicht gezeichnet wurden, weil sich ihre Mascara auflöste.

Emma hätte einfach vorbeigehen können. Sie hätte ignorieren können, dass hier jemand, der sich ihr gegenüber vorhin alles andere als freundlich verhalten hatte, ziemlich erschöpft und traurig aussah.

Aber das wäre nicht Emma gewesen. Sie verlangsamte ihre Schritte. »Alles okay?«, fragte sie behutsam.

Die junge Frau blickte auf. Ihre honigfarbenen Haare sahen etwas zerzaust aus, und sie fuhr mit der Hand zum Scheitel, kratzte dort, so dass eine Strähne etwas in die Höhe stand. Sie verzog das Gesicht.

»Nee, nix ist okay.«

Jetzt hörte man sehr deutlich ihren Berliner Dialekt.

Emma zögerte. Sie hatte auch keine Lust, sich anpöbeln zu lassen, und ein bisschen klang die Rezeptionistin so, als werde sie gleich ihren ganzen Frust bei ihr abladen.

»Was ist denn los?«, fragte sie trotzdem.

»Pff.« Die junge Frau stieß den Rauch durch die gespitzten Lippen aus. »Der alte Knacker glaubt, er könne uns alle für seinen Profit schinden. Aber ich mach da nicht mit. Ich soll über fünfzig Stunden schuften und kriege nur fünfunddreißig bezahlt.«

»Das kann doch nicht wahr sein!«, entfuhr es Emma. »Ich dachte, so ein großes Hotel ist ausgebucht, da muss man doch auch die Leute haben, um es am Laufen zu halten...«

»Nee, ausgebucht ist da nix. Ist noch knapp die Hälfte der Zimmer nicht belegt. Hat halt erst vor wenigen Wochen eröffnet, darum dauert's. In zwei Wochen sind wir voll belegt, und bis dahin sollen angeblich noch mehr Mitarbeiter kommen. Aber bis dahin hab ich mich schon totgearbeitet. Und das pack ich nicht. Es ist...« Sie schniefte. »Sorry, ich wollte Sie nicht damit belästigen.«

»Machen Sie nicht.« Emma lächelte aufmunternd. »Ich bin übrigens Emma.« Sie streckte die Hand aus.

Die Rezeptionistin sah kurz ihre Hand an, als wüsste sie nicht, ob sie Emma trauen könnte. Dann ergriff sie die Hand und schüttelte sie. »Ines«, sagte sie.

»Okay, Ines. Musst du da gleich wieder rein?«

Sie schüttelte den Kopf.

»Dann komm mit zu mir. Ich koche uns Kaffee, und wir reden. Manchmal tut reden nämlich ganz gut.«

Zumindest ging es Emma so. Sie redete gern über ihre Probleme. Aber auch über die Probleme anderer, sobald sie davon hörte. So nahm sie Kontakt auf. Das hatte ihr in den ersten Tagen ihres Studiums bereits neue Freundschaften in Hamburg beschert, die teilweise bis heute hielten. Wahlfamilie, dachte Emma. So war das.

»Ich muss in einer Stunde wieder hier sein.« Ines schien nicht wohl bei dem Gedanken zu sein, sich jetzt vom Arbeitsplatz zu entfernen. »Vielleicht kommst du grad mit zu mir? Ich wohne um die Ecke.«

»Klar, warum nicht?« Emma zuckte mit den Schultern.

»Na, wegen der Kröten, dachte ich.« Ines nickte zum Bollerwagen.

»Die können sich gut selbst beschäftigen. Einen Vorteil muss es ja haben, dass sie zu zweit sind.«

»Hm. Bei mir ist es halt nicht so ordentlich.« Ines traf eine Entscheidung. »Na los, kommt mit.«

Sie führte Emma um das Hotel herum zu einem Bungalow, in dem es offenbar mehrere kleine Apartments für die Mitarbeiter gab. Ines schloss die Tür auf und drehte sich noch mal um. »Ich hab nicht aufgeräumt«, warnte sie Emma. »Also, wenn du so ein ordentlicher Typ bist…«

»Ich sehe großzügig drüber hinweg«, versprach Emma.

Sie hatte es wirklich vor.

Aber dann betrat sie das Apartment und … sagte erst mal nicht viel. Und obwohl es ihr wirklich schwerfiel, berührte sie nichts, denn sie wusste, dann wäre sie sofort als notorische Aufräumerin aufgefallen.

Und dann hielt sie weiter den Mund, weil sie spürte, wie unangenehm Ines die ganze Situation war.

Sie hatte nicht viel Platz. Das Apartment hatte maximal fünfundzwanzig Quadratmeter für Schlafsofa, Schrank, kleine Pantryküche, Tisch, zwei Stühle, ein Regal und ein Badezimmer. Auf allen Oberflächen standen oder lagen irgendwelche Sachen – Zeitschriften, Bücher, eine halbe Stricksocke, aus der die Nadeln ragten, ein paar abgefressene Teller, die es nicht bis zur Spüle geschafft hatten, Medikamentenpackungen, leere Tetrapaks, Chipstüten, Postkarten und so weiter. Auf dem Boden setzte sich das Chaos fort mit Schmutzwäsche, benutzten Handtüchern, Schuhen und Schläppchen. Emma hob nur fragend die Augenbrauen.

»Entschuldige. Es ist einfach … zu eng.« Ina seufzte. »Man sollte meinen, ich könnte als Hotelfachangestellte Ordnung halten. Kann ich auch. Ehrlich. Ich habe gerade in Haushaltsführung mit Bestnoten abgeschnitten.« Sie stand etwas hilflos zwischen Küche und Esstisch, als wüsste sie nicht, wo sie anfangen sollte.

Emma hätte das sofort gewusst: erst mal mit einem Müllbeutel durch die Wohnung gehen und alles einsammeln, was leer, vom Inhalt eher dubios oder kaputt war. Danach die Zeitschriften auf einen Stapel, die Bücher auf das Regalbrett, das Geschirr ins Spülbecken und die Schuhe vor den Schrank. Das Bettzeug in den dazugehörigen Kasten, die Schmutzwäsche in den kleinen Wäschekorb im Bad, schon hätte man es deutlich wohnlicher.

»Wie lange wohnst du schon hier?«

»Drei Wochen.« Ines zuckte mit den Schultern. »Ich bin einfach nicht besonders ordentlich.«

»Hm«, machte Emma. Sie verstand jedenfalls, warum Ines sich so unwohl in ihrer Haut fühlte. In einer so rumpelig vollgeräumten Wohnung käme sie auch nicht zur Ruhe.

Sie hätte ihr gern geholfen. Aber es fühlte sich falsch an, einfach den Vorschlag zu unterbreiten.

»Wenn es professionelle Aufräumer gäbe, würde ich sofort einen engagieren«, sagte Ines unvermittelt. »Ich meine, ich hab einfach kein Händchen dafür. Und sobald es einigermaßen sauber und ordentlich ist, fängt das Chaos sofort wieder an. Ich weiß nicht, woran das liegt. Ich bin eher so der Quartalsaufräumer«, fügte sie entschuldigend hinzu. »Wenn meine Mutter mich besucht, mache ich achtundvierzig Stunden davor nichts anderes als aufräumen und putzen. Und es sieht dann auch echt toll aus und gefällt mir. Aber sobald sie weg ist …« Sie zuckte mit den Schultern.

Emma verstand Ines' Problem. Es kam ihr sogar sehr bekannt vor.

Daheim hatte ihre Mutter den Haushalt geführt. Nach ihrem Tod hatte Emma übernommen und da erst gemerkt, wie viel Arbeit darin steckte. Gut möglich, dass es Ines ähnlich ergangen war.

»Meine Mutter sagte früher immer: ›Du kannst nicht aufräumen.‹« Ines kaute auf ihrer Unterlippe. »Dann hat sie es lieber selbst gemacht.«

Okay, das erklärte auch, weshalb Ines bis heute lieber die Hände in den Schoß legte, statt ein paar Dinge anzupacken. Sie hatte die Worte ihrer Mutter verinnerlicht.

Lars und Timo, die bisher brav an Emmas Händen neben ihr gestanden hatten, machten sich jetzt los und hockten sich zwischen die Dreckwäsche. Emma nahm Timo auf den Arm.

»Es bringt dir nichts, wenn jemand das für dich übernimmt«, sagte sie. »Du müsstest es schon selbst machen. Aber hm, vielleicht kann ich dir ein paar Tipps geben, und wir machen das gemeinsam?«

Der Kaffee war vergessen, zumal Emma ohnehin nicht wusste, wo die Kaffeemaschine war. Sie vermutete sie unter der großen Brötchentüte in der Küche.

»Das würdest du machen?«

Emma zuckte mit den Schultern. »Klar, wieso nicht? Mir geht's immer besser, wenn's schön aufgeräumt ist. Ich räume echt gerne auf.«

»Das wäre großartig. Aber jetzt hab ich keine Zeit dafür. Morgen ist aber mein freier Nachmittag. Also theoretisch. Wenn der nicht wieder gestrichen wird.« Sie seufzte.

»Ich muss ohnehin gleich zurück. Im Bollerwagen liegen ein paar Einkäufe, denen zu viel Sonne nicht guttut.«

Sie verabredeten sich für den morgigen Nachmittag. Dann könnten sie den Kaffee nachholen, beschlossen sie. Zum Abschied fiel Ines ihr spontan um den Hals und drückte Emma an sich. »Danke«, flüsterte sie.

»Wofür?«, fragte Emma.

»Dass du mich nicht so behandelst, wie ich es verdient habe.«
Sie spielte vermutlich auf die Situation vor ein paar Tagen an,
als sie Emma und die Zwillinge abgewiesen hatte.

»Schon vergessen«, sagte Emma. Schließlich hatte sie es auf
dem Isländerhof gut getroffen.

Als sie kurz darauf wieder unterwegs war, dachte sie darüber
nach, wie es wohl war, wenn man in so einem kleinen Apartment wohnte, den ganzen Tag schuftete und dann auch noch
vom Chef mies behandelt wurde.

Nicht schön. Das auf jeden Fall.

Und die Urlauber waren bestimmt auch nicht alle nett zu ihr.

Emma beschloss, dass Ines es schon bald richtig schön haben
sollte in ihrer Wohnung. Damit sie sich wohl fühlte und gerne
abends dort die Füße hochlegte.

KAPITEL 7

»Die Tage sind lang, die Jahre so kurz …«, murmelte Emma, als sie am Abend darauf kurz nach halb acht aus dem Schlafzimmer schlich und die Tür hinter sich anlehnte. Die Zwillinge schliefen, die Hand im Schlaf nach dem anderen ausgestreckt.

Ein Tag mit Kleinkindern konnte tatsächlich recht lang werden; Lars und Timo standen im Moment spätestens um sechs Uhr auf, weshalb Emma schon morgens um halb zehn den sehnsüchtigen Wunsch nach ihrem Bett verspürte. Zum Glück bot die Insel ihnen genug Abwechslung. Heute war das Wetter wieder sonnig und warm gewesen, und sie hatten fast den kompletten Tag am Strand verbracht.

Bevor sie sich selbst ins Bett kuscheln durfte, erwartete sie ja noch Besuch. Und der Gedanke an Raik machte sie ein bisschen kribbelig.

Sie ging ins Wohnzimmer und kontrollierte den Weißwein, den sie vor zwei Stunden in den Kühlschrank gelegt hatte. Zwei Flaschen dürften reichen, oder?

Das leise Klopfen an der Wohnungstür ließ sie zusammenzucken, und Emma lief auf dem Weg dorthin noch mal aufgeschreckt ins Badezimmer. Ihre Haare wirkten zerzaust, für ein Auffrischen des Lippenstifts war auch keine Zeit – ach, verflixt! Wieso kam er denn auch zu früh?

Sie eilte zur Tür und riss sie auf. »Du bist … oh.«

Vor der Tür stand Conny. Sie hielt einen kleinen Strauß Blumen in der Hand, den sie Emma hinhielt. »Hier«, sagte sie.

»Die habe ich für dich gepflückt. Danke für die Einkäufe, das hat mir echt geholfen.«

»Bitte, gern geschehen.« Das hatte sie schon wieder ganz vergessen. Die Einkäufe für Conny hatte sie am Vortag im Wohnhaus in die Küche gestellt, alles Verderbliche in den überraschend leeren Kühlschrank geräumt und dann die Haustür wieder hinter sich zugezogen. Immer noch sehr gewöhnungsbedürftig, dass niemand abschloss.

»Ich wollte mich dafür bedanken«, wiederholte Conny.

»Nicht nötig«, sagte Emma. Sie wurde nervös. Jeden Augenblick konnte Raik um die Ecke kommen, und was würde seine Schwester wohl davon halten, wenn er sich mit Emma traf? Oder wusste sie Bescheid, und Emma machte sich ganz umsonst deswegen Gedanken?

»Hm, das sind schöne Blumen. Ich würde dich ja reinbitten, aber die Jungs schlafen schon.«

Mit einem Schlag wich das Lächeln aus Connys Gesicht. »Ach so! Ja klar, verstehe ich.«

Sie hatte sich also offenbar erhofft, dass Emma sie hereinbat.

»Vielleicht ein anderes Mal.« Emma versuchte, so viel Strahlkraft wie möglich in ihr Lächeln zu legen.

»Ganz bestimmt.«

Aber Connys Enttäuschung war greifbar, und das tat Emma leid.

»Sandglöckchen und Labkraut«, sagte Conny unvermittelt. »Die Blumen. Ich hab sie gepflückt, weil ich die Farben mag. Blau und Gelb. Ich finde, sie passen gut zu dir. Blond und blaue Augen.«

»Danke.« Emma fühlte sich unwohl in ihrer Haut.

»Na dann … bis demnächst mal.« Conny winkte, sie ging und blickte sich nicht mehr um. Emma blieb in der Tür stehen; sie blickte ihr so lange nach, bis sie auf der Treppe zur Haustür verschwunden war.

Erst dann schloss sie die Tür und suchte nach einer Vase. Die Blumen waren wirklich wunderschön; sie wünschte, sie hätte Conny hereinbitten können.

Warum eigentlich nicht? Weil ich mich mit ihrem Bruder treffe? Wieso glaube ich eigentlich, das eine müsse das andere ausschließen? Will ich ihn wirklich so unbedingt allein treffen?

Sie sank aufs Sofa und zog das Aufräumbuch auf den Schoß. Das Sternenhäschen hatte sie gestern und heute zum Einschlafen vorgelesen – es enthielt mehrere süße Geschichten. Eine tolle Empfehlung von Frieke. Jetzt widmete sie sich der Aufräummethode von Marie Kondo, die ein paar interessante Ansätze hatte, aber auch ziemlich viel Vorschläge machte, mit denen Emma sich nicht anfreunden konnte. Sich von jedem Kleidungsstück verabschieden und sich *bedanken*? Und das sollte funktionieren, wenn man aufräumen wollte? Sie musste lächeln. Plötzlich fiel ihr wieder Johanne ein, die ihr von all den Erinnerungen erzählt hatte, die sich in ihrem Haus häuften. Die sie nicht geordnet bekam, weil es einfach zu viele waren.

Emma überlegte. Wenn sie jetzt ihre Koffer packte und aus dem gemeinsamen Haus mit Torben auszog – was würde sie dann mitnehmen? Was wäre für sie so wichtig, dass sie es mitnehmen musste, wenn sie beispielsweise nur zwei Koffer mitnehmen durfte?

Das Fluchtszenario. Welche Besitztümer waren unersetzlich?

Zuerst fielen ihr ein paar Dinge ein, die sie einfach im täglichen Gebrauch bei sich haben wollte. Das Handy und das kleine Notebook, auf dem sie Mails schrieb und die Fotos von der Digitalkamera sicherte. Geburtsurkunden und ähnlich wichtige Unterlagen wie Versicherungspolicen. Aber darüber hinaus?

Es gab ein paar Schmuckstücke, die ihr viel bedeuteten und die einst ihre Mutter getragen hatte.

Dann brauchte sie natürlich Kleidung für sich und die Zwillinge. Aber auch da galt – es gab nichts, das man nicht im Notfall nachkaufen konnte. Die Kuschelelefanten, die wären für ihre beiden Jungs natürlich wichtig. Aber sonst fiel ihr nichts ein.

Man brauchte also gar nicht so viel. Warum fühlten sich die Menschen dann trotzdem bemüßigt, immer mehr Besitztümer anzuhäufen? War das ein Schutz, eine Mauer vor der Welt da draußen? Bei Büchern konnte Emma es in gewisser Weise noch verstehen. Für sie war die Reihe der Bücher, die man im Laufe eines Lebens las, wie eine Biographie in Papierform. Mit jedem Buch verband sie eine Erinnerung, eine Stimmung, ein Gefühl.

Inzwischen war es schon halb neun, und von Raik war keine Spur. Langsam ärgerte Emma sich. Dann hätte sie Conny auch nicht so brüsk an der Tür abweisen müssen! Außerdem wurde sie langsam müde. Sie überlegte gerade, ob sie den Wein schon mal öffnen sollte, als es klopfte.

Das musste Raik sein.

Sie lief zur Tür – und stand schon wieder Conny gegenüber.

»Hier«, sagte sie und hielt Emma ein altes, dreckiges Handy hin, dem man ansah, dass es oft mit ihr draußen unterwegs war. »Mein Bruder.«

Emma nahm das Handy. »Hallo?«

»Hallo, hier ist Raik. Entschuldige, Emma. Ich wollte längst bei dir sein, aber mir ist was dazwischengekommen.« Er machte eine kurze Pause. »Heute schaffe ich es nicht mehr.«

»Oh«, sagte Emma. »Das ist schade.«

»Ja ... Ich melde mich. Okay?«

»Okay ... tschüß.« Sie gab Conny das Handy zurück. Diese drehte sich auf dem Absatz um und stiefelte ohne ein Wort zurück zur Innentreppe. Emma blickte ihr nach. Das alles war irgendwie … merkwürdig, ja. Anders konnte sie es nicht nennen.

Klar, dass Raik bei Conny anrief, die dann ihr Handy zu Emma trug, war die praktischste Lösung für das Problem, dass er ihre Handynummer nicht kannte. Aber Connys Blick wirkte irgendwie … traurig. Nicht empört oder wütend, weil Raik und Emma ihr vielleicht verschwiegen hatten, dass sie heute Abend verabredet waren.

Irgendetwas anderes war da, und Emma fehlten Informationen, um zu wissen, was genau da los war.

Sie zögerte. Sollte sie hinter Conny hergehen? Aber vermutlich wollte sie ihre Ruhe haben. Darum blieb Emma stehen und schloss die Wohnungstür, sobald sie oben die Haustür ins Schloss fallen hörte.

Sie fühlte sich gerade sehr einsam.

Also, nicht völlig vereinsamt. Sie hatte immer noch zwei Flaschen Wein, die ihr Gesellschaft leisteten. Und einen ganzen Topf Tomatensauce, die auf dem Herd vor sich hin köchelte.

Es gab Aufgaben für einen Arzt, die sich nicht verschieben ließen.

Auch wenn Raik jetzt lieber bei Emma auf dem Sofa gesessen und mit ihr eine Flasche Wein geleert hätte. Sie besser kennenlernen wollte. Mit ihr lachen. Vielleicht auch ein bisschen näher rücken, gerade so nah, dass sich ihre Arme ganz zufällig berührten, wenn er sich vorbeugte und noch Wein nachschenkte. Ihre Hände sich berührten, wenn sie gleichzeitig in die Schüssel mit den Erdnüsschen griffen.

Er steckte das Handy wieder ein, nachdem er sich von Conny verabschiedet hatte. »Gute Nacht«, wünschte sie ihm. Sie wusste, dass er heute Nacht nicht nach Hause kommen würde.

Es gab Dinge im Leben, die keinen Aufschub zuließen.

Der Tod gehörte dazu.

Und der Tod hatte es sich auf der Schwelle des kleinen Häuschens bequem gemacht, in dem Mina und Paul de Vries seit über sechzig Jahren gemeinsam lebten. Sie waren in Raiks Erinnerung schon alt gewesen, als er vor zwanzig Jahren die Insel verließ, weshalb es ihn überrascht hatte, dass beide noch lebten, als er vor einigen Jahren zurückkam.

Aber für Paul war jetzt die Zeit gekommen. Er war müde, und nun war eine Lungenentzündung hinzugekommen, die sich nicht therapieren ließ. Ins Krankenhaus wollte er nicht. »Was können die schon anders machen als Sie, Herr Doktor?« Das war vor drei Tagen gewesen, als er noch klar gewesen war im Kopf.

Nicht viel, das wusste Raik selbst. Aber eines gab es, das konnte er Paul und Mina geben. Er konnte bei ihnen bleiben in dieser letzten Nacht, konnte sie auf diesem Weg begleiten und unterstützen.

Das war ihm wichtig. Und das hatte ihn bei der Arbeit im Krankenhaus immer gestört, wo er sein praktisches Jahr absolviert und anschließend noch ein paar Jahre gearbeitet hatte. Wenn ein Patient sich auf den Weg machte, wurde er allzu oft sich selbst überlassen.

Natürlich ängstigte der Tod die Lebenden. Das war nur verständlich. Aber nur weil ihnen etwas Angst bereitete, erlaubte das nicht automatisch, dem Tod so weit wie möglich auszuweichen. Es war leicht, die Entscheidung über den letzten Herzschlag der Gerätemedizin zu überlassen, die den Körper so lange am Leben erhielt, bis nichts mehr ging. Raik stellte sich dem

Tod. Er hielt die Hand des alten Mannes, während Mina in ihrer Unruhe durch das Haus flatterte wie ein eingesperrtes Vögelchen. Und auch für sie hatte er Verständnis. Die Kinder waren längst aus dem Haus, die Enkel kamen auch nicht oft zu Besuch, es gab sogar Urenkel, doch die kannten sie meist nur von Fotos. Im Alter wurde es still, und wenn dann die eine, wichtigste Stimme verstummte, wollte man es nicht wahrhaben und tat zugleich so, als wäre das nun mal der Lauf der Dinge, man hätte sich ja in Gedanken lange darauf vorbereiten können.

In Gedanken, ja. Aber es war eben doch etwas anderes, wenn der Tod sich dann auf die Brust des Sterbenden hockte, ihm jeden Atemzug erschwerte, bis der letzte, letzte … letzte kam.

»Mina.« Raik sprach leise. »Ich glaube, du solltest dich jetzt zu deinem Paul setzen.«

Er stand auf. Mina verharrte in der Tür des Schlafzimmers, das sie bis auf eine Lampe auf dem Nachttisch ganz dunkel gemacht hatten. Das Licht im Flur brannte und ließ sie wie ein kleiner Scherenschnitt aussehen. Er wusste, was sie jetzt dachte. Dass sie das nicht konnte. Nicht zusehen, wie Paul den letzten Atemzug tat, nicht erkennen, wie das Leben aus den Augen wich. Aber Paul brauchte sie in diesem letzten Moment.

Er brauchte sie, damit er loslassen konnte.

Mina aber brauchte Raik.

Er stand auf und ging zu ihr. »Komm«, sagte er leise. Er sah die widerstreitenden Gefühle in ihren Augen. Die Angst vor dem, was kommen würde. Die Hoffnung, dass Raik sich irrte. Die Sehnsucht nach dem Mann, mit dem sie ihr ganzes Leben verbracht hatte.

»Sind Sie sicher?«

Mina brauchte es nicht laut auszusprechen, damit Raik diese Frage *hörte*. Er legte den Arm um die schmalen Schultern der alten Frau und führte sie zum Bett. Mina hockte sich auf die Bettkante. Ihre Hände umschlossen die von Paul. Er seufzte. In diesem einen Seufzen lag so vieles – Erleichterung, Heimat, Trost.

Raik zog sich zur Tür zurück. Er ging in den Flur und wartete. Es würde nicht mehr lange dauern.

Zwanzig Minuten später hörte er Mina, die ihn rief. Sie saß immer noch so, wie Raik sie zurückgelassen hatte, doch Paul war nicht mehr da.

»Möchten Sie, dass ich das Fenster öffne?«, fragte Raik. Manche Angehörigen wünschten das; die Seele sollte ungehindert davonfliegen können. Mina nickte, und Raik übernahm die Aufgabe. Ein kühler Wind wehte von Westen und jagte rosa Wolken über den Junihimmel. Die Stille von draußen wurde nur vom leisen Rufen eines Fasans in der Ferne durchbrochen.

»Er war ein Inselkind«, sagte Mina. Sie saß immer noch bei Paul. Vermutlich würde sie die ganze Nacht dort bleiben, wenn Raik nicht darauf achtete, dass sie sich eine Pause gönnte. Er verstand sie. Das hier war Pauls letzter Weg, und sie wollte ihn so lange wie möglich begleiten.

»Wir alle sind Kinder dieser Insel«, sagte Raik leise.

»Ja.«

Sie schwiegen eine Weile. Schließlich stand Mina auf. Sie kam zu ihm ans Fenster und blickte hinaus in die hereinbrechende Nacht. »Was geschieht jetzt?«, fragte sie.

Raik wusste, sie meinte nicht nur, was mit dem Leichnam geschah, sondern auch, was aus ihr wurde. Er hatte oft genug erlebt, wie Angehörige nach dem Tod eines geliebten Menschen sofort versuchten, diese Lücke irgendwie zu füllen, obwohl sie noch gar nicht spürten, wie groß sie war.

»Morgen früh sage ich Bescheid«, sagte er. »Es gibt einen Bestatter auf dem Festland, der macht das sehr gut. Wenn Sie möchten, kümmere ich mich darum. Dann wird er die Insel verlassen. Für immer.« Spiekeroog hatte keinen Friedhof.

Mina neben ihm nickte. »Davor hatte er Angst«, sagte sie leise. »Dass er nicht zurückkommt.«

Raik zögerte. Er wusste von Frieke, dass es Mittel und Wege gab, einen Insulaner nach seinem Tod zurück auf die Insel zu holen – oder ihn zumindest dem Meer zurückzugeben. So hatte sie es mit dem ollen Hansen gemacht, ihrem leiblichen Vater. Sie hatte die Urne zur Trauerfeier in der Inselkirche bringen lassen und vorher die verplombte Kartusche mit seiner Asche entnommen, die sie dann im Meer verstreut hatte. Aber er ahnte, dass das für Mina nichts war. Paul war ein Inselkind gewesen, nicht ein von den Stürmen der Weltmeere erprobter Kapitän wie der olle Hansen, der erst spät zur Ruhe gekommen war.

»Ich habe ihm darum versprochen, dass ich die Insel mit ihm zusammen verlasse.« Minas Schultern strafften sich. »Mich hält hier nichts mehr. Ich habe mir schon ein Heim ausgesucht, in Aurich. Näher bei meinen Kindern und den Enkeln. Dann sehe ich sie vielleicht häufiger.«

Raik wünschte es ihr sehr. »Dann verkaufen Sie das Haus?«

Sie zuckte mit den Schultern. »Muss ich wohl. Das Heim bezahlt sich nicht von selbst.«

Er stellte sich vor, wie Mina und Paul in den letzten Tagen darüber gesprochen hatten. Über den Abschied voneinander, von der Insel. Ihm wurde das Herz schwer.

»War man gut, dass Sie hier waren, Herr Doktor«, sagte Mina unvermittelt. »Der Paul, der hat große Stücke auf Sie gehalten. Auch wenn Sie ihm früher immer die Luft aus den Reifen vom Karren gelassen haben.«

Raik lachte. »Das wusste er noch?«

»Na sicher. Mein Paul hat nichts vergessen, bis zum Schluss war er klar im Kopf.« Wieder schwiegen sie ein bisschen. »Das ist vielleicht auch ein Geschenk«, sagte sie leise. »Er war zum

Schluss sechsundachtzig, aber er wusste noch alles. War ein kluger Kerl.«

»Das auf jeden Fall.«

»Wie ist es da, wo er jetzt ist?«

»Ich hoffe, es ist dort so schön, wie wir es uns immer vorstellen. Vielleicht auch etwas schöner.«

»Das hoffe ich auch. Danke. Sie sind ein guter Mensch.«

Es wurde bereits wieder hell, als Raik sich auf den Weg nach Hause machte. Er wusste, diese Nacht würde er nur wenige Stunden schlafen, denn morgen würde er zusätzlich zur üblichen Sprechstunde und den täglichen Hausbesuchen auch dafür sorgen, dass der Bestatter informiert wurde und Paul die erste Etappe seiner letzten Reise antrat. Mit einer Fähre würde er aufs Festland gebracht werden. All das war im Grunde ein organisatorischer Alptraum, aber Raik machte das nicht zum ersten Mal.

Er war nur noch wenige Meter von der Auffahrt zum Isländerhof entfernt, als er abrupt bremste und vom Fahrrad sprang.

»Was machst du denn hier?«, fragte er.

Emma hockte auf dem Findling, der die Auffahrt zum Pferdehof kennzeichnete, direkt unter dem Schild. Sie hatte die Knie angezogen und eine Sweatjacke eng um ihre Schultern gezogen.

»Ich weiß auch nicht«, sagte sie. »Kommt dir das merkwürdig vor, dass ich hier hocke?«

»Allerdings. Es ist halb fünf in der Früh. Wo sind deine Kinder?«

»Die schlafen tief und fest.« Sie hob ein Gerät hoch, das Raik als Babyphone identifizierte. »Hat ziemlich viel Reichweite ohne störende Betonwände überall.«

Er schob das Rad näher. »Und warum sitzt du hier und schaust in die Dunkelheit?«

Sie zuckte mit den Schultern. »Vielleicht habe ich ja auf dich gewartet. Immerhin wurde ich gestern Abend versetzt.«

Er legte den Kopf schief und musterte sie. Einen Moment sagten beide nichts. »Du hast heute Nacht auch nicht geschlafen.«

»Ich hab's zumindest versucht...«

Sie klang etwas spröde, und Raik fragte sich, was sie wohl glaubte, wo er sich herumgetrieben hatte. Das Partyleben auf der Insel war nun nicht gerade mit Ibiza oder anderen Urlaubszielen vergleichbar, die von Feiernden angesteuert wurden.

»Darf ich mich zu dir setzen?«

Sie rückte etwas beiseite, und er setzte sich zu ihr.

»Ich habe heute Nacht zum ersten Mal seit ziemlich langer Zeit Lust auf eine Zigarette gehabt«, sagte sie irgendwann. Ihr Blick ging nach Osten. Bald würde die Sonne aufgehen.

»Oje. Und Spiekeroog hat weder Tankstellen noch Zigarettenautomaten.«

Sie lachte. »Das habe ich mir schon gedacht. Aber ich konnte ja sowieso nicht weit weg.« Sie hielt das Babyphone hoch. »Kinder bewahren einen in den ganz schlimmen Momenten vermutlich vor den großen Dummheiten. Weil man immer noch ein Stück weit Verantwortung trägt.«

Raik wusste, dass Emma nicht ohne Grund auf die Insel gekommen war, doch die genauen Umstände kannte er nicht. Das wäre etwas, worüber sie vielleicht gestern Abend gesprochen hätten, sobald der Wein sie etwas entspannt hatte. Aber jetzt war er vor allem müde, und das sagte er ihr auch.

»Ich war die ganze Nacht auf den Beinen«, fügte er hinzu.

Ihr Lächeln schwand so schnell, wie es gekommen war. »Ja klar«, sagte sie leise und senkte den Blick.

Er hätte ihr gern noch irgendetwas gesagt. Dass es ihm leidtat, weil er sie versetzt hatte und auch jetzt nicht in der Lage war, sich um sie zu kümmern. Dabei würde er das gern. Doch die Nacht bei Mina und Paul hatte ihn viel Kraft gekostet.

Conny hatte einmal zu ihm gesagt, dass es bewundernswert sei, wie er den Sterbenden und den Überlebenden beistand. Das könne nicht jeder, meinte sie.

Wohl wahr ... Er hatte bisher oft genug erlebt, wie Angehörige vor den Sterbenden zurückschraken. Seine Aufgabe war es dann, sie wieder einander so nahe zu bringen, dass ein Abschied möglich war. Als Arzt gehörte aber noch mehr dazu; er sorgte für Schmerzfreiheit. Zumindest körperlich. Die Trauer konnte und durfte er niemandem ersparen.

Aber es wäre unfair, wenn er Emma jetzt dafür büßen ließ, dass er eine schwere Nacht hinter sich hatte.

»Ich war bei Mina und Paul«, sagte er leise.

»Wer sind Mina und Paul?«

»Ein altes Ehepaar. Sie leben schon immer auf der Insel. Und morgen, also heute wird Paul die Insel für immer verlassen. Mina begleitet ihn.«

Emma runzelte leicht die Stirn, als versuchte sie, die Worte richtig einzuordnen.

»Er ist gestorben«, sagte Raik. »Ganz friedlich.«

»Das tut mir leid.« Es klang nicht wie eine automatische Antwort, die man eben gab, sobald man vom Tod hörte. Sondern als hätte Emma auch schon ihre eigene Erfahrung damit gemacht. Raik warf ihr einen Seitenblick zu.

»Sie brauchten mich heute Nacht. Darum konnte ich nicht zu dir kommen. Ich wäre lieber ...« Er verstummte. Sie saßen ein bisschen nebeneinander, die Körperwärme des anderen in der Morgenkühle wie ein kleines Feuer, an dem sie sich aufwärmten. »Das wollte ich dir gern sagen. Nicht dass du denkst ...«

»Ich denke das gar nicht. Es ist gut, dass du sie begleitet hast. So wie damals Friekes Papa.«

»Ja.«

Sie lehnte sich etwas zu ihm herüber. »Das machen nicht viele Ärzte.«

»Sprichst du aus Erfahrung?« Es klang so.

»Meine Mutter …« Lange schwieg sie, dann schüttelte sie den Kopf. »Das ist lange her.«

Trotzdem bewegte es sie noch immer.

»Konntest du bei ihr sein?«

»Ja.« Das ließ Emma lächeln, als wäre das eine Erinnerung, die ihr guttat.

»Das ist gut. Denn die Familie ist das Wichtigste in diesem Moment.«

»Ich war nur nicht darauf vorbereitet. Dass es so schnell geht. Dass danach diese Leere entsteht …« Sie verstummte.

Behutsam legte Raik die Hand auf ihren Arm. Er wusste, wenn man einmal begann, über den Tod zu sprechen, fanden viele Menschen, die sich vorher so dagegen gesträubt hatten, zunächst keinen Zugang und dann lange kein Ende.

»Ich verstehe das sehr gut«, sagte er leise. »Als meine Mutter starb, kam ich zu spät. Ich habe darüber nie gesprochen, aber es ist etwas, das mir seitdem keine Ruhe mehr lässt.«

Nicht einmal Conny gegenüber hatte er das je erwähnt, obwohl er ahnte, dass Connys Wut sich damals deshalb gegen ihn entladen hatte. Aber erst hatte er seine Schwester damit nicht belasten wollen, dann war sie monatelang auf dem Festland gewesen und nun im gemeinsamen Alltag fanden sie nicht den Punkt, um dieses Gespräch zu führen. Was niemand mehr bedauerte als Raik.

»Bist du deshalb da? Wenn jemand stirbt?«

Er überlegte kurz: »Kein Tod ist wie jeder andere. Aber ja, ich glaube, darum versuche ich, bei den Sterbenden zu sein. Und bei den Überlebenden, wenn sie mich brauchen.«

»Wir sind doch alle im Grunde Überlebende«, sagte Emma leise. Sie blickte in den Morgenhimmel hinauf, der bereits im Osten das helle Band zeichnete, das vom baldigen Sonnenaufgang kündete.

Raik dachte an etwas, das ihm seine Oberärztin gesagt hatte, als er verkündet hatte, er wolle den Job in der Klinik kündigen und zurück auf die Insel, weil seine Schwester ihn nach dem Tod ihrer Mutter brauchte. »Im Grunde sind Sie jetzt in diesem Alter, in dem man davon ausgehen muss, dass Sie bereits den einen oder anderen Schicksalsschlag erlitten haben.« Und er hatte ihr zugestimmt, wenn auch nur insoweit, als dies der erste Verlust war, den er in seiner eigenen Biographie als Schicksalsschlag einordnen würde. Und das auch nur, weil seine Mutter viel zu früh und zu schnell gestorben war.

Er lächelte. »Machen wir das Beste draus. Aus dem Leben. Dem Überleben. Wir haben keine Zeit zu verlieren.«

Das brachte auch Emma zum Lächeln, und ihm gefiel, wie dabei etwas in ihren Augen aufblitzte, das er nicht genau benennen konnte. Glück? Zufriedenheit? Sie ruhte in sich. Ob sie das wusste?

»Ich gebe mir Mühe«, antwortete sie.

»Schlaf noch ein bisschen«, sagte er. »Ich lege mich auch hin.« Er stand auf. »Falls noch etwas ist – du kannst jederzeit zu mir kommen. *Jederzeit.*«

»Gute Nacht.« Er spürte ihren Blick im Rücken, als er das Fahrrad die Einfahrt hochschob, doch er widerstand dem Drang, sich umzudrehen. Inzwischen war er so müde, dass ihm kalt wurde.

In drei Stunden musste er wieder aufstehen. Er hatte jetzt keine Zeit, sich um Emma zu kümmern, sosehr er sich das auch wünschte.

Sie blickte ihm nach.

Der Wein kreiselte noch durch ihre Blutbahn. Anders als erhofft, hatte der Wein seine beruhigende, schlaffördernde Wirkung verfehlt, und nachdem sie sich gefühlt stundenlang herumgewälzt hatte, ging sie wieder ins Wohnzimmer, wo sie dann ziemlich schnell auf dem Sofa einschlief und leider beim ersten Morgengrauen recht unsanft geweckt wurde, weil die Vögel vor der offenen Terrassentür zu lärmen anfingen.

Der Wunsch nach einer Zigarette war eher ... die Erinnerung daran, wie es früher gewesen war, wenn sie sich eine Zigarette wünschte. Es war so lange her, dass sie geraucht hatte – als Studentin, sie hatte irgendwann einfach aufgehört, weil sie ohnehin nur Partyraucherin war – weshalb sie es jetzt albern fand, dass sie Raik diese Geschichte aufgetischt hatte von der Lust auf eine Zigarette.

Als Arzt fand er Raucher bestimmt furchtbar.

Sie sollte aufhören, sich deshalb solche merkwürdigen Gedanken um ihn zu machen. Dafür gab es nämlich keinen Grund.

Oder doch?

Das Gespräch mit ihm hatte genau die Tiefgründigkeit, die sie manchmal bei Torben vermisst hatte. Torben war immer das gewesen, was man einen »zuverlässigen Partner« nannte. Okay, bis auf vergangene Woche, da fand seine Zuverlässigkeit eher überraschend ein schnelles Ende.

Ich sollte erst mal mein Leben in den Griff bekommen, bevor ich mir Gedanken mache, ob der Inselarzt etwas mit mir anfangen will.

Guter Plan. Das Problem war allerdings: Sie stellte sich viel zu gerne vor, wie sie etwas mit dem Inselarzt anfing.

KAPITEL 8

»Wir müssen reden, Bengt.«

Das klang so ernst. Dabei wollte sie vermeiden, dass Bengt sich sofort Sorgen machte. Denn eigentlich war alles in bester Ordnung.

»Stell dir vor, ich bin schwanger!«

Durfte sie ihn mit der Nachricht so überfallen? Bekam er dann nicht den Schock seines Lebens? Hoffentlich einen positiven Schock...

»Ich habe eine Überraschung für dich. Rate!«

Frieke seufzte. Sie stand im Badezimmer und putzte sich die Zähne, während sie im Kopf alle möglichen Sätze durchspielte, mit denen sie Bengt auf das Baby vorbereiten könnte. Heute Nacht hatte sie kaum geschlafen, weil ihr ständig so heiß wurde. Außerdem fehlte ihr Bengt. Er war nämlich, nachdem er sich tagsüber ausgeruht hatte, gestern nach dem Abendessen wieder zu seinen Brandseeschwalben rausgefahren.

»Im Moment kommen viele Camper, da habe ich lieber ein Auge auf die Kolonie«, begründete er seine häufige Abwesenheit. Frieke verstand ihn ja; die Brandseeschwalben waren so sehr Teil seines Lebens, dass es für ihn keine Frage war, ob er sich zwischen Frieke und den Vögeln entschied. Im Frühling und Frühsommer gehörte ihnen seine ganze Aufmerksamkeit, und das hatte sie vorher gewusst.

Aber jetzt hatte sie ihm etwas Wichtiges zu sagen, und mit jedem Tag, der verstrich, ohne dass sie es schaffte, fiel es ihr schwerer, den Gedanken zu formulieren.

Na ja. Spätestens wenn das Baby da ist, wird er ja sehen, dass da ein Baby ist.

Über diesen Gedanken musste Frieke grinsen. Sie hoffte, dass es nicht so lange dauern werde, bis Bengt und sie wieder miteinander redeten. Und zwar über etwas anderes als über seine Arbeit.

Hinzu kam, dass *ihre* Arbeit anstrengender war, als sie gedacht hätte. Also, in ihrem Zustand, wobei *Zustand* so ein Wort war, das sie im Zusammenhang mit etwas so Schönem wie einer Schwangerschaft einfach blöd fand. Sie hatte früher schon immer Zustände bekommen, wenn Kolleginnen, sobald sie ihre Schwangerschaft verkündeten, bei jeder sich bietenden Gelegenheit – vornehmlich, wenn sie einer unbequemen Arbeit aus dem Weg gehen wollten – auf einen Stuhl sanken und sich mit schwachem Kreislauf oder Müdigkeit herausredeten.

Und jetzt merkte sie, dass so eine Frühschwangerschaft auch an ihr nicht spurlos vorbeiging. Die Müdigkeit, okay. Darüber musste man nicht reden, die war einfach da. Manchmal konnte sie im Stehen einschlafen. Von übermäßiger Übelkeit wurde sie zum Glück bisher noch verschont. Dafür wurde ihr aber regelmäßig flau, wenn sie nichts mehr im Magen hatte. Was dazu führte, dass sie jeden zweiten Tag ein Blech mit Quarkrosinenbrötchen buk, die in einem Brotkorb in der kleinen Teeküche der Buchhandlung standen, damit sie sich jederzeit bedienen konnte. Das schlechte Gewissen kniff sie, weil es sicher gesünder wäre, wenn sie Obst oder Möhrensticks knabberte. Aber davon, tada, wurde ihr erst recht übel. Sie hatte es versucht.

Vielleicht braucht das Knubbelchen jetzt genau das. Quarkrosinenbrötchen.

Besser als Fisch. Uh, der Gedanke an Fisch war schon eklig.

Frieke ging in die Küche und packte ihre Sachen für den Vormittag in der Buchhandlung. Dass sie nicht so leistungsfähig war, brachte noch andere Probleme mit sich. Zum Beispiel musste Lilli die meisten Arbeiten verrichten, bei denen man schwer heben musste. Was bei einer Buchhandlung schon mal vorkam. Jeden Morgen standen ein paar Kartons mit neuen Büchern vor der Tür – entweder Nachbestellungen oder Neuerscheinungen. Bisher hatte Frieke die Kartons ohne Nachdenken gehoben, aber jetzt wurde ihr regelmäßig schwarz vor Augen, wenn sie nach unten schaute. Sie bat dann meist Lilli, ihr zu helfen. Ob ihre Aushilfe etwas ahnte? Das wäre ihr auch nicht recht; Bengt sollte es doch als Erster erfahren, noch bevor sie zum Arzt ging.

Am besten buk sie heute Mittag einen Kirsch-Kokos-Streuselkuchen und fuhr dann mit dem Rad zu ihm nach draußen. Dort konnten sie in aller Ruhe reden. Und auf den Stufen seines Bauwagens hatten sie schon so manches gute Gespräch geführt.

Frieke ging ein letztes Mal ins Badezimmer, stellte sich vor den Spiegel und entwirrte mit einem groben Kamm ihre dunklen Locken. »Du wirst Vater«, sagte sie zu ihrem Spiegelbild, und dabei hatte sie so ein seliges Lächeln auf dem Gesicht, dass sie wusste, er würde sich darüber genauso sehr freuen wie sie.

Das musste er einfach. Es ging nicht anders.

Mit wenig Schlaf auszukommen gehörte seit seiner Zeit als Assistenzarzt im Krankenhaus zu Raiks Fähigkeiten. Und da er auf einem Pferdehof aufgewachsen war, hatte er das frühe Aufstehen quasi in die Wiege gelegt bekommen. Leider gab es auch eine Schattenseite, denn schon zwei Stunden, nachdem er ins Bett gefallen war, lag er wieder wach und lauschte auf die Geräusche, die durch das gekippte Fenster drangen. Er wusste, dass er sowieso nicht wieder einschlafen würde, und stand auf.

Um acht begann die Sprechstunde in seiner Praxis. Er hoffte auf einen ruhigen Tag mit wenigen Terminen; später wollte er wieder zu Mina und Paul.

Vor dem ersten Kaffee erledigte er ein paar Anrufe. Zum Glück erreichte er sofort den Bestatter, der versprach, sich um alles zu kümmern und Mina anzurufen. Raik duschte heiß, zog sich an und betrat die Küche, in der Conny gerade das Frühstück richtete.

»Das war 'ne lange Nacht, hm?«

»Guten Morgen.« Er gähnte. »Ja, ziemlich. Aber er hat's geschafft, und sie trägt's mit Fassung.«

Conny nickte nachdenklich. Er spürte, dass ihr irgendwas aufs Gemüt drückte, doch in Gedanken war er schon viel zu weit weg, um nachzuhaken.

»Ich war gestern am Strand«, erzählte sie unvermittelt. »Allein. Regina hat sich um die Reitgruppen gekümmert.«

»Ah«, machte er. Was wollte sie ihm damit sagen?

»Das tat mir gut. Aber ...«

Er wartete. Meist war es das Beste, wenn er sie reden ließ, sobald sie mal damit anfing.

»Es ist wegen Emma«, schloss sie.

Raik stand auf. Conny lehnte an der Anrichte, und als er sie behutsam in die Arme schloss, merkte er, wie ihre Anspannung abfiel. Sie schmiegte den Kopf an seine Brust, und so standen sie ein paar Minuten. Er spürte, wie sie atmete, wie ihre Atmung immer ruhiger wurde. Erst da merkte er, wie verkrampft seine kleine Schwester war.

»Was ist los?«, fragte er leise, als sie sich schließlich voneinander lösten. »Magst du es mir erzählen?«

Sie zuckte mit den Schultern. »Du hast sie auf den Hof gebracht«, sagte sie leise.

Sie. Er dachte an Emma, die gestern Nacht – nein, heute

früh! – so zerzaust und erschöpft auf dem Findling zur Auffahrt gehockt hatte. Sie trug auch einiges mit sich herum, aber sie trug es mit erstaunlich viel Haltung. Hoffentlich war das nicht zu viel Haltung, unter der sie irgendwann zusammenbrach.

»Ja. Was ist mit ihr?«

»Ich mag sie. Aber sie ist eine Fremde auf unserem Hof, und ich … also, ich …« Conny atmete tief durch. »Weißt du, was ich überlegt habe? Dass ich dich vor Kurzem vermutlich noch dafür gehasst hätte, weil du einfach so etwas machst. Mich vor vollendete Tatsachen stellst. Mir Menschen vor die Nase setzt. Aber dann kommt Emma, und ich mag sie. Ehrlich. Sie ist so ein bisschen … verloren. Aber sie kann anpacken. Ich hab's nicht geschafft, die Wohnung für sie herzurichten. Sie hat das ganz alleine gemacht, obwohl sie die beiden Kleinkinder hat, die ständig um ihre Füße wuseln. Sie hat echt Power.«

Raik verkniff sich die Bemerkung, dass Emma so viel Power haben könnte, weil sie sie haben *musste*. Aber das traf ja in gewisser Weise auch auf Conny zu; die Pferde mussten ebenso täglich versorgt werden wie zwei kleine Kinder.

»Und?«, fragte er deshalb, als Conny nicht weitersprach.

»Ja, und ich habe mich gefragt, ob sie wohl die anderen Wohnungen herrichten möchte. Gegen Bezahlung natürlich«, fügte sie hastig hinzu. »Aber wir könnten dann wieder Feriengäste aufnehmen.«

Das überraschte Raik. »Du hast bisher immer gesagt, du willst keine Fremden mehr auf dem Hof.«

Conny starrte auf ihre bestrumpften Füße. »Vielleicht will ich das immer noch nicht. Aber …«

Sie schwiegen lange.

Es war die Erinnerung, die so schwer wog. Das verstand Raik inzwischen.

Früher. Das Früher, das es nicht mehr gab und das nie zurückkehren würde. Jene Zeit mit ihrer Mutter, als auf dem Isländerhof jeden Sommer die Wohnungen ausgebucht waren. Manche Gäste kamen jedes Jahr zurück, und Conny schloss mit den Kindern Freundschaften. Ihre Mutter war eine wundervolle Gastgeberin, die sich um alles kümmerte; morgens bekamen die Urlauber auf Wunsch einen Beutel mit frischen Brötchen, Milch und Obst an die Türklinke gehängt, und sie lud alle zwei Wochen zu einem Grillfest im Obstgarten ein.

Aber das war früher. Nach ihrem Tod hatte Conny es rigoros ausgeschlossen, diese Tradition weiterzuführen.

»Vielleicht bin ich jetzt so weit«, sagte sie leise. »Es ist vier Jahre her, und ich dachte bisher, die Stille auf dem Hof sei das, was ich brauche. Aber was ist, wenn es nicht die Stille ist? Sondern die Stimmen? Kinderlachen?« Sie zuckte hilflos mit den Schultern. »Ich weiß es doch auch nicht, Raik.«

Er verstand sie. Manchmal war das so im Leben – man wusste nicht, welcher Weg der richtige sein würde. Aber man machte sich trotzdem daran, einen zu beschreiten, der auf den ersten Blick eher beängstigend wirkte.

»Lass dir die Zeit, die du brauchst. Wenn es dir im Moment nicht gutgeht, wäre es nicht gut, Leute auf den Hof zu holen. Es bringt nichts, wenn du dich sofort wieder überforderst.«

Sie nickte, sagte aber nichts.

»Aber wenn du das wirklich möchtest, finde ich das toll. Und ja, ich mag Emma auch.«

Ein Lächeln huschte über Connys Gesicht, als wüsste sie mehr als das, was er ihr erzählt hatte. Was so ziemlich gar nichts war.

»Du kannst das machen, wie es für dich richtig ist«, fuhr er fort. »Für mich geht das in Ordnung, solange Emma bleiben kann. Das habe ich ihr versprochen.«

»Okay.« Conny nickte. »Möchtest du frühstücken, oder soll ich dir den Kaffee in den Thermosbecher tun?«

Raik blickte zur Küchenuhr hoch. Es war bereits kurz vor acht. »Thermosbecher«, sagte er knapp. »Wir reden heute Abend weiter, okay?«

»Okay.«

Als er kurz darauf mit dem Fahrrad Richtung Praxis sauste, war die Müdigkeit verschwunden. Er freute sich, denn das, was Conny heute früh angeregt hatte, war für sie ein großer Fortschritt. Die Sorge, dass es ihr schlechter ging, schob er beiseite. Das Gegenteil schien der Fall zu sein.

Er freute sich einfach, weil Conny offenbar Emma mochte. Keine Ahnung, wohin das alles führte; sein Leben war spannend und würde das auch noch eine ganze Weile bleiben.

Als er vor der Praxis vom Rad stieg, stand eine kleine Person von der Bank neben der Tür auf. »Sind Sie Dr. Tossens?«, fragte sie.

Neben ihren Füßen stand ein Koffer.

»Der bin ich.« Er schloss das Rad ab. Eine Angewohnheit, die er partout nicht ablegen konnte; dabei wusste er genau, dass ein Fahrraddieb auf der Insel nicht weit kommen würde.

»Die Praxis ist noch nicht auf.« Sein Gegenüber klang etwas pikiert. Er sah nun etwas genauer hin.

Eine alte Dame, winzig klein und ganz schmal. Auf den sorgfältig gelegten Löckchen saß ein kecker Hut, sie trug ein dunkelviolettes Kostüm und braune Schuhe mit Absätzen. Auf ihre Art sehr schick. Der Koffer wirkte riesig, als würde er sie überragen. Und er war sehr pink.

»Wir öffnen um acht«, sagte er. »Was kann ich für Sie tun?«

Sie schürzte die Lippen. »Ich hab gehört, Sie kümmern sich nicht nur um die Kranken, sondern auch um die Sterbenden. Darum bin ich hier.«

Raik starrte sie sprachlos an. Aber nichts konnte ihn auf das vorbereiten, was sein Gegenüber als Nächstes sagte.

»Ich bin bereit, Herr Doktor. Ich möchte jetzt bitte sterben.«

Als Emma das Klopfen an der Haustür hörte, hätte sie sich am liebsten im Schlafzimmer versteckt. Die Müdigkeit nach einer durchwachten Nacht steckte ihr noch in den Knochen, und die Zwillinge nahmen gerade überaus effektiv die Küche auseinander. Wenigstens hatten sie dabei gute Laune.

Das Wohnzimmer und vor allem der Esstisch glichen einem Schlachtfeld, die Zwillinge hatten ihr Frühstück (Naturjoghurt und ein Schälchen frische Blaubeeren) großzügig auf der Tischplatte und den beiden Hochstühlchen verteilt, die Beeren in ihren Fäustchen zerdrückt. Teilweise hatten sie sich den Joghurt gegenseitig in die Haare geschmiert. Als Emma ihnen als Alternative eine Scheibe Toast anbot, hatten sie diese jeweils fachgerecht zerpflückt und auf den Boden geworfen.

»Okay«, murmelte sie. »Ich hab's kapiert. Ihr habt einfach keinen Hunger.«

Sie ließ die Zwillinge laufen und hockte mit ihrem Kaffee am Tisch.

Ihre Knochen fühlten sich tonnenschwer an, als sie sich aus dem Stuhl hievte und zur Tür ging. Möge bald Mittagsschlafzeit sein, betete sie. Vorher müsste sie die Zwillinge vermutlich noch in die Wanne stecken, weil sie ihre Joghurtgesichter in das Blumenbeet neben der Terrasse drückten. Aber darauf kam es jetzt auch nicht mehr an.

Und dann stand auch noch Conny vor der Tür. Diesmal mit einem Korb, in dem sie ein paar Frühstücksköstlichkeiten zusammengestellt hatte: frische Brötchen, Nutella, Marmelade, Käse.

»Moin«, sagte sie. »Ich hoffe, ich störe nicht?«

»Moin.« Nur mühsam konnte Emma ein Gähnen verkneifen.

»Ich dachte mir, ich komme mit einem Frühstück vorbei. Oder habt ihr schon gegessen?«

Emma wusste nicht, ob dieser Frühstückskorb ein Friedensangebot darstellte oder ein anderer Grund dafür bestand.

»Ich hatte Kaffee. Die Jungs haben ihr Frühstück nur großzügig in der ganzen Wohnung verteilt.« Was Emma ein bisschen peinlich war. Die Sachen gehörten Conny, nicht ihr; es war nichts kaputtgegangen, aber es sah einfach so schlimm aus, als müsste man renovieren. Und das hatten die Jungs an einem ganz normalen Morgen geschafft.

»Kann ich trotzdem reinkommen?«, fragte Conny, als Emma nichts mehr sagte.

»Hm, ja. Klar.«

Conny verzog keine Miene, als sie die Unordnung sah. Lars und Timo hatten sich draußen in den Strandkorb verzogen, wo sie in erstaunlicher Eintracht in einem Wimmelbuch blätterten. Mit ihren Blaubeermatschjoghurtfingern. Na ja, das bekam das Wimmelbuch ab und hoffentlich nicht das gestreifte Polster.

»Warte, ich mache das rasch sauber.« Emma kam mit einem Lappen, wischte Tisch und Stühle ab, sammelte zwei Dutzend zermatschte Blaubeeren unter dem Tisch ein und brachte das schmutzige Geschirr in die Küche. Conny deckte den Tisch. Timo kam von draußen herein, Lars dicht auf den Fersen. »Boppi?«, fragte er hoffnungsvoll.

»Was meint er?«, fragte Conny etwas hilflos.

»Er fragt, ob das Brötchen sind.« Emma lächelte.

Conny wandte sich an Timo: »Ja, das sind Brötchen. Möchtest du dir eines aussuchen?« Sie nahm den Korb, ging in die Hocke und ließ Timo aussuchen. Lars durfte ebenfalls eines auswählen.

Kurze Zeit später saßen sie zu viert einträchtig am Tisch. Die Zwillinge mümmelten ihre Brötchen (ohne Belag), während

Emma auf ihr Brötchen dick Nutella strich und ihrem Kaffee einen extra gehäuften Löffel Zucker gönnte. Connys irritierter Blick entging ihr nicht. »Ich hatte eine furchtbare Nacht«, erklärte sie. »Und ohne ordentlich Zucker wirkt Koffein einfach nicht.«

»Weil mein Bruder dich versetzt hat?«

Emma hob die Augenbrauen und sparte sich eine Antwort.

»Entschuldige. Das war unpassend.«

»Ach, nein.« Emma konnte schon wieder lächeln. »Ich habe ihn heute Morgen getroffen, als er heimkam. Er hat mir erzählt, wo er war.«

»Das muss aber sehr früh gewesen sein.«

»Es wurde gerade hell.«

Einen Moment lang schwiegen sie und beobachteten die Zwillinge. Schließlich sagte Conny leise: »Er hat etwas an sich ... Wenn jemand stirbt, ist er da. Er ist ein guter Arzt, die Patienten lieben ihn. Aber er ist noch besser in dem, was er tut, wenn das Leben zu Ende geht. Er kann das, und dafür bewundere ich ihn.«

Emma dachte an ihre Mutter. Sie spürte einen dicken Kloß im Hals. Auch nach über fünfzehn Jahren tat es weh, wie sie damals gestorben war.

»Das ist eine Gabe«, flüsterte sie.

Conny nickte. »Ein Geschenk. Zumindest für diejenigen, die er begleitet. Für ihn ... Es ist anstrengend. Ich weiß nicht, bisher habe ich nie darüber nachgedacht, wie schwer ihm das fallen muss. Das kann doch nicht gut sein, wenn man die Menschen sterben sieht?«

»Als meine Mutter starb, war niemand bei ihr. Weder mein Papa noch ich. Wir kamen wenige Minuten zu spät.«

Die Stimmung am Tisch war plötzlich eine andere. Wehmütig, traurig, ein bisschen verloren. Conny rührte in ihrem schwarzen Kaffee. Ein paarmal hatte Emma das Gefühl, sie wollte etwas sagen, doch dann verfiel sie wieder in stummes Brüten.

Schließlich gab Emma sich einen Ruck. »Aber das ist lange her. Sie hatte vielleicht ihre Gründe, warum sie lieber alleine ging.«

»Meine Mutter starb vor vier Jahren«, sagte Conny leise.

»Das tut mir sehr leid.«

»Ich habe mich nicht richtig verabschiedet. Sie wollte es, aber ... ich konnte nicht.«

Und wenn Emma ihre Miene richtig deutete, schmerzte das bis heute.

»Sie wird gewusst haben, wie sehr du sie liebst.«

Sie stand auf. »Möchtest du noch einen Kaffee?«

Während sie die kleine Kapselmaschine bediente, starrte Conny auf den Tisch. Die Zwillinge waren mit ihren Brötchen inzwischen fertig und begannen, sich gegenseitig mit den Resten zu bewerfen. Emma hob sie aus den Hochstühlen und schickte sie nach draußen zum Spielen.

»Ich wollte eigentlich wegen etwas anderem mit dir reden«, sagte Conny, als Emma ihr den zweiten Kaffee hinstellte.

»Nur zu.« Emma setzte sich so, dass sie durch die Terrassentür die beiden Jungs im Auge behalten konnte.

»Die anderen Ferienwohnungen stehen ja noch leer, und ich dachte ... na ja. Ich habe mir überlegt, dass ich gerne wieder Feriengäste aufnehmen würde. Aber dafür müssten sie erst wieder auf Vordermann gebracht werden. Die hier ist noch die schönste, in der am wenigsten kaputt ist.«

»Hm«, machte Emma.

»Da wäre ziemlich viel zu tun. Ich habe mit den Isländern schon genug Arbeit. Darum wollte ich dich fragen, ob du den Job haben willst.«

Ein Job. Hier auf der Insel. Der ihr einfach in den Schoß fiel, ohne dass sie danach gefragt hätte.

»Wenn du möchtest, kann ich deine Jungs auch mal mit zu den Pferden nehmen. Wir haben oft kleine Kinder da draußen. Sie können auf der Kutsche mitfahren, mit der wir das Picknick zum Ostende bringen bei den großen Ausritten. Sie werden es lieben, und du kannst in Ruhe arbeiten. Oder«, Connys Augen leuchteten auf, »du kommst auch mit! Kannst du reiten?«

»Himmel, nein!« Abwehrend hob Emma die Hände. »Mich bringt nichts mehr auf einen Pferderücken.«

»Also bist du schon mal geritten?«

Das weckte Erinnerungen, die Emma lieber tief in ihrem Gedächtnis vergraben hätte. Aber sie nickte bloß. »Ist lange her«, sagte sie und hoffte, das Thema damit abgewendet zu haben.

»Das ist doch toll! Möchtest du wieder reiten?« Conny klang so, als wäre ein Nein auf diese Frage keine Option. Als könnte sie sich nicht vorstellen, dass andere nicht reiten wollten.

»Nimm doch erst einmal die Zwillinge mit. Mal sehen, wie es ihnen gefällt«, sagte Emma.

»Mache ich. Und du? Nimmst du den Job an? Ich kann kein Vermögen bezahlen, aber du kannst derweil kostenfrei hier wohnen.«

Emma dachte gar nicht darüber nach. »Klar«, sagte sie.

Als Conny kurz darauf wieder ging, saß sie noch ein Weilchen am Tisch und genehmigte sich noch ein Nutellabrötchen. Sie dachte an Frieke, die vor zwei Jahren unter ganz ähnlichen Vorzeichen auf der Insel gestrandet war. Der auch ein Job, sogar ein ganzer Buchladen in den Schoß gefallen war.

Was würde Torben dazu sagen, wenn sie länger hierbliebe?

Vermutlich das, was er seit Tagen sagte – nichts. Was mit ihrer Flucht aus Hamburg begonnen hatte – Funkstille –, wuchs sich inzwischen zu einem großen Schweigen aus. Als wäre alles gesagt. Aber das war es nicht. Sie hatte die Pausetaste gedrückt, als nichts mehr ging, und jetzt starrte sie in Gedanken auf das Standbild ihrer Familie. Wo konnte sie noch ansetzen? Hatten sie eine zweite Chance verdient? Wollte sie diese zweite Chance überhaupt? Lohnte sich ein Kämpfen, wenn Torben offenbar so gar kein Interesse daran hatte?

Sie dachte auch an Raik. An sein Lächeln. Sein Versprechen, das Gespräch bei einer Flasche Wein fortzusetzen. Raik. Er war verlässlich. Selbst wenn er eine Verabredung nicht einhielt, sagte er Bescheid. Außerdem hatte er ihr Blumen hingestellt. Und seine Schwester mochte sie und bot Emma einen Job an, wollte sogar die Kinderbetreuung für Emma organisieren. Was kam als Nächstes?

Auf jeden Fall spürte sie, wie sich etwas in ihr öffnete. Für die Insel und ihre Menschen. Für Gefühle, die sie lange nicht mehr so verspürt hatte.

War die Insel auch für sie der richtige Ort? Konnte sie hier ein neues Leben beginnen?

Nach dem alten verspürte sie jedenfalls keine Sehnsucht mehr. Vermutlich hatte Torben recht – er war nicht für das Familienleben geschaffen, und sie hatten sich schon länger so weit voneinander entfernt, dass der Trennungsschmerz nun ein schwaches Echo dessen war, was sie erwartet hatte. Sie war ja bereit, sich auf alles Mögliche einzulassen mit ihm. Für die Jungs war eine intakte Familie doch wichtig, oder?

Aber eine Familie, die nicht funktioniert, wird ihnen eher schaden. Und mir auch.

Nein, sie würde nicht um jeden Preis versuchen, die Beziehung mit Torben wieder in Ordnung zu bringen. Dazu gehörten immer zwei, und solange Torben nicht signalisierte, dass er dafür bereit war, wäre sie es auch nicht. Allein konnte sie diese Kraftanstrengung nicht bewältigen.

Was blieb ihr also? Sollte sie sich bei Torben melden? Oder abwarten, bis er sich bei ihr meldete?

Interessierte ihn denn gar nicht, wo sie mit seinen Kindern steckte? War sein Interesse an der Familie so gering?

Zu viele Fragen. Die Antworten kannte nur Torben. Aber Emma fühlte sich noch nicht bereit, auf ihn zuzugehen. In fünf Wochen hatten die Zwillinge Geburtstag. Sicher würde er nicht so lange schweigen.

Aber was wusste sie schon? Offenbar hatte sie das Gespür für das verloren, was Torben dachte oder fühlte.

Ihr blieb wohl nichts anderes übrig, als abzuwarten.

KAPITEL 9

Raik beobachtete die alte Dame, die er an diesem Morgen vor der Praxis angetroffen hatte.

Sie saß in seinem Sprechzimmer, ihren großen Rollkoffer neben dem Stuhl platziert, ihre Handtasche auf dem Schoß. Sie zückte ein Stofftaschentuch und tupfte sich die Nasenspitze und schnüffelte.

Er hatte keine Ahnung, was er mit ihr machen sollte.

»Erzählen Sie noch mal ganz von vorne«, sagte er.

»Da gibt es nicht viel zu erzählen.«

Raiks Stift trommelte auf der Schreibtischunterlage. Er hatte die frühe Sprechstunde bereits abgehalten und bei Mina angerufen, die ihm seltsam gefasst erklärte, es gehe ihr gut und der Bestatter sei schon unterwegs. Am Nachmittag wollte Raik nach ihr sehen. Er wusste, wie unwirklich sich der erste Tag ohne einen geliebten Menschen anfühlte. Wie man diesen Verlust nicht begreifen konnte und mit einer Selbstverständlichkeit weiter das Leben führte, das man vor dessen Tod geführt hatte. Gerade so, als wäre er nur kurz zum Supermarkt gegangen, um für den nachmittäglichen Tee frische Sahne zu holen.

Es würde noch ein, zwei Tage dauern, bis Mina begriff, dass Paul nie in das kleine Häuschen zurückkehren würde. Und das war etwas anderes als dieses erste Wissen, dass es nun vorbei war. Das Leben, wie sie es kannte.

Und nun saß hier vor ihm diese alte Dame, ganz zart und so gepflegt. Sie machte auf ihn keinen verwirrten Eindruck, das wäre ja zumindest eine Erklärung gewesen, warum sie ihn um das bat, worum sie ihn bat. Stattdessen tupfte sie ihre Augen, sie lächelte, schniefte und steckte das Taschentuch zurück in die Handtasche. So ein Modell, fiel ihm auf, trug die Queen auch immer. Schwarz und mittelgroß. Überhaupt war da eine gewisse Ähnlichkeit zur Queen bis hin zu den weißen Löckchen.

»Erzählen Sie einfach. Warum sind Sie bei mir?«

»Eine Freundin hat mir von Ihnen erzählt. Und Sie sind recht schwer zu finden, Herr Doktor.«

Er war ziemlich sicher, dass sie nicht von der Insel stammte. Das machte alles nur noch mysteriöser. Aber Raik beschloss, sich ihre Geschichte anzuhören, obwohl er heute keine Zeit für irgendwelche langen Gespräche hatte. Wehmütig dachte er an Emma, der er wohl auch heute Abend eine Absage erteilen musste.

»Meine Freundin ist Ruth Wassermann.«

Er lächelte, schüttelte leicht den Kopf. Nein, der Name sagte ihm nichts. Definitiv keine Insulanerin, denn er kannte seine Leute.

»Sie haben ihren Mann vor fünf Jahren begleitet. Heinz Wassermann?«

Immer noch lächelte er, aber auch dieser Name brachte keine Erinnerung.

»Die Krebsstation in Oldenburg.« Langsam wurde sie ärgerlich. »Dort haben Sie doch vor fünf Jahren gearbeitet?«

Das stimmte. »Entschuldigen Sie, das ist lange her. Ich hatte damals viele Patienten.«

Und zu viele von ihnen starben. Jeder Einzelne war zu viel.

»Ist ja auch egal.« Sie klang fast aggressiv, auf jeden Fall unwirsch. »Jetzt bin ich ja hier.«

»Ja, und ich weiß immer noch nicht, weshalb Sie hier sind.« Er runzelte die Stirn.

»Habe ich doch schon gesagt. Es geht mit mir zu Ende, und ich möchte, dass Sie mich auf dem letzten Stück begleiten.«

Raik musterte sie. Auf ihn machte sie nicht den Eindruck, als gehe es mit ihr zu Ende. Und es gab Anzeichen, die ihm in seinen Berufsjahren aufgefallen waren und die auf einen baldigen Tod hindeuteten. Keines davon bemerkte er bei ihr.

»Sind Sie denn krank?«, erkundigte er sich.

»Sehen Sie mich doch an!« Anklagend zeigte sie auf sich. »Gesund bin ich jedenfalls nicht. Hier.« Sie zog einen Ziploc-Beutel aus der Queentasche und leerte ihn auf dem Schreibtisch aus. »Das alles hat mir mein Hausarzt verschrieben. Er meinte, davon müsse es mir bessergehen, aber das Gegenteil ist der Fall.«

Ein Dutzend Pillenschachteln und Blisterverpackungen ergoss sich auf die Schreibtischunterlage. Raik sortierte sie gewissenhaft, ihm fiel leider sofort auf, dass einige Medikamente Wechselwirkungen hatten. Bei anderen war er nicht sicher, da müsste er nachschauen.

»Das hat Ihnen alles der Hausarzt verschrieben?«, fragte er.

»Ach nein. Ein paar kommen auch vom Rheumatologen. Und das hier von meinem Diabetologen.« Sie zeigte auf die unterschiedlichen Medikamente. Aha. Das erklärte die Wechselwirkungen, die sie als unangenehm empfinden könnte. Vermutlich hatte keiner mal einen Blick darauf geworfen, was für einen Medikamentenmix sie zu sich nahm. Das war inzwischen eine Aufgabe der Hausärzte, aber manche Kollegen gingen mit dieser Verantwortung viel zu lax um.

»Aber sehen Sie? Das hilft alles nicht. Im Gegenteil, es geht mir sogar noch schlechter. Es geht zu Ende mit mir, und das ist ja auch in Ordnung. Einundachtzig, das ist ein gutes Alter, da will ich mich nicht beklagen.«

»Hm«, machte Raik. »Und was genau erwarten Sie jetzt von mir?«

Sie strahlte ihn an, als hätte er endlich kapiert, worum es ihr die ganze Zeit ging. »Sie sollen mich beim Sterben begleiten«, erklärte sie.

»Entschuldigen Sie, Frau Rosenborg, aber ich bin kein Arzt, der Sterbehilfe anbietet. Die ist in Deutschland gesetzlich verboten.«

»Das weiß ich doch.« Sie machte eine unwirsche Handbewegung. Raik nahm einen Stift zur Hand und notierte die Dosierungen und Intervalle ihrer Medikamente, während sie weitersprach. »Ich brauche dabei keine Hilfe. Das mit dem Sterben kriege ich schon alleine hin. Ich brauche jemanden, der meine Hand hält. Meine Söhne sind dafür *gänzlich* ungeeignet, sie haben einfach keinen Sinn für Familie. Und Sie haben das beim armen Heinz ganz wunderbar gemacht, davon hat mir Ruth immer wieder vorgeschwärmt.«

Raik lehnte sich zurück.

Vielleicht erinnerte er sich doch an Heinz Wassermann.

Ein Mann um die siebzig, bereits vom Darmkrebs im Endstadium gezeichnet, als er ein letztes Mal ins Krankenhaus eingeliefert wurde. Seine Frau war dagegen, ihn in ein Hospiz zu verlegen, obwohl das so ziemlich das Einzige war, was Raik und seine Kollegen noch für den armen Mann tun konnten. Aber dann war da Ruth. Sie wütete. Sie kämpfte gegen das Unvermeidliche, als gäbe es da noch etwas, worum es sich zu kämpfen lohnte – außer darum, ihren Mann in Frieden gehen zu lassen. Und Heinz ließ sie gewähren; ob aus grenzenloser Liebe zu ihr oder weil er selbst des Kämpfens müde war oder noch einen winzigen Funken Hoffnung besaß, dass doch noch alles zum Guten ausging, konnte Raik nicht sagen. Er wusste nur, dass dieser Mann sich quälte auf den letzten Metern, dass es eine Erlösung für ihn gewesen wäre, wenn seine Frau sich einfach zu ihm gesetzt hätte und ihm zugeflüstert hätte: »Ich bin bei dir.

Wir gehen jetzt gemeinsam diesen Weg. Ich lasse dich nicht los, bis du die andere Seite erreicht hast.« Aber so einfach machte sie es ihrem Mann nicht. Und eines Nachts, als Raik zu einem anderen Patienten gerufen wurde und auf dem Weg zurück ins Dienstzimmer von einer Schwester aufgehalten wurde, die ihn bat, nach Heinz Wassermann zu sehen, der große Schmerzen hatte und dem nicht viel Zeit blieb, erhöhte er die Morphindosis und setzte sich anschließend zu dem Sterbenden und nahm seine Hand.

Er spürte in diesem Moment, wie sein Patient loslassen konnte. Vielleicht wusste er gar nicht, dass Raik und nicht seine Frau die Hand hielt, weil das Schmerzmittel ihn so benebelte. Aber das war egal; Raik war bei ihm.

Niemand sollte allein sterben. Das war sein Credo.

Und nun saß diese recht fidele ältere Dame vor ihm und erklärte ihn zu ihrem Sterbebegleiter.

»Ich bin Arzt, Frau Rosenborg«, sagte er möglichst sachlich. »Meine Aufgabe ist es, mich um die Kranken zu kümmern.«

»Ja, aber wer ist denn dann für die Sterbenden zuständig?«, wollte sie wissen.

»Dafür gibt es Hospize. Bei Ihnen sehe ich allerdings keine Veranlassung. Sie haben altersbedingt ein paar Wehwehchen, aber da ist nichts, was sich nicht über eine Neuordnung Ihrer Medikamente lösen ließe.«

Sie spitzte den Mund, als er »altersbedingt« sagte. Als wäre das eine Beleidigung für sie.

»Und ich denke«, fuhr er fort, »Sie sollten nach Hause fahren, mit Ihrem Arzt reden, damit er Ihre Medikamente neu einstellt, und sich dann ein schönes Stück Kuchen mit Ihren Freundinnen gönnen. Grüßen Sie Frau Wassermann von mir.«

Er stand auf. Für ihn war das Gespräch nun beendet. Er konnte und wollte sich nicht in diese Sache einmischen; nichts davon ging ihn etwas an. Sterbebegleiter? Es war schon traurig, dass in der heutigen Zeit mit all der modernen Medizin der Tod so viel Schrecken für die Lebenden hatte, dass sie die Sterbenden lieber den Profis überließen – also Ärzten und Pflegekräften – oder ihre Angst vor dem Tod dadurch verbargen, dass sie sich von jenen abwandten, die wohl nicht mehr lange hatten. Wem war es schon vergönnt, so friedlich einschlafen zu dürfen wie gestern Nacht Paul?

»Sie sind ein Unmensch«, zischte Frau Rosenborg. »Wirklich, ein widerlicher, abartiger ...« Ihr blieb die Luft weg. Sie stand vor seinem Schreibtisch, die kleinen Fäuste geballt. Dann nahm sie ihre Tasche in die eine, den Griff des Rollkoffers in die andere Hand und zerrte diesen Richtung Tür. »Ich werde mich über Sie beschweren, Dr. Tossens. Bei der Ärztekammer. Bei der Zeitung. Bei ... überall! Glauben Sie ja nicht, dass Sie auch nur ein Bein auf die Erde kriegen, wenn ich mit Ihnen fertig bin.« Ihre Stimme war voller Wut und Selbstgerechtigkeit. Aber da war noch etwas, und das ließ Raik stutzig werden.

»Sie ... Sie ...«

Frau Rosenborg verstummte. Sie zerrte an ihrem Koffer, so einem sündhaft teuren Hartschalending, auf das man lebenslange Garantie bekam und das normalerweise dank leichtgängiger Rollen problemlos bewegt werden konnte. Dieses Modell war knallpink, und während sie noch damit kämpfte, kippte er plötzlich um und knallte mit einem dumpfen Laut zu Boden.

»Oh nein«, seufzte sie. Alle Wut wich von ihr, was blieb, war eine hilflose alte Dame, deren Koffer auf dem Boden lag.

»Warten Sie, ich helfe Ihnen.« Raik umrundete den Tisch. Er versuchte, den Koffer aufzurichten, doch das war gar nicht so leicht. Er lachte. »Was haben Sie da reingepackt? Backsteine?«

»Nein«, sagte sie sehr ernst. »Mein Leben.«

Und dann sank sie auf den Stuhl und fing leise an zu weinen.

Wie sich herausstellte, hatte Trudi Rosenborg tatsächlich ihr Leben in den Koffer gepackt. Nachdem sie sich von dem Schreck erholt hatte, erlaubte sie Raik, den Koffer zu öffnen.

Staunend blickte er auf ein Sammelsurium aus Büchern, Fotoalben, zu Bündeln verschnürten Briefen, in Seidenpapier eingeschlagene Nippsachen, einen Besteckkasten und allerlei Kram, den er auf Anhieb nicht identifizieren konnte, weil er in Zeitungspapier gehüllt war. Dazwischen blitzten ein paar übergroße Omaschlüpfer und Mieder hervor, die Trudi hastig herauszupfte und in ihrer Queentasche versenkte.

»Warum haben Sie das alles mitgebracht?«, erkundigte er sich vorsichtig. Er spürte, dass ihr Gespräch eine neue Ebene erreicht hatte. Nicht nur Trudi öffnete sich ihm; auch er stand ihr nun etwas offener gegenüber. Anfangs hatte er gedacht, sie sei einfach eine kapriziöse Alte, die aus lauter Langeweile nichts mehr mit ihrem Leben anzufangen wusste und darum auf die Insel gekommen war. Aber das hier? Das sah ziemlich konkret aus. Sie hatte ihren Aufenthalt auf der Insel *geplant*, sie hatte alles in diesen Koffer gestopft, den sie keine Minute aus den Augen ließ. Diese Dinge bedeuteten ihr was.

»Ich weiß doch gar nicht, wie lange das dauert mit dem Sterben«, sagte sie trotzig. »Und so lange wollte ich wenigstens meine Sachen um mich haben.«

»Hm«, machte Raik. »Sie wissen schon, dass ich nicht der Richtige bin? Haben Sie denn vorher allein gewohnt?«

Er stellte behutsame Fragen, und Trudi antwortete recht offen. Es stellte sich heraus, dass sie ihre Wohnung vor wenigen Monaten gekündigt hatte. In ein Heim wollte sie aber nicht, weil sie das für Geldverschwendung hielt. »Außerdem ist das doch Unsinn. Da hätte ich mich gerade eingerichtet, und schon wär's wieder vorbei gewesen.«

Raik forschte weiter. Er ließ sich Zeit für sie, obwohl Zeit so ziemlich das Letzte war, was er hatte. Sie erzählte ihm ihre Lebensgeschichte – von den beiden Söhnen und dem Mann, von der Firma, die er groß gemacht und dann verkauft hatte. Den Lebensabend hatte er nicht mehr genießen können – »Herzinfarkt«, sagte sie lapidar. Wenige Wochen, nachdem er aufgehört hatte zu arbeiten. »So ist das manchmal«, fügte sie hinzu.

Jetzt hatte sie ihre Koffer gepackt und war, wie sie selbst sagte, »zum Sterben auf die Insel gekommen«. Weil Raik hier war. Weil sie sich davon versprach, dass ihr Sterben friedlicher sein würde, wenn er sich um sie kümmerte.

Als sie mit ihrer Geschichte fertig war, die vermutlich vielen anderen Geschichten von Frauen und Männern ähnelte, deren Partner starb und die dann zurückblieben, schwieg Raik einen Moment und suchte nach den richtigen Worten, nach einer Lösung für ihr Problem.

»Sie bleiben heute Nacht erst mal auf der Insel«, sagte er schließlich. »Lassen Sie mich einen Anruf machen, dann kann ich Ihnen sagen, wo Sie untergebracht werden. Meine Schwester richtet gerade ein paar Wohnungen auf unserem Hof her. Dort können Sie wohnen.«

»Und dann?« Ihr hoffnungsvolles Leuchten wollte er nicht sofort wieder zunichtemachen.

»Dann sehen wir weiter. Warten Sie hier.«

Er stand auf und ging nach vorne, wo Christine gerade Arztbriefe nach Diktat tippte. Er nahm ihr Telefon und wählte die Nummer von zuhause.

Conny meldete sich nach dem zweiten Klingeln.

»Hast du mit Emma gesprochen?«, fragte er direkt.

»Wegen der Wohnungen? Sie macht's.«

»Hat sie schon angefangen? Ich hätte da jemanden, der bräuchte heute eine Wohnung.«

Conny schwieg kurz. »Noch eine Freundin, der du einen Gefallen tust?«

Er ärgerte sich aus völlig unerfindlichen Gründen, sagte aber nichts. »Eine alte Dame, die mit Sack und Pack auf die Insel gekommen ist, weil sie hier sterben möchte. Leider hat sie sich keine Gedanken darum gemacht, wo sie bis zu ihrem Tod wohnen soll.«

»Und da dachtest du, ich mach ja jetzt die Ferienwohnungen wieder fein, warum sie nicht dort unterbringen?«

Raik schwieg. Klar, Conny hatte ihm signalisiert, dass sie wieder Feriengäste aufnehmen wollte.

Aber ich komme als Erstes mit einer alten Dame, die sterben will. Keine so gute Idee.

»Sie wird nicht sterben«, sagte er lahm. »Sie braucht Gesellschaft und Aufmerksamkeit.«

»Okay, sie kann hier wohnen. Aber ich fürchte, das wird nicht mehr heute klappen«, sagte Conny nach einigem Nachdenken. »Emma wird mindestens bis morgen brauchen, bevor eine der Wohnungen bezugsfein ist. Und das auch nur mit Abstrichen.«

Raik zögerte nicht. »Die erste Nacht kann sie ja in die Spiekerooger Liebe, das Hotel ist momentan noch nicht ausgebucht.«

»Gut, dann sage ich Emma Bescheid.« Sie wollte noch mehr sagen, das spürte Raik.

»Müssen wir auf sie aufpassen?«, fragte sie schließlich.

»Wieso?«

»Du hast gesagt, sie ist zum Sterben auf die Insel gekommen. Was ist das überhaupt für ein Ding, zum Sterben hierherkommen? Kann sie nicht auf dem Festland sterben wie jeder vernünftige Mensch?«

Es war plötzlich still in der Leitung, und Raik ließ diese Stille länger währen, als gut für sie beide war; das spürte er. Schließlich sagte er leise: »Mama ist auch hier gestorben. Oder hast du das vergessen?«

»Ich habe das nicht vergessen.«

Natürlich hatte sie das nicht. Und seine Worte taten ihm sofort leid; bevor er jedoch etwas sagen konnte, hörte er ein Klicken in der Leitung.

Aufgelegt.

Ach, Mann. Manchmal fiel es ihm wirklich schwer, allen gerecht zu werden. Und dass er ausgerechnet bei Conny einen wunden Punkt berührt hatte …

Doch er konnte nicht länger über etwas grübeln, was sich nun nicht mehr ändern ließ.

Er kehrte in das Sprechzimmer zurück und erklärte Trudi Rosenborg, dass sie zumindest ab morgen eine Bleibe haben werde. »Für die kommende Nacht findet sich auch was«, versprach er. »Meine Schwester und eine … Freundin können sich auf dem Hof um Sie kümmern. Ist es in Ordnung, wenn ich ihnen etwas über Sie erzähle?«

»Sie meinen, dass ich sterben will.« Sie hockte auf dem Stuhl, würdevoll mit der Queentasche auf dem Schoß.

»Sie machen auf mich nicht den Eindruck, als ob Sie das wirklich wollen.«

Trudi Rosenborg antwortete nicht. Also hatte Raik recht; es war die Suche nach Aufmerksamkeit, die sie hergeführt hatte. Vielleicht auch eine Aufgabe, das Gefühl, Teil einer Gemeinschaft zu sein.

In dem Fall wäre das Inseldorf der richtige Ort für sie. Es würde Raik nicht wundern, wenn Trudi Rosenborg länger blieb und ihren festen Vorsatz vergaß, dass sie doch sterben wollte.

»Hast du jetzt Zeit, damit wir den Wein von gestern Abend trinken?«

Emma fuhr herum. Sie stand auf einer Trittleiter und putzte das dritte Sprossenfenster in dieser Wohnung, nachdem sie bereits das Bad und die Küche geputzt, alle Räume gesaugt, das Bett neu bezogen und in Küche, Flur und Bad gewischt hatte. Die Schränke durchsortiert und ausgewischt. Alle Türen und Fenster standen weit offen, auch die Wohnungstür, damit der Mief der vergangenen Winter aus den Ecken gepustet wurde. Es war ein wunderschöner, sonniger Tag. Sie fand sich sehr produktiv und voller Tatendrang, aber ihre Arme fühlten sich an wie Wackelpudding, und fast wäre sie von der Leiter gepurzelt. Hoppla. Ihre Beine waren inzwischen wohl auch schon müde.

Raik Tossens stand hinter ihr. Er betrachtete sie, als wäre sie in der ollen Jeans und mit dem Karohemd, das um ihren Oberkörper schlackerte, ein durchaus aparter Anblick.

»Welchen Wein?«, fragte sie.

Raik lachte. »Der, den wir ursprünglich gestern Abend trinken wollten. Oder ist der schon leer?«

Emma verzog das Gesicht. Das klang, als wäre sie eine Säuferin. So war es ja nun nicht. Sie war nur Mutter. Und neuerdings offenbar alleinerziehend.

Heute früh hatte sie nämlich versucht, Torben zu erreichen. Er ging nicht ans Telefon. Das war schon komisch, weil er sonst immer mit dem Telefon verwachsen war. Also hinterließ sie eine Nachricht auf der Mailbox. Am Nachmittag schrieb sie ihm außerdem noch eine Nachricht, aber auch darauf hatte sie keine Antwort bekommen.

Da hatte sie ihre Antwort: Er wollte nichts mehr mit ihr und den Zwillingen zu tun haben. Das tat weh. Zum Glück sorgte die Putzerei für Ablenkung.

»Na ja, wenn du mich auch versetzt.«

»Entschuldigung. Ich mach's wieder gut. Nachher um acht?«

»Einverstanden.«

Er wollte schon gehen, da fiel ihm offenbar noch etwas ein. »Danke, dass du den Job übernommen hast.«

Emma stieg behutsam von der Leiter. »War das deine Idee?«

»Sozusagen. Ich habe Conny in die richtige Richtung gestupst. Die Wohnungen standen schon zu lange leer.«

Und hier war ja eine billige Arbeitskraft, die man für diesen Zweck ausbeuten konnte, klar. Den Kommentar verkniff Emma sich; sie war ja im Grunde froh, dass sie kostenlos wohnen konnte und sogar noch ein bisschen Geld verdiente.

Aber dass Raik sich darum gekümmert hatte, passte ihr auch nicht in den Kram. Wofür hielt er sie? Für einen Sozialfall?

Unter normalen Umständen wäre sie in die Luft gegangen. Sie wäre sauer geworden, weil jemand glaubte, dass sie es nicht aus eigener Kraft schaffte. Noch dazu der Mann, zu dem sie sich hingezogen fühlte. Sie wollte kein Mitleid.

Aber die Umstände waren nicht normal. Sie war mit den Zwillingen allein, Torben meldete sich nicht, sie hatte also keine Ahnung, wie es weitergehen würde. Im Moment konnte sie wohl einfach über jedes bisschen Hilfe, das man ihr zukommen ließ, dankbar sein. Und sie, verdammt noch mal, annehmen, statt sich sofort zu fragen, ob ihr Gegenüber das aus Mitleid machte oder weil er einfach helfen wollte.

»Dann... danke dafür«, sagte sie lahm.

Raik nickte noch mal und ging.

Ein letztes Mal wischte Emma über das Fenster. Dann stieg sie von der Leiter und betrachtete zufrieden ihr Werk.

Sie hatte heute viel geschafft.

Aber ohne Connys Unterstützung wäre das nicht möglich gewesen.

Wo steckte sie überhaupt?

Emma brachte die Putzutensilien zurück in ihre Wohnung,

in der sie diese vorerst zwischenlagerte, und machte sich auf die Suche.

Als sie am Nachmittag in der Erdgeschosswohnung geputzt hatte, spielten die Zwillinge auf der dazugehörenden Terrasse mit dem Sandspielzeug, das sie in einem Karton gefunden hatte. Conny kam über den Hof und fragte, ob sie die beiden Jungs mit in den Stall nehmen dürfe.

»Klar«, sagte Emma, weil sie erleichtert war, für ein paar Minuten nicht ständig ihre Augen am Hinterkopf bemühen zu müssen, falls die Zwillinge sich gegenseitig an die Gurgel gingen. Und als Conny sich zu den Jungs hockte und ihnen vorschlug, sie könnten zu den Pferden mitkommen, sprangen beide sofort begeistert auf, winkten noch einmal in Emmas Richtung, »Tüff, Mama, tüff!«, schon waren sie verschwunden. Als hätten sie nie etwas anderes gemacht. Manchmal ging ihr das mit dem Großwerden ihrer Kinder viel zu schnell.

Das war nun anderthalb Stunden her, und so langsam, ganz langsam, machte sie sich schon Gedanken, wo die drei steckten.

Conny hatte gesagt, sie wolle Lars und Timo das Fohlen zeigen. Also lenkte Emma ihre Schritte Richtung Pferdestall. Ein bisschen besorgt war sie schon, doch den Gedanken daran, dass etwas passiert sein könnte, vertrieb sie rasch wieder. Conny hätte Bescheid gesagt, wenn sie von den Kindern genervt gewesen wäre. Oder wenn sie keine Lust mehr gehabt hätte, sich um Emmas Brut zu kümmern.

Als sie den Stall betrat, sah sie in der Stallgasse auf einem Sattelbock Lars thronen, die eine Hand am Knauf des Sattels, in dem er saß, die andere Faust in die Höhe gereckt. »Hüa, hüa!«, krähte er fröhlich. Timo saß auf Connys Arm und feuerte ihn an.

»Hey!« Conny ließ Timo vom Arm, der auf Emma zulief und sich ihr in die weit ausgebreiteten Arme warf. »Ich hoffe, du konntest ein bisschen entspannen.«

Emma hob die Augenbrauen. »Ich habe bis gerade eben die erste Wohnung im Ferienhaus geputzt.«

»Oh wow. Toll.« Conny wirkte nicht im Geringsten so, als hätte sie damit gerechnet, dass Emma die Zeit ohne Kinder mit Arbeit verbrachte.

»Ich wollte die Jungs fürs Abendessen abholen. Sie müssen danach in die Badewanne und ins Bett.« Eigentlich hatte das alles auch noch etwas Zeit, aber Emma wollte nicht länger als unbedingt nötig im Stall stehen.

»Ist es schon so spät? Krass, ich habe die Zeit völlig aus dem Blick verloren mit den beiden Rackern hier.« Conny hob Lars vom Sattelbock, der auf Emma zurannte und ihr sofort in der nur für Timo und ihn verständlichen Zwillingssprache erzählte, was er alles erlebt hatte. »Oh, willst du unser Fohlen sehen? Es ist erst ein paar Tage alt. Komm, es steht dahinten.«

Conny ging voran. Lars rannte ihr nach und suchte ihre Hand, als wären sie bereits die besten Freunde.

Bei Torben hat er das nie gemacht.

Aber Torben war auch nie da gewesen, geschweige denn, dass er mit seinen Söhnen die Welt entdeckt hätte.

Emma ging nur ungern mit. Pferde, auch wenn sie nicht so groß waren, machten ihr Angst.

»Hier.« Conny blieb vor einer Box stehen. Emma näherte sich nur vorsichtig und blickte hinein. Eine fuchsfarbene Islandstute ließ gerade ihr Fohlen trinken.

»Mama, Milch! Perd Baby mjamjam!«, rief Lars.

»Ja, genau«, sagte sie geistesabwesend. »Das Fohlen trinkt Milch bei seiner Mama.«

Emma rückte Timo auf ihrer Hüfte zurecht. Er kuschelte sich an sie. Müde war er, das sah doch jeder. Nur Conny schien keine Antennen für den Müdigkeitsgrad eines knapp Zweijährigen zu haben. Lars versuchte, den Riegel der Boxentür zu öffnen.

Emma sprang vor und riss ihn am Arm nach hinten. »Nein!«, rief sie.

Conny lachte. »Doch, klar. Die beiden waren vorhin schon drin. Sie möchten vermutlich jetzt ihrer Mama zeigen, wie süß das Fohlen ist.«

»Ich möchte das nicht«, erklärte Emma knapp. »Komm, Lars.«

Ihr kleiner Sohn, der von seiner Mama weder diesen scharfen Ton gewohnt war noch dass sie ihn am Arm zurückzog, fing an zu heulen. Timo stimmte sofort mit ein.

»Ich muss hier raus«, sagte Emma, nahm Lars' Hand und zog ihn aus dem Stall. Timo krallte sich in ihr Hemd, und ihr stiegen jetzt auch die Tränen in die Augen. Verdammt, das hatte sie doch nicht gewollt. Jetzt weinten ihre Söhne, nur weil *sie* vor Pferden Angst hatte.

Conny folgte ihnen nicht, und darüber war Emma ganz froh. Sie lief zur Wohnung, Lars stolperte neben ihr her. Erst als sie im Wohnzimmer stand und Timo vom Arm ließ, schaffte sie es, ihre beiden Kinder fest in den Arm zu nehmen und ihnen zu erklären, warum sie sich gerade so doof verhalten hatte. Zum Glück ließen sich die Zwillinge rasch beruhigen, und die Aussicht auf ein baldiges Abendessen hob die Stimmung.

»Nudeln?«, fragte sie.

Was für eine Frage. Natürlich wollten die Zwillinge Nudeln.

KAPITEL 10

»Komme ich zu früh?«

Raik stand vor der Tür, eine Flasche Wein in der Hand, Weißwein, leicht beschlagen, weil er sie soeben erst aus dem Kühlschrank genommen hatte. Er trug ein kurzärmeliges weißes Hemd zur dunkelblauen Jeans, und Emma, die bisher in Gedanken ganz woanders gewesen war, sah ihn an, als wäre direkt vor ihr ein Märchenprinz aus dem Boden geschossen.

Nein, nein. Nur Dr. Raik Tossens, Inselarzt und ihr Vermieter. Und *Arbeitgeber*, wenn man es genau nehmen wollte. Aber das wollte sie gar nicht. Das waren ein paar Verwicklungen zu viel, die sich da in nur wenigen Tagen ergeben hatten.

»Nein, alles prima. Die beiden schlafen schon seit einer halben Stunde.« Die Zeit hatte genügt, dass sie zumindest das größte Chaos beseitigen, den Sand im Wohnzimmer auffegen und unter die Dusche springen konnte. Ihre Haare waren noch feucht, aber wen interessierte das schon? Sie hatte diesen Tag irgendwie rumbekommen, und das war die Hauptsache. Obwohl sie todmüde war, hatte die Dusche (und ein doppelter Espresso mit ordentlich Zucker) ihr einen kleinen Energiekick verschafft, so dass sie hoffentlich nicht in einer halben Stunde schnarchend neben ihm auf dem Sofa sitzen würde.

Raik schaute sich in der Wohnung um. »Ich war lange nicht mehr hier«, erklärte er. »Das ist ziemlich hübsch.«

»Dann warst das nicht du mit dem Blumenstrauß?«

Einen kurzen Moment schwieg Raik, dann sagte er: »Doch, das war ich. Haben sie dir gefallen?«

Sie zuckte mit den Schultern. »Ist lange her, dass ich Blumen geschenkt bekommen habe.«

»Oh. Der Vater der Zwillinge ...«

»... findet Blumen zu vergänglich, um sie zu verschenken«, unterbrach Emma ihn hastig. Dünnes Eis, auf dem sie sich gerade bewegten und das sie schnell verlassen wollte.

»Ach so.«

Bevor ihr Gespräch gänzlich in den Abgrund dieses unpassenden Themas stürzte, beeilte Emma sich zu sagen: »Die Wohnungen sind echt schön, viel zu schade, um sie nicht zu vermieten.« Den Kommentar konnte sie sich nicht verkneifen. Was steckte dahinter, dass die Geschwister Tossens seit Jahren keine Feriengäste hatten? Spiekeroog war während der Hauptsaison zuverlässig ausgebucht. An fehlenden Anfragen konnte es kaum liegen.

Das hatte Emmas Neugier geweckt und sie beim Putzen sehr beschäftigt. Selbst wenn ihnen die Zeit für die Vermietung fehlte, konnten sie doch jemanden dafür einstellen und trotzdem noch Gewinn aus der Sache ziehen.

»Ja, zu schade.« Mehr sagte Raik nicht dazu. Er hielt die Weinflasche hoch. »Wollen wir die hier aufmachen? Ich hatte einen ziemlich anstrengenden Tag.«

Emma nickte und holte zwei Gläser und einen Korkenzieher aus der Küche. Raik stand in der offenen Terrassentür und blickte nach draußen, als sie zurückkam. Er zuckte zusammen, als sie sich leise räusperte.

In Gedanken schien er ganz weit weg zu sein. Jedenfalls nicht hier bei ihr auf dem Sofa. Wenn sie ehrlich war, ärgerte sie sich ein bisschen darüber. Und dann sagte sie sich, dass sie kein Recht hatte, irgendwas von ihm zu erwarten.

»Warum war dein Tag anstrengend? Also, wenn du darüber reden möchtest.«

Er kam zu ihr aufs Sofa, ließ sich in die dunkelroten Polster sinken und nahm das Weinglas entgegen. Dann atmete er aus, und es hörte sich an, als lasse er mit diesem Atemzug eine zentnerschwere Last von seiner Brust.

»Die Nacht war zu kurz. Und dann hatte ich heute eine Patientin, die … na ja. Sie wollte, dass ich ihr beim Sterben *helfe*. Völlig absurd. Sie ist noch vollkommen fit und klar im Kopf, soweit ich das auf Anhieb beurteilen kann. Trotzdem behauptet sie, zum Sterben auf die Insel gekommen zu sein. Sie hat allerdings wohl ihren ganzen Hausstand mitgebracht zum Sterben. Keine Ahnung, was ich mit ihr machen soll.« Er nahm einen großen Schluck Wein. Wieder seufzte er. »Eigentlich wollte ich sie hier auf dem Hof unterbringen, aber jetzt ist sie erst mal in das neue Hotel gezogen.«

Emma hockte sich mit untergezogenen Beinen in die andere Sofaecke. Sie beobachtete ihn. Etwas an ihm wurde weicher, während er erzählte; vielleicht war es auch der Alkohol, der ihn ein bisschen entspannte.

»Die erste Wohnung könnte ich morgen fertigstellen. Es fehlen nur ein paar Geräte, die müsstet ihr nachkaufen. Den Fernseher hat's zerlegt, glaube ich.«

»Den würde sie vermutlich nicht vermissen. Aber ich kümmere mich darum. Danke. Ich glaube, ein bisschen Nähe zu anderen Menschen wird ihr guttun. In einem Hotel ist das nun mal nicht so ohne Weiteres möglich. Hier auf dem Hof vielleicht schon eher.«

»Ist sie sehr alt?«

»Knapp über achtzig. Aber sie kann noch ein paar gute Jahre verleben. Du wirst sie ja bald kennenlernen.« Er lachte. »Man muss ja sehen, wo man bleibt. Und sie ließ sich durch nichts davon abbringen, dass sie zu gesund ist, um es sich in meiner Praxis zum Sterben einzurichten.«

»Wie ist sie überhaupt auf dich gekommen?«, fragte Emma nach kurzem Nachdenken.

»Sie meint ... ich wäre der Richtige. Ich habe schon ein paar Sterbende begleitet, das hat bei ihr wohl Eindruck hinterlassen.«

Emma runzelte die Stirn. »Wie das?«

Raik erzählte es ihr. Mit sachlichen Worten, denen sie anmerkte, dass er sie sich angeeignet hatte, damit das Thema ihn nicht überwältigte. Weil der Tod früher oder später jeden überwältigte, der sich damit befassen musste.

»Es ist nicht unbedingt das, was man als Teil seiner Arbeit als Arzt erwartet, wenn man sich mit eigener Praxis niederlässt«, schloss Raik. »Aber ich habe diese Aufgabe angenommen.« Er zuckte mit den Schultern.

»Das ist groß von dir«, sagte Emma leise. Sie dachte an ihre Mutter, schwieg aber dazu. Ob Raik nicht genug hatte von irgendwelchen Sterbegeschichten, wenn er gerade jemanden begleitet hatte und dann auch noch mit seiner Patientin konfrontiert war? Ihr fiel etwas anderes ein. »Du hättest mir gar nicht von ihr erzählen dürfen. Also, dass sie bei dir war.«

»Ärztliche Schweigepflicht, ja.« Er wirkte nachdenklich. »Aber sie war damit einverstanden, dass ich Conny und dich über die nicht medizinischen Details informiere. Und wie ich sie einschätze, wird sie euch über die medizinischen Details früher oder später selbst in Kenntnis setzen.«

Emma lachte. Raik nutzte diesen Moment und schenkte ihnen beiden Wein nach.

»Gefällt es dir auf der Insel?«, fragte er unvermittelt, noch leicht vorgebeugt, die Weinflasche in der Hand.

»Ja«, sagte sie und blickte ihm tief in die Augen.

Ja, verdammt, es gefällt mir gut auf der Insel.

»Deine Schwester hat heute die Jungs für anderthalb Stunden übernommen. Da konnte ich richtig was wegarbeiten.«

Raik runzelte die Stirn. »Das hat sie bestimmt nicht gemacht, damit du an den Wohnungen weitermachst.«

Emma zuckte mit den Schultern. »Ich war gerade so gut dabei, darum habe ich das erledigt. Und so könnt ihr ab morgen schon die erste Wohnung vermieten.«

Sie spürte seinen Blick, seine Besorgnis. Das tat irgendwie gut; er sah sie, er sah auch, dass sie am Limit fuhr. Sie wollte schon etwas sagen, da räusperte er sich, lehnte sich zurück und stellte die Weinflasche zurück auf den Tisch.

»Ich weiß gar nicht mehr, wie das geht. Also entspannen.«

Wie doof, dass sie das Gefühl hatte, sich rechtfertigen zu müssen.

»Ist doch okay«, sagte Raik beschwichtigend.

Nein, offensichtlich nicht. Ihr Gespräch, das Emma so sehr genossen hatte, das selbst dann das Unbeschwerte nicht ganz verlor, als sie über ernste Themen sprachen, war irgendwie ins Stocken geraten. Beide hingen schweigend ihren Gedanken nach, und Emma wünschte plötzlich, sie könnte Raik rauskomplimentieren und zu ihren Jungs ins Bett kriechen. Die Müdigkeit, die sich tagsüber so gut ignorieren ließ, war zurück, bestimmt auch befeuert durch den Wein.

»Ich gehe wohl lieber.« Raik gähnte demonstrativ. »Morgen wird ein langer Tag, und ich habe letzte Nacht kaum geschlafen.«

»Ja, klar.« Sie schaffte es nicht, die Enttäuschung aus ihrer Stimme zu halten. Blöd. Sie wollte doch auch schlafen, warum war sie jetzt beleidigt, weil er von sich aus ging, ohne von ihr darum gebeten zu werden?

Ich bin einfach zu müde, dachte sie. Müdigkeit machte das mit ihr – dann war nichts richtig. Eine Erfahrung, die sie auch erst in den letzten zwei Jahren gemacht hatte.

Vielleicht begann sie, Torben zu verstehen. Warum für ihn das Familienleben nicht gepasst hatte. Sie hatte sich zu sehr in ihrer Mutterrolle aufgegeben. Ja, nicht aufgeopfert, sondern einfach aufgegeben. Wer war sie denn überhaupt noch? Gab es sie irgendwo hinter all den Gedanken, die sie sich um das Wohl der Zwillinge machte?

Sie stand abrupt auf. »Gute Nacht«, sagte sie.

Raik stand ebenfalls auf, und er stand vor ihr verlegen wie ein Schuljunge. Sie spürte, dass er noch etwas sagen wollte, so wie sie noch etwas sagen wollte. Aber dann gab sie sich einen Ruck und ging voran in den kleinen Flur.

»Emma, es gibt da...«

»Mama?« Das verschlafene Stimmchen kam aus dem Schlafzimmer. Die Tür war nur angelehnt.

Raik war erschrocken. »Ich habe jetzt aber nicht deine Kinder geweckt?«, flüsterte er.

»Mama, Milch!«

»Nein«, beschwichtigte Emma. »Lars sucht seine Milchflasche. Manchmal findet er sie direkt und schläft dann wieder ein.«

Etwas verlegen standen sie im Flur. Emma lauschte angestrengt, aber aus dem Schlafzimmer drang nun kein Geräusch mehr in den Flur. Offenbar hatte Lars gefunden, wonach er suchte.

»Du wolltest vorhin noch etwas sagen«, sagte sie leise.

»Ja. Aber das ist nicht so wichtig. Wir können das ein anderes Mal nachholen.«

Emma lächelte. »Dann gibt es ein anderes Mal?«

Raik grinste. »Wer weiß...? Wenn du möchtest.«

»Mama!«

Der Zauber des Augenblicks verflog, dieses winzige Kribbeln, das Emma verspürte und das sich irgendwie fremd anfühlte, weil es neu war. Weil sie es so lange nicht gespürt hatte.

»Maaaamaaaaaa!«

Aber ihre Kinder brauchten sie.

Emma öffnete widerstrebend die Wohnungstür. »Ich muss zu meinen Kindern.«

»Okay.« Er nickte, und dann war er fort. Emma schloss die Augen. Sie lauschte. Draußen war die Nacht nicht leise; ihr kleiner Junge im Schlafzimmer hinter der angelehnten Tür war aber bereits wieder still. Vielleicht wieder eingeschlafen. Raik schlenderte über den Hof und kurz dachte Emma darüber nach, ihn zurückzurufen. Aber dann war er verschwunden, und sie war allein mit ihren Gedanken und mit der Frage, was genau das für ein Abend war.

Merkwürdig. Das auf jeden Fall.

Das Radeln tat ihr gut. Frieke trat fest in die Pedale und stemmte sich gegen den Wind, der scharf von Westen blies. Auf dem Gepäckträger hatte sie die Form mit dem Kuchen festgeschnallt, und in einer Hand hielt sie einen Topf mit frisch geschlagener Sahne. Manchmal rührte sie Batida de Coco unter die Sahne, aber das verkniff sie sich jetzt natürlich.

Sie geriet ziemlich schnell aus der Puste. Als der Bauwagen in Sicht kam, atmete Frieke auf. Sie sprang vom Rad und schob es das letzte Stück. Die Tür war verriegelt, niemand saß unter dem Sonnensegel auf den Stufen und lächelte ihr entgegen.

Wo steckte Bengt?

Sie lehnte das Fahrrad gegen den Bauwagen, stellte Sahnetopf und Kuchenform auf die Stufen und ging auf die andere Seite des Bauwagens. Dahinter erstreckten sich bis zum Meer die Salzwiesen, auf denen teilweise die Pferde vom Isländerhof grasten, teilweise die Brandseeschwalben und andere Vögel brüteten.

Irgendwo da draußen musste Bengt sein. Zumindest hoffte Frieke, dass er da war; sie sah ihn nämlich nicht auf Anhieb. Und so langsam wurde sie hungrig und müde.

Gegen den Hunger hatte sie zumindest den Kuchen, aber die Müdigkeit könnte höchstens ein starker Kaffee vertreiben. Und den vertrug sie im Moment überhaupt nicht. Schon ohne Kaffee hatte sie genug schlaflose Nächte. Mit Kaffee musste sie spucken, also ließ sie ihn lieber weg. Das Knubbelchen mochte offenbar keinen Kaffee.

Frieke hockte sich auf die Stufe vor dem Bauwagen und lehnte den Kopf gegen den Türrahmen. Sie schloss die Augen und überlegte, was sie morgen alles in der Buchhandlung erledigen musste. Auf jeden Fall brauchten sie einen Ventilator; der Sommer auf der Insel versprach warm zu werden, und nach ein paar Tagen staute sich die Wärme in den niedrigen Räumen. Die Bücher speicherten die Temperatur. Ein Ventilator würde daran nichts ändern, er brachte nur ein bisschen Wind zwischen die Regale.

Bengt würde das nicht gefallen. Vielleicht konnte sie irgendwo einen leihen oder gebraucht bekommen. Aber sie hielt die Wärme einfach im Moment nicht aus. Was hielt sie schon aus?

Frieke seufzte. In solchen Momenten schien es eine ziemlich doofe Idee zu sein, dass sie einfach so schwanger geworden war. So ungeplant. Das fühlte sich für sie komisch an, obwohl sie sonst nicht der Typ war, der viel plante.

»Hey, was machst du denn hier?«

Frieke riss die Augen auf.

Ich bin nicht eingeschlafen. Ganz bestimmt nicht …

Oh doch. Sie war eingeschlafen. Und jetzt stand Bengt vor ihr, die Hände in die schmalen Hüften gestützt, die Augen im Gegenlicht der untergehenden Sonne zugekniffen. Bald würde es dunkel werden.

Bevor sie aufspringen konnte, setzte er sich neben sie und legte den Arm um sie. Seine Wange war stoppelig und kratzig, als er sie küsste, und sie zuckte zusammen.

»Was ist los?«, fragte er leise.

»Nichts. Ich habe uns Kuchen mitgebracht.«

Sie stand auf und holte die Kuchenform unter der Treppe hervor. Die Sahne hatte sich inzwischen wieder verflüssigt. Frieke runzelte die Stirn. »Wie spät ist es?«, fragte sie.

Bengt blickte nach Westen, als könne ihm die Sonne die Uhrzeit verraten. Was sie vermutlich auch konnte, weil er so verdammt »eins mit der Natur« war, wenn er hier draußen lebte. Die Gezeiten gingen ihm dann ebenso in Fleisch und Blut über wie die Sonnenauf- und -untergänge. »Gleich zehn.«

»Uff. Ich war wohl müde.«

»Hm«, machte Bengt. »Soll ich uns noch Kaffee kochen?«

»Für mich nicht.« Sie holte tief Luft. Jetzt, dachte sie. Jetzt könnte sie es ihm doch sagen.

»Ich brauche noch einen.« Er sprang auf, schloss den Bauwagen auf und verschwand im Innern. Er war der einzige Insulaner, den sie kannte, der seine Behausung abschloss. Die Camper, meinte er. Denen traute er nicht, und im Bauwagen lagerte seine teure Ausrüstung – Notebook, Feldstecher, Kamera mit Teleobjektiv. »Hätte ich gewusst, dass du mir heute einen Besuch abstattest, hätte ich aufgeräumt«, rief er.

Sie folgte ihm zögernd und blieb an den Türrahmen gelehnt stehen. »Bei dir ist es doch immer ordentlich.« Tatsächlich war nur das Bett nicht gemacht. Daneben stand ein Wasserglas auf der Orangenkiste, und auf dem Tisch, der Bengt als Schreib- und Esstisch diente, lagen ausgebreitet ein paar Tabellen und Aufsätze. Der Boden war etwas sandig, was sich nicht vermeiden ließ, wenn man täglich draußen unterwegs war.

Er grinste. »Weißt du, wie das klingt, wenn du das so sagst?«

»Was denn?« Sie runzelte die Stirn.

»Bei dir.«

Sie hatte keine Ahnung, was er meinte.

Bengt hatte inzwischen die French Press vorbereitet und den Wasserkessel auf die Kochplatte gestellt. Jetzt trat er dicht zu ihr und umarmte sie. Frieke legte den Kopf an seine Brust und lauschte seinem Herzschlag.

In mir schlagen zwei Herzen. Das ist so verrückt, dass man es mir doch an der Nasenspitze ansehen müsste. Wieso sieht das niemand?

»Es klingt«, flüsterte Bengt, »als wären wir ganz frisch verliebt und würden nicht bereits seit über einem Jahr zusammenwohnen. Wenn du verstehst, was ich meine.« Er küsste sie sanft auf den Mund.

Oh ja, Frieke wusste, was er meinte. Sie erwiderte seinen Kuss, und dann ließ sie sich von ihm zum ungemachten Bett ziehen. Denn eines brachte ihr Zustand mit sich, was sie gar nicht störte – einen gesteigerten Appetit auf die Nähe zu Bengt.

Sie konnte ihm doch später vom Baby erzählen, oder?

Mitten in der Nacht wachte Emma auf. Sie hatte das Fenster weit aufgemacht, und von draußen drangen die Laute der Inselnacht zu ihr – ein Rauschen von Wind und Meer, ein Flüstern, ein Rascheln, in der Ferne der Schrei eines Fasans.

Sie hatte geträumt. Einzelne Fetzen ihres Traums klebten noch an ihr, und sie brauchte einen Moment, ehe sie Traum und Realität auseinandersortiert hatte. Dann stand sie auf und schloss das Fenster.

Ihr Blick ruhte auf den Zwillingen. Im Traum hatte sie neben ihrem Vater gestanden und auf eine Plantage geblickt. Mangobäume, Orangenbäume. Ein kleines, weiß getünchtes Haus hinter einer Steinmauer im Schatten der Pinien. »Schön hast du es hier«, hörte sie sich im Traum sagen, und ihr Vater nickte nur, ohne sie anzusehen, und dann ging er auf sein Haus zu, ohne sich nach ihr umzudrehen.

Der Traum tat ihr weh. Denn er spiegelte so sehr die Realität, die sie nicht wahrhaben wollte.

Der Tod ihrer Mutter lag nun schon fünfzehn Jahre zurück. Damals, kurz vor ihrem Abitur, hatte Emma verstanden, dass ihr Vater vor Schmerz außer sich war. Sie verhielt sich erwachsen, sie regelte den Haushalt und ging weiter zur Schule. Ihre Mutter hätte gewollt, dass sie weitermachte. Dass sie sich nicht hängenließ wie ihr Vater, der kurze Zeit später sogar anfing, in einem Wandschrank im Haus Hanf anzubauen (»Nur für den eigenen Bedarf, Emchen!«, wie er immer wieder betonte) und immer häufiger davon sprach, das Haus zu verkaufen und woanders noch mal ganz von vorne anzufangen. Er vernachlässigte seine Arbeit, und am Abend nach ihrem Abiball, als sie noch auf der Terrasse saßen und sich einen Joint teilten, eröffnete er ihr, dass er ein Stück Land in Spanien kaufen wolle, in der Nähe von Malaga.

»Was willst du denn dort?«, fragte sie ihn mehr überrascht als entsetzt.

Darauf hatte er ihr bis heute keine befriedigende Antwort gegeben.

Sie wusste inzwischen, was er wollte. Vergessen. Nicht mehr an den jahrelangen Kampf erinnert werden, den sie gemeinsam mit ihrer Mutter ausgefochten und verloren hatten.

Emma wartete nicht, bis er das Haus leer räumte. Sie packte ihre Sachen, ein paar Erinnerungsstücke und die Fotoalben und zog nach Hamburg, wo sie ein WG-Zimmer nahm und zum nächsten Wintersemester anfing zu studieren. Der Faden zu ihrem Vater, der schon vorher so faserig und dünn geworden war, drohte vollends zu reißen. Was blieb, waren pflichtbewusste Telefonate an den Geburtstagen, manchmal eine Karte zu Weihnachten. Als sie ihn über ihre Schwangerschaft informierte, sagte er nur »Aha«, und kurze Zeit später fing er an, ihr Kisten mit Obst zu schicken. Die Orangen und Mangos schmeckten himmlisch, aber es war kein Ersatz.

Sie hätte sich gewünscht, dass er irgendwann nach Deutschland käme. Aber vielleicht wünschte er sich auch, sie käme irgendwann zu ihm, denn sie hatte es nie geschafft, nach Spanien zu fliegen. Sein neues Leben war ihr so fremd. Vermutlich war es umgekehrt genauso.

»Papa, du fehlst«, murmelte sie. Auf dem Weg in die Küche blieb sie kurz stehen.

Sie hatte diesen Gedanken noch nie laut ausgesprochen. Oder ihn auch nur so gedacht, dass sie ihn wirklich *wahrgenommen* hätte.

Tja. Kaum war sie allein, schon erwachte in ihr der Wunsch, mit den Menschen zusammen zu sein, die nicht mit ihr zusammen sein wollten. Was kam als Nächstes? Rief sie Torben an und klagte ihm ihr Leid? Vermisste sie ihn?

Nein. Entschieden schüttelte Emma den Kopf.

Trotzdem hatte sie auf einmal ihr Handy in der Hand, und ehe sie wusste, was sie tat, hatte sie Torbens Nummer auf dem Display. Ihr Finger schwebte über dem grünen Telefonhörer, es wäre so einfach.

Nein, wäre es nicht. Torben hatte sich gegen sie entschieden.

Es klopfte an die Wohnungstür, und vor Schreck drückte sie auf die grüne Taste. Emma drückte das Telefon ans Ohr, sie ging zugleich zur Tür. Das Freizeichen ertönte, sie öffnete die Tür, Raik stand vor ihr, ein schiefes Grinsen auf dem Gesicht, das sie erwiderte, entschuldigend, denn in diesem Moment hörte sie Torbens Stimme. »Emma?« Er klang verschlafen, kein Wunder. Es war halb zwölf, er ging oft früh schlafen, wenn er mal zu Hause war.

»Hi«, hörte sie sich sagen, ohne zu wissen, ob sie damit Torben oder Raik meinte, es klang ein bisschen verwaschen, sie war wohl doch müder als gedacht. Emma atmete tief durch. »Hi.« Diesmal klang sie ruhiger.

Raik beobachtete sie. Emma winkte ihn herein, was sie wohl unter anderen Umständen nicht gemacht hätte. Er schloss die Tür hinter sich, und sie lehnte sich an die Wand, das Telefon noch ans Ohr gedrückt. Am anderen Ende der Leitung hörte sie Torben seufzen, Bettzeug raschelte, dann hörte sie das Knarzen einer Tür, die er hinter sich ins Schloss zog. Die Schlafzimmertür bei ihnen zu Hause, sie hatte ihm immer wieder gesagt, die müsse geölt werden. Und er hatte ihr immer versprochen, sich am nächsten Wochenende darum zu kümmern.

»Wie geht es dir?«, fragte sie leise.

Raik beugte sich vor. Sein Atem streifte ihr Ohr, er flüsterte: »Ich komme später wieder«, aber da packte sie schon sein Handgelenk und zog ihn an sich. Er blieb, seine Hand ruhte auf ihrer Hüfte, während sie dieses absurde Gespräch führte, weil sie vor Schreck angerufen hatte und das Telefonat jetzt irgendwie rumkriegen wollte. Das Wichtigste war: Raik war noch mal zurückgekommen, mitten in der Nacht. Warum? Es war egal. Denn seine Hand war auf ihrer Hüfte, ein bisschen zögernd, ein bisschen aber auch so, als gehörte sie dorthin.

»Gut«, antwortete Torben. »Was machen die Jungs?«

Sie lachte etwas zittrig. »Nur Blödsinn. Aber sie sind gut drauf.«

Stille. Dann fragte Torben: »Vermissen sie mich?«

Sie zögerte. »Bestimmt«, sagte sie dann. »Sie können es nur nicht so zeigen.«

»Ich vermisse die beiden auch.«

Ja klar, dachte Emma. Jetzt vermisste er die Kinder plötzlich, nachdem er sich jahrelang aus der Affäre gezogen hatte.

»Wo seid ihr?«

»Auf der Insel.«

»Bei Frieke?«

Sie seufzte. »Nein. Wir haben hier eine Ferienwohnung. Bei Frieke war kein Platz.«

Plötzlich wurde er munter. »Kann ich euch am Wochenende besuchen kommen?«

Das Gespräch dauerte schon viel zu lange, und Emma wusste nicht, wie sie sich elegant aus der Affäre ziehen konnte. Sie drehte sich etwas weg, Raik zog seine Hand zurück. Das war ihr auch nicht recht, aber in diesem Moment brauchte sie ihre ganze Konzentration für dieses Gespräch.

»Ich halte das für keine so gute Idee«, sagte sie. »Dass du herkommst.«

»Ach so. Hm. Ich dachte nur ... Wir müssen uns ja auch was überlegen. Wie wir das in Zukunft machen mit den Jungs.«

»Ja, das müssen wir.« Emma sagte nicht mehr, weil sie es ja selbst nicht wusste, wie so ein Plan aussehen könnte. Noch war das alles neu und ungewohnt.

»Ich kann kommen, das ist überhaupt kein Problem.«

Doch. Es war sogar ein großes Problem.

»Bitte nicht«, sagte Emma müde.

Jetzt schwieg Torben, und sie spürte seine Verletztheit durch die Telefonleitung, durch das kaum wahrnehmbare statische Rauschen.

»Ich dachte nur, wir könnten dann reden«, sagte er leise. »Wie das in Zukunft wird. Ich will es nicht völlig versauen, weißt du?«

Nein, davon wusste sie nichts. Sie merkte, dass sie offenbar gar nichts wusste. Hatte sie die Situation so falsch eingeschätzt? War Torben gar nicht auf eine Trennung aus, sondern hatte mit seiner Aktion lediglich versucht, sie wachzurütteln, damit sie gemeinsam an ihrer Ehe, an ihrer Beziehung als Liebende und als Eltern arbeiteten?

Und hier stand sie, Raik hatte sich inzwischen ein paar Schritte entfernt und stand in der Tür zur Küche, abwartend. Das Handy hielt sie gegen das Ohr gedrückt. Sie wusste nicht, was sie in diesem Moment überhaupt wollte. Dass Raik blieb? Dass Torben ihr versicherte, sie würden das schaffen, eine Paartherapie machen, um ihre Ehe gemeinsam kämpfen, dass er Entscheidungen zukünftig für die Familie treffen würde und nicht allein für seine Karriere?

Sie wusste gar nichts mehr.

»Die Jungs könnten abwechselnd bei dir und mir wohnen. Immer für eine Woche oder so.«

»Eine Woche«, echote sie. Dann, weil sie Raiks fragenden Blick sah, gab Emma sich einen Ruck. »Nicht jetzt, Torben.«

Sie legte auf. Und obwohl sie selbst angerufen hatte, spürte sie Erleichterung. Als hätte sie sich von Torben durch dieses Telefonat gelöst. Als wäre es ein wichtiger Schritt für sie, den sie gehen musste. Fort von Torben.

Sie atmete kurz durch, dann drehte sie sich zu Raik um. »Was gibt's?«, wollte sie fragen, doch bevor sie dazu kam, spürte sie seine Lippen auf ihren, seine Hände wieder auf ihren Hüften. Er zog sie an sich, und wie in einem Reflex legte sie die Arme um seine Schultern, ließ sich in seine Umarmung fallen, in diesen Kuss.

Aber dann merkte sie, dass sich das alles – seine Hände, seine Lippen auf ihren, sein Körper so nah, dass sie seine Hitze als ihre wahrnahm – falsch anfühlte. Verlegen schob Emma ihn etwas von sich weg, sie biss sich auf die Unterlippe und schaute beiseite; im selben Moment ärgerte sie sich noch mehr über sich, weil das so sehr wie ein kokettes Mädchen wirkte, das sie nicht war.

»Entschuldige«, murmelte Raik. »Ich dachte nur ...« Er fuhr mit einer Hand durch seine dichten, wuscheligen Haare, stieß die Luft aus und lehnte sich mit dem Rücken gegen die Wand.

»Tut mir leid«, murmelte er.

Emma lachte. »Was, der Kuss?«

»Ich wollte dich nicht überrumpeln. Ich dachte wohl ...«

Er dachte, es wäre der richtige Moment, er hatte sich das vielleicht auch schön ausgemalt, hatte allen Mut zusammengenommen und war noch einmal mitten in der Nacht zum Ferienhaus rübergekommen. Emma verstand. Aber sie war längst nicht so weit wie er.

Wie konnte er das sein? Oder gehörte er zu den Männern, die aus einem Flirt gleich mehr machen wollten, die nach einem gemeinsamen Abend auf dem Sofa, nach einem tiefgründigen Gespräch glaubten, es wäre eine gute Idee, miteinander ins Bett zu gehen?

Funktionierte das häufiger?

Bevor sie wusste, was sie tat, stellte sie ihm die Frage. Und bereute es sofort, denn Raik starrte sie entsetzt an.

»So ist das nicht, Emma.«

»Wie ist es dann?«, fragte sie herausfordernd.

Mit beiden Händen fuhr er sich durchs Gesicht. »Ich dachte wohl ...« Er verstummte, schüttelte den Kopf. »Tut mir leid, das war dumm von mir. Ich habe mir vielleicht etwas eingeredet, was nicht da ist. Wollte etwas sehen, das du wohl nicht so empfindest. Ich bin sonst nicht so. Meine letzte Beziehung ist schon länger her, aber bei dir, bei dir ...«

Er sah so müde und verzweifelt aus. Fast hätte Emma ihn in den Arm genommen, aber sie ahnte, dass sie beide dann kein

Halten gekannt hätten, dass sie ins Wohnzimmer gestolpert wären und es dort auf dem Fußboden getan hätten, einfach weil sie beide sich danach sehnten, dass jemand sie festhielt.

Zugleich imponierte ihr seine Ehrlichkeit. Er gestand einen Fehler ein – dass er versucht hatte, sie zu küssen –, und zugleich gab er zu, dass es ihm nicht gutgeht, dass er deshalb so agiert hatte.

So viele Überlegungen nur für einen Kuss.

Aber dieser erste Kuss konnte eben Bedeutung haben, wenn Raik das spürte, was auch sie spürte. Wobei Emma diesem Gefühl noch nicht traute, weil es sich hinter zu vielen Verletzungen verbarg, die ihr von anderer Seite zugefügt worden waren. Sie wollte sich nicht einfach in die nächste Beziehung stürzen.

»Alles okay?«, fragte Raik.

»Ja«, sagte sie leise. Nichts war okay, aber Raik verfügte offenbar über die bewundernswerte Fähigkeit, aus einem Wort eine ganze Geschichte herauszuhören.

»Das ... also, das wollte ich noch sagen.« Er räusperte sich, und Emma lachte etwas zittrig.

»Du meinst den Kuss?«

»Genau den.« Er grinste. »Und jetzt lasse ich dich in Ruhe. Ich glaube, für heute Abend haben wir beide genug Verwirrung gestiftet.«

Wir beide ... Wie gut sich das anhörte, dachte Emma, als sie die Tür hinter Raik ins Schloss schob. Sie blieb noch einen Moment hinter der Tür stehen und stellte sich vor, wie er draußen stand, im leichten Sommerwind, der über die Insel strich und den süßen, würzigen Geruch vom Strandginster ebenso mit sich trug wie das Salz des Meeres und den Schlick des Watts. Und wie er davon träumte, dass sie sich noch mal küssten, so wie sie von diesem Kuss träumte.

Morgen mehr, dachte sie.

Zumindest eines hatte Raik mit seinem Kuss geschafft – sie grübelte nicht mehr über das nach, was Torben gesagt hatte, und als sie kurz darauf ins Bett zwischen die Zwillinge kroch, die sich beide sofort an sie kuschelten, schlief sie sofort ein.

KAPITEL 11

Für den nächsten Tag hatte Emma sich fest vorgenommen, sich um Ines zu kümmern, aber das musste wohl noch warten, denn als sie am Morgen vor die Tür trat, dicht gefolgt von dem unternehmungslustigen Timo, während Lars sich noch die Stufen aus dem Souterrain hocharbeitete, sah sie sich einer winzigen, alten Dame gegenüber, die ihre Queen-Handtasche vor sich auf einen pinkfarbenen Hartschalenkoffer gestellt hatte, der ihr bis zur Brust reichte. Sie trug dazu ein sehr violettes Kostüm mit einer weißen Rüschenbluse.

»Guten Morgen«, sagte die alte Dame und musterte Emma, als versuchte sie abzuschätzen, wen sie vor sich hatte. »Sind Sie Emma?«

»Genau die.«

»Dr. Tossens schickt mich. Er meint, Sie haben für mich eine Wohnung hergerichtet. Kümmern Sie sich bitte auch um mein Gepäck? Ich muss schon sagen, das ist sehr beschwerlich auf dieser Insel. Ich habe es wohl dem guten Herrn Kruse zu verdanken, dass ich meinen Koffer nicht durchs ganze Dorf schieben musste.« Ihre Stimme klang missbilligend. Bevor Emma etwas erwidern konnte, schob sich Timo an ihr vorbei. Die harte Miene der alten Dame wurde augenblicklich ganz weich. »Na, wen haben wir denn da?«

»Das ist Timo.«

»Hallo Timo. Ich bin Trudi Rosenborg.« Sie trat hinter dem Riesenkoffer hervor und ging mit einem leisen Ächzen in die Knie. Timo lief direkt auf sie zu, blieb vor ihr stehen und gab ihr mit einer Ernsthaftigkeit, wie nur knapp Zweijährige sie aufbringen konnte, die Hand. »Guten Tag!«, sagte er.

Emma staunte nicht schlecht – sowohl über Timos tadellose Umgangsformen, die sie eher für Spiel und Zufall hielt, als auch über Trudi Rosenborgs strahlendes Lächeln, weil dieses Kind sie so freundlich begrüßte.

Nicht zum ersten Mal ertappte Emma sich dabei, wie sie selbst auf andere Erwachsene aufgrund ihres Aussehens oder Auftretens nicht vorurteilsfrei zuging. Sie hätte nämlich gedacht, eine Frau um die achtzig würde auf ein Kleinkind eher abschätzig reagieren oder etwas von diesem honigsüßen »Du bist aber ein Schatz« absondern, begleitet von einem Tätscheln des Kinderkopfs. Aber nein, sie unterhielt sich ernsthaft mit Timo, auch wenn Emmas Sohn noch weit davon entfernt war, sich gut auszudrücken. Offenbar verstand Frau Rosenborg trotzdem mehr als Emma, denn Timo strahlte sie an und wetzte dann zurück ins Haus. Keine zehn Sekunden später tauchte er mit Lars an der Hand wieder auf, und Emma beobachtete staunend, wie er seinen Bruder zu Frau Rosenborg zog und »Trudi!« rief.

Offenbar verstanden sich auch die drei prächtig.

Da Emma überflüssig war, ging sie zurück in die Wohnung und holte die Schlüssel für die Ferienwohnung im Erdgeschoss, die sie gestern hergerichtet hatte. Sie schloss die Tür auf und zerrte den pinkfarbenen Hartschalenkoffer auf seinen Rollen über das rote Pflaster im Innenhof. Sie stieß die Tür zum Wohnzimmer auf und schob den tonnenschweren Koffer vor den rußgeschwärzten, gemauerten Kamin.

Sie sah sich um. Anders als drüben in ihrer Wohnung gab es hier etwas weniger Platz. Statt eines Sofas standen zwei Sessel vor dem Kamin – dieser kleine Luxus fehlte drüben leider –, dazwischen ein Tischchen mit buntem Glasmosaik. Sie hatte gestern in dieser Wohnung angefangen, aber es fehlte noch einiges.

»Sind Sie hier?«, hörte sie Trudi rufen.

»Im Wohnzimmer.«

Sie wartete, bis Trudi mit Timo und Lars an den Händen ins Wohnzimmer kam. »Nun ja«, sagte sie nur. »Da hätte ich ja auch im Hotel bleiben können.« Ihr Blick verriet, dass sie mit einer etwas luxuriöseren Ausstattung gerechnet hatte.

Emma sagte dazu nichts. »Es gibt noch ein Schlafzimmer und das Badezimmer. Außerdem die Küchenecke.«

»Ja, das sehe ich, Schätzchen.«

Schätzchen.

Mit Kindern konnte sie gut umgehen. Mit Erwachsenen wohl eher nicht.

»Sie können natürlich zurück ins Hotel«, sagte Emma beschwichtigend. »Ich bin sicher, Dr. Tossens hat Sie nicht gezwungen, herzukommen.«

Die gerunzelte Stirn glättete sich, und der Blick klarte auf wie der Himmel über der Insel nach einem kurzen Regenguss. »Das stimmt. Und es ist schon … gemütlich.« Wobei »gemütlich« aus ihrem Mund eher so klang, als fände sie es beengt. »Ich bin einfach was anderes gewohnt. Aber für die letzten Wochen wird es schon gehen.«

»Die letzten Wochen?« Emma war alarmiert. Raik hatte sie darauf vorbereitet, dass Trudi wohl mit ihrem baldigen Ableben rechnete, aber es aus dem Mund der alten Dame zu hören klang so glaubwürdig und entschieden, als wäre ihr baldiger Tod beschlossene Sache und nur noch eine Frage der Zeit.

»Ja, hat Ihnen das Dr. Tossens denn nicht gesagt? Ich bin zum Sterben hergekommen.«

Das wusste Emma zwar schon, aber offensichtlich hatte er ihr ziemlich viel nicht erzählt. Trudi Rosenborg holte das an diesem Vormittag nach, während Emma ihr half, sich in der kleinen Ferienwohnung einzurichten. Sie erfuhr auch einiges über

Trudis Familiengeschichte. Über ihren Mann und die zwei Söhne. Über die Schwiegertochter und den Schwiegersohn, über das Fehlen der Enkelkinder, das sie bitter beklagte. Ein bisschen hatte Emma den Eindruck, dass sich die harten Züge, die Trudis Gesicht so finster wirken ließen, mit jeder Minute, die sie mit Emma und den Zwillingen verbrachte, etwas mehr verwischten. Als hätte sie einfach jemanden gebraucht, der ihr zuhörte.

Nachdem Emma das Schlafzimmer gerichtet und im Badezimmer die letzten Ecken gründlich geputzt hatte, lud sie Trudi in ihre Wohnung ein, wo sie ein einfaches Mittagessen aus Kartoffel-Möhren-Stampf und Heißwürstchen zauberte. Anschließend legte sie die Zwillinge hin, die vom Abenteuerspielplatz Ferienwohnung – so viele Schränke, in die man schauen konnte! – und Trudis fantasievoller Betreuung völlig erschlagen waren. Sobald sie schliefen, kochte Emma frischen Kaffee und setzte sich mit Trudi auf die Terrasse.

»Sind Sie schon lange mit Ihren Zwillingen allein?«, fragte Trudi. »Es geht mich nichts an, aber Sie sehen so müde aus.«

»Ich war bis vor kurzem nicht allein. Oder doch, in gewisser Weise«, fügte sie nachdenklich hinzu. So oft war Torben nicht bei ihnen gewesen …

»Aber hier ist es doch anders! Ich kann Ihnen die Zwerge gern mal abnehmen.« Etwas Zärtliches lag in Trudis Stimme. »Bitte. Sie wecken meine Lebensgeister.«

Emma zögerte. Sie wollte nicht, dass ihre beiden Wirbelwinde die alte Frau überforderten. »Mal sehen«, sagte sie ausweichend.

Aber es war natürlich schon verlockend, Lars und Timo mal für ein, zwei Stunden abgeben zu können. Und die Zwillinge mochten Trudi. Sie hatten sie quasi sofort adoptiert.

Mama hätte auch so toll mit ihnen gespielt.

Ein kurzer Gedanke nur, aber er trieb Emma sofort die Tränen in die Augen. Sie schluckte kurz, merkte dann aber, dass es

keinen Zweck hatte. Sie konnte sich jetzt nicht zusammenreißen, dafür war zu viel in den letzten Tagen auf sie eingeprasselt.

»Entschuldigen Sie«, flüsterte Emma und stürmte in die
Wohnung. Sie wusste kurz nicht, wohin mit sich. Dann schlich
sie ins Schlafzimmer, legte sich neben die schlafenden Jungs ins
Bett und sah ihnen einfach beim Schlafen zu. Das tat ihr gut.

*Mama hätte euch so viel beigebracht. Auf Bäume klettern. Im
Bach einen Staudamm bauen. Aus Eicheln und Kastanien kleine
Pfeifenputzermännchen bauen. Zum Laternenfest die Laternen mit
Transparentpapier bekleben. Und so vieles mehr.*

Ihre Kindheitserinnerungen vermischten sich mit dem
Schmerz. Emma spürte, wie ihr die Brust eng wurde. Sie hatte nicht genug Erinnerungsstücke mitgenommen, als ihr Vater
den Haushalt auflöste; damals dachte sie, das würde sie doch nie
brauchen. Doch sie hatte sich getäuscht. Was eine Achtzehnjährige brauchte, war so viel weniger als das, was eine Frau über
dreißig als wichtig erachtete.

Hätte sie damals schon dieses Buch von Marie Kondo gekannt, sie hätte vermutlich jedes einzelne Stück gefragt, ob es
ihr etwas erzählte.

Andererseits hatte sie es immer als befreiend empfunden,
dass sie nicht so viele Dinge besaß, die sie mit sich herum-
schleppen musste.

Passiert ist passiert.

Sie versuchte durchzuatmen, aber davon wurde das Gefühl
der Enge nur noch schlimmer. Sie wusste nicht, was sie dagegen
tun sollte.

Zu allem Überfluss klingelte jetzt auch noch ihr Handy. Eine
unbekannte Nummer; sie zog die Tür zum Schlafzimmer hinter
sich zu und lehnte mit dem Rücken an der Wand, bevor sie den
Anruf annahm.

»Hallo?«, flüsterte sie.

»Hallo, hier ist Ines.«

Shit. Dass sie heute Vormittag mit Ines zum Entrümpeln verabredet war, hatte Emma in der Aufregung um Trudi Rosenborg glatt verschwitzt. Doch bevor sie etwas sagen konnte, sprudelte es schon aus Ines heraus.

»Es tut mir so leid, dass ich heute Morgen nicht da war. Sie halten mich bestimmt für die unzuverlässigste Person auf dem Planeten, aber das bin ich nicht. Ich bin nur unordentlich. Herr Kruse hat mich angerufen, und ich sollte schon die Frühschicht zusätzlich übernehmen, weil jemand krank geworden ist. Und dann war hier der Teufel los. Ich kann es total verstehen, wenn Sie jetzt nie mehr ein Wort mit mir reden wollen, aber bitte geben Sie mir noch eine Chance. Ich verspreche Ihnen, das nächste Mal bin ich da.«

Atemlos hielt Ines inne. »Schon okay«, sagt Emma mit einem leisen Lachen. »Ich hab Sie nämlich auch versetzt. Hier war was los…«

Ines lachte nun auch. »Wollen wir es morgen noch mal versuchen? Ich habe dann frei, den ganzen Tag. Als Ausgleich für heute.«

»Das machen wir«, versicherte Emma. Sie legte erleichtert auf. Manche Dinge klärten sich ganz einfach im Gespräch.

Andere waren zu groß, da reichte ein Gespräch nicht. Wieder war da der Gedanke an ihren Vater. An Torben. Raik. Ihr ganzes Leben schien im Moment aus Männern zu bestehen, mit denen sie dringend über einige Dinge reden musste.

Ein Schritt nach dem anderen, dachte sie.

Jetzt kümmerte sie sich zuerst um Trudi.

Frieke hatte sich fest vorgenommen, Bengt später von dem Baby zu erzählen. Aber nach dem Sex kuschelten sie, und obwohl das der perfekte Moment gewesen wäre, ließ sie ihn verstreichen. Weil sie so wohlig müde war und am liebsten sofort eingeschlafen wäre. Vielleicht auch, weil sie einschlief und Bengt sie zudeckte und schlafen ließ.

Am nächsten Morgen weckten sie das Klappern von Geschirr und das leise Zischen der Bialetti, mit der Bengt inzwischen gelegentlich hier draußen den Kaffee kochte. Sie blieb einen Moment liegen, weil ihr das erste Mal in der Schwangerschaft so richtig schlecht war. Es dauerte einen Moment, bis sie begriff, dass das Angst war. Vor der Verantwortung für das Kind, aber auch vor Bengts Reaktion. Bis gestern Abend hatte sie gedacht, er würde sich doch bestimmt über ein Baby freuen. Aber dann fiel ihr wieder ein, was er gesagt hatte, als sie unter der kratzigen Wolldecke aneinandergekuschelt lagen, den Blick zum Panoramadach über ihren Köpfen gerichtet, zu den Sternen, die am Nachthimmel funkelten. »So ist das Leben perfekt, findest du nicht auch?«

So. Ohne Kind. Perfekt.

Aber sie würde diese Perfektion zerstören.

»Guten Morgen.« Bengt brachte einen Becher Milchkaffee und ein Milchbrötchen ans Bett. »Frühstück?«

»Mhhhh«, machte Frieke.

Sie richtete sich halb auf und biss in das ofenwarme Brötchen. Es half zumindest gegen die Übelkeit. Und nachdem die nachgelassen hatte, konnte sie auch den köstlichen Milchkaffee genießen. Bengt kroch zu ihr ins Bett, und sie knautschten die Kissen gegen die Wand des Bauwagens, lehnten sich zurück und genossen schweigend das Frühstück.

»Was hast du heute vor?«, fragte er und stippte die Brötchenkrümel von der Bettdecke.

»Puh, arbeiten. Viel mehr kann ich mir im Moment nicht vornehmen.«

»Heute Abend komme ich heim und koche uns was.«

Sie musterte ihn überrascht von der Seite. »Warum?«

Er zuckte mit den Schultern. »Weil ich gern Zeit mit dir verbringe? Weil es Spaß macht? Außerdem ist hier im Moment nicht viel zu tun. Die Brandseeschwalben waren früh dieses Jahr. In ein paar Tagen sind die Jungvögel schon flügge, dann habe ich ohnehin die meiste Arbeit erledigt.« Er suchte weiter die Bettdecke nach Krümeln ab, als gäbe es nichts Wichtigeres auf der Welt. »Wann kommt Thea?«, fragte er.

»In zehn Tagen.«

»Hast du mal darüber nachgedacht, ob dein Buchladen noch eine weitere Aushilfe braucht?«

Frieke lachte. »In der Hochsaison können wir jede helfende Hand brauchen, das weißt du. Aber das muss ich mir auch leisten können.«

»Hm«, machte Bengt. »Vielleicht solltest du mal darüber nachdenken. Zumindest für die Stoßzeiten an den Wochenenden, damit du auch mal durchschnaufen kannst.« Er legte den Arm um ihre Schultern, und Frieke kuschelte sich an seine Brust. »Du kannst im Sommer nicht durcharbeiten, Frieke. Jeder braucht mal Pausen. Letztes Jahr habe ich es ja verstanden, da war alles noch so neu. Aber dieses Jahr ...«

Dieses Jahr ist alles anders.

Keiner sprach es aus. Aber Frieke hatte das Gefühl, als wäre ihr kleines Geheimnis, das sie so sorgfältig hütete, längst keines mehr.

»Dieses Jahr musst du nicht mehr alles selbst machen«, fuhr er fort, und Frieke atmete auf. »Du kannst den Laden Lilli und Thea überlassen. Das lässt dir mehr Zeit für die Buchhaltung. Und dann haben wir auch mehr Zeit für uns.« Er beugte sich zu ihr, und Frieke spürte seinen Atem am Hals kitzeln, als er sie küsste. Sie kicherte, übermütig wie ein Teenager, seine Bartstoppeln kratzten, wenn er hier draußen war, verzichtete Bengt aufs Rasieren, und das gefiel ihr ganz gut, stellte sie fest.

»Komm«, flüsterte sie und brachte zugleich den Kaffeebecher in Sicherheit. »Eine Viertelstunde haben wir noch, bevor ich wieder losmuss.«

»Das reicht uns«, stellte Bengt zufrieden fest. Sie zogen sich die Decke über die Köpfe, und dann gab es keine Worte mehr, nur die Sprache ihrer Körper, die vortrefflich miteinander kommunizierten.

»Das haben Sie alles auf die Insel mitgebracht?« Emma starrte auf den Inhalt des Koffers, den Trudi sorgfältig auf ihrem frisch bezogenen Bett ausbreitete. Da Trudi auf der anderen Seite des Betts neben dem auf dem Boden liegenden Koffer stand und immer mehr Briefbündel, Fotoalben, Anstecksträußchen, Zettelstapel und Mappen mit noch unklarem Inhalt zutage förderte, wuchs der Berg auf Emmas Seite, denn sie schob alles einfach über die Tagesdecke. »Warum?«

Mit einem leisen Seufzen richtete Trudi sich auf. »Weil es alles ist, was mir geblieben ist«, sagte sie. »Mein ganzes Leben steckt in diesem Koffer. Verstehen Sie das?«

Irgendwie schon. Und doch wieder nicht. Emma hatte alle Hände voll damit zu tun, Lars und Timo daran zu hindern, die Briefe auseinanderzurupfen. Manche sahen richtig alt aus; sie waren vergilbt und trugen noch Briefmarken aus der D-Mark-Zeit.

»Hier.« Trudi hielt etwas hoch, das in Seidenpapier gewickelt war. »Das habe ich gesucht.«

Wie sich herausstellte, befand sich in dem Seidenpapier ein winziger Porzellanhund.

»Den habe ich von meinem Mann zum ersten Hochzeitstag geschenkt bekommen. Sagen Sie mir, warum ich mich davon trennen soll?«

Sie nahm das Hündchen und trug es ins Wohnzimmer, wo es einen Ehrenplatz auf dem Kaminsims bekam.

Emma kniete vor dem Bett und blickte auf den Wust aus Erinnerungsstücken. Einerseits löste die schiere Menge bei ihr Beklemmung aus, andererseits verstand sie Trudi, denn sie spürte ja selbst, wie sie ohne Erinnerungsstücke an ihre Vergangenheit in der Gegenwart gerade den Halt verlor. Was würde von ihrer Ehe mit Torben bleiben? Welche Geschenke von ihm würde sie so in Ehren halten? Gab es überhaupt etwas, das sie aufheben wollte?

Sicher, einiges gab es da. Er hatte ihr gerne Schmuck geschenkt oder technische Gadgets. Die Geräte – ein Smartphone der neuesten Generation oder ein Tablet – hatte sie ein paar Jahre später, wenn ein neueres Modell sie mehr reizte, verkauft. Ansonsten? Ein paar Bücher, aber die hatte sie nicht alle gelesen. Sie spürte, wie ihr Tränen in die Augen stiegen. Was blieb eigentlich nach acht Jahren Beziehung außer der Erinnerung?

»Nach achtzig Jahren bleibt nicht viel«, sagte Trudi Rosenborg trotz der Berge an Devotionalien ihres Lebens, die sich auf dem Doppelbett stapelten.

Bevor Emma etwas erwidern konnte, klopfte jemand an die Tür. Lars strampelte sich von ihrem Schoß und rannte zur Tür, während Timo den kurzen Moment Exklusivzeit mit seiner Mama dazu nutzte, sich an sie zu schmiegen. Emma schloss die Augen und genoss ebenfalls diese Sekunden. Trudi stemmte sich hoch und folgte Lars.

»Ich wollte fragen, ob ich die Racker für ein Stündchen im Stall abholen kann.« Das war Connys Stimme. Emma seufzte. Es widerstrebte ihr, die Zwillinge wieder zu den Pferden zu lassen.

Sie spürte, wie sich die Angst in ihrer Magengrube langsam regte, wie sie sich reckte und streckte wie eine Katze nach einem Nickerchen. Emma wollte die Angst wegschieben, aber da fuhr sie die Krallen aus, die sich ihr schmerzhaft in den Bauch gruben.

Mit Timo auf dem Arm trat sie in den kleinen Flur. Lars hing schon an Connys Hosenbein, er umklammerte mit beiden Pummelhändchen ihre Hand und wollte sie nach draußen zerren – na klar, zu den Pferden. Timo strampelte sich bereits von Emmas Arm und strebte ebenfalls auf Conny zu.

»Ich dachte, du hast dann etwas Entlastung«, sagte Conny.

»Ja, hm«, machte Emma unbestimmt.

»Also dürfen sie? Ich bringe sie zum Abendessen zurück. Oder früher, wenn dir das lieber ist.«

»In spätestens zwei Stunden.« Emma sah auf die Uhr. Dann wäre es halb fünf. Genug Zeit vorm Abendessen, um die überdrehten Kinder wieder etwas runterzuholen.

»Okay!« Conny salutierte zackig. Emma reichte ihr die Schuhe der Zwillinge, die sich auch auf Socken auf den Weg gemacht hätten. Wenige Minuten später schloss sich die Tür hinter den dreien, und Emma spürte, wie sie gleichzeitig von Erleichterung und Sehnsucht übermannt wurde.

»Früher hat meine Schwiegermutter mit im Haus gewohnt«, hörte sie Trudi Rosenborg sagen. »Ein Drache vor dem Herrn, aber als die Kinder klein waren, ein Segen für uns alle.«

»Wie bitte?« Emma riss sich von den Horrorszenarien los, die ihr durch den Kopf geisterten. Kleine Kinderköpfe, unter Pferdehufen eingetreten, kleine Körper, die durch die Luft geschleudert wurden ...

Sie geht mit den beiden zu den Islandponys. Nicht zu einem Stierkampf.

Außerdem wollte Emma daran glauben, dass Conny sich gut um ihre Söhne kümmern würde. Komisch; zu Hause in Hamburg hatte sie niemanden gehabt, der ihr die Kinder abnahm. Hier auf der Insel ließ sie nach wenigen Tagen los. War das ein gutes Zeichen? Vermutlich. Zumindest sprach es dafür, dass sie sich selbst auf der Insel wohlfühlte.

Wäre das ein Leben für mich?

»Das Glück hatte ich leider nicht«, sagte Emma. Sie folgte Trudi zurück ins Schlafzimmer, die bereits die nächsten Nippfiguren auswickelte. Sah ganz so aus, als wollte sie länger bleiben. Sorgfältig strich Trudi das Seidenpapier glatt und legte es auf das andere.

»Na ja. Nach der Geburt ist es ein ständiges Loslassen, fürchte ich. Und ich fand es schrecklich.« Trudi klopfte sich auf die Brust. »Ich musste mich hier hart machen dafür, sonst wär's nicht gegangen.«

Beide schwiegen; nur das Rascheln von Seidenpapier war zu hören, während Trudi weitere Porzellanhunde auswickelte. Sie seufzte leise, reihte die Hunde vor sich auf und lächelte Emma dann an.

Ich will mich nicht hart machen, dachte Emma.

Aber dazu zwang sie niemand.

»Was machen wir jetzt mit den ganzen Sachen?«, fragte Trudi.

Wegschmeißen schien keine Option zu sein, deshalb schlug Emma vor: »Sortieren und gut wegpacken?«

Beide blickten stumm auf das Durcheinander.

»Werde ich dann überhaupt noch mal was hervorholen?«, fragte Trudi leise. »Ich meine, bevor ich sterbe.«

»Sie sterben nicht«, sagte Emma fest. »Und nein, vermutlich nicht. Es sei denn, Sie wollen ewig an der Vergangenheit hängen und nicht nach vorn schauen.«

»Hm.« Trudis Finger spielten mit einem Porzellanpudel. »Sie sind ganz schön schlau für Ihr Alter.« Und dann, als wollte sie diesem Satz die Schärfe nehmen, fügte sie hinzu: »Ich mag Sie.«

Emma lächelte. Das beruhte auf Gegenseitigkeit.

»Kommen Sie, ich helfe Ihnen.«

Drei Stunden später war von den Zwillingen nichts zu sehen. Das war auch gar nicht schlimm, denn Emma und Trudi hatten sich auf Trudis Erinnerungsstücke gestürzt. Und Trudi begann zu erzählen. Zögerlich erst – »Ach, die Annegret. Auch schon so lange tot. Das Herz.« –, dann aber mit zunehmendem Eifer und einer gewissen Verve, die Emma einer nach eigenen Worten kurz vor dem Tod stehenden alten Dame nicht zugetraut hätte.

Und auch wenn sie sich erst nur wahllos durch die Briefe und Fotos wühlten, merkte Emma, wie Trudi ruhiger wurde. Wie sie anfing, einzelne Briefe und Karten aus den Stapeln zu ziehen, offenbar besonders bedeutungsvolle. Ein Poesiealbum landete ebenso auf dem Stapel wie ein paar Fotos, die lose im Koffer herumflogen. Sie lösten einzelne Fotos aus den Alben, suchten ein besonders hübsches von Trudis Hochzeit aus, eines von ihrem Vater in Uniform, von ihrer Mutter. Die Zeit verging wie im Flug, und als es an der Tür klopfte und sich die Rückkehr der Zwillinge ankündigte, hatte Emma das Gefühl, ein ganzes Leben sei in der Zwischenzeit an ihr vorbeigeflogen. Was gewissermaßen ja auch richtig war.

»Und was machen wir mit dem Rest?«, fragte Trudi.

»Erst mal wieder in den Koffer packen«, schlug Emma vor. »Sie können immer noch entscheiden, ob Sie etwas wegwerfen wollen.«

»Danke.« Trudi ergriff Emmas Hände. »Sie haben mir sehr geholfen, Emma. Ich darf Sie doch Emma nennen?«

»Wenn ich Sie Trudi nennen darf?«

Trudi lachte. »Ich bitte sogar darum! Und nun würde ich Sie und Ihre Jungs gern zum Essen einladen. Die Straße runter am Bahnhof der Pferdebahn gibt es eine hübsche Pizzeria. Wie sieht's aus – haben Sie auch so großen Hunger?«

Zu ihrer Überraschung hatte Emma Hunger – und die Zwillinge waren natürlich mit einem Bärenhunger aus dem Stall zurückgekommen. »Möchtest du auch mitkommen?«, fragte sie Conny.

Die Dunkelhaarige schüttelte den Kopf. »Ich hab noch zu tun.«

»Kann ich dir vielleicht eine Pizza mitbringen?« Emma hatte ein schlechtes Gewissen, weil Conny den ganzen Nachmittag auf die Zwillinge aufgepasst hatte und offenbar jetzt noch am Abend nacharbeiten musste.

Conny lächelte. »Das wäre nett. Irgendwas Vegetarisches bitte.«

KAPITEL 12

Der nächste Tag war ein Samstag. Beim Frühstück grübelte Emma noch darüber, wie sie am besten die Zwillinge betreute, während sie heute mit Ines in deren Apartment Ordnung schaffte. Doch bevor sie alle Möglichkeiten als zu dreist verworfen hatte – Trudi wollte sie ebenso wenig bitten wie Conny, die eine wäre nach ein paar Stunden vielleicht überfordert, die andere tat so schon genug für sie – piepste ihr Handy. *Wie wär's, wenn wir heute die Jungs für ein paar Stunden mit an den Strand nehmen?*

Emma runzelte die Stirn, denn die Anfrage kam aus einer für sie völlig überraschenden Richtung.

Muss Frieke nicht in die Buchhandlung?, schrieb sie zurück.

Soll für sie eine Überraschung sein. Habe für heute die perfekte Vertretung für sie.

Wen auch immer Bengt als perfekte Vertretung aus dem Hut gezaubert hatte, Emma war auf jeden Fall froh, dass sie sich um die Zwillinge keine Sorgen machen musste. Sie verabredete mit Bengt, dass sie auf dem Weg zu Ines die Zwillinge im Kapitänshaus vorbeibringen würde.

Als sie eine halbe Stunde später unterwegs war, hatte Emma aber irgendwie ein mulmiges Gefühl, weil sie die Kinder schon wieder zu Fremden abschob. Okay, Frieke kannten die beiden. Und Emma hatte in den letzten Tagen ja erlebt, wie leicht sie sich von ihrer Mama lösten – vermutlich auch, weil sie immer zusammenblieben. Trotzdem fiel es ihr schwer. Die Zwillinge waren doch noch so klein ...

Aber schon bald muss ich wieder arbeiten. Früher als gedacht ...
Und dann werden sie auch irgendwo betreut.

So viele Dinge waren unklar, so vieles war in Bewegung geraten. Emma wurde ganz schwindelig von der Verantwortung. Kinder haben war schon eine große Sache, für die man sich nie bereit fühlte. Auch dann nicht, wenn man mittendrin steckte. Aber sie allein großziehen? Denn so einfach, wie Torben sich das vorstellte, würde es nicht sein. Dass die Jungs eine Woche bei ihm wohnten und eine Woche bei ihr, klang zwar schön, war aber bei Licht betrachtet zumindest im Moment noch eher unwahrscheinlich.

Während sie ihren Gedanken nachhing und den Bollerwagen hinter sich durchs Dorf zog, entbrannte unter den Zwillingen ein Streit um Schnuff. Schnuff war ein Stofflamm, das Lars zur Geburt geschenkt bekommen hatte. Timo hatte ein ähnliches bekommen, nur mit einer grünen Schleife um den Hals statt einer blauen. Normalerweise wussten beide, welches Lamm wem gehörte. Aber offensichtlich war Schnuff beim intensiven Kuscheln mit Lars die Schleife abgefallen, und jetzt beanspruchte Timo lautstark das Lamm für sich, weil es ja jedem gehören könnte – so ohne Schleife.

Als Emma das Dilemma bemerkte, war es schon zu spät. Beide Kinder weinten herzzerreißend, und bis sie den Grund für die Aufregung verstanden hatte – aus Lars war nur ein kieksendes »Schnuff, Schnuff!« herauszubekommen, während Timo das Lamm an sich drückte und nur stumm den Kopf schüttelte –, vergingen einige Minuten. Emma nahm Lars auf den Arm, aber er strampelte, bis sie ihn runterließ, stapfte zum Bollerwagen und entriss Timo das Lämmchen. Daraufhin heulte natürlich Timo los, der sich ungerecht behandelt fühlte. Und das alles mitten im Dorf vor einem der kleinen Souvenirshops, die gerade öffneten.

Emma hob auch Timo aus dem Wagen. »Schluss jetzt, ihr zwei Streithähne«, sagte sie streng. Jetzt heulten beide, jeder hatte ein Bein des Lämmchens gepackt, und sie zerrten mit aller Kraft daran. Wenn jetzt eine Naht des Kuscheltiers schwächelte, würden beide Jungs auf dem Hosenboden landen, und dann wäre das Geschrei vermutlich noch größer, weil das Lämmchen kaputt war. Emma ging in die Hocke und nahm ihre Jungs in den Arm.

»Hm, was haltet ihr davon, wenn wir Schnuff eine Pause gönnen und da drüben mal schauen, ob wir für euch beide Ersatz finden?« Sie zeigte auf den Laden. Zufällig schob die Verkäuferin gerade einen Stand mit Kuscheltieren auf die kleine Veranda vor dem Ladeneingang. Robben in verschiedenen Größen, weiß, grau, mit Halstuch, als Schlüsselanhänger …

Emma konnte Timo kaum halten, der sofort losstürmte. Lars wollte auf ihren Arm, und sie nutzte die abgelenkte Aufmerksamkeit und ließ Schnuff in ihrer Umhängetasche verschwinden. Schnell entschieden sich die Jungs jeweils für eine große Robbe mit Halstuch – Lars bekam die weiße mit rotem Tuch, Timo die graue mit blauem Tuch. Kurz darauf herrschte im Bollerwagen wieder Eintracht, während Emma sie durchs Dorf zog.

»Ach, wie niedlich!«

Emma blickte auf. Unter dem breitkrempigen Strohhut lächelte Johanne, dass tausend Fältchen um ihre Augen aufblühten.

Hätte Emma mehr Zeit gehabt, wäre sie gern zu einem Schwätzchen stehen geblieben. So nickte sie nur und zog weiter. Sie spürte Johannes enttäuschten Blick im Rücken, und als sie sich noch einmal umdrehte, sah sie die müden Augen der alten Frau, aus der alles Lebhafte gewichen war.

Emma blieb stehen.

Hier auf der Insel taten so viele Menschen ihr Gutes, obwohl sie nicht darum bat oder danach fragte. Wer war sie denn, dass sie nicht mal Zeit für fünf Minuten Plaudern hatte?

»Sie haben sich um Schnuff gezankt«, sagte Emma laut.

Johanne kam langsam näher. »Wer ist Schnuff?«

Emma hielt das leicht schmuddelige Schäfchen hoch, an dem jetzt niemand mehr interessiert war.

Sie standen etwas verlegen voreinander. »Geht es Ihnen gut?«, fragte Emma schließlich.

Johannes Schultern zuckten kaum merklich. »Schon. Irgendwie geht es immer weiter, nicht wahr?«

»Ich muss leider weiter. Die Jungs sind heute bei Frieke, und ich habe eine Verabredung.«

»Ja, natürlich. War schön, Sie zu sehen ...«

Irgendwie wurde sie das Gefühl nicht los, dass Johanne ihr etwas hatte erzählen wollen.

Sie blieb stehen.

»Wir könnten mal einen Kaffee trinken«, hörte Emma sich sagen.

Johanne drehte sich um. »Das könnten wir tun«, sagte sie etwas spröde.

»Ich wohne jetzt drüben auf dem Isländerhof. Vielleicht schauen Sie einfach mal vorbei?«

Johanne nickte, und sie winkten einander zum Abschied zu. Schon besser, dachte Emma. Das fühlte sich viel, viel besser an.

Johanne blickte Emma und den Zwillingen im Bollerwagen nach. Dann seufzte sie und wandte sich ab. Ihr Blick fiel auf das große Hotel. Viel zu klotzig und ziemlich scheußlich, fand sie. oder wollte sie es einfach nicht mögen? Eigentlich wirkte es trotz seiner Größe klein und pittoresk. Oltmanns' Architekt hatte ganze Arbeit geleistet.

Oltmanns. Er war der Dorn, der sie beständig quälte, der sich entzündet hatte und an dem sie kratzte. Ihn wieder hier auf der Insel zu wissen, das schmerzte.

Gestern Abend rief Julia bei ihr an, die Schwiegertochter. Johanne bekam kaum ein Wort heraus, und als Julia fröhlich verkündete, Thomas und sie kämen nächste Woche mit den Kindern auf die Insel, wenn Johanne da war und Lust auf Besuch hatte, hätte Johanne es ihnen am liebsten verboten.

Aber sie sagte nichts. Als Julia fragte, ob sie von dem neuen Hotel gehört habe, bemerkte sie nur: »Es ist kaum zu übersehen.« Und ihre Schwiegertochter, die so feine Antennen besaß, fragte nicht nach, warum Johanne so verschnupft reagierte. Sie schien in Gedanken woanders zu sein, jedenfalls nicht bei Johanne und ihren Erinnerungen an einen Sommer in den Dünen.

Wäre nicht ihr Ernst gekommen, Johanne hätte Thomas allein großziehen müssen, und das wäre damals noch etwas völlig anderes gewesen als heutzutage, da war es ja gesellschaftlich anerkannt, auch wenn sie vermutete, dass Emma mit ihren Zwillingen auf ähnliche Schwierigkeiten stoßen würde. Ihre Eltern hatten sie aus dem Haus gejagt. Ihr Vater, der große Stücke auf Oltmanns' Vater hielt, hatte getobt. Nicht, weil Johanne sich vom jungen Kruse hatte schwängern lassen, sondern weil sie es nicht vermochte, ihn in die Verantwortung zu bringen. Im Klartext: Sie hätte Oltmanns heiraten sollen, dessen Familie zu denen gehörte, die großes Ansehen in der Dorfgemeinschaft genossen. Dass Johanne ihn auch einfach hatte gehen lassen!

Aber das war lange her. Und letztlich war es gut gewesen, dass sie ihn hatte gehen lassen. Das Leben, das sich für sie daraus ergeben hatte, war ein gutes gewesen.

Johanne ließ sich jetzt auf der Bank gegenüber des Hotels nieder, neben der Sparkasse. Dort herrschte ein stetes Kommen und Gehen, denn hier stand im Vorraum einer der wenigen Geldautomaten auf der Insel. Johanne zog das zerlesene Taschenbuch aus ihrer Tasche und schlug es mit Hilfe des Lesezeichens auf. Sie senkte den Kopf, atmete durch und vertiefte sich in ihre Lektüre.

Sie hörte die schweren Schritte, das Klopfen des Gehstocks. Dann die Stimme. »Verfolgst du mich, Hanni?«

Erschrocken blickte sie auf – Oltmanns stand vor ihr. Sofort klappte sie das Buch zu und ließ es in der Tasche verschwinden. Schon vor über fünfzig Jahren hatte er sie wegen ihrer Lesesucht geneckt. Das brauchte sie jetzt nicht.

»Ich warte«, erklärte sie würdevoll.

»Worauf? Auf mich?« Er zwinkerte, dann ließ er sich mit einem Seufzen neben ihr auf die Bank sinken. Der Stock trommelte auf das Pflaster. »Ich habe jedenfalls nach dir Ausschau gehalten in den letzten Tagen.« Er nickte zum Hotel. »Würde dich gern mal zum Essen ausführen. In meinem Restaurant oder anderswo. Obwohl ich glaube, anderswo haben sie nicht die guten Weine, die ich habe.«

»Danke, ich trinke nichts.« Sie wühlte nach einem Zitronenbonbon in ihrer Tasche. Oltmanns beugte sich herüber und spähte in die Tasche.

»Aha«, sagte er.

»Was denn?« Sie fand zwei Bonbons, zögerte und hielt ihm dann eines hin.

»Du liest also immer noch.« Er nahm das Bonbon.

»Das ist ja nichts, was man sich abgewöhnt. Im Gegenteil. Nachts bin ich oft wach. Da hilft es, wenn man nicht nur genervt im Dunkeln liegt. Ich mache mir eine heiße Milch mit Honig und lese, bis ich wieder müde werde.«

»Wenn ich nachts wach werde, liegt's hieran.« Er klopfte auf sein Bein. »Da hilft nichts, nur Schmerzmittel.«

»Bis die wirken, kannst du ja lesen«, schlug sie vor, doch dann drehte sie ein bisschen den Kopf weg, weil sie diese Diskussion schon früher vergebens geführt hatten. Oltmanns war nie ein Leser gewesen. Immer hatte er sie verspottet, auf eine zärtliche Art, als könne er nicht glauben, dass so eine schlaue junge Frau wie Johanne sich mit ihm abgab, dem etwas zu groben Arbeiter.

»Aus mir ist ja trotzdem was geworden. Auch ohne Bücher.« Er lehnte sich zufrieden lächelnd zurück und raschelte länger als nötig mit dem Bonbonpapier.

»Hm«, machte Johanne.

»Also, wenn du mir nicht auflauerst, worauf genau wartest du?«, fragte er.

»Ich warte, dass die Buchhandlung aufmacht.« Sie zeigte die Straße hinunter, wo gerade eine junge Frau eine Tafel vor der Buchhandlung aufstellte. »Ich brauche Nachschub.« Sie stand auf. »Kannst ja mitkommen, wenn du magst.«

Oltmanns machte eine wegwerfende Handbewegung. »Noch mehr Bücher? Gib dir keine Mühe, Hanni. Irgendwann sterben wir alle, und wir können keines der Bücher mit ins Grab nehmen.«

Johanne überlegte einen Moment. Dann sagte sie leise: »Vielleicht können wir die Bücher nicht mitnehmen, wenn unsere Zeit hier vorbei ist. Aber die Geschichten. Die nehmen wir schon im Leben mit, denn sie formen uns, so wie uns auch die Menschen formen, denen wir im Leben begegnen. Jedes einzelne Buch, jeder einzelne Mensch.«

Damit wandte sie sich ab und marschierte zur Buchhandlung. Sie blickte nicht zurück.

Samstagmorgen. Früher hätte Frieke sich, je nach Auftrags-
lage, noch einmal in ihr Bett gekuschelt und dieses unbezahlbare Gefühl genossen, den ganzen Tag für sich zu haben. Oder
sie wäre nach nur drei Stunden Schlaf aus dem Bett gehüpft
und hätte sich wieder an einen wichtigen Artikel gesetzt, den
sie schrieb.

Jetzt gab es im Sommer kein Wochenende für sie. Auch an
den Samstagen und Sonntagen war der Buchladen zumindest
für ein paar Stunden auf, je nachdem, wann die Tagesgäste kamen. Im Winter hatte sie dafür eingeschränkte Öffnungszeiten,
weil dann zumindest für ein paar Monate – mit Ausnahme der
Zeit zwischen den Jahren und rund um Karneval – nicht viel los
war auf der Insel.

Letztes Jahr hatte sie das nicht gestört – alles war neu und
aufregend, jeder Morgen im Buchladen wie ein weiteres Abenteuer. Aber mit dem Alltag kam die Routine. Und jetzt wünschte
sie sich einfach, sie könnte auch mal an einem Samstag liegen
bleiben.

Das Bett neben ihr war leer, und den köstlichen Düften nach
zu urteilen, die durch die offene Tür ins Schlafzimmer waber-
ten, bereitete Bengt gerade ein Frühstück zu, das sie gar nicht
richtig würdigen konnte – denn in einer halben Stunde musste
sie schon los, wenn sie pünktlich aufmachen wollte.

Als sie zwanzig Minuten später in die Küche kam, arrangierte
Bengt gerade ein halbes Dutzend perfekt geformte Milchbrötchen in den Brotkorb, in den er ein kariertes Handtuch gelegt
hatte. »Du kommst genau richtig«, fand er. »Was hältst du von
einem luxuriösen Frühstück unter dem Kirschbaum?«

»Viel, aber ich habe keine Zeit«, sagte Frieke. Sie wollte ihm
ein Brötchen aus dem Korb stibitzen, doch Bengt umfing ihren
Oberkörper mit den Armen und zog sie weg.

»So einfach kommst du mir nicht davon«, sagte er. »Ich

möchte, dass du heute mal entspannst, Frieke.« Er war überraschend ernst, und Frieke brauchte einen Moment, um sich dieser Ernsthaftigkeit anzupassen und nicht scherzhaft darüber hinwegzugehen.

Sie spürte ja selbst, wie müde sie war.

»Und wie soll das gehen?«, fragte sie.

»Ganz einfach. Lilli ist schon unterwegs in den Laden und macht ihn auf. Ich habe Thea angerufen, sie kommt heute mit der ersten Fähre und bleibt bis morgen Abend. Und wenn du jetzt endlich die Brötchen in den Garten bringst, siehst du, wer noch für dich einspringen kann.«

Neugierig geworden nahm Frieke den Korb und lief nach draußen. Sie stieß gerade die Tür auf, als sie die beiden Personen erkannte, die bereits am Frühstückstisch saßen.

Frieke blieb stehen. Bengt war direkt hinter ihr. »Und damit dir nicht zu langweilig wird, habe ich Emma angeboten, dass wir heute die Zwillinge mit ans Meer nehmen. Aber keine Sorge. Du entspannst dich. Ich kümmere mich um alles.«

Dann schob er sich an ihr vorbei und trat an den Tisch.

Frieke folgte etwas langsamer.

»Das ist ja eine Überraschung«, sagte sie.

Ebba stand auf und schloss sie in die Arme. »Ich hoffe, eine gute«, sagte sie leise. Dann schob sie Frieke auf Armeslänge von sich weg. »Du siehst ein bisschen müde aus«, bemerkte sie.

»Ach was.« Frieke lachte. Willem war ebenfalls aufgestanden und schloss sie in die Arme. Frieke spürte, wie er sie kurz an sich drückte, fast als hätte er eine Gefühlswallung, was sie sich bei Willem gar nicht vorstellen konnte.

»Ihr seht toll aus«, sagte Frieke – und meinte es auch so. »Geht es euch gut, ja?«

Ebba und Willem, die vor gut einem Jahr die Buchhandlung an Frieke übergeben hatten und nach Irland gezogen waren, um dort ein kleines Cottage zu beziehen, blickten sich an. Dann lachten beide etwas verlegen. »Es geht uns gut, ja«, sagte Willem. »Fast zu gut.«

Ebba versetzte ihm einen spielerischen Klaps. »Nun aber«, murmelte sie. Die beiden waren sichtlich verliebt, und das merkte man nicht nur daran, wie sie miteinander umgingen – zärtlich und aufmerksam, gerade so, als hätten sie die Gefühle füreinander noch einmal entdeckt. Auch ihr Äußeres hatte sich etwas verändert. Ebba trug nicht länger die sackförmigen Oberteile und langen Röcke dazu, sondern sah recht flott aus in der hellen Caprihose mit hummerfarbenem Top. Die Haare trug sie etwas länger, und das Grau war dezenten, blonden Strähnchen gewichen. Bei Willem war frisurtechnisch wenig zu retten gewesen – er hatte den Haarkranz komplett abrasiert und trug nun einen Vollbart, der ihn jünger wirken ließ. Dazu trugen auch Jeans und Polohemd bei, die er statt Cordhose und karierten Kurzarmhemds trug.

Als würden ganz andere Leute an Friekes Frühstückstisch sitzen.

Aber beim ersten Becher Kaffee merkte Frieke schnell, dass Ebba und Willem immer noch die klugen, ruhigen Büchermenschen waren, als die sie die beiden vor gut zwei Jahren bei ihrem ersten Ausflug auf die Insel kennengelernt hatte. Neue Interessen waren hinzugekommen. Ebba erzählte begeistert von den ausgedehnten Radtouren, die sie unternahmen, und Willem berichtete, dass sie regelmäßig ins Theater gingen oder Museen besuchten. Das Leben in Irland schien ihnen gutzutun. Das freute Frieke sehr.

Mitten in die Frühstücksidylle platzte Emma mit ihren beiden Rabauken, die den Garten stürmten, unter den Tisch krabbelten und dort ihre Kuschelrobben mit dem letzten Milchbrötchen fütterten. Bevor Frieke wusste, wie ihr geschah, war

Emma schon wieder unterwegs, nicht ohne vorher eine Reihe Anweisungen auf Bengt und Frieke einprasseln zu lassen – wo die Feuchttücher waren, was die Jungs am liebsten aßen (Milchbrötchen schien keine so schlechte Option zu sein) und dass sie spätestens um eins ein Schläfchen machen müssten, damit sie nachmittags nicht unausstehlich wurden. Auch Ebba und Willem standen auf und verabschiedeten sich.

»Ihr wollt schon gehen?« Frieke war enttäuscht.

Ebba tätschelte ihren Arm. »Nur für ein paar Stunden in deinen Buchladen. Es ist dir doch recht, wenn wir heute dort aushelfen? Um der alten Zeiten willen.«

Jetzt begriff Frieke. Sie drehte sich kurz zu Bengt um, aber der war bereits unter dem Tisch verschwunden und kitzelte, dem Gekicher nach zu urteilen, abwechselnd Lars und Timo durch. Offensichtlich hatte er Ebba und Willem, nachdem sie ihren Überraschungsbesuch angekündigt hatten, als Verbündete ins Boot geholt, um Frieke einen freien Samstag zu verschaffen.

»Nur, wenn ihr versprecht, heute Abend mit uns essen zu gehen.«

»Das ist bereits geregelt«, hörte sie unter dem Tischtuch Bengts Stimme. Der Tisch schwankte gefährlich, dann tauchte sein Kopf, umrahmt von weißem Leinen, auf. Die Zwillinge krabbelten bereits wieder ins Freie. »Ich habe für heute Abend einen Tisch in der Combüse bestellt.«

Die Combüse war eines der besten Fischrestaurants am Ort. Besonders gern aß Frieke dort den Spiekerooger Pannfisch – mehrere Fischarten aus der Pfanne mit Bratkartoffeln und frischen Blattsalaten.

»Wir sehen uns heute Abend um sieben«, versprach Ebba. »Ich bin sicher, wir haben noch viel zu erzählen.«

Davon war Frieke überzeugt.

Aber zuerst mussten Bengt und sie den Tag mit den Zwillingen rumkriegen.

Worauf haben wir uns da bloß eingelassen?, fragte sie sich.

Wie sich herausstellte, schien Bengt sich darüber im Vorfeld schon einige Gedanken gemacht zu haben. Daher zauberte er nicht nur zwei Sandspielzeugsets hervor, die sich sehr ähnlich waren und doch prima ergänzten (was hoffentlich das Streitpotenzial zwischen den Zwillingen minimierte), sondern er hatte auch schon in der Küche für das Picknick gesorgt, das sie am Strand einnehmen konnten: Für die Erwachsenen gab es Kaffee aus der Thermoskanne und für die Kinder Apfelschorle aus kleinen Edelstahlflaschen mit passenden Bechern. Zwei große Blechdosen enthielten geschnippeltes Obst, Käsewürfel und kleine Wiener Würstchen in Blätterteig, und außerdem hatte Bengt in weiser Voraussicht die doppelte Menge Milchbrötchen zubereitet, von denen er die Hälfte jetzt hervorzauberte. Als er Frieke dann auch noch einen Couscoussalat mit Kichererbsen, Gurken und Frühlingszwiebeln nebst in Kräuterbutter gebratenen Garnelen zeigte, war sie vollends im kulinarischen Himmel angelangt. Sie musste jedenfalls nicht fürchten, dass sie von einer ihrer Heißhungerattacken, denen meist die Übelkeit dichtauf folgte, wenn sie nicht sofort etwas aß, überrascht wurde.

»Wir machen uns einfach einen schönen Tag«, sagte Bengt, als sie kurze Zeit später auf dem Weg zum Strand waren. »Ohne Verpflichtungen, ohne irgendwelche Aufgaben.«

Frieke blickte zweifelnd auf die Zwillinge im Bollerwagen, die es doch schafften, sich ums Sandspielzeug zu zanken. Ihr kamen Zweifel, ob das wirklich so entspannt werden würde, wie Bengt sich das vorstellte. Wenn man sie fragte, hatte er einfach keine Ahnung davon, wie anstrengend das Leben mit Kindern sein konnte.

Und ich? Habe ich denn eine Ahnung davon?

Nein, natürlich nicht. Aber sie redete sich gern ein, dass sie als Frau ja besser wusste, was es hieß, ein Kind großzuziehen.

Wie sich herausstellte, wusste Bengt sehr viel besser Bescheid als Frieke.

KAPITEL 13

»Puh.« Emma blickte sich in dem winzigen Apartment um, in dem sich Müllsäcke in jeder Ecke aufblähten. Sie hatte das Gefühl, als hätten sie gar nichts geschafft in den letzten vier Stunden. Aber das stimmte nicht.

Aus Ines' unaufgeräumter Chaosbude hatten sie in kürzester Zeit ein wohnliches, schnuckeliges Zuhause gemacht. Dabei kam Emma das zugute, was sie in den Ferienwohnungen auf dem Isländerhof beobachtet hatte. Dort war nämlich alles, was man für ein angenehmes Leben brauchte, auf kleinstem Raum untergebracht. Und das geschah so effizient, dass sie sogar noch etwas für ihren eigenen Haushalt lernen konnte. Denn der, das ahnte sie schon jetzt, würde sich bestimmt nicht auf über hundertachtzig Quadratmeter in einem Reihenhaus mit drei Vollgeschossen erstrecken. Maximal die Hälfte Platz würde sie haben, schätzte Emma. Drei Zimmer, achtzig Quadratmeter – das sollte für die Jungs und sie reichen.

Aber bis dahin war es noch ein weiter Weg.

»Wow.« Ines hatte nach anfänglichem Zögern erstaunlich gut mitgezogen. Sie schaltete jetzt den Staubsauger aus und schaute sich um. Emma räumte die Müllsäcke in den Flur, während Ines ein letztes Mal die Ecken saugte. Dann sahen sich beide in dem kleinen Wohnschlafzimmer mit Küchenzeile um. »Das ist schon schick«, murmelte Ines. »So hatte ich es gar nicht in Erinnerung.«

»Vielleicht hattest du anfangs einfach andere Prioritäten«, meinte Emma.

Die Zusammenarbeit hatte auch Platz gelassen für ein paar persönliche Worte, und das tat Emma gut. So hatte sie erfahren, dass Ines den Job hier quasi über Nacht angenommen hatte, weil sie unbedingt aus der Berliner Wohnung mit ihrem (jetzt) Exfreund ausziehen wollte. »Vielleicht habe ich das nicht gut genug geplant«, seufzte Ines jetzt.

»Die Trennung oder den Umzug auf die Insel?«

Ines lachte. »Die Trennung war schon richtig, der war einfach nicht mehr der Richtige für mich. Aber ich hab einfach zwei Taschen gepackt und bin hergefahren, ohne jemandem Bescheid zu sagen.« Sie stützte sich auf den Staubsauger und wirkte plötzlich nachdenklich. »Meiner Familie habe ich nur eine SMS geschrieben, sie sollen sich keine Sorgen machen. Natürlich haben sie sich Sorgen gemacht. Meine Mutter und meine Tante haben ständig angerufen, aber ich bin nicht drangegangen.« Sie zuckte mit den Schultern. »Ich glaube, ich hab' mich geschämt. Aber jetzt geht's mir besser. Heute Abend rufe ich sie mal an.«

Emma war erstaunt. Offensichtlich setzte so eine aufgeräumte Wohnung ganz ungeahnte Kräfte frei.

»Und dann?«, fragte sie.

»Dann schaue ich mich nach einem anderen Job um. Ich mag das Leben hier auf der Insel. Und ich kann was. Mal sehen, ob ein anderes Hotel mich braucht. Oder eine Pension. Ich will keinen Tag länger als nötig für diesen ollen Kruse schuften. Der hat mir schon genug Lebenszeit gestohlen, ohne mich dafür angemessen zu entlohnen. Es reicht. Ich habe mich schon in meiner Beziehung unter Wert verkauft.«

Emma sagte lieber nichts, doch sie dachte, dass jeder wohl irgendwie Muster hatte, die sein Verhalten immer wieder steuerten. Gut für Ines, dass sie ihr Muster offenbar erkannt hatte und jetzt die Kraft aufbringen wollte, es zu durchbrechen.

Nach einer letzten Runde mit dem Staubtuch sah die kleine Wohnung tatsächlich richtig gemütlich aus. Den alten Flickenteppich hatte Emma rausgeworfen; sie wollte später online schauen, ob sie einen neuen fand, der schlicht und hell war. Außerdem hatten sie alle Flächen leergeräumt. Auf dem Tisch stand jetzt nur ein Arrangement aus drei verschieden großen Kerzen auf einem runden Teller. Dort konnte Ines sich im Jahreslauf mit der Deko auf kleinem Raum verwirklichen, wenn ihr der Sinn danach stand.

Sie hatten alle Schränke ausgeräumt, durchgewischt und wieder eingeräumt. Dabei war auch einiges zutage gekommen, was Ines wohl auf Dauer sicher nicht verwenden würde – schrillbunte Papierservietten, uralte Teelichter, teilweise halb abgebrannt, verstaubte Kochbücher, die aussahen, als habe jemand sie hier nur zwischengelagert. Das alles trug nicht gerade dazu bei, dass man sich in der Wohnung wohl fühlte; es behielt etwas Provisorisches, als wäre Ines nur zu Gast. Und das sollte nicht sein.

Die Wohnung war nicht Teil des Arbeitsvertrags; auch das hatte Emma im Laufe des Tages von Ines erfahren. Sie konnte also hier wohnen bleiben, wenn sie woanders auf der Insel einen Job fand. Und das sollte besser heute als morgen passieren.

»Wow«, sagte Ines. »Du bist echt gut. Jetzt habe ich irgendwie das Gefühl, das ich das schaffe.« Bevor Emma wusste, wie ihr geschah, umarmte Ines sie stürmisch. »Danke«, hörte sie die junge Frau an ihrer Schulter flüstern. Sie lösten sich voneinander, und Ines räusperte sich. »Du solltest das beruflich machen.«

Emma lachte. »Was denn, aufräumen?«

»Anderen Menschen dabei helfen, dass sie Ordnung in ihr Leben und ihre Sachen bringen, ja. Das hat nichts mit Aufräumen zu tun, sondern es ist eher … Na ja. Wie so eine Art Lebensberatung mit Müllbeutel.«

»Falls ich mich damit selbständig mache, wird das mein Slogan«, versprach Emma. Lebensberatung mit Müllbeutel – schon witzig. Aber zugleich spürte sie, dass die Idee ihr gefiel. Selbst etwas auf die Beine stellen.

Sie verabschiedete sich von Ines. Auf dem Weg nach draußen nahm sie die Mülltüten mit zur Tonne.

Eigentlich hätte sie jetzt Sehnsucht nach den Zwillingen haben müssen. Aber ein Blick auf ihr Handy verriet ihr, dass sie vermutlich noch ein bisschen kindfrei hatte. *Gerade erst eingeschlafen*, schrieb Bengt und schickte ein Foto, das Frieke zeigte, links und rechts eingerahmt von den Zwillingen. Das Foto sah hübsch aus; die Kinder passten irgendwie zu Frieke, ohne dass Emma sagen konnte, woran das lag. Sie wollte nie zu den Müttern gehören, die anderen Frauen einen Kinderwunsch einredeten. Frieke schien ja ohne Kinder glücklich zu sein.

Andererseits … Was war das neulich im Buchladen gewesen, als Frieke sie fragte, wie sie sich zu Beginn der Schwangerschaft gefühlt hatte? Gab es da vielleicht doch ein kleines Geheimnis …?

Ach nein. Darüber wollte Emma nicht spekulieren, solange Frieke ihr nichts davon erzählte.

Mit der gewonnenen Freizeit wusste sie erst gar nichts anzufangen. Aber als Emma in den Noorderloog bog, der am Haus des Gastes und der Inselpraxis vorbei Richtung Isländerhof führte, kam gerade Raik aus der Praxis und schloss hinter sich ab. Als er sie entdeckte, hob er den Arm.

Emma wartete, bis er mit seinem Fahrrad zu ihr aufgeschlossen hatte. »Moin«, sagte er.

»Moin.« Emma grinste. Langsam hatte sie echt das Gefühl, sie kam auf der Insel an.

»Wie geht's?«

Sie zuckte mit den Schultern. »Und dir?«

Der Kuss von vor zwei Tagen hatte offenbar keine Spuren hinterlassen – oder genau das Gegenteil bewirkt, denn sie beide verhielten sich so reserviert, als wüssten sie nicht, was sie davon halten sollten.

Emma für ihren Teil hatte inzwischen eine klare Haltung. Der Kuss war ein Kuss. Mehr nicht. Und solange es keine Wiederholung gab oder sie sich anderweitig näherkamen ...

»Wo sind die Zwillinge?«

»Bei Frieke und Bengt. Sie sind mit ihnen am Strand.«

»Dann hast du jetzt ein bisschen Zeit für dich?«

»Ja. Ich weiß gar nicht, was ich damit anfangen soll.« Emma lachte verlegen. »Hast du schon was vor?«

Raik blieb stehen. »Das klingt jetzt vielleicht komisch, aber wir könnten ja ...« Er verstummte.

»Also, wenn du den Satz nicht vollendest, klingt es *wirklich* komisch«, bemerkte Emma.

»Wir könnten uns einfach ... hm. Unterhalten.«

»Das können wir.«

»Ich mag dich nämlich.«

Sie konnte sich ein breites Grinsen nur mühsam verkneifen. »Ja, das habe ich bemerkt.«

»Also wollen wir ...«

»Reden?«, half Emma nach, als Raik nichts mehr sagte.

Beide lachten. Emma atmete auf. Reden, ja. Raik besser kennenlernen. Das war eine gute Idee. Sie wollte herausfinden, ob dieses Flattern in der Magengrube mehr war. Ob es Bestand hatte, wenn sie mehr über ihn erfuhr.

»Was willst du über mich wissen?«, fragte Raik.

Alles, dachte Emma. Doch sie fing mit dem an, was ihr am Naheliegendsten schien. »Warum bist du Arzt geworden?«

Kurz umwölkte sich Raiks Stirn; aber nur kurz. »Das ist eine lange Geschichte«, sagte er.

»Ich habe Zeit«, versicherte Emma ihm.

Für Torben war Zeit schon immer Geld gewesen. Er war es gewohnt, seine Arbeitszeit im Viertelstundentakt abzurechnen, und bei den dreistelligen Stundensätzen, die seine Wirtschaftskanzlei von Anfang an für ihn abrechnete, hatte er immer das Gefühl gehabt, für die Auftraggeber einen echten Mehrwert zu bieten. Sein Können gegen Geld.

Aber es gab Dinge auf dieser Welt, die sich nicht im Viertelstundentakt regeln ließen. Oder die sonst wie unberechenbar waren. Seine Ehe mit Emma war so ein Fall.

Er hatte schon länger das Gefühl gehabt, dass irgendwas nicht stimmte – ohne dass er sagen konnte, was genau nicht passte. Inzwischen hatte er viel nachgedacht und war zu dem Schluss gekommen, dass sie ohne ihn einfach besser dran war. Und er ohne sie. Um die Kinder tat es ihm leid; er wollte gern versuchen, einen Weg zu finden, damit er ihnen weiterhin ein guter Papa sein konnte. Aber nachdem Emma ihm vor zwei Tagen am Telefon den Kopf gewaschen hatte, war er mal realistisch an das Thema herangegangen. Sein Vorschlag, die Zwillinge könnten ja alle zwei Wochen für acht Tage bei ihm wohnen, hatte er mal in einem Artikel gelesen. Aber wer sollte sich um die beiden Jungs kümmern, wenn er arbeitete? Und wie sollte er für sie da sein, wenn er ständig auf Geschäftsreisen musste, teilweise nach Übersee, manchmal sogar für zehn Tage am Stück?

Er verstand nun besser, was Emma meinte. Und darum war er unterwegs zu ihr. Damit sie dieses Mal unter vier Augen einen Plan entwerfen konnten, der für alle Beteiligten funktionierte.

In den letzten knapp zwei Jahren hatten sie jeden Familienurlaub auf der Insel verbracht. Sie mussten nicht so weit fahren, es war trotzdem angenehm ruhig, und hier war Emmas Freundin Frieke. Freundschaften musste man pflegen, war immer Emmas Argument gewesen. Und sie hatte ja recht. Auch eine Beziehung musste man pflegen. In der Hinsicht wusste Torben, dass er versagt hatte.

Aber wegen der Kurzurlaube auf der Insel kannte er sich hier natürlich gut aus. Sein erster Weg führte ihn zur Buchhandlung, denn er vermutete, dass Frieke wusste, wo Emma untergekommen war. Frieke war zwar nicht da, aber die hübsche Aushilfe mit den raspelkurzen blonden Haaren und dem knallroten Lippenstift erklärte ihm, Emma wohne auf dem Isländerhof, und beschrieb ihm auch den Weg. Auf dem Weg dorthin kamen ihm viele Menschen entgegen, denen er ansah, dass sie heute viel Sonne und Meer getankt hatten – Urlauber und auch Tagesgäste, die unterwegs zur Fähre waren.

Torben trug eine kleine Reisetasche in der Hand, denn er wollte über Nacht bleiben. Was er zu sagen hatte, ließ sich nicht in wenigen Minuten klären, und er hoffte, dass es für Emma okay war. Für den unwahrscheinlichen Fall, dass sie überhaupt nicht mit sich reden ließ, hatte er ein Hotel gefunden, in dem noch Zimmer frei waren. Der Preis war ihm egal – Geld war noch nie das Problem gewesen, und damit würde er jetzt auch nicht anfangen.

Der Isländerhof lag ruhig im Licht der Abendsonne, als er darauf zuging. Im Innenhof herrschte ein reges Treiben – gut ein halbes Dutzend Pferde stand vor dem Stall angebunden, die Reiterinnen sattelten ab und quatschten und lachten dabei fröhlich. Torben blieb stehen; er rechnete nicht damit, Emma unter den Reiterinnen zu entdecken. Pferde jagten ihr Angst ein. Es verwunderte ihn ja schon, dass sie überhaupt auf einem Pferdehof Unterschlupf gesucht hatte.

»Entschuldigung, wo finde ich denn Emma?«, fragte er laut in die Runde. Acht Köpfe fuhren zu ihm herum, und eine ältere Frau mit einer wilden, blonden Mähne, die dem Falben neben ihr durchaus Konkurrenz machte, wie auch einem langen Pferdegesicht zeigte auf das Gebäude auf der anderen Seite des Hofs. »Sie ist in ihrer Wohnung.«

Sie schien noch etwas sagen zu wollen, doch Torben hob bereits dankend die Hand und marschierte auf das Haus zu. Die Haustür verfügte über keine Klingel, einen Moment stand er ratlos davor.

»Ist offen«, rief die Pferdefrau. Sie kam ein paar Schritte in seine Richtung. »Sie wohnt im Souterrain.«

Er öffnete die Haustür und ging die schmale Treppe ins *Souterrain* runter – sie wohnt im Keller, dachte er bestürzt. Offenbar hatte sie nichts Besseres gefunden auf die Schnelle. In dem Flur hing ein muffiger Geruch, als hätte das Haus lange leer gestanden. Torben stand vor der Wohnungstür, er klopfte. Als niemand öffnete, drückte er die Klinke herunter und trat mit klopfendem Herzen ein.

Die kleine Wohnung, die ihn begrüßte, war leer. Nur ein frischer Wind fegte ihm entgegen, vermutlich stand irgendwo ein Fenster offen. Torben hörte Stimmen, dann Emmas Lachen. Er stellte die Tasche im Flur ab.

Dieses Lachen … Er hatte es lange nicht mehr von ihr gehört. So hatte sie früher gelacht. Als sie sich kennenlernten. Als Emma sich gerade in ihn verliebte, während er zu dem Zeitpunkt schon heillos in sie verschossen gewesen war.

Links ein kleines Badezimmer, geradeaus zwei Schlafzimmer. Rechts führte ein Durchgang zur Küche und daran anschließend zum Wohnzimmer. Die Terrassentür stand offen, und von draußen hörte er jetzt wieder Emmas Stimme.

»Aber…«

Aber?

Eine andere Stimme antwortete. Dunkel. Männlich.

Torben verharrte im Wohnzimmer. Es widerstrebte ihm, zu lauschen, aber genauso widerstrebte es ihm, *nicht* zu wissen, mit wem Emma da redete. Sie war immer noch seine Frau, irgendwie. Er hatte sie aufgegeben, ja. Aber offensichtlich hatte er noch nicht so gründlich losgelassen, wie er wollte ...

Und dann hörte er sie wieder lachen.

Unbeschwert. Frei. Wüsste er es nicht besser, würde er sagen: Sie war glücklich.

So glücklich, wie er sie seit Monaten nicht erlebt hatte. Ihr hatte zuletzt ihm gegenüber immer etwas Reserviertes, Zögerliches angehaftet. Nachdenklich, das traf es am ehesten. Als hätte sie sich weit von ihm entfernt.

Sie lachte mit einem anderen Mann.

Er hatte die Trennung initiiert. Trotzdem tat es verdammt weh, sie mit einem anderen lachen hörte.

Torben drehte um und verließ die Wohnung. Er zog die Tür leise hinter sich ins Schloss. Er atmete tief durch und klopfte noch einmal, lauter. Erst da fiel ihm auf, dass er die Reisetasche im Wohnungsflur abgestellt hatte.

Auf dem Weg zur Wohnungstür fiel Emma die Reisetasche auf, sie erkannte sie sofort. Kalbsleder, dunkelbraun. Sie hatte die Tasche Torben vor zwei Jahren zu Weihnachten geschenkt.

Dann öffnete sie die Tür und stand ihm gegenüber. Er sah sie an, grinste verlegen und rief: »Überraschung!«

Emma sah ihn an, dann trat sie beiseite. Er entdeckte seine Tasche neben ihren Füßen, und das gespielt Fröhliche fiel von ihm ab. Sie begriff.

Er war in die Wohnung gekommen und hatte sie gehört. Oder sogar gesehen, wie Raik und sie dicht nebeneinander auf der

Terrasse im Strandkorb saßen und sich unterhielten. Wie sie miteinander lachten, wie er die Decke etwas nach oben zog, der Wind war frisch an diesem Abend, und wie sie fast ihren Kopf an seine Schulter legte, als wäre das schon immer so gewesen mit ihnen beiden.

Dabei war das doch alles ganz anders.

Aber wie sollte sie Torben das jetzt erklären?

»Das ist eine Überraschung«, sagte sie lauter als nötig. »Komm rein, Torben.«

Er trat ein, sie schob mit dem Fuß seine Tasche Richtung Schlafzimmer. Die Tür war nur angelehnt, weil die Zwillinge dort schon schliefen.

»Störe ich?«, fragte er.

In der Küche hörte sie ein Klappern. Raik stellte die Weingläser in die Spüle und die leere Weinflasche hinter die Tür in den Flaschenkorb. Er trat in den Flur, der auf einmal beängstigend eng war, er legte die Hand auf Emmas Schulter, als er sich an ihr vorbei mit ausgestreckter Hand vorbeugte. »Hi. Ich bin Raik.«

»Hi. Torben.« Sichtlich verwirrt nahm Torben die Hand. Einen Händedruck später spürte Emma Raiks Wange an ihrer. »Ich melde mich gleich«, flüsterte er ihr ins Ohr, und dann stand sie allein mit Torben im Dämmerlicht des Flurs.

Sie atmete tief durch.

»Ich hätte wohl anrufen sollen«, sagte er leise.

»Nein, ist schon okay.« War es das wirklich? Seine Reisetasche und die relativ späte Anreise sprachen dafür, dass er glaubte, er könne über Nacht hier bleiben.

»Ich habe ein Hotelzimmer, falls es dich beruhigt.«

Das tat es. Aber was blieb, war die Tatsache, dass Torben unangekündigt hier aufgetaucht war und damit den recht harmonischen Abend mit Raik abrupt beendet hatte.

»Du hättest anrufen können.« Es klang nicht so vorwurfsvoll, wie sie sich fühlte. Aber sie sagte sich, dass Torben ja nicht wissen konnte, was hier in seiner Abwesenheit passierte.

»Ich möchte reden.«

Sie verdrehte die Augen. »Damit ich weiß, dass du kommst. Reden können wir.« Auch wenn der Zeitpunkt ihrer Meinung nach eher unglücklich gewählt war. Ihr wäre es lieber gewesen, wenn sie sich auf dieses Gespräch, das sie früher oder später ohnehin führen mussten, besser hätte vorbereiten können. Nicht vorher eine halbe Flasche Wein mit einem gutaussehenden Inselarzt trinken, der ihr so kleine, hübsche Komplimente machte, dass es sich nie anfühlte, als ginge es ihm um mehr, sondern eher so, als wäre er wirklich an ihr als Person interessiert.

»Dann bringen wir das hinter uns.« Torben zeigte zum Wohnzimmer. Doch Emma schüttelte den Kopf. »Nein, Torben. Es ist nach neun Uhr am Abend, die Zwillinge schlafen, ich habe heute geackert, und mir tun alle Knochen weh. Ich möchte bitte meine Ruhe haben.«

»Ach so.« Er war enttäuscht. Was erwartete er denn? Dass sie die ganze Zeit hier saß und ihm hinterherweinte?

Den Zahn musste sie ihm schleunigst ziehen.

»Du kannst morgen Abend kommen. Ist das okay?«

»Ich würde gern die Jungs sehen.« Er blickte auf seine Schuhspitzen. »Ich vermisse sie.«

»Du hast sie doch auch bisher nie sonderlich vermisst«, erinnerte Emma ihn, und zugleich kam sie sich ungerecht vor, weil sie sich ein Urteil über seine Sehnsüchte anmaßte. Vermutlich konnte sie das doch gar nicht mehr ermessen, wer ihm in welchem Maß fehlte; sie hatten sich ja schon vor Torbens Trennung viel zu weit voneinander entfernt.

»Also gut. Dann treffen wir uns zum Frühstück. Aber überhäufe sie nicht mit irgendwelchen Geschenken, okay?«

»Darf ich … Ich habe Bücher für sie gekauft. Darf ich die wenigstens mitbringen?«

Bei Büchern war Emma wie Frieke – sie zählten nicht als Geschenk, sondern als Lebensmittel. »Okay«, sagte sie versöhnlich.

»Danke.« Torben trat vor. Wollte er sie etwa umarmen? Tatsächlich; ganz behutsam legte er die Arme um sie, seine Wange für einen flüchtigen Moment an ihrer, und sie hörte ihn flüstern: »Ich wusste nicht, wie viel du mir bedeutest, Emma. Darf ich eifersüchtig sein?«

Sie schüttelte nur leicht den Kopf, dort im Dunkel des Flurs. Dann zog Torben leise die Wohnungstür hinter sich ins Schloss und sie war wieder allein.

Erst das Piepen ihres Handys riss sie aus den Gedanken, die auf sie einstürmten. Sie flitzte ins Wohnzimmer, wo das kleine Display auf dem Couchtisch aufleuchtete.

Torben schrieb: *Ich meine das ernst. Ich wusste nicht, dass ich noch so viele Gefühle für dich habe, bis ich dich heute Abend mit einem anderen Mann gesehen habe. Bis morgen!*

»Verdammt«, flüsterte Emma. Das war so ziemlich das Letzte, was sie brauchte: Ein Ex, der sich neu in sie verliebte.

Sie versuchte, nach vorne zu blicken. Und das fiel ihr schwer, so schwer, denn je mehr sie das versuchte, um so mehr fühlte sie sich von den Erinnerungen überrollt. Ihr erster gemeinsamer Urlaub, kurz nachdem er den Job in der Kanzlei angetreten und sie mit einem Flug nach New York im Advent überrascht hatte. Die Geburt der Zwillinge. Nein, vielmehr jener Moment, als Torben mit den beiden Neugeborenen im Arm neben ihrem Bett saß und sie völlig euphorisch war vor lauter Glück. Die Hochzeit, als sie zu Norah Jones' »Come Away With Me« den Eröffnungstanz tanzten. *Come away with me and I'll never stop loving you.*

Hatte sie aufgehört, ihn zu lieben? Konnte man das beschließen? Sicher nicht. Aber er hatte beschlossen, dass das, was an Gefühlen noch zwischen ihnen war, für ihn nicht mehr reichte. Und nun? Machte er einen Rückzieher? Wohl kaum.

Sie würde vielleicht nie aufhören, ihn als den Mann zu lieben, mit dem sie in das Abenteuer Familie aufgebrochen war. Er blieb der Vater ihrer Kinder, und das war ein Band, das vielleicht stärker war als die Liebe, denn es würde sich nicht irgendwann durchtrennen lassen.

Wäre das nicht Grund genug, dass sie ihm mit einer gewissen Offenheit begegnete? Auch in Erwägung zog, die Fehler der Vergangenheit als genau das zu akzeptieren? Natürlich hatten sie Fehler gemacht. Beide.

An diesem Punkt ihrer Überlegungen wurde Emma unruhig. Sie stand auf, lief ein bisschen in der Wohnung herum, schaffte Ordnung, die ihr so leicht von der Hand ging. Dann hielt sie inne.

Sie musste über sich selbst lachen.

Es gab kein Zurück. Anders als Torben blickte sie nach vorne. Auch wenn ihr das bisher nicht so bewusst gewesen war, merkte sie es jetzt – ihr Blick reichte in die Zukunft, sie schmiedete Pläne und klopfte Möglichkeiten ab. Und nach dem Gespräch mit Raik wusste sie, dass auf der Insel einiges auf sie wartete.

»Was ist los, Bruderherz? Hat die blonde Hamburgerin mit der Zwillingsbrut dir das Herz gestohlen?« Conny stellte ihm ein Glas Rotwein hin, und Raik nahm es. Er trank einen großen Schluck, stellte es wieder auf den Küchentisch und brütete weiter vor sich hin.

»Hast du heute Abend schon was gegessen?«

Das war es ja. Er hatte sich mit Emma getroffen, sie hatten am frühen Abend einen Salat gegessen, während die Zwillinge sich die letzten Nudeln mit Ketchup einverleibten. Und dann saßen sie im Strandkorb, und sie erzählten. Erst ging es um Allgemeines; Geschichten, die man sich eben erzählte, um einander besser kennenzulernen. Und irgendwann seufzte Emma, sie stellte ihr Weinglas ab und erklärte: »Ich würde gern hierbleiben, aber ich weiß nicht, wie das gehen soll. Ich muss ja Geld verdienen. Und wer kümmert sich derweil um die Zwillinge?«

Danach veränderte sich ihr Gespräch. Raik versuchte, ihr das Leben auf der Insel schmackhaft zu machen. Sie erzählte ihm von Ines und der Ausmistaktion, von Trudi und ihren Memorabilia, die sie unbedingt behalten wollte. »So etwas könnte ich mir vorstellen«, sagte sie. Bevor sie aber genauer ausführen konnte, was sie damit meinte, platzte ihr Ex rein, und Raik verzog sich lieber zu Conny, weil er einer Versöhnung nicht im Weg stehen wollte. Oder doch, er *wollte* schon, aber es hatte ja auch keinen Sinn, wenn er sich als neuer Liebhaber aufspielte. Das war er nämlich nicht. Im Moment sah er sich allenfalls als derjenige, der ein gewisses Kribbeln verspürte – und insgeheim hoffte, dass es Emma auch so ging.

»Nein, ich habe nichts gegessen«, antwortete er auf Connys Frage. »Du?«

Seine Schwester, schmal und sehnig. Essen war noch nie ihre oberste Priorität gewesen, und eigentlich sollte ihn das mehr beschäftigen als der Gedanke an eine hübsche Hamburgerin. Aber so war das mit den Gedanken – sie waren frei und genossen diese Freiheit über die Maße.

»Ich habe keinen Hunger.«

Natürlich nicht. »Du hast nie Hunger«, bemerkte er. Conny setzte sich mit ihrem Weinglas zu ihm. Raik stand auf; er drückte ihre Schulter, bevor er den Kühlschrank und die Vorräte sichtete.

»Ich mache mir nur Sorgen um dich«, sagte er, während er

sich daranmachte, ihnen ein schnelles Abendessen zuzuberei-
ten.

»Unnötig«, erwiderte sie scharf.

Das kommentierte er lieber nicht. Stattdessen überwachte er
die Tomatensauce mit Gemüse, die auf dem Herd vor sich hin-
schmurgelte. Das Nudelwasser begann zu kochen. Während er
die Spaghetti ins Wasser gab, stand Conny auf und zog noch eine
Flasche aus dem Weinregal.

»Was ist nun mit dir und der Hamburgerin?«, fragte sie, während sie sich am Korken zu schaffen machte.

»Was soll mit uns sein?« Er hielt das Gesicht in den Wasser-
dampf über dem Nudeltopf, weil er sich einredete, dass sein Gesicht davon so heiß wurde.

»Nichts?« Es klang aber eher, als wollte Conny sagen: *Na hör
mal, alles! Ihr schleicht doch umeinander herum, als könntet ihr es
gar nicht erwarten, mehr zu machen, als nur zu schleichen.*

Bis zu einem gewissen Grad stimmte das auch. Aber es war
noch zu früh, viel zu früh, weshalb Raik sich kein Urteil darüber anmaßte, ob Emma und er mehr füreinander sein wollten
als nur eine zufällige Bekanntschaft, aus der sich eventuell eine
Freundschaft entwickelte. Oder noch viel mehr.

Der heutige Abend hatte jedenfalls vielversprechend angefangen. Aber das musste nichts heißen. Ihr Ex war jetzt bei ihr. Was
wusste er schon, wie Emma über ihn dachte?

»Ist es das?«, entfuhr es ihm. »Dass ich ein Privatleben haben könnte, während du nur draußen bei den Pferden hockst?
So wie unsere Mutter es getan hat, nachdem unser Vater weg
war?«

Er merkte, noch während er es aussprach, dass das zu viel
war – zu hart, gar nicht seine Art. Er gehörte nicht zu den Männern, die sich ein Urteil darüber erlaubten, wie andere zu leben
hatten. Wenn Conny lieber für sich blieb, war das allein ihre

Entscheidung. Das abrupte Ende des Abends, der Wein und der Hunger machten ihn wohl unwirsch.

Conny ging darauf nicht ein, sie wollte offenbar nicht streiten. *Das* hatte sich geändert. Früher hätte sie die Gelegenheit genutzt und ihm all das vorgeworfen, was in ihrem Leben schieflief. Stattdessen drückte sie ihm ein Glas Rotwein in die Hand. »Hier«, sagte sie sanft. »Vielleicht bist du danach wieder umgänglich.«

Nach dem Essen ging Raik über den Hof zu den Wohnungen. Bei Emma war alles dunkel, und er stellte sich lieber nicht vor, wie sie mit ihrem Noch-Ehemann auf dem Sofa im Wohnzimmer wilden Versöhnungssex hatte (denn im Bett schliefen ja die Zwillinge). Er stellte sich lieber vor, dass sie allein in der Dunkelheit wachte, schlaflos und so überdreht, wie er sich fühlte.

Als er bei Trudi Rosenborg klopfte, sah er noch Licht hinter den Fenstern. Doch niemand öffnete. Natürlich war es gut möglich, dass sie beim Fernsehen eingeschlafen war, doch er wüsste das lieber genau, bevor er sich die ganze Nacht Sorgen machte. Nicht dass sie mit ihrer Drohung Ernst machte und einfach starb.

»Hallo? Frau Rosenborg?« Er rief noch ein paarmal nach ihr, dann gab er sich einen Ruck und öffnete die Tür zur Wohnung.

Das Erste war die Musik. Mozarts Requiem, ganz leise. Dann nahm er den Duft wahr – ein schweres Parfüm, als hätte sie es in allen Räumen großzügig versprüht. Die Wände schienen diesen Geruch förmlich auszuatmen.

Dann die Stille hinter der Musik. Raik rief noch mal Trudis Namen, dann hörte er ein Rascheln und einen dumpfen Knall.

Sofort stand er im dunklen Wohnzimmer und drückte auf den Lichtschalter.

»Du meine Güte!«, rief Trudi Rosenborg. »Was ist denn los?«

Das hatte Raik sie gern gefragt, denn ihm bot sich ein geradezu absurdes Bild. Trudi saß inmitten von Papierbergen – wie sich später herausstellte, waren es all die Briefe, die sie mitgebracht hatte – auf dem Fußboden vor dem Sofa. Sie hatte sich ein paar Sofakissen in den Rücken gestopft, um den Kopf hatte sie einen Handtuchturban gewickelt, und sie trug eine Sofadecke in Pink. Als sie jetzt mühsam auf die Beine kam, erkannte Raik, dass es sich um eine dieser Decken handelte, die man anziehen konnte, mit langen Ärmeln und bis zum Boden reichend. Bei Trudi sah es eher aus, als habe sich ein Kind in das Kleid seiner Mutter verirrt; sie versank förmlich darin und zog eine Deckenschleppe hinter sich her.

»Sie haben mich zu Tode erschreckt!«, beklagte sie sich bei ihm.

»Entschuldigen Sie. Ich habe mir Sorgen gemacht.«

Trudi schnaubte, als wäre das nach den vergangenen Tagen eine völlig abwegige Reaktion auf ihr Verhalten. »Mir geht es prima.«

»Aber was tun Sie da?«

Sie nahm eine Handvoll Briefe, und bevor Raik sie daran hindern konnte, warf Trudi sie in den offenen Kamin, in dem bereits ein lustiges Feuer flackerte. Das Feuer loderte auf, fraß sich in das alte Papier und vernichtete innerhalb von Sekunden Erinnerungen aus Jahrzehnten.

»Ich ordne meine Dinge«, erklärte Trudi, als wäre das doch ganz logisch und als könne das doch jedes Kind sehen.

»Äh, nee.« Raik stellte sich ihr in den Weg, bevor sie ein in Stoff gebundenes Poesiealbum ebenfalls den Flammen überantworten konnte.

»Gehen Sie mir aus dem Weg, Dr. Tossens.« Von der Bewunderung für Raik und seinen Beruf war offensichtlich nach zwei Tagen auf der Insel nicht mehr viel übrig. Trudi kam ihm geradezu aufmüpfig vor. Wenn das die Seeluft mit ihr machte, freute das Raik einerseits, denn es offenbarte einen Kampfgeist, den sie bei ihrer Ankunft noch gänzlich hatte vermissen lassen.

Insofern hatte die Insel also ihre heilende Wirkung entfaltet – nur hatte Raik das Gefühl, dass Trudi zu Extremen neigte, denn alle Erinnerungsstücke zu verbrennen schien ihm etwas übertrieben. Sanft umfasste er den Unterarm der alten Dame, der zerbrechlich und schmal war wie ein Zweiglein. »Sind Sie sicher, dass das eine gute Entscheidung ist?«

Trotzig reckte Trudi das Kinn. »Sie haben mir doch Emma geschickt. Sie hat mich auf die Idee gebracht!«, behauptete sie.

»Wollen wir sie dann dazuholen, damit sie Ihre Sortierung ein bisschen überwacht?«

Trudi zögerte.

»Bestimmt schläft sie schon.«

»Ich war vorhin kurz bei ihr, da schlief sie nicht.«

Das war zwar schon eine knappe Stunde her, aber der Zweck heiligt die kleine Notlüge, dachte Raik.

Trudi nickte widerstrebend, und er nahm ihr das Versprechen ab, in der Zwischenzeit nicht noch mehr Briefe ins Feuer zu werfen.

Er eilte zu Emmas Wohnung, klopfte leise. Sie öffnete überraschend schnell, trug aber nur ein Handtuch um den Körper gewickelt, die Haare hingen nass auf die Schultern. Bevor Raik denken konnte, wie hübsch sie aussah, entschuldigte er sich für die späte Störung, wandte den Blick von ihren nackten Schultern ab, die ihn auf ziemlich unanständige Gedanken brachten, und erzählte, was sich nebenan gerade zutrug.

Emma zögerte nicht. »Ich bin in drei Minuten drüben«, sagte sie. »Hindere sie bitte daran, noch mehr ins Feuer zu werfen! So habe ich das ganz sicher nicht gemeint ...«

Die Tür schlug zu. Raik kehrte zu Trudi zurück, die ein bisschen müde auf dem breiten Sofa hockte und in die Flammen starrte, als könne sie dort eine Antwort auf all ihre Fragen finden.

Es dauerte keine drei Minuten, bis Emma das Wohnzimmer betrat. Sie schob sich an Raik vorbei, ein Duft von Vanille umgab sie. Nicht mal Socken hatte sie angezogen; barfuß und in Jeans und T-Shirt setzte sie sich zu Trudi.

»Kannst du nebenan auf die Jungs aufpassen? Ruf mich einfach, falls einer wach wird.«

Raik nickte. Er verstand; was nun hier besprochen wurde, war nichts für Außenstehende.

»Warum, Trudi?«, fragte Emma leise.

Die alte Dame lehnte sich bei ihr an. Als hätte sie an diesem Abend diesen Halt gesucht, als hätte sie ihn eingefordert mit ihrer Feueraktion.

»Weil ich sie doch nicht mitnehmen kann, wenn ich nicht mehr bin.«

»Aber Sie könnten die Sachen Ihren Söhnen überlassen und damit auch die Entscheidung, was sie behalten wollen. Oder wir gehen gemeinsam noch mal die Briefe durch. Wir waren uns doch einig, dass wir nichts überstürzen.«

Bisher hatten sie nur die wichtigsten Erinnerungsstücke aus der Menge herausgezogen, und Emma hatte schon überlegt, was mit dem Rest passieren sollte. Alles wegwerfen erschien ihr einfach zu radikal. Aber Trudi war ihr zuvorgekommen.

Trudi machte eine wegwerfende Handbewegung. »Sie haben doch gar keine Zeit dafür«, sagte sie. »Und das ist ja in Ordnung. Sie haben Ihr Leben, das ist anstrengend genug.«

»Hm«, machte Emma. »Mehr als anbieten kann ich es dir nicht. Ich mache das echt gerne.«

Trudi überlegte, und Emma ließ ihr die Zeit, die sie brauchte, um zu einer Entscheidung zu kommen. Die Idee war ihr auch ganz spontan gekommen und vermutlich noch nicht gänzlich ausgereift. Aber nachdem sie den ganzen Abend darüber nachgedacht hatte, was sie in Zukunft mit ihrer Zeit anfangen wollte, kam ihr immer wieder das Aufräumen in den Sinn.

»Also gut«, sagte Trudi schließlich. »Aber nur unter einer Bedingung.«

Erwartungsvoll blickte Emma sie an.

»Ich bezahle Sie dafür. Kein Widerspruch«, beeilte Trudi sich hinzuzufügen, »ich weiß, Sie haben zwei kleine Kinder und sind auf sich gestellt. Ihre Zeit ist kostbar, die kann ich nicht umsonst kriegen.«

Ihr erster Reflex war, dieses großzügige Angebot abzulehnen, doch Emma ahnte, dass Trudi ein besseres Gefühl dabei hätte, wenn sie jemanden für seine Zeit bezahlen konnte. Und Emma hatte ein Händchen dafür, anderen zu helfen, ihre Dinge zu ordnen – das hatte sie nicht zuletzt bei ihrer kleinen Aufräumaktion bei Ines gemerkt.

Trudi hatte in einem Punkt recht – Emma hatte auch so schon alle Hände voll zu tun. Aber egal, was ihr Gespräch mit Torben morgen früh ergeben würde – früher oder später musste sie finanziell wieder auf eigenen Füßen stehen, und wenn es nach ihr ginge, wäre das eher früher als später der Fall.

»Okay«, stimmte sie zu.

»Also, was denken Sie, was wäre ein angemessener Preis?«

Emma merkte jetzt erst, dass sie unwillkürlich die Luft angehalten hatte, als sie jetzt durchatmete.

»Ich will kein Vermögen«, sagte sie vorsichtig.

»Gut. Von meiner Rente kann ich Sie mir ja nicht für fünfzehn Stunden die Woche leisten. Oder für hundert Euro die Stunde.«

»So teuer wird's nicht«, versprach Emma. Im Kopf ging sie

schon die Zahlen durch, wie viel sie brauchte, wenn sie das Ganze wirklich hauptberuflich machen wollte. Aber das war wieder der dritte Schritt vor dem ersten, und es war utopisch, wenn sie glaubte, dass sie schon bald davon leben könnte, anderen Leuten hinterherzuräumen. Sie bräuchte mehr als nur die vage Idee, Trudi Geld abzuknöpfen, damit diese sich besser fühlte.

»Also darf ich Ihnen helfen?«, fragte Emma sanft, denn es gab in diesem Moment wirklich Wichtigeres als ihre eigene finanzielle Situation.

Trudi nickte. »Aber was mache ich mit den ganzen Sachen hier?«, fragte sie verzweifelt. »Das ist doch viel zu viel, oder?«

Sie wies auf die Briefstapel, Alben und Fotomappen.

»Nein, das ist nicht zu viel«, erklärte Emma. »Das sind immerhin über achtzig Jahre Leben. Da kommt schon was zusammen. Was halten Sie davon, wenn wir erst mal alles sortieren? Nach Prioritäten. Was Ihnen unabdingbar wichtig ist, haben wir ja schon gestern aussortiert. Auf einen zweiten Stapel kommt dann alles, wo Sie sich nicht sicher sind, was daraus wird. Und auf einen dritten das, was Sie wirklich nicht mehr brauchen. Und dann gehen wir die Sachen gemeinsam durch, eins nach dem anderen.«

»Also wollen Sie doch einen Vollzeitjob auf drei Jahre bei mir«, scherzte Trudi.

»Warten Sie's ab. Wenn man erst mal anfängt, geht das schneller als gedacht.« Emma schaute sich um. »Ich habe nebenan noch eine leere Klappkiste. Wollen wir zumindest die Briefe dort reinlegen, bevor wir schlafen gehen? Mir ist dabei wohler.«

Trudi stimmte zu. Emma holte die Kiste. Als sie kurz ins Wohnzimmer schaute, lächelte sie; Raik hatte den Fernseher leise eingeschaltet und war davor eingeschlafen. Die Zwillinge schliefen natürlich auch.

Sie half Trudi, alles zusammenzuräumen. Die Alben kamen

aufs Sofa, die Briefe füllten die Klappkiste fast vollständig aus. Einige konnte Emma noch halb verkohlt aus der Glut ziehen. Offenbar war Raik gerade rechtzeitig gekommen, bevor Trudi ihr zerstörerisches Werk vollbringen konnte.

Das Feuer war inzwischen vollständig heruntergebrannt und verströmte nur noch seine Wärme. Emma verabschiedete sich von Trudi für die Nacht. Morgen war Sonntag; Montag aber, das versprach sie, würden sie direkt mit den Briefen beginnen.

Zurück in ihrer Wohnung blieb Emma in der Tür zum Wohnzimmer stehen. Sie betrachtete Raik. Er wirkte entspannt, ganz ruhig. Die Füße ruhten auf einem Hocker, er hatte sich aber nicht zugedeckt und würde früher oder später aufwachen, weil ihm kalt wurde.

Sie nahm die Wolldecke und breitete sie über ihn. Dann verließ sie auf Zehenspitzen das Wohnzimmer und schloss die Tür zum Schlafzimmer leise hinter sich.

Tja, war das jetzt ein Date gewesen oder nicht? Irgendwie fühlte sich der erste Teil des Abends danach an, aber dann hatten sie sich beide um die Menschen um sich herum kümmern müssen; das war ja grundsätzlich nicht falsch, aber manchmal brauchte man auch Zeit für sich selbst. Für die eigenen Belange.

Morgen, dachte Emma. Morgen wollte sie das Gespräch mit Raik fortführen. Aber dann fiel ihr die Verabredung mit Torben ein, und sie ging mit einer irrationalen Wut ins Bett, die sie nicht schlafen ließ.

Also lag sie wach und lauschte den leisen Atemzügen ihrer Kinder, während sie im schwachen Licht der Nachttischlampe in dem Buch schmökerte, das Frieke ihr hingelegt hatte.

KAPITEL 14

Frieke wachte viel zu früh auf, hochgeschreckt von einem un-
angenehmen Traum, von dem sie nicht mehr viel wusste. Außer
dass da eine unglaublich große Menge Salzwasser im Spiel war,
in dem sie zu ertrinken drohte.

Sie tastete auf dem Nachttisch nach ihrem Handy. Halb fünf.
Ungefähr drei Stunden zu früh für einen Sonntag, an dem sie
etwas vorhatte. Und fünf Stunden zu früh, wenn sie ausschla-
fen wollte.

Sie legte das Smartphone zurück, nahm stattdessen den
E-Book-Reader zur Hand, der inzwischen neben dem obliga-
torischen Bücherstapel auf dem Nachttisch lag. Viele Verlage
waren in den letzten Jahren dazu übergegangen, ihre Leseexem-
plare als E-Books zur Verfügung zu stellen, und Frieke fand das
prima, denn so konnte sie immer die Neuerscheinungen, die sie
interessierten, mit sich herumtragen und das lesen, worauf sie
gerade Lust hatte. Auf gedruckte Bücher konnte sie natürlich
nicht verzichten – zu sehr liebte sie den Geruch nach Leim, Papier und Druckerschwärze. Jedes Buch roch anders, aber allen
war gemein, dass sie in Frieke die Sehnsucht weckten, sich sofort in die Geschichte fallen zu lassen. An diesem viel zu frühen
Morgen vertiefte sie sich in ein Buch, das schon seit letztem
Sommer auf ihrem e-Reader schlummerte: »Befreit – Wie Bildung mir die Welt erschloss« von Tara Westover. Die Autobio-
graphie einer jungen Mormonin, die sich durch Bildung aus den
religiösen Zwängen ihrer Familie befreite. Auch wenn sich diese
Geschichte in den USA zugetragen hatte, fand Frieke darin viele

Parallelen dazu, wie wichtig Bildung auch für die Heranwachsenden hierzulande war.

Unwillkürlich legte sie dabei die Hand auf ihren Bauch. »Bei dir mache ich mir keine Sorgen, Böhnchen«, murmelte sie.

»Bitte was?« Bengt schoss neben ihr aus dem Bett hoch und starrte sie völlig perplex an. »Wie hast du mich gerade genannt?«

Frieke musste lachen, obwohl ihr der Schreck ordentlich in die Glieder fuhr.

»Böhnchen? Habe ich gerade im Schlaf gepupst?«

Verdammt, sie musste ihm unbedingt von dem Baby erzählen. Sie wunderte sich ohnehin, dass er nicht misstrauisch wurde, weil sie so viel futterte und so müde war. Als sie gestern mit den Zwillingen am Strand waren, hatte er sich jedenfalls die meiste Zeit um alles gekümmert, denn Frieke hatte sich einfach in den Strandkorb gelegt und war nur zu den Mahlzeiten munter geworden.

Und während der kurzen Wachzeiten hatte sie Bengt beobachtet, der mit erstaunlicher Souveränität mit den Kindern umging.

Aber warum erstaunte sie das überhaupt so? Warum traute man Männern grundsätzlich nicht zu, genauso gut mit Kindern klarzukommen und sich um sie zu kümmern wie Frauen?

»Oder hast du etwa geträumt, ich habe …« Bengt war inzwischen recht munter. »Wieso bist du überhaupt wach? Und was liest du da?«

Er setzte sich neben sie und zog den E-Reader von ihrem Schoß. Frieke quiekte, denn er hatte den Startbildschirm ihres E-Readers versehentlich angeklickt. Wenn sie nicht das Buch von Tara Westover las, schmökerte sie in einem Schwangerschaftsratgeber, den sie sich vor zwei Tagen gekauft hatte. Denn auch dafür waren E-Reader sehr nützlich – sie hüteten die geheime Lektüre, ob es nun pikante Erotikromane waren, mit deren Cover man in der S-Bahn nicht gesehen werden wollte, oder um Ratgeber, von deren Existenz der geliebte Lebenspartner lieber noch nichts wissen sollte, weil er dann absolut richtige Schlüsse ziehen könnte...

»Schwangerschaft für Anfänger?« Er runzelte die Stirn. »Und das hier – Babybauchzeit?«

»Ich weiß auch nicht, wo die her sind«, murmelte Frieke. »Manchmal schicken die Verlage einfach ihre neuen Publikationen an alle Buchhändler, deren Kontaktdaten sie haben.« Sie schnappte den E-Reader, klappte die Schutzhülle mit einem leisen Knall zu und drehte sich im Bett von ihm weg. »Ich muss jetzt schlafen«, sagte sie rigoros. »Sonst schaffe ich den morgigen Tag nicht.«

Sie hörte Bengts Bettzeug rascheln, dann war es still. Frieke streckte die Hand nach der Nachttischlampe aus. In die Dunkelheit hinein hörte sie Bengt fragen:

»Wann haben wir eigentlich aufgehört, miteinander über alles zu reden, Frieke?«

Ihr wurde ganz kalt vor Nervosität. »Wie meinst du das?«

»Na ja. Wir reden nicht mehr über alles, oder? Jeder hat seine Arbeit. Klar, jetzt im Mai, Juni, Juli ist bei mir viel los, genauso wie bei dir. Aber ich finde, dass wir auf der Strecke bleiben. Ich möchte nicht, dass wir in ein paar Jahren feststellen, dass wir nur noch nebeneinanderher leben.«

»Bengt...«

Jetzt wäre der richtige Moment, dachte sie. Es wäre ganz einfach. Sich zu ihm umdrehen, ihn küssen und ihm dann erzählen, dass sie seit gut einer Woche von der Schwangerschaft wusste. Dass sie Angst hatte, ihm davon zu erzählen, dass sie sich aber auch unbändig darauf freute, wenn sie bald Eltern wurden.

Stattdessen löschte sie das Licht. »Schlaf jetzt«, sagte sie leise. »Wir können morgen reden.«

Und danach lag sie für den Rest der Nacht wach, grübelte und fragte sich, warum Bengt tatsächlich eingeschlafen war, nur weil sie es sagte.

Ob sich das auch aufs Baby übertragen ließ?

Vermutlich nicht.

Aber man würde ja wohl noch träumen dürfen.

Schlaflose Nächte waren für alle Menschen unschön, doch für auf sich gestellte Mütter mit Kleinkindern waren sie fatal. Das dachte Emma, als sie am nächsten Morgen in den Badezimmerspiegel blickte.

Das Wohnzimmer war verwaist. Raik war offenbar irgendwann heute früh rausgeschlichen. Die Decke und das Kissen lagen ordentlich auf dem Hocker vor dem Sofa.

Sie machte erst die Jungs fertig, dann sich selbst. Normalerweise war sie keine der Frauen, die viel Make-up benutzten. Aber heute ging es nicht ohne. An schlechten Tagen war Make-up für sie wie eine Maske, hinter der sie sich verstecken konnte. Und das brauchte sie heute. Es ging ihr gut, im Großen und Ganzen, aber dieses Gespräch mit Torben führte sie lieber in Rüstung.

In ihrer Reisetasche fand sie noch ein dunkelblaues Kleid ohne Knitterfalten und mit kleinen, weißen Punkten. Dazu trug sie ihre roten Maryjanes, die sie seit ein paar Jahren heiß und innig liebte. Die blonden Haare band sie zu einem Pferdeschwanz zusammen, denn fürs Frisieren blieb keine Zeit, und dass sie gestern mit nassen Haaren bei Trudi auf dem Sofa Seelsorge gehalten hatte, ließ sie etwas zerzaust aussehen. Und als sie fertig war und nur noch die weiße Strickjacke überwerfen musste, merkte sie, dass die Zwillinge gewickelt werden mussten. Beide. Und dabei quengelte der jeweils andere so laut, weil beide schon Hunger schoben, dass sie richtiggehend ins Schwitzen geriet.

Souveräne Zwillingsmama? Davon war Emma weit entfernt.

Als sie endlich loskamen, war sie erledigt, die Zwillinge krümelten sich mit dem Zwieback voll, den sie in Ermangelung eines anderen Frühstücks verteilt hatte, und während sie den Bollerwagen Richtung Dorf zog, geriet sie ein zweites Mal ins Schwitzen, sodass die Strickjacke nach wenigen Metern im Bollerwagen landete.

Beste Voraussetzungen also für das Gespräch mit Torben.

Er stand schon vor der »Spiekerooger Liebe«, als Emma um die Ecke bog. Seine Augen strahlten, als er die Zwillinge sah, die sich sofort mit wildem Papa-Rufen gefährlich weit aus dem Bollerwagen lehnten.

»Wohin gehen wir?«, fragte Torben.

»Lass uns ins Teetied gehen. In deinem Hotel sind Kinder nicht gern gesehen.«

Als sie wenig später mit Torben in dem kleinen Café saß, schwiegen sie einen Moment und beobachteten die Zwillinge, die bereits auf Entdeckungsreise gegangen waren. Dann räusperte Torben sich und sah sie über den Tisch hinweg lange an.

Emma hatte die Arme vor der Brust verschränkt, doch als sie merkte, wie feindselig das wirkte, zwang sie sich, die Hände in den Schoß zu legen.

»Es tut mir leid, dass ich dir so viel Kummer bereitet habe«, sagte Torben schließlich. Seine Stimme klang zittrig. War er etwa aufgeregt? »Ich habe mich wie ein Idiot benommen. Sorry.«

Emma merkte, wie gut es ihr tat, dass er diese Dinge aussprach.

»Ich habe viel nachgedacht«, fuhr er fort. »Und...«

Sie hielt den Atem an.

Wollte er sie zurück?

»Du meinst, wir sollten es noch mal versuchen?«

Torben schüttelte den Kopf. Er wirkte fast entsetzt. »Nein, nein! Ich finde, wir sind gescheitert. Und da gibt es in meinen Augen auch keinen Weg zurück. Auch wenn ich dich immer lieben werde.« Er blickte auf seine Hände und holte tief Luft. »Darum denke ich, wir sollten in Zukunft getrennte Wege gehen.«

Emma verspürte eine eigentümliche Erleichterung, als er das sagte. In den letzten Tagen war ihr klar geworden, wie wenig sie Torben in ihrem Leben brauchte, ja, wie befreit es sich angefühlt hatte, ohne ihn zu sein.

»Ich möchte aber, dass für dich und die Jungs zukünftig gut gesorgt ist«, sagte er nach einer kurzen Pause, in der er Emma scharf beobachtete, als fürchte er, sie könnte in Tränen ausbrechen. »Und mit gut meine ich richtig gut. Du weißt, dass Geld bei uns nie das Problem war. Deswegen habe ich mir überlegt..., ich möchte dir ermöglichen, dass du mindestens noch ein Jahr zu Hause bleiben kannst.«

Emma schluckte schwer.

Zu Hause – wo war denn ihr Zuhause? Das Reihenhaus in einem Vorort von Hamburg war es vermutlich nicht mehr... Sie würde sich etwas Neues suchen müssen.

»Das wäre gut«, sagte sie völlig überrumpelt.

»Ich würde auch vorschlagen, dass du dir einen Anwalt suchst, der deine Interessen vertritt. Ich möchte wirklich, dass wir im Guten auseinandergehen, und ich möchte, dass die Jungs weiterhin einen Vater haben. Ich weiß nicht, wie das funktioniert, wenn du jemand Neues kennenlernst...«

Wieder verstummte er, wieder starrte er Emma erwartungsvoll an.

Sie wäre vielleicht unter anderen Umständen bereit gewesen, um ihre Ehe zu kämpfen. Wenn er sie nicht vor vollendete Tatsachen gestellt hätte oder wenn er versucht hätte, sich wieder mehr einzubringen, statt sie von heute auf morgen zu verlassen. Damit hatte er das Recht darauf verwirkt, dass sie ihm irgendetwas über ihr Privatleben mitteilte. Zumindest so lange, bis es da wirklich etwas Berichtenswertes gab.

Emma atmete tief durch. Jetzt war sie also mittendrin in diesem Gespräch, vor dem sie sich so gefürchtet hatte. Sie hatte es sich schlimmer vorgestellt. Warum eigentlich? Sie waren beide erwachsen. Sie wollten beide dasselbe. Natürlich würde es sicher einmal eine Situation geben, in denen einer sich ungerecht behandelt fühlte. Aber sie würden das schaffen. Das waren sie Lars und Timo schuldig.

Johanne blickte zu dem hohen Gebäude auf. Es war eines der höchsten, mit Sicherheit aber auch das größte auf der Insel. Ein richtiger Klotz, dachte sie, hässlich aber nicht. Offenbar hatte der Inselrat sehr genaue Vorgaben gemacht, wie das Hotel auszusehen hatte.

Sie war nach einer schlaflosen Nacht früh am Morgen aufgestanden, und während sie ihren ersten Kaffee trank, traf sie eine Entscheidung.

Sie musste mit Oltmanns reden.

»So früh schon auf den Beinen!« Ihre Schwiegertochter Julia kam in die Küche, als Johanne gerade das Geschirr von ihrem kleinen Frühstück abspülte.

»Ja, immer.« Johanne lächelte. »Da wirst du auch noch eines Tages hinkommen, dass der Schlaf eher flüchtig ist.«

»Manchmal glaube ich, der Tag ist gar nicht mehr so fern.«

Julia seufzte, als sie sich an den Küchentisch aus Kiefernholz setzte. »Gut, dass die anderen noch schlafen. Ich wollte etwas mit dir besprechen.«

Johanne setzte noch eine Kanne Kaffee auf und gesellte sich zu ihrer Schwiegertochter. »Es ist doch alles in Ordnung bei euch?«, fragte sie besorgt. »Thomas und du, ihr kommt doch aus?«

»Ja, mach dir um uns keine Sorgen«, sagte Julia mit einer Handbewegung, als wolle sie alle Sorgen ihrer Schwiegermutter vom Tisch fegen. »Es geht um Jockel.«

Joachim, genannt Jockel, war das jüngste der drei Kinder von Julia und Thomas. Ein aufgeweckter junger Mann, der Johanne viel Freude machte, weil er ein begeisterter Leser und kluger Kopf war.

»Was ist mit ihm?«, fragte sie sogleich besorgt.

»Er hat es sich zur Aufgabe gemacht, den Stammbaum der Familie zu erforschen. Er interessiert sich wirklich dafür, woher wir kommen.«

»Und?«

»Ihm ist aufgefallen, dass sein Vater ... nun, Thomas kam recht kurz vor eurer Hochzeit zur Welt. Das wäre ja nicht schlimm«, beeilte Julia sich zu sagen. Sie wurde tatsächlich ein bisschen rot und blickte verlegen in ihren Kaffeebecher, der schon wieder leer war. Johanne stand auf, schenkte nach und kramte aus einem Oberschrank eine Rolle mit Haferflockenkeksen, die sie auspackte und in ein Schüsselchen legte, bevor sie sich mit einem Seufzen wieder setzte. Das Gespräch ging in eine Richtung, die ihr gar nicht behagte. Was sollte sie nur auf diese Frage antworten? Sobald sie im Raum stand, musste sie darauf antworten. Alles andere könnte sie mit ihrem Gewissen nicht vereinbaren. Überhaupt wunderte sie sich, dass sie ihr Sohn nicht viel früher damit konfrontiert hatte. Thomas schlug so völlig aus der Art. Er war hellhaarig und groß, alle anderen klein und dunkel. Er war laut, die anderen leise. Am meisten aber fiel ihr auf, dass er nach Höherem strebte, während ihre anderen Kinder sich schon mit Anfang dreißig im Leben eingerichtet hatten. Und seit Oltmanns wieder auf der Insel war, sah sie, wie ihr Sohn in zwanzig, dreißig Jahren sein würde. Vielleicht nicht ganz so hart gegen andere, denn Julia und die Kinder hatten ihn sicher ein bisschen weicher gemacht, zarter gegen sich, Johanne hoffte es zumindest. Klug waren alle ihre Kinder, die Enkel sowieso. Aber wieso kam Jockel ausgerechnet jetzt auf die Familie? Woher kam dieser Wunsch?

»Ein Seminar im Studium«, erklärte Julia auf Nachfragen. »Aber er hat Fragen. Und er wird nicht müde, sie zu stellen. Weil sein Vater ... Du weißt es selbst, Johanne. Er ist anders als seine Geschwister.«

Da, die Wahrheit. So greifbar und doch kaum zu fassen. Johanne schwieg; schließlich nahm sie einen Schluck Kaffee und erklärte: »Sein Vater war immer für ihn da.«

»Das stellt auch niemand in Abrede«, sagte Julia leise. »Jockel fragt sich nur, ob es da mehr gibt. Einen anderen Großvater, den wir alle nicht kennen.«

Ja, den gibt es, dachte Johanne. Und kurz fuhr ihr der Gedanke durch den Kopf, wie das wäre, wenn sie Thomas mit Oltmanns Kruse bekannt machen würde. Ob die beiden einander erkennen würden als das, was sie waren? Ob der eine im anderen den Spiegel sehen würde, ein Blick zurück, ein Blick in die Zukunft? Oder würden sie einander nicht erkennen?

»Gab es da einen anderen Mann? Bevor du Ernst geheiratet hast?«

Johanne wollte schon zu einer Erwiderung ansetzen, aber Julia hob beschwichtigend die Hände. »Ich will darauf keine Antwort. Das ist eine Sache zwischen deinem Sohn und dir.«

»Es ist offenbar nicht länger nur eine Sache zwischen ihm und mir. Es geht auch Jockel und seine Geschwister an.« Johanne seufzte. Sie hatte vor dem Besuch ihrer Familie darüber nachgedacht, ob sie etwas sagen sollte, jetzt, da Oltmanns wieder hier lebte. Oder ob sie einfach die Geschichte von damals für sich behielt, weil es keinen Zweck hatte, wenn sie darüber sprach. Würde es denn etwas ändern? Würde Thomas anders über ihren Mann denken, den er sein Leben lang Papa genannt hatte? Oder über sie selbst, weil sie ihm dieses wichtige Detail ihres Lebens, das auch Einfluss auf sein Leben hatte, immer verschwiegen hatte?

»Ich möchte nicht, dass du dich zu irgendetwas gedrängt fühlst«, sagte Julia leise. »Ich wollte dich nur darauf vorbereiten. Jockel wird Fragen haben, und ich fürchte, er wird sie zur Unzeit stellen.«

Das fürchtete Johanne auch. Doch wie sehr das zutreffen sollte, würde sich erst kurze Zeit später erweisen.

Den ganzen Sonntag hielt Emma nach Raik Ausschau. Am Abend, nachdem die Zwillinge im Bett waren, schrieb sie ihm eine Nachricht.

Nach langem Nachdenken allerdings erst, und alles, was dieses Nachdenken erbrachte, war ein nichtssagendes *Hi, wie geht's?*, für das sie sich sofort im Anschluss am liebsten in den Hintern gebissen hätte. Raik antwortete zwei Minuten später mit einem erwartbaren *Gut. Und selber?*

Oh mein Gott, dachte Emma. Wir schreiben wie so Teenies, die nicht zugeben wollen, dass sie aufeinander stehen. Oder wie Erwachsene, die nur der Höflichkeit halber nachfragen, obwohl es sie überhaupt nicht interessiert, wie es dem anderen geht.

Sie beschloss, sich lieber ihrer Lektüre zu widmen und nicht länger darüber zu grübeln, was die Sache mit Raik war oder werden könnte.

Als sie zwei Stunden später vom Buch aufblickte, das letzte Stückchen Schokolade in den Mund steckte und den verbliebenen Schluck Rotwein in den Ausguss kippte, weil sie das Gefühl hatte, schon mehr als genug getrunken zu haben, wagte sie auch einen letzten Blick aufs Handy, das sie die ganze Zeit erfolgreich ignoriert hatte.

Offensichtlich doch eher »verliebte Teenager«, dachte sie, denn ihr Herz hüpfte wild, als sie die zahlreichen Nachrichten sah, die Raik in der Zwischenzeit geschrieben hatte.

Was machst du heute Abend?

Ich müsste arbeiten, habe aber keine Lust.

Bist du noch wach?

Schade, offensichtlich nicht. Dann gehe ich auch schlafen.

Sehen wir uns bald wieder?

Gute Nacht!

Die letzte Nachricht hatte er vor zwanzig Minuten geschrieben. Emma atmete tief durch. Dann schrieb sie zurück: *Gute Nacht! Habe gelesen.*

Keine Minute später meldete er sich wieder. *Muss ja ein gutes Buch gewesen sein, wenn du mich ignorieren konntest.*

Sie lächelte. *Handy war stumm geschaltet.*

Wegen dem Noch-Ehemann?

Nein. Der weiß sich zu benehmen. Das geht alles ganz zivilisiert ab.

Aber es geht zu Ende?

Sie zögerte. Dann schrieb sie: *Ja. Wir trennen uns.*

Er schickte einen grinsenden Smiley.

Emma bekam das Lächeln gar nicht mehr aus dem Gesicht. Sie überlegte noch an einer Antwort herum, doch plötzlich klingelte ihr Handy, und vor Schreck ließ sie es fast fallen. Rief Raik sie etwa an?

Nein. Der angezeigte Name erschreckte sie aber noch mehr, denn welchen Grund sollte Frieke haben, sie sonntagabends um elf anzurufen?

Sofort ging sie ran. »Hey, was gibt's?«, fragte Emma.

Am anderen Ende der Leitung hörte sie nur ein Schluchzen.

KAPITEL 15

Eine Viertelstunde später stand Emma bei Frieke vor der Tür. Ihre Freundin öffnete, bevor sie klopfen konnte. Offenbar hatte sie im Flur gewartet, bis Emma auftauchte.

»Wo sind die Zwillinge?«, fragte sie besorgt.

»Trudi war noch wach und passt auf. Mensch, was machst du denn für Sachen?« Behutsam nahm Emma ihre Freundin in die Arme. »Du siehst aus wie ein Gespenst.«

»So fühle ich mich auch«, sagte Frieke düster.

»Wo ist Bengt?«

»Draußen. Er übernachtet bei seinen Brandseeschwalben.«

»Du könntest ihm einfach erzählen, was mit dir los ist. Ich bin sicher, dann würde er nachts bei dir bleiben.«

Frieke zuckte hilflos mit den Schultern. »Ich weiß doch auch nicht«, murmelte sie.

»Erzähl mal der Reihe nach.« Das, was Frieke am Telefon gestammelt hatte, klang selbst eine Viertelstunde später in Emmas Ohren zu schön, um wahr zu sein. »Du bist schwanger?«

Bang nickte Frieke. Und schlug direkt die Hände vors Gesicht und heulte los. »Ich wollte doch Bengt als Erstes davon erzählen!«, schniefte sie.

»Ich bin sicher, wenn du es ihm erzählst, wird das nicht seine größte Sorge sein.«

»Sondern?« Frieke starrte sie mit weit aufgerissenen Augen an. »Was denn dann? Meinst du, er ist nicht der Mann für Familie?«

»Ach, Liebes.« Emma legte tröstend den Arm um Friekes

Schulter. Sie seufzte. Das alles kam ihr nur allzu bekannt vor. Sie hatte es selbst in den ersten Wochen der Schwangerschaft durchgemacht, dieses Gefühlschaos, dieses Auf und Ab. »Komm, ich koche uns erst mal einen Tee. Und dann erzählst du mir in aller Ruhe, was mit dir los ist.«

Sie gingen in die Küche. Frieke ließ sich widerstandslos auf einen Stuhl schieben und schlang die Strickjacke enger um ihren Oberkörper. »Ich glaube, es ist gar nicht mehr am Leben.«

»Das Baby?«

Frieke nickte. »Die ganze Zeit war mir immer so schlecht, oder ich war müde. Heute war davon nichts mehr da.«

»Das kommt schon mal vor«, tröstete Emma sie. »Wenn du wüsstest, wie oft ich in den ersten Wochen bei meinem Gynäkologen gestanden habe, weil ich dachte, es sei vorbei. Ehrlich, lass dich davon nicht verrückt machen.«

»Es ist nur ... so ein Gefühl.«

»Aber du hast keine Blutungen?«, vergewisserte Emma sich. »Es ist einfach nur dieses Gefühl, dass irgendwas nicht in Ordnung ist?«

»Das ist mehr als dieses ... Gefühl.« Frieke bemühte sich, möglichst würdevoll zu sein. »Es ist mehr als das. Ich bin mir sicher, dass es nicht mehr lebt.«

»Okay, das werden wir schon herausfinden. Aber nicht heute Nacht, Liebes.« Emma legte den Arm um Friekes Schulter und führte sie in die Küche. »Hast du Baldriantee im Haus? Oder irgendwas anderes, das dich wieder runterbringt?«

Frieke machte sich los. »Mit mir ist alles in Ordnung«, behauptete sie. »Um das Baby müssen wir uns Sorgen machen.«

Emma antwortete nicht. Sie wusste, was Frieke durchmachte; zu Beginn ihrer Schwangerschaft hatte sie selbst manchmal daran gezweifelt, dass sie noch schwanger war, weil sie sich manchmal einfach überhaupt nicht so fühlte. Das war dann mit jeder neuerlichen Übelkeitswelle besser geworden, und als sie dann im fünften Monat die ersten zaghaften Stupser unter der Bauchdecke spürte, hatte sie endlich die Gewissheit gehabt, dass es ihren Babys gut ging. Aber bis dahin hatte Frieke vermutlich noch eine ganze Menge Zeit.

»Wie weit bist du denn so ungefähr?«, erkundigte sie sich und inspizierte gleichzeitig die Küchenschränke auf der Suche nach etwas, das Frieke beruhigen könnte. Der gute Rum war vermutlich nicht das Richtige, obwohl Frieke nach einem ordentlichen Grog bestimmt gut schlafen konnte. Sie fand Haferkekse und eine Packung mit Melissentee. Besser als nichts, befand Emma.

»Siebte oder achte Woche.« Frieke hielt den Blick auf ihre Hände gerichtet, die tatenlos im Schoß lagen. »Nein, siebte Woche.«

»Hast du schon einen Arzttermin?«

»Am Donnerstag.«

»Wenn es dir keine Ruhe lässt, fahr morgen schon hin. Bei nervösen Schwangeren machen sie bestimmt eine Ausnahme und ziehen dich vor.«

»Ich weiß nicht...«

Emma setzte sich zu Frieke an den Tisch und nahm ihre Hände. »Fahr hin«, sagte sie. »Du machst dich sonst bis Donnerstag völlig verrückt. Die schicken dich nicht weg. Sag ihnen meinetwegen, du hättest eine Blutung gehabt. Das ist ein bisschen geflunkert, aber immer noch besser, als wenn du dich noch tagelang quälst. Diese Art von Stress schadet vor allem dir.«

Frieke atmete tief durch. »Okay«, sagte sie leise. »Okay.«

»Und dann musst du mir noch etwas versprechen.«

»Ja?«

»Erzähl Bengt endlich davon. Er hat die Wahrheit verdient. Und zwar nicht erst nächstes Jahr im Februar, wenn plötzlich ein Baby zwischen euch im Bett liegt und leise gluckst. Erzähl es ihm jetzt. Ich bin sicher, er wird sich freuen. Und er wird dich morgen begleiten.«

»Jetzt? Aber ...« Frieke zog die Stirn kraus.

Emma zog ihr Handy aus der Hosentasche und schob es über den Tisch. »Jetzt.«

Frieke starrte das Handy an, als wäre es so ziemlich das Letzte, was sie jetzt sehen wollte. Dann nahm sie ihr eigenes aus der Hosentasche, wog es in der Hand und steckte es dann wieder weg. »Nein«, sagte sie. »Erst morgen, wenn ich weiß, dass alles okay ist.«

»Du wirst es ihm morgen auch erzählen, falls *nicht* alles okay ist. Oder willst du es ihm verschweigen, wenn du eine Fehlgeburt hast?«

Emma war bewusst, dass sie gerade hart mit Frieke ins Gericht ging, aber sie wusste sonst keinen Ausweg mehr; Frieke musste kapieren, dass dieses Baby zwar in ihrem Bauch war, dass Bengt aber genauso daran beteiligt war wie sie. Und dass er ein Recht auf dieses Wissen hatte, so früh wie möglich. Es sei denn ...

»Du willst es doch behalten?«, fragte sie zur Sicherheit nach.

»Natürlich will ich es behalten. Ich freu mich doch so. Sehe ich wie eine Frau aus, für die eine Schwangerschaft das größte Unglück ist?«

»Nein«, räumte Emma ein. »Aber wie eine Frau, die damit nichts anzufangen weiß. Ich verstehe dich so sehr, Süße. Das ist eine Sache, die dein Leben völlig auf den Kopf stellt. Ich weiß – das sagt dir jeder, und man denkt dann, man wäre darauf vorbereitet, wie es tatsächlich ist. Das wird man aber nie sein. Weil es wirklich unvorstellbar ist.«

In Friekes Augen sah sie kurz die Panik aufflackern.

»Aber das Gute ist«, fuhr sie daher rasch fort und legte ihre

Hand auf Friekes Unterarm, »dass du das schaffen wirst. Es wird anfangs eine Umstellung, aber bisher hat das noch jede Familie hinbekommen.«

»Manche haben es nicht hinbekommen…«

Emma wusste, dass Frieke an ihre Eltern dachte, an Ole und Ute, die sich kurz nach der Geburt der gemeinsamen Tochter getrennt hatten, weil Ole nie da war und weil Ute mehr brauchte als die Hoffnung, dass er heil von seinen Reisen auf den sieben Weltmeeren zurückkehrte.

»Die Brandseeschwalbenkolonie ist nicht die hohe See.«

»Und was war mit dir und Torben? Das hat vorher ja auch funktioniert.«

»Das stimmt«, räumte Emma widerstrebend ein. »Aber Torben hat mich vorher schon allein gelassen. Da hat es mich nur nicht gestört.«

»Du wärst trotzdem weiterhin mit ihm zusammengeblieben. Er hat sich ja getrennt.«

»Bengt ist nicht Torben«, bekräftigte Emma. »Er backt dir Quarkrosinenbrötchen. Er übernimmt seinen Anteil am Haushalt. Und ich wage mal die Behauptung, dass für ihn dein Job gleichwertig ist mit seinem – unabhängig davon, wie viel der Einzelne verdient. Oder sehe ich das falsch?«

Frieke schüttelte den Kopf.

»Na siehst du. Er ist da, wenn's drauf ankommt.«

»Und das war Torben nicht?«

Emma lachte. »Ich merke, was du gerade versuchst«, sagte sie. »Du lenkst von deinen Problemen ab, die gar keine sind.«

Frieke lächelte auch. »Kann schon sein.«

»Also, Torben. Das war immer schon so, dass ich seine Sachen mit erledigt habe. Er war ja viel unterwegs, und es störte mich nicht, seine Hemden zu waschen oder für uns beide die Wohnung zu putzen, damit wir die gemeinsame Zeit nutzen konnten.« Sie wurde nachdenklich. Schön war das damals, dachte sie. Aber manches kommt eben nicht zurück.

»Mit den Kindern wurde das anders. Ich schaffte nicht mehr alles, und ich glaube, er hat eben nicht nur gemerkt, dass Familie nichts für ihn ist. Vielleicht auch, dass es für mich nichts ist, ihm den Arsch hinterherzutragen. Es hat irgendwie funktioniert. Es wäre besser geworden. Vielleicht hätten wir nicht wieder zueinandergefunden. Aber vielleicht ja doch, und deshalb habe ich gar nicht darüber nachgedacht, ob wir die Ehe beenden.«

»Und jetzt hat er das für euch entschieden.«

»Ich war so wütend«, räumte Emma ein. »Aber ich dachte auch: Ja, Mensch, irgendwie hat er recht. Komisch … Hat gar nicht so lange gedauert, bis ich zu der Erkenntnis kam. Als hätte ein Teil von mir es schon vorher gewusst.«

Sie schwiegen beide nachdenklich.

»Aber so wird das bei euch nicht laufen«, bekräftigte Emma. »So, und nun rufst du ihn an, und ich gehe nach Hause. Einverstanden?«

Frieke nickte. Emma stand auf, sie umarmten sich zum Abschied. »Danke«, flüsterte Frieke. »Du hast doch im Moment echt genug eigene Sorgen.«

»Mach dir deshalb keine Gedanken«, sagte Emma. »Manchmal ist das so, und da hat man dann Energie, von der wusste man nicht, dass man sie hat. Als Mutter ganz besonders.«

Frieke lachte. »Du warst doch immer schon ein Wunder an Effizienz.«

»Denk an meine Worte: Ich habe früher so viel Zeit vertändelt. Das finde ich jetzt schon sehr peinlich.«

Beschwingt machte sie sich auf den Heimweg. Sie öffnete gerade das Gartentürchen und wollte auf den Pfad einbiegen, als sich eine Gestalt aus dem Schatten eines Hauses gegenüber löste. »Hallo.«

Emma hätte fast vor Schreck gequiekt. Aber genauso schnell wusste sie, wer ihr da mitten in der Nacht auflauerte, und ihr Herz machte einen ganz merkwürdigen, freudigen Satz.

»Raik.«

»Ich habe gehört, du wärst bei einer Freundin, und da dachte ich, dass ich dich abholen könnte.« Er trat ins Licht der Straßenlaterne und grinste etwas verlegen. »Also, ich hoffe, du findest das nicht seltsam und fühlst dich verfolgt.«

Emma lachte. Sie erinnerte sich wieder daran, wie sie sich kennengelernt hatten. Wie ihr seine Fürsorge anfangs viel zu viel gewesen war, bis er ihr den Kopf geraderückte. Gewöhn dich dran. Wir Insulaner sind so. Und wenn wir jemanden mögen, erst recht.

Das hatte sie verwirrt. Weil sie sich bisher immer selbst um alles hatte kümmern müssen. Sie war es nicht gewohnt, dass jemand ihr etwas abnahm. Nach dem Tod ihrer Mutter hatte sie so verdammt schnell erwachsen werden und alles, wirklich alles selbst organisieren müssen – sogar die Beerdigung. Niemand sollte das tun müssen, schon gar nicht mit achtzehn.

Aber daran war sie gewachsen. Später, wenn Freundinnen mehr oder weniger chaotische WGs bewohnten, in denen alles in Staub und Unordnung versank, hatten sie Emma oft gefragt, wie sie es schaffte, dass ihr kleines Einzimmerapartment so ordentlich war. »Ich putze und räume auf«, war Emmas überraschte Antwort gewesen.

Aber das war eben nicht alles.

Sie übernahm Verantwortung für sich, weil es sonst niemand getan hatte, als sie Halt suchte – ihre Mutter tot, ihr Vater mit sich selbst beschäftigt. Da hatte sie sich aus dem Sumpf ziehen müssen, anders wäre es nicht gegangen. Und das hatte sie auch geschafft und war stolz darauf. Was geblieben war aus jener Zeit, war ihr Organisationstalent.

Und ihre Entfremdung von ihrem Vater.

»Darf ich dich nach Hause begleiten?«, fragte Raik.

»Ja, gerne. Hast du Angst, jemand könnte mich entführen?«

»Diese Inselentführungen, wer kennt sie nicht?« Sie grinsten, und Raik passte seine Schritte denen von Emma an, während sie langsam Richtung Dorfmitte spazierten. Vorbei am Rosenpavillon, am Frischemarkt und an der Pizzeria ging es im Westen den Hügel hinauf zum Isländerhof. Emma merkte, wie sie möglichst langsam ging, obwohl sie auch schleunigst heim zu ihren Zwillingen wollte. Aber das hier, diese kostbaren Minuten mit Raik wollte sie genießen, solange es ging.

»Ist dein Noch-Ehemann abgereist?«, fragte Raik.

Emma blieb stehen. Darum ging es also.

Ihr Herz machte einen zarten, zaghaften Hüpfer. Wie Raik sich ihr näherte – ganz behutsam, als fürchte er, sie zu sehr zu verschrecken, dennoch mit einer bewundernswerten Beharrlichkeit, damit sie nicht vergaß, dass er an ihr interessiert war –, hätte sie bei einem anderen Mann, in einer anderen Situation vielleicht als befremdlich empfunden. Bei ihm war es ... gut. Er war für sie da, ließ ihr aber so viel Raum, wie sie wollte. Sie war überzeugt, sobald sie ihm signalisierte, dass sie kein Interesse an ihm hatte, würde er sich zurückziehen und sie in Ruhe lassen.

»Er wird bald mein Ex-Ehemann sein.« Sie schluckte. Auch wenn Torben und sie sich einig waren, dass ihre Ehe am Ende war und es sich nicht lohnte, länger darum zu kämpfen, fühlte sich das alles ziemlich mies an. Es waren ja nicht nur sieben Jahre, die sie verbanden. Es waren auch eine traumhafte Hochzeit auf einem Jagdschloss im Brandenburgischen, unzählige Fernreisen und Wochenendausflüge in die Metropolen der Welt, ein beharrlicher Kinderwunsch, der sie beide dazu getrieben hatte, sich diesem Wunsch zu stellen und darum zu kämpfen.

Schade, dass Torben nicht im Familienleben angekommen war. Auf ihre Frage, ob sie etwas hätte anders machen können, hatte Torben heute früh den Kopf geschüttelt.

»Ich hätte etwas anders machen müssen«, erklärte er. »Aber ich war dumm. Nicht bereit, mein Berufsleben hintanzustellen, und jetzt ist es dafür zu spät.«

Er sagte das so sachlich, als wäre dieser Zug unwiderruflich abgefahren. Und Emma hakte nicht nach. Sie spürte selbst, dass es keinen Weg zurück gab.

Ehe sie sich an diesem Vormittag verabschiedet hatten, hatte Torben ihr noch erzählt, dass er in der Kanzlei zum Partner befördert werden würde. Das bedeutete, dass er noch mehr arbeiten würde. Aber da Emma wusste, dass er immer auf dieses eine Ziel hingearbeitet hatte, gratulierte sie ihm.

Er wirkte nicht besonders glücklich damit. »Ich hab's verbockt«, war seine Antwort gewesen.

Sie verstand ihn, aber das war auch etwas, das sie ihm nicht abnehmen konnte.

Als sie nun neben Raik herlief und er nichts sagte, vermutlich um ihr genug Platz zu lassen, damit sie etwas sagte, spürte Emma, dass sie noch nicht so weit war. Nicht für einen neuen Mann, nicht für neue Gefühle.

»Es geht alles so schnell«, sagte sie leise. »Ich bin noch keine zwei Wochen auf der Insel, mein Leben hat irgendwie Fahrt aufgenommen. Ich bin wie so ein altes Indianerweib«, sie lachte verlegen, »das jammernd auf der Draisine sitzt, die etwas schneller als mit Schrittgeschwindigkeit über die Schienen rollt. So fühlt sich das an. Mein Herz kommt noch nicht so ganz hinterher.«

Sie blickte ihn von der Seite an. »Das klingt vermutlich zu verrückt, ja?«

Raik lächelte still. »Ich verstehe, was du meinst. Auch wenn ich den Vergleich etwas ... knuffig finde.«

Emma lachte so laut, dass sie überrascht die Hand vor den Mund schlug – es war im Dorf so still um diese Tageszeit, keine Leute auf der Straße, dass sie das Gefühl hatte, hinter dem nächsten Rhododendron könnte der Dorfpolizist lauern und sie wegen Ruhestörung ermahnen.

»Knuffig.« Sie versetzte ihm einen spielerischen Klaps. »Meine Mutter hat das früher gesagt«, erklärte sie nachdenklich. »Wenn ihr alles zu viel wurde.«

»Deine Mutter war eine kluge Frau.«

»Sie zog sich dann immer zurück. Sie hatte in unserem Haus ein Zimmer, in dem sie alle Sachen für ihre vielen Hobbys hatte. Die Nähmaschine. Die Stoffe, die Wollknäuel … Manchmal saß sie den ganzen Nachmittag in dem Sessel am Fenster und strickte. Ich durfte dann bei ihr sein, in eine Decke gewickelt saß ich vor der warmen Heizung und las. Ihre Bücher standen auch dort. Wie ein kleiner Kosmos in unserem Haus, das überall sonst so aufgeräumt und klar war. Mein Vater mochte das.«

»Und deine Mutter schuf sich so ihren Ausgleich?«

Emma dachte daran, wie ihre Eltern miteinander umgegangen waren. Sie merkte die Tränen, die in ihren Augen brannten. Rasch wandte sie sich ab. »Das ist lange her«, flüsterte sie.

Aber es war immer noch in ihrem Herzen.

Auf einmal vermisste sie ihren Vater sehr.

»Was machst du denn, wenn du Ausgleich brauchst?«

Darauf wusste Emma keine Antwort. Zum Glück bogen sie gerade in den kleinen Weg zum Isländerhof ein, und sie schwieg so lange, bis sie zwischen den Häusern und Ställen standen. In Emmas Wohnzimmer brannte noch ein Licht. »Ich will Trudi nicht zu lange warten lassen«, sagte sie. »Es ist schon spät.«

Raik streckte die Hand nach ihr aus. Seine Finger streiften ihre, und einen Moment lang schien es, als würde die Zeit sich verlangsamen. Als könnte sie stillstehen, damit Emma und er sich noch ein paar Minuten stehlen konnten. »Setzen wir dieses Gespräch bald fort?«, fragte er leise.

»Irgendwann bestimmt.«

Sie drehte sich um und lief zum Haus. Ohne zurückzuschauen. Sie wusste auch so, dass Raik ihr nachblickte.

Irgendwann bestimmt.

Die Wahrheit war, dass Emma nicht wusste, wann dieses *Irgendwann* sein würde. Aber sie spürte, wie sie sich zu Raik hingezogen fühlte. Wie sie am liebsten diesem zarten Kribbeln im Bauch nachgeben würde, diesem leisen Zittern, das sie immer spürte, wenn sie ihn sah. Etwas war da zwischen ihnen, und unter anderen Umständen, in einem anderen Leben hätte sie sofort versucht, ihre Gefühle für ihn genauer zu ergründen.

Aber sie lebte genau dieses Leben. Und sie war Emma, die Vernünftige, Besonnene. Die nichts Unüberlegtes tat, die erst auf alle anderen schaute und dann auf sich selbst. Der gesunde Egoismus, der ihr sonst oft fehlte, erwies sich in dieser Phase ihres Lebens als Retter. Sie ließ sich Zeit. Sie wartete ab und hoffte, auch Raik würde die Geduld haben.

Es gab so vieles, worüber sie nachdenken musste, bevor sie noch einen Schritt auf Raik zu machte.

Denn der nächste, das spürte sie, würde Bedeutung haben. Für ihn, für sie – für den Rest ihres Lebens.

Ebba und Willem blieben die ganze Woche auf der Insel. Als Frieke sie am Montagmorgen anrief und fragte, ob sie sich nach dem Samstag im Buchladen erholt hatten, lachte Ebba nur. »Da war eher das Essen mein Untergang.«

»Du meinst den Wein«, korrigierte Frieke sie mit einem Grinsen. Der Abend in der Combüse war sehr schön gewesen. Weder Ebba noch Willem hatten die Augenbrauen hochgezogen oder sonst wie zu verstehen gegeben, dass sie sich wunderten, weil Frieke keinen Alkohol trank, und Bengt verzichtete komischerweise auch. Dafür hatten Ebba und Willem es sich gutgehen lassen, und es war ein sehr lustiger Abend, bei dem sie als die letzten Gäste schließlich aus dem Gastraum gefegt werden mussten.

Bengt war anschließend noch zu den Brandseeschwalben verschwunden und seitdem nicht wieder aufgetaucht.

Frieke versuchte, sich nicht darüber zu ärgern. Gestern hatte er am Abend geschrieben, er müsse noch bleiben, zu viele Verrückte seien inzwischen da draußen. Frieke dachte daran, wie sie als »Verrückte« vor zwei Jahren quer durchs Naturschutzgebiet gestapft war.

»Ach, der Wein war's allemal wert.« Ebba wurde ernst. »Brauchst du uns noch mal?«

»Klinge ich so verzweifelt, ja?« Frieke stand barfuß auf ihrer Terrasse. Sie atmete tief durch. »Ich muss heute früh zum Arzt aufs Festland.«

»Kein Problem. Wann sollen wir kommen?«

»Ist halb elf okay?«

»Wir werden da sein.«

»Danke.« Frieke hätte fast geheult vor Erleichterung. Es fühlte sich mies an, so sehr auf die Hilfe anderer angewiesen zu sein. Das war sie nicht gewohnt. Sie hatte es bisher doch auch allein geschafft.

Aber offenbar gebe ich jetzt schon meine Selbständigkeit auf. Dabei ist das Baby noch gar nicht auf der Welt.

Das Baby. Es fühlte sich seltsam an, wenn sie das so dachte. Aussprechen konnte sie es ja noch nicht.

Als sie am Morgen in der Praxis ihrer Gynäkologin anrief, klang die Sprechstundenhilfe munter und gut gelaunt, sobald Frieke äußerte, dass sie sich wegen der Schwangerschaft Sorgen machte und lieber schon heute kommen würde. »Klar, Sie können heute Mittag gegen halb zwölf vorbeikommen. Da ist noch ein Termin frei.«

So einfach war das also. Und so saß Frieke nun im Gastraum der Fähre, ihr Lesegerät auf den Knien. Das Buch »Babybauchzeit« war als Lektüre wohltuend unaufgeregt, es nahm ihre Ängste ernst, gab ihr aber tolle Tipps, wie sie ihnen begegnen konnte.

Nur wie sie Bengt von der Schwangerschaft erzählen sollte, dafür gab es keine guten Tipps. Oder zumindest keine, die Frieke überzeugten.

»Na, dann kommen Sie mal rein.« Dr. Mohr war eine hübsche Mittvierzigerin mit einem offenen Gesicht, die Haare zu einem Pferdeschwanz hochgebunden. Sie reichte Frieke zur Begrüßung die Hand und geleitete sie in ihr Sprechzimmer. »Was kann ich für Sie tun, Frau Wallgren? Wo drückt denn der Schuh?«

Frieke sank auf den Stuhl. Sie spürte, wie alle Anspannung von ihr abfiel. Sie atmete aus, und dann spürte sie die Tränen in ihren Augen. Sie war erleichtert, ja. In wenigen Minuten würde sie wissen, ob alles gut war oder ob sie sich diese Schwangerschaft vielleicht nur eingebildet hatte.

»Ich glaube, ich bin … schwanger.«

Dr. Mohr strahlte. »Das ist doch schön! Wann war denn Ihre letzte Periode?« Sie zückte bereits den Kugelschreiber, um einen Vermerk in Friekes Patientenakte zu machen. Es schien für sie völlig natürlich und alltäglich, dass eine Frau in ihre Praxis kam und diese Vermutung äußerte. Nichts daran schien für sie unwahrscheinlich zu sein.

Frieke nannte ihr das Datum. Dr. Mohr nickte. »Das ist gut, dass Sie nicht sofort gekommen sind. Viele Frauen machen sich schon ganz früh verrückt vor Sorge, weil man im Ultraschall noch nichts sieht. Bei Ihnen wird man schon einiges erkennen.« Sie stand auf. »Wollen wir mal nach nebenan gehen?«

Frieke nickte beklommen. Sie folgte der Ärztin in den angrenzenden Untersuchungsraum, wo sie sich entkleidete und auf den Untersuchungsstuhl stieg.

Dr. Mohr drehte den Bildschirm des Ultraschallgeräts so, dass auch Frieke etwas sehen konnte.

»Ah ja«, sagte sie.

Friekes Hände umklammerten die seitlichen Griffe des Stuhls. »Was denn?«, fragte sie bang. Für sie war das auf dem Bildschirm nur ein undeutliches Gekrissel aus Schwarz und Weiß, wobei mittendrin so etwas war, das so … puckerte? Pochte?

Dr. Mohr zeigte darauf. »Sehen Sie das hier? Der Herzschlag. Ihr Embryo ist das hier.« Sie zeigte auf ein merkwürdig gekrümmtes Böhnchen, gab etwas in das Gerät ein und maß das Böhnchen, das da so puckerte. Direkt daneben war etwas, das wie ein winziger Ballon aussah. »Und hier ist der Dottersack.« Auch den vermaß sie gewissenhaft. »Das ist alles perfekt zeitgemäß entwickelt, Frau Wallgren. Sie sind in der 8. Schwangerschaftswoche. Termin wäre dann im Februar.«

Frieke starrte immer noch völlig gebannt auf den Bildschirm. »Das …?«, stotterte sie. »Wie groß …?«

Dr. Mohr lächelte. »Nur ein paar Millimeter. Knapp einen Zentimeter, um genau zu sein.«

Frieke hob die Hand und hielt Zeigefinger und Daumen etwa einen Zentimeter weit auseinander. »So klein …«, murmelte sie ergriffen.

»Und schon bald werden Sie im Ultraschall sehen, dass es ein richtiger kleiner Mensch ist.« Dr. Mohr lächelte aufmunternd.

»Ziehen Sie sich wieder an. Ich werde heute auch noch eine Blutentnahme veranlassen, damit wir Ihren Mutterpass anlegen können.«

Frieke zog sich wieder an. Wie betäubt sank sie im Sprechzimmer auf den Patientenstuhl. »Das ist so ... unwirklich«, flüsterte sie.

Dr. Mohr schob den Ausdruck des Ultraschalls über den Tisch. »Glauben Sie es ruhig. Oder kommt es so ... überraschend? War die Schwangerschaft ungeplant?«

»Überraschend schon. Geplant haben wir das nicht ...« Frieke gab sich einen Ruck. Sie nahm das Foto und schaute es sich an. Viel konnte man ja wirklich nicht darauf erkennen, viel schwarzweißes Gekrissel, in der Mitte etwas dunkler, das sei die Fruchthöhle, erklärte Dr. Mohr, und darin, darin dann der Embryo. Jetzt spürte sie, dass es sich wirklich anfühlte. Real.

»Wir bekommen ein Baby«, flüsterte Frieke.

Dr. Mohr schob schweigend die Kleenexschachtel über den Tisch, und Frieke rupfte eine Handvoll Taschentücher heraus. Tränen verschleierten ihren Blick.

»Das sind Freudentränen«, sagte sie eilig, bevor Dr. Mohr sie wieder fragen konnte, ob das alles irgendwie ungeplant, unerwünscht, ungewollt passiert sei. Sie hielt in einer Hand das Knäuel aus Taschentüchern, in der anderen das Ultraschallbild. »Unser Baby.«

Sie wünschte, Bengt wäre jetzt bei ihr, damit sie es ihm zeigen konnte.

Sieh nur, da ist unser Baby. Man kann nichts erkennen, aber Dr. Mohr sagt, das wird bald anders, und in ein paar Wochen sind da Ärmchen und Beinchen, Fingerchen und winzige Zehen, eine kleine Stupsnase und die ganze Zeit dieses schnell puckernde Herzchen. Das alles ist unser Baby, und im Winter kommt es zur Welt.

Es wurde greifbar. Noch nicht spürbar, aber sie begriff, dass es nicht nur ein Hirngespinst war, nicht nur Einbildung oder ein fehlerhafter Schwangerschaftstest. Da war wirklich ein kleines Menschlein in ihr.

Dr. Mohr füllte den Mutterpass aus und schickte Frieke dann zum Praxislabor, damit ihr dort Blut entnommen wurde. Einen nächsten Termin machten sie für vier Wochen später aus.

»Bringen Sie dann ruhig Ihren Mann mit. Da kann man schon ein bisschen mehr auf dem Ultraschall erkennen. Sie werden staunen!«

Dann stand Frieke wieder auf der Straße, mit zitternden Knien, mit diesem Foto in der Hand. Sie verstaute es sorgfältig in ihrer Tasche, bevor sie langsam Richtung Hafen ging.

Am liebsten hätte sie Bengt sofort angerufen und ihm diese Nachricht, die sie ihm wochenlang verschwiegen hatte, direkt ins Ohr gebrüllt.

Aber er war nun bei den Schwalben. Oh, Entschuldigung, *Brandsee*schwalben, dass sie bloß nie versäumte, zu erwähnen, dass es ganz *besondere* Schwalben waren, *gefährdete* Schwalben, bei denen jedes Ei gezählt werden musste, bei denen er im Frühsommer stundenlang Strichlisten führte, wie viele Jungtiere in den Nestern hockten…

Tja, er würde nächsten Frühsommer auch ein Jungtier im Kapitänshaus haben, und Frieke war nicht dazu bereit, dass dann die ganze Versorgung des Babys an ihr hängenblieb. Sie hatte nämlich noch einen Buchladen, der sich auch nicht von allein mit neuen Büchern füllte. Oder in dem die Kunden sich selbst bedienten.

Frieke merkte selbst, dass sie sich gerade wieder in diese Angst reinsteigerte, dass ihr das Leben mit Kind zu viel werden könnte.

Sie zog ihr Handy aus der Hosentasche, fotografierte das Ultraschallbild und schickte es ab. Dann lief sie Richtung Hafen.

Arztbesuche machten hungrig, und sie brauchte jetzt unbedingt ein sündhaft teures Krabbenbrötchen und dazu eine Fanta Orange.

Alles bestens, aber schlauer bin ich nicht.

Emma seufzte. Nein, sie hach-seufzte, sie wurde mit einem Mal von großer Seligkeit gepackt, als sie das Ultraschallfoto sah. Sie erinnerte sich wieder, wie sie bei ihrem Kinderwunscharzt zum letzten Ultraschall war. Wie er ihr die beiden kleinen Herzchen zeigte, die in ihr schlugen. Das war der Moment gewesen, in dem sie sich in diese kleinen Babys verliebt hatte. Sie hoffte sehr, dass Frieke dieses Gefühl auch bald verspüren würde.

Diese kleinen Babys wurden nächsten Monat schon zwei Jahre alt, und im Moment wusste Emma nicht, wo sie diesen Geburtstag feiern würden. Hier auf der Insel zwischen all den wunderbaren Menschen, die sie hatte kennenlernen dürfen? Oder doch im Hamburger Reihenhaus mit Torben und seinen Eltern, die sich immer um Emma gekümmert hatten…

Siedend heiß fiel ihr ein, dass sie sich gar nicht bei seinen Eltern gemeldet hatte nach der Trennung. Ob Torben das gemacht hatte? Vermutlich. Normalerweise verging kaum ein Tag, an dem sich die Schwiegereltern nicht bei Emma meldeten und sich nach den Zwillingen erkundigten.

Sie waren wunderbare Großeltern, und auch sie würden in Zukunft Teil von Lars' und Timos Leben bleiben wollen. Bei dem Gedanken daran wurde Emma schwindelig.

Solange sie nicht klar sah, wohin das Leben sie trieb, hatte es vermutlich auch wenig Sinn, dass sie ständig versuchte, den Scherbenhaufen aufzuräumen, der durch die Trennung entstanden war. Sie musste erst sich selbst wiederfinden, bevor Platz für alle anderen war.

Und das hieß auch: kein Platz für Dr. Raik Tossens. Auch wenn ihr Herz wie ein wildgewordenes Islandpony losgaloppierte, sobald sie an ihn dachte – dafür war jetzt wirklich keine Zeit. Sie hatte die Verantwortung für sich und ihre Kinder zu tragen. Wem half es denn, wenn sie Raik als Lückenbüßer einspringen ließ? Sie würde ihn nach ein paar Monaten wieder fallen lassen, als hätte sie sich an ihm verbrannt. Nein; es musste einen anderen Weg geben. Einen langsameren. Ruhigeren.

Bis dahin aber wollte Emma sich nicht ausruhen. Sie hatte die letzten Nächte zu oft wach verbracht, um nicht zumindest eine Idee davon zu haben, wie ein Plan aussehen könnte.

Darum stand sie jetzt vor der Wohnungstür von Trudi. Einerseits, um ihr Versprechen einzulösen und Trudi beim Ordnen ihrer Dinge zu helfen. Aber sie brauchte auch etwas von der alten Dame.

»Emma! So eine schöne Überraschung. Und Sie bringen wieder Ihre beiden Rabauken mit.« Trudi ging in die Hocke, um mit Lars und Timo auf Augenhöhe zu sein. »Na, ihr zwei. Worauf wollt ihr heute losgehen?«

»Meer, Meer!«, jubelten die Zwillinge.

Emma legte beide Hände auf die Schultern ihrer Jungs. »Es ist mir etwas unangenehm, aber ich müsste Sie noch einmal um einen Gefallen bitten.«

»Falls Sie möchten, dass ich auf die Jungs aufpasse, ist das keine große Sache. Mache ich gerne.«

»Danke.« Emma war erleichtert. »Herrje, wenn das hier vorbei ist, muss ich mich aber so dermaßen bei Ihnen revanchieren!«

»Ach was.« Trudi machte eine wegwerfende Handbewegung. »Was haben Sie denn heute vor?«, fragte sie neugierig.

Emma lächelte. »Ich glaube, ich stelle mich heute auf meine eigenen Füße.«

»Oho!« Trudi schaute sie erstaunt an. »Dann kümmern Sie sich nicht mehr um meine Sachen?«

»Doch«, sagte Emma. »Das werde ich, aber zukünftig möchte ich das auch anderen anbieten. Ich habe eine Idee. Dafür muss ich aber noch ein paar Leute ins Boot holen, damit das klappt.«

Die Idee war ihr gekommen, während sie für Conny die Wohnungen putzte und für neue Bewohner herrichtete.

Ferienwohnungen waren minimalistisch eingerichtet, und in diesem Fall funktionierte das wirklich sehr gut – nichts Überflüssiges lag in den Schränken. Aber eben auch nichts Persönliches, denn jeder Gast brachte erst seine eigenen Sachen mit.

Emma merkte, wie wenig sie selbst tatsächlich brauchte, um sich heimisch zu fühlen. Da war sicher jeder anders – Trudi brachte einen ganzen Koffer Erinnerungen mit, und ihre Mutter hätte Emma vermutlich erklärt, dass ihre Nähsachen, Stoffe, Wollknäuel und vor allem die Bücher ihr einen Halt gaben. Und auch das war gut und richtig. Frieke könnte sich vermutlich kaum von all den Büchern trennen, die sich inzwischen im Kapitänshaus ansammelten.

Aber eines war allen gemein, wenn es um ihren Besitz ging – es brauchte eine gewisse Ordnung, damit sie sich wohl fühlten und nicht das Gefühl bekamen, von den Dingen besessen zu werden statt umgekehrt.

Und da kam Emmas Idee ins Spiel.

Sie wusste, wie man Ordnung schaffte. Wie man Ordnung hielt. Wie man herausfand, was bleiben konnte und was nicht.

Das hatten ihr Trudi und Ines gezeigt, jede auf ihre Art. Ines war Hals über Kopf ausgezogen, hatte kaum mehr mitgenommen als das, was sie eben für notwendig erachtete, um irgendwo neu anzufangen. Was, wie sich bei der Sichtung ihrer Sachen herausgestellt hatte, noch mehr war, als sie tatsächlich in der kleinen Wohnung brauchte. Und Trudi hatte den pinkfarbenen Rollkoffer angeschleppt, in dem sie so viele Erinnerungen gebunkert hatte, von denen sie sich nicht lösen wollte.

Die Menschen, das begriff Emma, brauchten das. Dinge, die ihnen Halt gaben. Kein Minimalismus dieser Welt konnte ihnen das warme Gefühl der eigenen Sachen ersetzen. Wer nichts besaß, weil er alles wegschmiss, saß irgendwann in der Leere, ohne Erinnerungen, ohne Vergangenheit. Das konnte es nicht sein. Das *durfte* es nicht sein. Emma hatte selbst erlebt, wie sehr sie das entwurzelt hatte, und bis heute hatte sie es offenbar nicht verwunden, dass sie ohne Gepäck gereist war, als sie das Elternhaus verlassen hatte.

Sie stellte sich in diesen letzten Nächten immer wieder die Frage, ob ihr Vater wohl etwas aufgehoben hatte. Mehr als sie. Fotos. Irgendetwas, das sie noch an ihre Mutter erinnerte, von der ihr nur dieses Gefühl geblieben war und eine ungefähre Vorstellung davon, wie ihre Stimme geklungen hatte.

Das wollte sie später herausfinden. Erst einmal musste sie sich um die Zukunft kümmern.

Ihr erster Weg führte Emma in den Stall. Dort fand sie Conny in der Box bei der Stute mit dem kleinen Fohlen.

»Hey.« Emma schaute nur kurz über die Boxenwand. »Hast du einen Moment Zeit?«

Conny blickte auf. »Klar, was gibt's?«

Emma trippelte unruhig von einem Fuß auf den anderen. Die Nähe zu der Isländerstute machte sie nervös, obwohl eine stabile Holzwand zwischen ihnen war. Conny bemerkte das und kam aus der Box. »Lass uns nach draußen gehen. Möchtest du einen Kaffee?«

»Gerne.«

Vor dem Stall mit Blick auf die Obstwiesen stand auf einer Bank ein Korb, aus dem Conny eine Thermoskanne und zwei Emaillebecher nahm. Sie schenkte den Kaffee ein und zog außerdem eine Dose mit Keksen hervor, die sie Emma anbot. »Selbstgebacken«, erklärte sie stolz.

Emma griff zu und genoss für einen Moment, dass sie einfach mal in der Sonne sitzen, einen Keks knabbern und Kaffee trinken konnte, ohne dass ihr sofort jemand das Gebäck aus der Hand reißen wollte.

»Ich habe mir etwas für die Wohnungen überlegt«, sagte sie schließlich. »Also, ich mache die natürlich fertig, so wie wir es besprochen haben. Und du kannst natürlich damit machen, was du willst. Aber ich dachte mir, ich könnte … hm.«

»Nur raus damit«, sagte Conny. Sie hielt ihr Gesicht in die warme Morgensonne und schloss die Augen, bevor sie weitersprach. »Wie früher wird es ohnehin nie mehr sein. Früher hat meine Mutter alles geregelt, und ich käme mir vor wie eine miese Kopie, wenn ich versuchen würde, alles wie früher zu machen.«

»Wie war es früher denn?«, fragte Emma vorsichtig.

Erinnerungen, dachte sie. Das, was ihr fehlte. Was sie weit von sich geschoben hatte.

Conny lächelte. »Oh, früher … Früher waren wir ausgebucht, von April bis Oktober. Die Wohnungen haben wir im Sommer zum selben Tarif angeboten, damit es sich auch Familien mit Schulkindern leisten konnten, die auf die Ferien angewiesen waren. Das brachte uns von einigen Insulanern ziemlichen Gegenwind ein, aber meine Mutter ließ sich nicht beirren. Nie. Sie hat es den Gästen immer schön gemacht. Blumen gepflückt.«

Emma lächelte. Sie dachte an den Blumenstrauß, den Raik für sie zur Begrüßung gepflückt hatte. Ob ihm bewusst war, welche

Tradition er damit unbewusst fortsetzte? »Es gab damals vieles, womit sie den Aufenthalt für die Familien zu etwas Besonderem machte. Sie hat viele Fotos gemacht. Und später, wenn die Urlauber längst abgereist waren, wenn die Fotos entwickelt waren, hat sie für jede Familie ein paar Fotos herausgesucht und ihnen zu Weihnachten geschickt. Sie hat sich so unendlich viel Arbeit gemacht.«

»Das klingt toll«, sagte Emma leise. Erinnerungen – Connys Mutter hatte nicht nur dabei geholfen, sie zu erschaffen, sondern auch dabei, sie zu bewahren.

»Ich habe eine Idee für die Wohnungen«, sagte Emma unvermittelt.

»Erzähl. Ich habe nämlich bisher noch keine.« Conny schlug die Augen auf und lachte. »Aber seit du mit den beiden Jungs hier bist, habe ich das Gefühl, dass es gar nicht so schlecht wäre, wenn wir wieder vermieten.«

Emma lachte. Dann legte sie Conny ihren Plan dar. Conny hörte aufmerksam zu.

»Ich weiß, das verlangt euch für den Anfang einige Investitionen ab«, schloss Emma. »Aber ich glaube, es könnte sich lohnen. Es wäre etwas, was viele voranbringen könnte. Und es wäre eben etwas anderes als das, was ihr früher gemacht habt. Ich könnte mir vorstellen... Was machst du da?«

Während sie sprach, hatte Conny ihr Handy aus der Hosentasche gezogen und eine Nummer gewählt. Sie hob die Hand, als wolle sie Emma davon abhalten, weiterzureden, weil sich jemand am anderen Ende meldete.

»Raik, hi. Ich bin's. Ich sitze gerade mit Emma vorm Stall in der Sonne, und sie hat eine fantastische Idee, was wir mit den Ferienwohnungen machen können. Pass auf...«

Emma lehnte sich zurück und schloss die Augen. Angekommen, dachte sie.

Wenn das alles so klappte, wie sie es sich vorstellte, dann wäre sie hier angekommen. Das wäre schneller gegangen als gedacht.

Aber manchmal brauchte man eben einfach Glück.

Und die richtigen Menschen, die sich mit einem auf den Weg machten, auch wenn der Weg ins Abenteuer führte.

Zwei Stunden später stand Emma vor der *Spiekerooger Liebe*. In der Umhängetasche trug sie ein Dokument bei sich, das sie vorhin im Rathaus geholt hatte und mit dem sie einen ersten Schritt auf dem Weg zu ihrem neuen Leben machte. Sie wusste noch nicht, ob sie diesen Schritt nicht voreilig vollzogen hatte, aber die Mitarbeiterin im Bürgeramt hatte ihr versichert, das könne sie auch problemlos rückabwickeln.

Für sie ging es einfach darum, das Gefühl zu haben, dass sie etwas bewegte. Dass sie vorankam. Das Gespräch mit Conny hatte sie beflügelt, und in Abstimmung mit Raiks Schwester würde sie nun einen nächsten Schritt gehen.

Sie atmete tief durch und betrat die Lobby des Hotels.

Hoffentlich lief sie nicht wieder Oltmanns Kruse über den Weg. Sonst musste sie ihn eventuell würgen, weil er so ein unsympathischer alter Knacker war, der überhaupt nicht auf die Insel passte.

Zu ihrer Überraschung stand vor dem Tresen der Rezeption Johanne.

»Na so was!«, rief Emma. »Was führt Sie denn hierher, Johanne?«

Die alte Dame drehte sich langsam zu Emma um. Als sie erkannte, wer vor ihr stand, erhellte ein zittriges Lächeln ihr faltiges Gesicht. »Ach, das tut gut, Sie hier zu sehen, Emma.« Ihre Hand suchte Emmas. Die Finger waren eisig und zitterten leicht. »Ich wollte mit Oltmanns sprechen, weil … hm. Es ist eine private Angelegenheit. Die junge Dame von der Rezeption holt ihn gerade.«

Als wäre das ihr Stichwort gewesen, öffnete sich hinter der Rezeption eine Tür, und Ines kam heraus. »Hallo Emma! Ich bin gleich bei dir.« Sie nickte Emma zu und wandte sich dann an Johanne. »Herr Kruse hat gerade keine Zeit. Möchten Sie so lange im Salon warten und ein Kännchen Tee auf Kosten des Hauses genießen?«

»Also, ja. Das mache ich wohl.«

Emma fragte sich, was Johanne wohl mit diesem Unsympathen zu besprechen hatte. Sie wartete, bis Ines sie zum Salon begleitet hatte.

»Was kann ich für dich tun?« Ines schlüpfte hinter den Tresen. Sie sah heute viel besser aus.

»Ich wollte hören, wie es dir geht.«

»Besser.« Ines lächelte. »Der Job nervt immer noch wie Hölle, aber ich habe mit meiner Familie telefoniert und endlich mal eine Nacht lang richtig gut geschlafen.« Sie senkte die Stimme. »Außerdem habe ich heute Morgen Herrn Kruse mitgeteilt, dass ich nach einem neuen Job suche. Keine Ahnung, ob das jetzt besonders klug oder total dumm war. Auf jeden Fall hat er mir spontan eine Gehaltserhöhung angeboten.« Ihre Augen blitzten vergnügt.

Emma freute sich für Ines, die offenbar wirklich wieder im Leben angekommen war. Gut so.

»Dann teile doch Herrn Kruse gleich mit, dass du einen neuen Job *hast*.«

Ines schüttelte den Kopf. »Das kann ich ja erst, wenn ich tatsächlich einen habe. Ich höre mich schon um.«

»Du hast einen Job. Bei mir.« Genaugenommen bei Conny und Raik, aber das waren Feinheiten, die Emma später noch aufdröseln konnte.

Ines riss die Augen auf. »Was denn, baust du ein Hotel?«

Emma lachte. »Hast du Zeit? Dann erzähle ich dir mehr.«

»Klar. Gerade ist nicht so viel los, und seit ich heute Morgen mit Herrn Kruse gesprochen habe, ist er lammfromm. Er hat mir sogar einen Kaffee bringen lassen.«

Sie stellten sich ans Ende des Tresens, wo Emma von ihrem Plan erzählte. Mit wenigen Sätzen umriss sie ihre Idee.

»Das klingt wundervoll«, jubelte Ines. »Wann kann ich anfangen?«

»Meinetwegen sofort. Aber ich vermute, dass wir erst noch ein paar Hürden überwinden müssen. Deine Kündigungsfrist zum Beispiel.«

»Das macht nichts. Wenn ich weiß, wie es weitergeht, halte ich ein paar Wochen noch aus. Oh my! Darf ich dich umarmen? Ich freu mich so.«

Emma ließ es lachend zu, und sie lachte noch, als hinter Ines' Rücken eine Tür klappte.

»Was ist denn hier los?«

Ines fuhr zu Oltmanns Kruse herum, der sich unheilvoll hinter ihr aufgebaut hatte. Er hob den Krückstock, und kurz dachte Emma, er wollte Ines damit vor dem Gesicht herumfuchteln, doch er ließ ihn nur wieder zu Boden donnern. »Ich habe Ihnen eine Gehaltserhöhung zugestanden, aber nicht, damit Sie hier herumstehen und quatschen, Fräulein! Zurück an die Arbeit mit Ihnen!«

»Ich melde mich«, sagte Emma. Ines schlüpfte wieder hinter den Tresen und stellte sich mit einem wie festgefrorenen Lächeln in Blickrichtung aller eintreffenden Gäste dahinter.

»Haben Sie nichts zu tun?«, polterte Herr Kruse. »Was ist mit den Aufgaben, die ich Ihnen heute früh übertragen habe?«

»Die sind erledigt, Herr Kruse. Ich kann nun nur noch warten, bis jemand etwas von mir will.« Es sollte brav klingen, aber

Emma sah, wie Ines' Augen vergnügt blitzten. Sie ließ sich von ihrem Chef nicht länger den Schneid abkaufen. Gut so.

Herr Kruse brummelte und ging Richtung Salon davon.

»Ich setze nachher den Arbeitsvertrag auf. Sobald du ihn hast, kannst du kündigen.« Emma zwinkerte Ines noch mal zu, dann lief sie nach draußen. Beschwingt machte sie sich auf den Weg zur Buchhandlung. Hoffentlich war Frieke da! Sie musste ihr unbedingt all die Neuigkeiten erzählen, mit ihr über die Schwangerschaft plaudern und einen Kaffee trinken. Na, vielleicht lieber einen Tee.

Auf jeden Fall brauchte sie von Frieke Tipps, wie man eine gute Onlinepräsenz aufbaute und die Leute auf das eigene Projekt aufmerksam machte.

Da war er. Oltmanns Kruse.

Johanne setzte sich gerade hin, als sie ihn sah. Er betrat den Salon, als gehörte ihm hier alles – was ja auch stimmte. Zugleich umgab ihn etwas, das sie an früher erinnerte, dieses Sorglose, in das sie sich zu Beginn verliebt hatte.

Aber das war über fünfzig Jahre her.

»Johanne. Meine Liebe.« Er eilte auf sie zu, so schnell es sein Stock und das Bein erlaubten. Johanne stand auf. Oltmanns nahm ihre Hand, er gab ihr einen Kuss auf die Wange, der sich papiertrocken anfühlte und nach seinem Rasierwasser duftete. Johanne schloss für einen winzigen Moment die Augen, denn dieser Duft, den hatte er damals schon getragen. Es fühlte sich merkwürdig an.

Konnte man zu einem Menschen zurückkehren, den man so viele Jahre aus dem Leben und den Erinnerungen verbannt hatte?

Meine Liebe, so nannte er sie. Auch das erzeugte ein wohliges Gefühl, gegen das Johanne sich zu wehren versuchte.

»Was führt dich zu mir?«, fragte Oltmanns. Sie setzten sich. Eine Hotelangestellte näherte sich, und Oltmanns bestellte bei ihr für sich einen Grog. »Möchtest du auch noch etwas?«

»Nein, vielen Dank.« Johanne faltete die Hände im Schoß. Ihr Blick fiel auf das Buch, mit dessen Lektüre sie die Zeit bis zu Oltmanns' Eintreffen überbrückt hatte. Frieke Wallgren hatte ihr diesen modernen Liebesroman empfohlen, so voller Schicksalsschläge und Drama, dass Johanne förmlich durch die Seiten geflogen war. Zum Glück bewegte sich ihr eigenes Leben in eher ruhigem Fahrwasser. Doch mit dem Plan, den sie gefasst hatte, würde sich wohl etwas mehr Aufregung in ihrem Leben auf kurze Sicht nicht verhindern lassen.

Sie nahm all ihren Mut zusammen und erklärte: »Ich möchte dich zu einem Familienessen einladen.«

»Oh. Das kommt … überraschend.« Oltmanns lehnte sich entspannt in dem Sessel zurück und beobachtete Johanne über den Knauf seines Spazierstocks hinweg. Die Sessel und Sofas im Salon waren ausnahmslos viel zu weich gepolstert, sodass man tief in sie einsank. Johanne hätte das anders gemacht. Aber das Hotel gehörte ja nicht ihr.

»Ja. In der Combüse, am Sonntag in zwei Wochen. Kommst du?«

»Dass ich das richtig verstehe … dort wird deine Familie sein? Und ich?«

»Richtig.« Johanne erwiderte trotzig seinen prüfenden Blick.

»Hm«, machte Oltmanns. »Das könnte interessant werden.«

Davon war Johanne überzeugt. Es würde vermutlich mehr als interessant werden. Sie fragte sich, ob sie Oltmanns lieber darauf vorbereiten sollte, was ihn bei diesem Familienessen erwarten würde, doch bevor sie etwas sagen konnte, ergriff Oltmanns das Wort.

»Wenn du mich deiner Familie vorstellst, heißt das dann …«

Er räusperte sich, beugte sich vor. Kurz dachte Johanne, er würde aufstehen, den niedrigen Tisch zwischen seinem Sessel und ihrem Sofa umrunden und sich zu ihr setzen. Doch dann lehnte er sich zurück, die Hände umschlossen etwas zittrig den Knauf seines Stocks. »Heißt das, wir … du und ich … wir könnten dort anknüpfen, wo wir vor fünfzig Jahren aufgehört haben?«

Johanne starrte ihn sprachlos an. Sie hätte nicht einmal dann eine Antwort auf die Frage gewusst, wenn sie damit gerechnet hätte.

»Nein!«, rief sie, fast empört, dass er glaubte, es ginge hier nur um *ihn*, um *sein* Interesse, das offenbar … Oh.

Liebte er sie etwa noch immer? Oder hatte er die Gefühle für sie neu entdeckt, nachdem sie sich nach seiner Rückkehr wieder begegnet waren? Beides kam ihr so absurd vor. Völlig abwegig. Andererseits sah sie in seinem Blick etwas, das sie nicht einordnen konnte. Und das schwand so schnell, wie es in den dunklen Augen aufgeblitzt war, als sie ihn so harsch abwies.

Hoffnung? Hatte er denn wirklich gedacht …

Johanne riss sich zusammen. Was vor fünfzig Jahren – einundfünfzig, so genau wollte sie es nehmen – passiert war, hatte sie längst verwunden. Sie waren beide damals zu jung gewesen, um die richtigen Entscheidungen zu treffen. Erst hatte Johanne sich falsch entschieden, als sie mit ihm in den Dünen gelegen hatte und nicht eine Sekunde an die möglichen Konsequenzen gedacht hatte. Als sie Oltmanns' Wispern geglaubt hatte, er werde »schon aufpassen«, damit eben nichts passierte. Und als es dann geschah, aus welchem Grund auch immer, da hatte er sich falsch entschieden, zumindest hatte sie das seither gedacht, denn er hatte sie so jämmerlich im Stich gelassen, dass es bis heute wie ein Stachel in ihrem Herzen saß, dieses Gefühl von Verlassenheit, das sie untrennbar mit Oltmanns Kruse verbunden hatte.

Und er dachte nun, das was damals gewesen war, sei vergessen. War es auch. Aber Johanne würde sich jetzt nicht vom damaligen Schmerz blenden lassen.

»Nein«, sagte sie ruhiger. »Daran habe ich noch nicht gedacht.«

»Ach so.« Die Frage stand unausgesprochen zwischen ihnen.

»Ich möchte dir einfach meine Familie vorstellen.«

»Du möchtest es langsam angehen lassen. Das verstehe ich.« Er grinste.

Johanne drückte das Kreuz durch. Sie saß sehr gerade und reckte beinahe trotzig das Kinn. »Das wäre das erste Mal, nicht wahr?«

»Das stimmt. So viel Zeit haben wir nicht mehr . . .«

»Wir sind doch nicht alt!«

Oltmanns lachte. »Sind wir nicht? Nun, sind wir nicht.« Er nickte nachdenklich. »Also, den Sonntag in zwei Wochen? Mittags?«

»Ja.« Johanne war erleichtert. Sie hatte sich das Gespräch schwerer vorgestellt.

»Ich werde da sein.« Schwerfällig erhob Oltmanns sich. Doch bevor er ging, hatte er noch eine Frage. »Werde ich dich vorher noch einmal sehen?«

»Möchtest du das denn gerne?«

Er zuckte mit den Schultern. »Weiß nicht. Du?«

Johanne wusste es selbst nicht so genau. »Du weißt, wo ich wohne. Und ich weiß, wo ich dich finde. Wir könnten ja . . . Wenn der eine nach dem anderen . . .«

»Sehnsucht verspürt?« Er lachte heiser. »So könnten wir es machen. Darf ich dich nach Hause begleiten?«

Sie begriff. Und doch wieder nicht. All die Jahre hatten sie vortrefflich ohneeinander leben können. Und jetzt war das vorbei?

»Ich gehe lieber allein.« Sie verließ den Salon und blickte nicht zurück.

Draußen atmete sie tief durch. Dann erst fiel ihr ein, dass sie das Buch auf dem Tisch liegen gelassen hatte. Aber zurück wollte sie auch nicht, denn für sie war das Gespräch beendet, und sie hoffte, sie würde Oltmanns bis zu dem Familienessen nicht mehr über den Weg laufen.

Sie hatte ihn nicht verletzen wollen. Für Johanne gab es keine gemeinsame Zukunft. Seit über fünfzig Jahren nicht.

KAPITEL 16

Frieke war nicht in der Buchhandlung.

Sie stand am Weststrand der Insel, wo die Buhnen sich ins Wasser reckten wie dürre Finger. Sie dienten dem Schutz der Insel, denn an ihnen brachen sich bei einer Sturmflut die Wellen, die drohten, die Insel zu unterspülen.

Den Bauwagen hatte sie wieder mal verlassen vorgefunden. Ebenso die Brandseeschwalbenkolonie, soweit Frieke das auf die Ferne beurteilen konnte. Seit Bengt ihr vor zwei Jahren ausgiebig erklärt hatte, wie störend die Nähe von Menschen für seine Vögel war, hielt sie sich möglichst fern von den Brandseeschwalben, die zu dieser Jahreszeit ihre gerade flügge gewordenen Jungtiere am Boden fütterten.

Der Sand war weiß und fein, durchsetzt mit unzähligen Muscheln. Frieke ging langsam Richtung Westend, zum Zeltplatz, auf dem in den Dünen Dutzende Zelte wie bunte Tupfen standen. Hier tummelte sich in den Sommermonaten ein buntes Völkchen aus Aussteigern, Altachtundsechzigern und Studenten, die monatelang bei Wind und Wetter unter freiem Himmel lebten. Ihre einzige Verbindung zur Außenwelt und Versorgungsstation war der Kiosk, *Außenposten* genannt. Dort bekamen die Camper Getränke, Lebensmittel und vor allem Kaffee.

Aber Bengt hatte sich bisher nie bei den Campern herumgetrieben. Oder?

Frieke versuchte es trotzdem. Sie stieg den Dünenweg hoch, auf der anderen Seite ging es wieder runter. Sie war völlig aus der Puste, als sie unten ankam. Herrje! Was war denn nur mit ihr los?

Du bist schwanger, das ist los. Gewöhn dich dran.

Ihre Ärztin hatte sie darauf hingewiesen. Das passiere vielen Schwangeren, hatte sie gesagt. Manche Begleiterscheinungen einer Schwangerschaft hatte man gar nicht auf dem Schirm – die Übelkeit und Müdigkeit, die halt die meisten Schwangeren bekamen, waren so präsent, dass für andere kein Platz blieb in der allgemeinen Wahrnehmung. Aber sie hatte Frieke auch erklärt, jede Schwangerschaft sei nun mal anders. »Es hilft, es anzunehmen, wie es ist.«

Dass ihr seit Tagen ständig eiskalt war, gehörte offenbar auch zu diesen Begleiterscheinungen, mit denen Frieke nur wenig anfangen konnte.

Aber deshalb fröstelte sie nicht. Sondern wegen dieser sehr jungen, sehr gebräunten Blondine mit endlos langen Beinen (Frieke konnte das beurteilen, sie trug nämlich nur sehr knappe Jeansshorts), die auf einem Stapel Holzpaletten vor dem Kiosk saß und eine Fritzkola durch den Strohhalm nuckelte. Und sich dabei wie zufällig mit einem Lächeln an den Mann neben sich lehnte, wobei sie ziemlich weiße, gerade und perfekt geformte Zähne entblößte, die Frieke eher an ein Haifischgebiss denken ließen. Was die Blonde sagte, verstand Frieke nicht. Aber sie verstand, dass der Mann – *ihr* Mann, wenn auch nicht mit Trauschein und allem, was dazugehört – auf die blonden Avancen nicht peinlich berührt reagierte, weil er ihr Tun sofort durchschaute, sondern eher dreinblickte wie ein dämlicher, verknallter Teenie, der nicht glauben konnte, dass die Klassenschönheit sich mit ihm abgab.

Voilà. Darum also war Bengt ständig bei den Brandseeschwalben.

Frieke drehte sich um und lief davon. Sie hörte das Lachen

der Blonden, es dröhnte ihr in den Ohren, dann aber hörte sie Bengts Stimme, der sie offenbar entdeckt hatte. »Hey, warte! Frieke! Lauf nicht weg!«

Aber davon wollte Frieke nichts hören. Sie stürmte die Düne wieder hoch, wich dabei ein paar Surfern aus, die glücklich vom Strand kamen. Oben angelangt musste sie aber innehalten, weil ihr ein bisschen schwarz vor Augen wurde.

Übertreiben Sie's in nächster Zeit nicht. Falls Ihnen mal schwarz vor Augen wird, legen Sie eine kleine Extrapause ein.

Vielen Dank, Dr. Mohr, aber Extrapausen waren nicht vorgesehen.

Obwohl Frieke einfach nur weglaufen wollte, blieb sie stehen, die Hände auf die Knie gestützt. Sie wartete, bis dieses schwummrige, weiche Gefühl in den Knien und überall verschwand. Leider passierte das nicht. Stattdessen holte Bengt sie ein.

»Frieke.«

»Bleib mir vom Leib!« Sie streckte die Hand von sich, als könne ihn das hindern. Und natürlich nahm er ihre Hand, statt sie in Ruhe zu lassen. Frieke knurrte und riss die Hand weg.

»Nun hör mir doch mal zu.«

»Muss ich nicht«, sagte sie bockig. »Du hättest mir ja auch sagen können, dass du jemanden hast, der dich hier draußen bestens unterhält.«

Bengt lachte etwas ungläubig. »Äh, das verstehst du wirklich falsch, Frieke. Ich habe mich deinetwegen mit Meike unterhalten.«

»Ach so. Meinetwegen.« Frieke schnaubte. »Worüber denn? Wie werde ich sie los? Wann soll ich es ihr sagen?« Sie richtete sich auf und wischte mit beiden Händen die Haare aus dem Gesicht. »Tut mir leid, wenn ich es dir schwermache.«

»Herrje, Frieke.« Mit hängenden Armen und etwas hilflos

stand Bengt vor ihr, und sie sah ihm an, dass ihm die ganze Situation leid tat. »Ich wollte doch nur ...«

Obwohl sie sah, dass er sich quälte, hatte sie für Bengts Befindlichkeiten gerade keinen Platz. Es ging hier um sie. Um das Baby, das sie schon bald spüren würde, ach was, das sie *jetzt* schon spürte, weil es ihren Körper und ihre Seele so durcheinanderbrachte. Dafür brauchte sie keine sanften Tritte und Stupser zu spüren.

»Können wir reden?«, fragte Bengt. »Nur wir zwei.« Sein Blick ruhte dabei nicht auf ihrem Gesicht, sondern auf ihrem Bauch. Fast sehnsüchtig. Als wüsste er, was sich in ihrem Körper gerade abspielte. Als wäre er mit dem hormonellen Durcheinander, von dem sie so gebeutelt wurde, bestens vertraut.

Und da begriff Frieke, was los war. Sie starrte Bengt an.

»Du weißt es.«

Bengt blickte auf. Sein Gesicht so offen, verletzlich ... »Natürlich weiß ich es. Was denkst du denn, was ich bin? Blind? Taub? Blöd?«

Frieke atmete aus. Sie hatten es beide nicht ausgesprochen, diese große Sache, die zwischen ihnen war, die aber nicht zwischen ihnen *stand*. Sie hatte es ihm sagen wollen, und seit heute früh hatte sie in ihrer Vorstellung immer wieder die Worte hin und her gerollt, ohne zu wissen, wie es sich richtig anhörte. So gut, dass es für sie beide vom ersten Moment an klar war, dass sie dieses Abenteuer nicht nur wagen würden, sondern es auch aus ganzem Herzen wollten.

Bengt trat auf sie zu. Sanft legte er die Hand auf ihren Bauch, und bei dieser Geste, die sich so fremd anfühlte, weil Frieke sie sich bisher verboten hatte, stiegen ihr unwillkürlich Tränen in die Augen.

Schwangerschaftshormone waren schon ganz schön fiese Biester, fuhr ihr durch den Kopf.

»Du bist schwanger«, murmelte Bengt. »Du bist so müde in letzter Zeit. Schläfst fast im Sitzen ein. Hast einen Heißhunger auf Quarkrosinenbrötchen, dabei hasst du Rosinen. Nachts redest du mit dem Baby, wenn du glaubst, ich höre nicht zu.«

Frieke musste unter Tränen lachen. »Du hast gar nicht geschlafen.«

Bengt grinste. »Nein. Und als ich dann noch gesehen habe, was du auf deinem E-Reader hast, wusste ich Bescheid. Ungewollte Bücher löschst du sonst immer sofort.«

Wie gut er sie kannte …

»Darum war ich hier draußen und habe mit Meike geredet.«

Die letzten Worte hallten in ihr nach. *Darum war ich bei Meike,* machte ihr Verstand daraus. Frieke machte sich von Bengt los. »Ach so«, sagte sie. »Verstehe.«

»Nein.« Bengt ließ sich nicht beirren. Er nahm sanft ihr Handgelenk, hob ihre Finger hoch und küsste jede einzelne Fingerspitze. »Nichts ›ach so‹. Meike ist Hebamme. Sie macht gerade ein Sabbatical auf der Insel und bleibt bis nächstes Jahr im April. Als ich das gehört habe, musste ich an uns denken. An dich«, fügte er hinzu. »Du musst immer alles unter Kontrolle haben. Was ich verstehe. Du musst schrecklich durcheinander sein. Geplant haben wir das hier ja nicht.« Er blickte sie an, als erwarte er von ihr eine Erwiderung.

»Dann willst du …«

Bevor sie den Satz vollenden konnte, küsste Bengt sie auf den Mund. »Ich will es«, flüsterte er. »Ich will es, seit ich weiß, dass du schwanger bist. Weil ich dich will. Weil ich mir nichts Schöneres vorstellen kann, als mit dir zusammen eine Familie zu gründen.«

Frieke wusste nicht, wohin mit sich und ihren Gefühlen. Aber Bengt wusste es dafür um so besser. Er hielt sie einfach fest und wiegte sie, bis sie aufhörte, so hemmungslos zu heulen, dass sie seinen Hoodie völlig durchnässte.

Aber es war ein gutes Heulen. Sie weinte vor Freude.

»Wieso hast du mir nicht vorher erzählt, dass du davon weißt?«, fragte Frieke eine halbe Stunde später, als sie auf dem Palettenstapel vor dem Kiosk am Zeltplatz saßen und eine Limo tranken. Bengt hatte Sandwichs gekauft, weil Frieke wieder mal Hunger hatte, auch wenn er ziemlich griesgrämig vor sich hin murmelte, dass das so ein Plastikscheiß sei mit der Verpackung.

Aber die schwangere Frieke bekam, was sie brauchte. Nicht mal Bengt schien das plastikfreie Leben auf die Spitze treiben zu wollen, wenn er sich damit den Zorn einer Schwangeren zuziehen könnte.

»Weil ich dich kenne.« Bengt lehnte sich zurück und streckte sein Gesicht der warmen Sonne entgegen. »Du wärst mir an die Gurgel gegangen und hättest vermutlich rundweg geleugnet, dass da etwas dran sein könnte. Ich wollte dir einfach die Zeit geben, die du brauchtest.«

»Hm«, machte Frieke. Klang sogar in ihren Ohren ganz vernünftig.

»Und dann habe ich an Meike gedacht. Sie bleibt bis April hier, das passt perfekt. Als ich sie fragte, ob sie dich trotz ihres Sabbaticals betreuen kann, hat sie spontan zugesagt. Du musst also nicht alle zwei Wochen aufs Festland zu deiner Ärztin. Meike ist da.«

»Bleibt nur noch die Frage, wo ich das Baby bekomme ...« Auch darüber hatte Frieke bereits mit Dr. Mohr gesprochen. Deren Rat war gewesen, dass Frieke das erst mal in aller Ruhe auf sich zukommen lassen konnte. Viele Schwangere zogen kurz vor der Geburt aufs Festland zu Freunden oder Verwandten, wo sie dann bis nach der Geburt blieben. Sie gingen dann in ein

Krankenhaus. Das wäre natürlich die sichere Variante, aber bei einem unproblematischen Schwangerschaftsverlauf entschieden sich manche auch, auf der Insel zu bleiben, bis die Wehen einsetzten. Sie holten dann für die Geburt eine Hebamme. Komme es zu Komplikationen während der Geburt, müssten sie mit dem Hubschrauber verlegt werden, aber das sei selten der Fall.

Frieke wusste noch nicht, was sie wollte. Okay, sie wusste, was sie nicht wollte: vier Wochen auf dem Festland herumhängen. Darauf hatte sie wirklich keine Lust. Aber vielleicht hatte die Entscheidung wirklich noch Zeit.

Und vielleicht war es gar nicht so schlecht, eine Hebamme zur Hand zu haben. Frieke hatte ja Freundinnen, die schon Kinder hatten. Aber Emma und Sonja waren vermutlich für alle Fragen rund um die Geburt nicht die richtigen Ansprechpartner. Danach vielleicht wieder, wenn es um die unschlagbaren Überlebenstricks als Mama ging.

»Du kriegst das Baby dort, wo du es kriegen willst.« Bengt drückte ihre Hand.

»Und wenn ich es daheim im Kapitänshaus zur Welt bringen will?«

Er zuckte mit den Schultern. »Meinetwegen. Dann kriegst du es im Kapitänshaus.«

Der Gedanke gefiel Frieke. »In dem Haus ist auch sein Opa gestorben.« Sie dachte an Ole.

»Früher war das der Lauf der Dinge. Die Leute starben daheim, die Babys kamen daheim zur Welt. Was ist so schlecht daran, wenn es wieder so wäre?«

Nichts. Aber vielleicht hatte Bengt recht – das war eine Frage, die sie nicht jetzt sofort beantworten musste.

»Okay«, sagte sie.

»Was ist okay?«

»Meike. Ich könnte sie ja mal ganz unverbindlich kennen-lernen.«

»Das klingt nach einem Plan.« Bengt wirkte sehr zufrieden mit sich.

Frieke knuffte ihn in die Seite. »Manchmal bist du unerträglich«, schimpfte sie zärtlich.

Er grinste nur. »Das liebst du doch so sehr an mir.«

Leider hatte er damit recht. Und es war auch ihr größtes Glück, dass er recht hatte.

KAPITEL 17

Emma hatte alles erledigt, was sie schaffen wollte. Sie ging nach Hause und setzte sich im Wohnzimmer an den Tisch, um das zu machen, was andere wohl »einen Businessplan schreiben« nannten. Für sie war es einfach nur eine Auflistung dessen, was ihr kleines Dienstleistungsgewerbe in Zukunft anbieten würde.

Sie hatte auch schon einen Namen.

Die Erinnerungssammlerin.

Und weil sie keine gute Erinnerungssammlerin wäre, wenn sie nicht mit gutem Beispiel voranging, nahm sie ihr Handy und suchte im Telefonbuch die Nummer ihres Vaters heraus.

Es war Monate her, dass sie miteinander gesprochen hatten. Der Faden war ausgefasert und drohte gänzlich abzureißen. Aber Emma sehnte sich nach ihrem Papa, und weil sie diese Sehnsucht nicht länger aushielt, wählte sie seine Nummer.

Er meldete sich atemlos nach dem fünften Klingeln. »Hola!«

»Hallo Papa, hier ist Emma.«

Sie wusste selber nicht, warum ihr plötzlich Tränen über das Gesicht liefen.

»Emma! Mensch, das ist lange her ...« Im Hintergrund hörte sie Stimmen, ein Hund bellte. »Warte mal einen Moment.«

Emma lauschte dem Atem ihres Vaters, er schien irgendwo hinzulaufen. Dann klappte eine Tür und es war ruhig.

»So. Jetzt habe ich etwas Ruhe. Ja Mensch, was ist los? Geht es euch gut? Ist meine letzte Kiste gut angekommen?«

»Du hast Obst geschickt?«

»Ja, letzte Woche. Also ist es nicht angekommen?«

»Das weiß ich nicht«, gab Emma zu. »Ich wohne nicht mehr zu Hause.«

Das klang komisch, und ihr Vater brauchte offenbar einen Moment, bevor er diese Information verarbeitet hatte.

»Ach so«, sagte er dann. »Ihr habt euch getrennt.«

»Torben hielt es für das Beste.«

»Und was denkst du darüber?«

Emma seufzte. »Vielleicht. Ich weiß es nicht. Ich hätte gern gekämpft. Für die Jungs.«

»Das bringt nichts, wenn nur einer kämpft.«

Danach wussten beide nicht, was sie sagen sollten. Emma spürte, wie die alte Wunde wieder aufriss. *Er fragt gar nicht nach ihnen. Als würde es sie nicht geben.*

Schließlich fasste Emma sich ein Herz. »Ich habe auch nur eine Frage«, sagte sie leise. »Nein, eigentlich sogar zwei.«

»Was gibt es denn?«

»Hast du noch Sachen von Mama? Fotos, irgendwas? Ich habe nämlich nichts. Ich weiß nicht, damals … Ich bin ausgezogen und habe darüber nicht nachgedacht. Dann war das Haus verkauft und du in Spanien, ich habe es nie vermisst, aber jetzt … Irgendwann werden die Zwillinge nach ihrer Oma fragen, und ich möchte ihnen gern von ihr erzählen.«

»Ach, Emma …« Ihr Vater räusperte sich. Seine Stimme klang seltsam belegt. »Natürlich habe ich noch ihre Sachen. Alles. Die Fotoalben, ein paar Dinge, die ihr wichtig waren. Den Schmuck, den du damals nicht wolltest. Das steht alles hier. Soll ich es dir schicken?«

Emma schloss die Augen. Sie war in diesem Moment schier überwältigt von der Aussicht darauf, dass alles noch da sein könnte – all die Dinge, die ihr früher so wenig bedeutet hatten, die jetzt aber plötzlich wieder wichtig waren, da sie sich für ihre Söhne damit auseinandersetzen wollte, woher sie kam.

»Das wäre sehr schön, ja.« Dann kam ihr ein Gedanke. »Oder nein, ich weiß was Besseres. Kannst du nicht die Sachen herbringen?«

Diesmal brauchte ihr Vater lange, bis er das Schweigen brach. »Wenn du das möchtest.« Er klang sehr verhalten.

»Ich möchte das wirklich sehr gerne«, sagte sie leise. »Du kennst die Zwillinge auch noch gar nicht, und sie werden nächsten Monat zwei. Sie wissen gar nicht, dass es den Opa Mango auch in Wirklichkeit gibt.«

»Opa Mango.« Ihr Vater lachte. »So nennen sie mich?«

»Es klingt eher nach Oppa Manno, aber ja, so nennen sie dich.«

»Das klingt schön. Weißt du, ich habe gedacht, du fragst nie.«

»Ich habe gefragt«, protestierte Emma. »Mehrmals, direkt nach der Geburt.«

»Direkt nach der Geburt hattet ihr genug Stress, da wäre noch ein Opa nur Ballast gewesen.«

Das stimmte, wenn Emma darüber nachdachte; sie hatte sich damals wochenlang mit dem Versuch herumgequält, die Zwillinge zu stillen, bevor sie dann einfach die Milchpumpe in die Ecke pfefferte und mit Fläschchen fütterte. Ihre leise Hoffnung, Torben könnte sich dann auch in den Nächten an der Versorgung der Säuglinge beteiligen, hatte sich leider nicht erfüllt. Aber mit Ersatzmilch entspannte sich die Lage, und Emma hatte den Alltag deutlich besser bewältigen können.

»Danach habe ich nicht mehr gefragt, stimmt. Tut mir leid, ich dachte, du hättest kein Interesse an ihnen.«

»Doch, das habe ich.« Ein unangenehmes Schweigen. Dann hörte sie ihren Vater sagen: »Wann kann ich kommen?«

Jederzeit, dachte sie. Wann immer ihm danach ist.

»Du müsstest im Kinderzimmer schlafen«, sagte sie vorsichtig. »Und ich bin nicht in Hamburg, sondern auf einer Insel.«

Ihr Vater lachte, rau und so fröhlich, als wäre ihm gerade eine große Last von den Schultern genommen worden. Und in gewisser Weise war das auch so; das spürte Emma bei sich selbst.

Ein Missverständnis. Ein zwei Jahre während Missverständnis, das sie mit nur einem Telefonat aus der Welt räumen konnten.

Sie fühlte sich plötzlich sehr beschwingt. Nachdem sie sich verabschiedet hatten und ihr Vater versprochen hatte, sich baldmöglichst zu melden, wann er auf der Insel eintreffen würde, saß sie einen Moment auf dem Küchenstuhl, vor sich eine Kladde, die sie vorhin in der Inselbuchhandlung gekauft hatte. Frieke war leider nicht da gewesen, weshalb das Thema Werbung/Social Media noch ein bisschen warten musste.

Natürlich könnte sie sich jetzt Hals über Kopf in all das stürzen, was noch zu tun war ...

Aber Emma stand auf, räumte alle Unterlagen zusammen und legte sie gut weg. Sie hatte die Zwillinge seit knapp drei Stunden nicht gesehen, und im Moment wollte sie vor allem eines: Diese zwei kleinen, warmen Kinderkörper fest an sich drücken und ihren Söhnen versichern, dass sie immer da sein würde. Dass sie niemals verschwinden würde und nie, nie, nie ein Missverständnis dafür sorgte, dass sie sich jahrelang aus dem Weg gingen. Sie wusste selbst nicht, wie das gelingen sollte – aber sie wusste, dass sie es unbedingt wollte.

Wie sich herausstellte, hatte Trudi in der Zwischenzeit die Verantwortung für die Zwillinge an Conny abgegeben, und die saß im Obstgarten unter einem Baum und kämmte einem alten, aus Socken und Wollresten hergestellten Steckenpferd die Mähne. Lars stand geduldig neben ihr und wartete, während Timo auf einem zweiten Steckenpferd zwischen den Kirschbäumen herumritt, laut Hüa schrie und dazu den Cowboyhut schwenkte, den er Conny abgeschmeichelt hatte.

»Hey du.« Conny lächelte aufmunternd, als Emma sich in den Deckchair neben sie plumpsen ließ.

»Hey ihr drei. Wo ist Trudi?«

»Sie wollte sich ein wenig hinlegen. Die beiden Rabauken hier haben ihr zugesetzt.«

»Oje, hoffentlich nicht zu sehr.«

Conny grinste. »Keine Sorge. Ich glaube auch eher, dass sie noch etwas Kraft schöpfen wollte, bevor es heute Nachmittag wieder richtig rund geht. Und? Hast du alles erreicht, was du wolltest?«

»Nicht alles. Aber vieles.« Emma erzählte rasch, wie weit sie gekommen war. »Wenn du Ines also einen Job gibst, kann sie nächsten Monat schon bei dir anfangen.«

»Du sagst, sie ist gut?«

»Sie packt mit an, und ich bin überzeugt, dass sie gut ist.«

»Dann hat sie den Job.« Zufrieden überreichte Conny das zweite Steckenpferd an Lars. Der hatte aber keinen Sinn mehr für das Spielzeug, sondern kroch auf Emmas Schoß und schmiegte sich an sie.

»Du fehlst ihnen«, sagte Conny nachdenklich.

»Sie fehlen mir auch. Bisher waren wir selten länger voneinander getrennt.« Lars strampelte, bis sie ihn wieder vom Schoß ließ. Er nahm von Conny das Steckenpferd entgegen, dem sie inzwischen auch einen Zopf in die Mähne geflochten hatte, und jagte auf ihm seinem Bruder nach.

»Weißt du schon, wie du das organisierst? Mit deiner Arbeit, meine ich. Willst du versuchen, sie in der Kita unterzubringen?«

Auch danach hatte Emma sich im Rathaus erkundigt. Auf Spiekeroog gab es eine Kita, doch die Mitarbeiterin hatte ihr wenig Hoffnung gemacht, dass Emma dort einen Platz für den kommenden Herbst bekommen würde – geschweige denn die zwei benötigten.

Also konnte sie Lars und Timo nur für den darauffolgenden Sommer anmelden und hoffen, dass sie dann auch die beiden Plätze bekam. Immerhin – das würde wohl problemlos möglich sein, sagte man ihr.

»Ohne Kita wird's schwer«, äußerte Emma ihre Bedenken.

»Aber nicht unmöglich. Wir teilen uns die Kinderbetreuung einfach gerecht untereinander auf. Im Herbst und Winter habe ich mehr Zeit, Raik spannen wir auch ein, und Ines wird nicht rund um die Uhr mit den Wohnungen beschäftigt sein, oder?«

Das klang fast zu schön, um wahr zu sein. Und so sagte Emma das auch. Conny hingegen wirkte vollkommen überzeugt von ihrem Plan. »Das klappt.« Sie nickte zufrieden. »Und vielleicht ist im ersten Winter auch noch nicht alles ausgebucht. Man muss den Ball da spielen, wo er liegt. Wir sind genug Leute, die das abfangen können, wenn du durchstarten möchtest.«

»Danke.« Emma hatte so ein Gefühl, als wäre sie endlich dort angekommen, wo sie hingehörte. Beruflich, ja. Aber auch ihr Privatleben schien sich in die neuen Bahnen zu fügen, gerade so, als wäre es vom Schicksal vorherbestimmt worden, dass sie auf die Insel kam und ihr eigenes Geschäft aufzog.

Emma war nicht schicksalsgläubig, doch in diesem einen Fall gefiel ihr, was das Schicksal mit ihr vorhatte.

Am Abend kamen Frieke und Bengt zu Besuch, und auch Raik und Conny gesellten sich zu ihnen. Emma lud noch Trudi zum Abendessen ein, sodass sie wenig später zu acht um den Gartentisch auf ihrer Terrasse saßen und sich das kleine Sommermenü schmecken ließen, das Emma mit Friekes Hilfe in der kleinen Küche gezaubert hatte. Es gab Frühkartoffeln, knackige Blattsalate mit Vinaigrette, Ei und Tomate, dazu krosses, saftiges

Knoblauchbrot, das Bengt beigesteuert hatte, und eine Pfanne mit viel Gemüse und etwas Hühnchen in einer sämigen Sauce mit Pfefferkörnern. Während Emma für Timo die Pfefferkörner aus der Sauce suchte – Lars aß sie mit großem Vergnügen und ohne auch nur das Gesicht zu verziehen –, erzählte sie noch einmal allen, wie sie sich das genau vorstellte mit ihrem neuen Geschäft.

Sie habe gemerkt, dass Menschen sich von einem Minimalismustrend blenden ließen, der ihnen erklärte, sie müssten nur möglichst viele Dinge loswerden, damit sie dann ohne diese Dinge glücklicher würden. Das hielt Emma aber für den falschen Ansatz, denn sie hatte bei sich selbst gemerkt, wie sehr ihr die Erinnerungen später fehlten. Wie das verblasste, von dem sie vor fünfzehn Jahren noch geglaubt hatte, es bliebe für immer in ihr Gedächtnis eingebrannt.

»Das Gedächtnis ist kein zuverlässiger Chronist für das ganze Leben«, sagte sie leise. Die anderen am Tisch hörten ihr aufmerksam zu. »Und ich möchte den Menschen helfen. Ihnen zur Seite stehen, wenn sie lernen, ihre Erinnerungen zu sortieren. Vielleicht auch dabei, ihre Erinnerungen ganz anders zu bewerten, als sie es früher getan haben. Die Zeit … Sie macht etwas mit dem Einzelnen. Manchmal Gutes, aber manchmal lässt sie auch Dinge, die uns früher richtig erschienen, als falsch erscheinen. Und umgekehrt. Ich merke das ja bei mir selbst.«

»Du meinst, was aus dir und deinem Vater wurde.« Frieke, die neben ihr saß, berührte Emmas Arm, als diese nicht weitersprach.

»Genau. Wir haben uns ausgesprochen. Es war ein großes Missverständnis, und er … Er hat die Dinge meiner Mutter aufgehoben. Ich dachte, er hätte damals das Haus ausgeräumt und alles weggeschmissen. Scheiße, ich war so sauer auf ihn.« Emma lachte entschuldigend.

Lars kroch auf ihren Schoß und kuschelte sich an sie. Emma umschloss ihn mit den Armen.

»Uns definiert nicht nur, was uns die Gene mitgeben. Unsere Erziehung, die Menschen, die uns begleiten. Sondern auch unsere Erinnerungen und wie wir mit ihnen umgehen. Dabei möchte ich den Menschen helfen. Sie können mit dem, was in einen Koffer passt, zu uns auf die Insel kommen. Auf dem Isländerhof können sie wohnen, und ich biete ihnen Seminare an – auch Einzelsitzungen – in denen ich mit ihnen ihre persönlichen Dinge durchgehe. Sie können auch einfach nur zuhören und abends allein für sich sortieren. Aber ideal ist es vielleicht, wenn sie auch die Geschichten der anderen anhören. Eine Verbindung schaffen zu den anderen Gästen, zu uns, zur Insel. Sodass sie mit leichterem Herzen wieder abreisen können.«

»So wie ich es bald tun werde.« Trudi meldete sich zu Wort. Alle Aufmerksamkeit konzentrierte sich auf sie. »Emma hat mir in den letzten Tagen immer wieder zur Seite gestanden und geholfen. Dafür bin ich ihr sehr dankbar.«

»Und ich habe es sehr gerne gemacht.«

»Ich werde jedenfalls zurückfahren, mir eine neue Wohnung suchen und all meinen Freundinnen einen Aufenthalt auf der Insel empfehlen. Bei der Erinnerungssammlerin.«

Emma lächelte. Die Erinnerungssammlerin … So hatte sie selbst sich bezeichnet, und was eher scherzhaft begann, war inzwischen zu einem Begriff geworden, mit dem sie sich durchaus anfreunden konnte.

Auch Timo war inzwischen müde. Weil Emmas Schoß mit dem schlafenden Lars besetzt war, stellte er sich vor Connys Stuhl und rief »Arm!«, und sie beugte sich zu ihm hinunter und hob ihn hoch. Als er sich an sie schmiegte, war auf Connys Gesicht ein Ausdruck, den Emma nur zu gut kannte. Sehnsucht. Sie selbst hatte das einst empfunden, wenn sie die Kinder ihrer

Freunde ansah. Aber auch ein stilles Glück war da, ein Lächeln, als wäre es durch das Leben auf dem Hof leichter für sie geworden.

Das freute Emma.

Sie blieben lange so sitzen, sie aßen und tranken, und als es kühl wurde, stand Raik auf und holte aus dem Haus ein paar Decken, die er verteilte. Er kümmerte sich so unaufgeregt, dass Emma, deren Lider schon schwer wurden, erst gar nicht bemerkte, wie er den Tisch abräumte. Bengt half ihm.

»Das kann ich gleich noch machen«, murmelte sie.

»Wieso?« Raik runzelte die Stirn, als wäre es für ihn absolut nicht nachvollziehbar, dass eine müde Mutter mit schlafendem Kleinkind im Arm sich später auch noch um so profane Dinge wie Geschirrabräumen kümmerte. Sie lächelte leise. Die Selbstverständlichkeit. Das war es, was sie an Raik so mochte. Was ihn von Torben unterschied. Er machte. Beteiligte sich am Haushalt, und wer weiß, vermutlich würde er sich auch um die Kinder kümmern, wenn… wenn…

Ihr Kopf wurde zu schwer, um diesen Gedanken bis zum Ende zu denken. Als sie die Augen wieder öffnete, beugte sich gerade Frieke über sie. »Gute Nacht«, flüsterte sie. »Ich freu mich, dass du hierbleiben willst.«

Emma drückte Friekes Hand. »Ich freue mich so für euch.«

Und da war er. Der Funken in Friekes Augen. »Ich mich auch.« Sie suchte Bengts Hand, der hinter ihr stand. »Wir schaffen das, oder?«

»Klar schafft ihr das. Ihr werdet kaum schlafen, aber ihr schafft das.«

Frieke grinste. »Dann weiß ich ja jetzt, was ich zu tun habe.« Arm in Arm gingen Bengt und sie davon. Emma schloss die Augen. Sie hörte Trudi, die allen ebenfalls eine gute Nacht wünschte. Dann waren nur noch Raik und Conny da. Und ihre Kinder.

Emma seufzte. Sie musste die beiden Rabauken noch ins Bett bringen, idealerweise vorher noch wickeln ... Bis sie das alles erledigt hatte, war sie selbst vermutlich wieder so wach, dass sie stundenlang neben den Zwillingen lag und las.

Nun ja. Bekam sie wenigstens ein paar Bücher in ihren Kopf. Sie hatte sich über Friekes Buchhandlung noch ein bisschen Fachlektüre zum Thema Selbstständigkeit bestellt. Sie freute sich schon darauf, sie bald in den Nächten durchzuackern.

Als sie sich vorsichtig aufrichtete, um Lars nicht zu wecken, sah sie Conny und deren leere Arme. Für einen kurzen Moment sackte Emma das Herz in den Bauch, sie zuckte zusammen und war hellwach. War sie eingedöst? Wo steckte Timo?

Conny bemerkte ihre Besorgnis. »Raik«, sagte sie ganz ruhig und zeigte zum Ferienhaus. In Emmas Wohnung brannte gedämpftes Licht, und sie hörte Raiks Stimme.

Er sang ein Schlaflied.

»Timo ist wach geworden. Also nicht so richtig, aber bevor ich ihn beruhigen konnte, hat Raik ihn übernommen.« Conny stand auf und streckte sich. »Puh, das ist anstrengend, wie schwer die werden, wenn sie einschlafen!« Sie schaute auf Emma mit Lars hinab. »Möchtest du ihn auch reinbringen? Kann Raik aber bestimmt auch für dich übernehmen.«

»Ich schaffe das schon.« Emma stand behutsam auf. Lars hielt sich im Schlaf an ihr fest, und so trug sie ihn ins Haus.

Sie fand Raik und Timo auf dem Bett. Raik sang weiter leise, und was sie vorhin von draußen nicht verstanden hatte, identifizierte sie jetzt als »Somewhere over the rainbow«. Kein Wunder, dass Timo dabei wieder einschlief; schon als die Zwillinge noch in ihrem Bauch waren, hatte sie es ihnen jeden Abend vor dem Einschlafen vorgesungen, während sie gewissenhaft ihren Bauch cremte und zupfte.

Als sie Lars im Wohnzimmer auf dem provisorischen Wickelplatz ablegte, regte er sich etwas im Schlaf, wachte aber nicht auf. Sie wickelte ihn rasch, zog ihm noch die Schlafanzughose an und trug ihn dann ins Schlafzimmer und legte ihn zu Timo.

Emma stand am Fußende des Betts. Raik stand auch behutsam wieder auf, um die Zwillinge nicht zu wecken. Er stellte sich neben sie, und Emma spürte, wie seine Finger ihre streiften. Wie elektrisiert zuckte sie zurück.

Das hier. Das hatte sie vermisst.

Sie wusste, es war falsch, den einen Mann mit dem zu vergleichen, der ihm eventuell folgen würde. Genauso falsch wäre es, sich jetzt zu schnell in etwas zu stürzen, das nur zu leicht als Lückenbüßer-Affäre herhalten musste und sein Feuer verbrannte, bevor es sich zu einer gesunden Beziehung stabilisieren konnte.

Aber seine Finger berührten ihre. Ganz zart und fragend.

Möchtest du häufiger mit mir am Bett dieser Kinder stehen?

Emma wandte sich Raik zu. Sie hatte das Bedürfnis, etwas zu sagen. Etwas, das diesem Moment nicht den Zauber nahm, das ihm zeigte, wie sehr sie ihn wollte, wie sehr sie hoffte, dass er sie auch wollte. Die Insel würde ihre Zukunft werden, davon war Emma überzeugt. Und vielleicht würde auch Raik Teil dieser Zukunft werden.

Doch bevor sie noch den Mund aufmachen konnte, lächelte Raik. »Ich habe ein Haus für euch gefunden.«

»Ich ... äh ...«

Ein Haus. Hier auf der Insel.

Das wäre ein Traum. Ein unbezahlbarer Traum, fürchtete sie, aber nichtsdestotrotz ein Traum, den sie bisher nicht zu träumen gewagt hatte. Und jetzt eröffnete Raik ihr, es gebe da ein Haus ...

Für euch.

Nicht *für uns*. Sondern für sie, Lars und Timo.

Ihre Hand fuhr zurück. Sie hatte sich an Raik verbrannt, und das war ein Schmerz, den sie kaum ertrug.

Willst du uns loswerden, Raik? Ist es das?

Dieser magische Moment verflog, dieser kurze Augenblick, in dem mehr möglich erschienen war. Irgendwann ...

Er legte den Arm um ihre Schultern, ohne sie dabei so zu berühren, wie sie es sich wünschte. Es war eher freundschaftlich. Raik führte Emma in die Küche, wo sich noch das Geschirr stapelte. Bevor sie sich darum kümmern konnte, schob er sie auf das Sofa im Wohnzimmer. »Ich habe dir doch von Mina und Paul erzählt?«

Emma nickte.

»Ich habe mit Mina gesprochen. Sie hat nichts dagegen, an dich zu vermieten. Oder zu verkaufen, je nachdem, was dir lieber ist.«

»Ich, aber ...«

»Du willst doch nicht für immer auf dem Isländerhof leben?«

Emma schüttelte wie betäubt den Kopf. Das musste ein falscher Film sein, der gerade vor ihren Augen ablief. Ein Haus. Damit sie nicht mehr auf dem Isländerhof lebte. Am anderen Ende des Dorfs.

Tatsächlich sah es so aus, als wollte Raik möglichst viel Entfernung zwischen sich und Emma bringen.

»Willst du denn ...« Sie atmete tief durch. »Ich dachte, dass du vielleicht ein Haus kaufen möchtest. Oder willst du hier immer mit deiner Schwester leben?«

Raik grinste. »Meine Schwester wird eines nicht mehr allzu fernen Tages genug von der Bevormundung und den erzieherischen Maßnahmen ihres Bruders haben. Ich glaube, ich gehe ihr jetzt schon gehörig auf die Nerven, weil ich ständig meine, ich müsste auf sie aufpassen. Große Brüder eben.« Er wurde nachdenklich. »Ich denke außerdem, uns beiden wird etwas Distanz guttun.«

Emma hielt den Atem an. Was wollte Raik damit sagen, wenn nicht, dass sie nicht zusammenpassten?

»Du wirst hier auf der Insel bleiben. Auf dem Hof arbeiten. Ines wird sich um die Wohnungen kümmern, aber wenn ich dich richtig verstanden habe, willst du den Dachboden des Ferienhauses als Seminarraum ausbauen.«

»Richtig.«

»Dann brauchst du Abstand zur Arbeit. Im Ärztehaus gibt es auch eine kleine Wohnung für mich, die ich fast nie nutze, weil es mir zu stressig ist. Ständig hat man die Arbeit vor der Nase und ist versucht, sich auch nach Feierabend um allerhand zu kümmern, das genauso gut bis zum nächsten Tag warten könnte. Nein, das will ich dir nicht zumuten. Du sollst dein Privatleben haben. Immerhin werden die Seminarteilnehmer hier wohnen. Sie werden dir keine Ruhe lassen, davon bin ich überzeugt.«

»Aber ...«

»Und ich würde dir auch keine Ruhe lassen«, fuhr er fort. Raik zog den Hocker heran. Er suchte ihre Hände. »Ich weiß nicht, was das mit uns ist. Oder wohin es führt. Ob es überhaupt irgendwohin führt oder ob ich für dich nur jener bin, den du brauchst, um dich endgültig von deinem Ehemann zu lösen.«

Emma wollte protestieren, obwohl sie ja dieselben Gedanken bereits gehabt hatte.

»Jedenfalls«, sprach Raik hastig weiter, bevor sie ihre Einwände erheben konnte, »halte ich es für das Beste, wenn du erst dein eigenes Leben aufbaust. Und dann ... sehen wir weiter. Ich möchte das hier nämlich nicht verbocken. Dafür bist du mir viel zu viel wert.«

»Oh«, hauchte Emma.

Es war keine Liebeserklärung. Der Himmel nicht voller Geigen wie bei früheren Liebesbeziehungen. Aber Emma wusste, dass sie mit dieser etwas pragmatischen, fast schon kühlen Herangehensweise im Moment besser zurechtkam als mit romantischen Schwüren ewiger Treue, die dann doch nicht hielten.

Sie bedeutete ihm so viel, dass er bereit war, zu warten. Ihr die Zeit zu geben, die sie brauchte.

Aber Emma brauchte keine Zeit. Sie spürte tief in ihrem Herzen, dass Raik die Antwort auf all die Fragen sein würde, die sie sich immer schon gestellt hatte.

Sie nahm nun ihrerseits Raiks Hände in ihre. »Ich möchte dir auch noch etwas sagen«, sagte sie ruhig. »Es ehrt dich, wie du versuchst, mich vor mir selbst zu beschützen. Aber ich glaube, das kann ich ganz gut alleine.« Sie lächelte. »Und jetzt ...«

... *möchte ich dich küssen*, wollte sie sagen, doch da hatte Raik schon die Hände an ihr Gesicht gelegt, seine Lippen berührten ihre. Ganz sacht nur, aber Emma schlang die Arme um Raiks Hals und zog ihn zu sich aufs Sofa. Als sie spürte, wie sich sein Gewicht gegen ihren Körper drückte, schloss sie die Augen. Sie spürte ihn, roch seinen sauberen Männerduft, ein bisschen hing ihm das Salz des Meeres in den Haaren wie wohl ihnen allen, die hier auf der Insel lebten, und sie schmeckte ihn und wusste: War der erste Kuss ein Versprechen gewesen, so war dieser zweite die Einlösung dieses Versprechens.

Atemlos lösten sie sich voneinander. Sie lagen nebeneinander auf dem Sofa, und Raik strich Emma eine blonde Strähne aus dem Gesicht. »Ich mit meiner Theorie«, murmelte er.

Emma lachte. »Mach dir nichts draus. Die Idee ist ja sehr ehrenwert.«

»Und was machen wir jetzt?«

Sie legte den Kopf an seine Brust. »Können wir so einschlafen?«, murmelte sie.

»Können wir sicher. Aber ob wir das wollen…«

»Mh«, murmelte Emma. Sie spürte die wohlige Müdigkeit, die sich wieder hervorstahl. Geborgenheit. Die machte, dass sie sich fallen ließ.

»Bleiben wir einfach noch ein bisschen so liegen«, sagte Raik leise.

Danach sagte er noch etwas, aber Emma bekam es nicht mit. Sie war schon eingeschlafen.

KAPITEL 18

Frieke hätte nicht für möglich gehalten, was in den Schwangerschaftsratgebern stand und ihr alle Freundinnen erzählten, die schon Kinder hatten – aber tatsächlich ließen Müdigkeit und Übelkeit bald nach. Schon zwei Wochen später sprang sie eines Morgens energiegeladen wie lange nicht mehr schon um kurz nach sechs beim ersten Weckerklingeln aus dem Bett. Bengt, der sich in den vergangenen Wochen wieder von seiner häuslichen Seite gezeigt hatte, zog sich mit einem Stöhnen die Bettdecke über den Kopf.

»Auf, auf! Draußen herrscht immer noch herrlichster Sonnenschein. Hast du schon mal so einen Sommer erlebt?«

Das hatte er nicht. Seit Mai herrschte auf der Insel fast ununterbrochen Sonnenschein. Inzwischen war bald Ende Juni, und ein Ende der Wärmeperiode war nicht abzusehen. Das war gut für die Geschäftsleute, denn jetzt in den Ferien kamen besonders viele Tagesgäste auf die Insel, deren Klima die Sommerhitze abmilderte und erträglich machte. Auch Frieke war dafür dankbar; sie wollte sich lieber nicht vorstellen, wie sie wochenlang mit dieser Müdigkeit bei über dreißig Grad in Hamburg hätte funktionieren müssen. Wobei »müssen« auch nicht richtig war. Seit Bengt von der Schwangerschaft wusste, half er ihr auf jede erdenkliche Weise. Er fuhr zum Beispiel mit dem Lastenrad, das sie gebraucht erstanden hatten, zum Hafen und holte die Bücher von der Fähre, wenn sie dringend etwas brauchten. Oder er kochte und backte daheim, er putzte mehr als bisher. Die Brandseeschwalben waren flügge geworden, weshalb er auch tagsüber nicht mehr zum Westend rausfuhr. Er überlegte sogar schon, den Wohnwagen dieses Jahr noch früher zurückzuholen und auf dem Isländerhof unterzustellen.

Aber Frieke hielt ihn davon ab.

»Wenn wir noch ein paar laue Sommernächte unter dem Panoramadach schlafen wollen, geht das nur noch dieses Jahr«, hatte sie ihn erinnert.

Und jetzt zog sie sich rasch an. Hose, T-Shirt, Bengt konnte gar nicht so schnell gucken, wie sie in die Ballerinas schlüpfte. »Wo willst du hin?«, rief er ihr nach.

»Ich treffe mich mit Meike!«, rief Frieke.

Er ließ sich mit einem zufriedenen Lächeln in die Kissen sinken. Dass er Meike aufgetrieben hatte, war für sie alle ein Glücksfall. Seit ihrem ersten Gespräch mit der Hebamme war Frieke so viel entspannter. Sie konnte bis auf die drei »großen« Ultraschalluntersuchungen die Vorsorge komplett auf der Insel bestreiten. Das war zwar irgendwie inoffiziell, da Meike ja aktuell nicht arbeitete, aber es genügte, damit Frieke ruhiger wurde. Und über die Geburt würde sie sich Gedanken machen, wenn es so weit war – ob dann eine andere Hebamme zur Hausgeburt auf die Insel kam oder sie in den sauren Apfel biss und für ein paar Wochen aufs Festland zog, würde sie dann sehen.

Und nebenbei war Meike toll! Frieke schnappte sich in der Küche ein Quarkrosinenbrötchen, kochte eine Kanne Kaffee und füllte etwas davon in ihren Thermosbecher. Koffeinfrei. Sie verdrehte ein bisschen die Augen, wann immer sie sich das antat. Aber sie hatte tatsächlich schon seit Wochen überhaupt nichts für Kaffee übrig. Die koffeinfreie Variante war die einzige, die sie einigermaßen vertrug und die ihr auch schmeckte.

Wenn ihr das jemand vor ein paar Wochen prophezeit hätte …

Und noch etwas hatte sich verändert. Ihre Lieblingsjeans kniff am Bauch. Obwohl man noch nicht von einem Bauch in der Form sprechen konnte, wie er sich im Laufe der Schwangerschaft entwickeln würde. Frieke öffnete den obersten Knopf und atmete tief durch. Schon besser.

Sie flitzte noch mal ins Bad und kramte aus einem der Körbchen auf der Ablage ein Haargummi, das sie durchs Knopfloch fädelte und über den Knopf legte. Ah, perfekt! Den Trick hatte ihr Sonja verraten. Es ging doch nichts über Freundinnen, die bereits Kinder bekommen hatten und sie jetzt, da Frieke langsam anfing, von der Schwangerschaft zu erzählen, mit Tipps und unschlagbaren Lifehacks für die kommenden sieben Monate versorgten.

Heute früh war sie mit Meike verabredet, bevor es zu den Büchern ging.

Sie sprang aufs Lastenrad und trat in die Pedale. Vorne drin im großen Lastenraum des Rads lag ein Leinenbeuel mit drei Büchern, die Meike bei ihr bestellt hatte.

Das Rad verfügte über einen kleinen Elektromotor, weshalb es recht flott gegen den Westwind voran ging. Zu dieser frühen Stunde waren kaum Leute auf den Straßen unterwegs, bis auf …

»Hoppla!«

Frieke stieg auf die Bremse. Sie war etwas zu schwungvoll um die Ecke gebogen und hätte fast die arme Johanne über den Haufen gefahren, die mit weit aufgerissenen Augen vor ihr stand.

»Moin!«, rief Frieke. »Alles in Ordnung?«

»Ja, ja, alles bestens«, sagte die alte Dame. Doch Frieke sah ihr an, dass irgendwas nicht stimmte. Sie kannte Johanne nun schon seit zwei Jahren – und so nervös hatte sie sie noch nie erlebt. Sie rang die Hände, als wollte sie Frieke anflehen, ihr bei etwas zu helfen.

Sie stieg vom Rad. »Was kann ich machen?«, fragte sie und legte Johanne behutsam den Arm um die schmalen Schultern. Eines hatte sie in den knapp zwei Jahren auf der Insel inzwischen begriffen – hier war niemand allein. Das funktionierte aber nur, wenn auch alle aufeinander achteten.

»Es ist ... mein Sohn kommt gleich. Mit seiner Frau und den Enkeln. Zum Mittagessen. Wir haben das Séparée in der Combüse reserviert.«

»Das ist doch schön.« Frieke wusste, wie viel die Familie Johanne bedeutete. Doch ihre alte Freundin wirkte unglücklich und mit der Situation gänzlich überfordert. »Nicht schön?«

»Na ja, es kommt noch jemand.« Johanne atmete tief durch. »Ich habe Oltmanns Kruse dazu eingeladen.«

»Ach!«, machte Frieke, weil ihr auf die Schnelle nichts Besseres einfiel. »Sie und der alte Kruse ...?«

»Nein, nein!« Johanne winkte ab. »Nie und nimmer. Nicht mehr«, fügte sie nach kurzem Zögern hinzu. »Früher mal, vor über fünfzig Jahren. Damals war ich ja noch fast ein Kind, und er war ein verantwortungsloser Lump, jawoll. Ich weiß nicht, ob ich gerade den schlimmsten Fehler meines Lebens mache, Frieke. Es könnte doch alles bleiben, wie es ist. Für Thomas war immer mein Ernst der Vater, und er war kein schlechter. Bisschen streng, aber das macht das Meer mit einigen, dass sie den Kindern viel abverlangen.« Sie geriet jetzt ins Plappern, und obwohl Frieke schon jetzt zu spät für ihre Verabredung war, führte sie Johanne zu einer der vielen Bänke, die überall im Ort an den schönsten Stellen standen und zum Verweilen einluden. Sie setzten sich. Johanne zupfte ein zartes Spitzentaschentuch aus ihrer kleinen Handtasche und betupfte sich die Augenwinkel. »Was wird er denn von mir denken, wenn ich ihm jetzt erzähle, dass gar nicht der Mann sein Vater war, den er sein Leben lang so genannt hat? Und was wird Joachim denken, der hat das alles ja angestoßen ...« Johanne seufzte. »Ich möchte am liebsten jetzt ganz weit weg sein. Am Strand sitzen und dem Meer lauschen.«

»Dann kommen Sie doch mit. Ich war gerade unterwegs dorthin«, sagte Frieke sanft. »Zum Westend. Dort können Sie am Strand sitzen und sich durchpusten lassen.«

Johanne lächelte müde. »Das ist zu weit für meine alten Knochen.«

»Ich fahre Sie.« Frieke zeigte auf das Lastenrad. »Da vorne drin können Sie prima sitzen, versprochen. Sie müssen nur auf die Bücher achtgeben.«

»Ach …«, sagte Johanne. In ihren Augen funkelte etwas auf, das Frieke nur zu gut kannte. Sehnsucht.

»Kommen Sie.«

Frieke half der alten Dame in das Lastenrad. Sie nahm vorne auf der kleinen Bank Platz und hielt sich etwas verkrampft links und rechts fest, während Frieke wieder in die Pedale trat. So sausten sie zum Westend.

Frieke begleitete Johanne noch den Bohlenweg hinauf zu den Dünen. Dahinter führte eine Treppe zum Strand. »Ich komme klar«, versicherte Johanne ihr. Frieke ließ sie schweren Herzens zurück, aber sie musste auch dringend Meike finden und sich für ihr Zuspätkommen entschuldigen. Sie ließ Johanne zurück und machte sich auf die Suche.

Meike saß vor ihrem Zelt in der Morgensonne, trank aus einem Thermosbecher ihren Kaffee und hatte ein Buch auf den gebräunten Knien. So entspannt und in sich ruhend, dass Frieke sie ein bisschen beneidete.

»Tut mir leid, dass ich zu spät bin!« Frieke ließ sich neben Meike ins Gras plumpsen. Hier auf dem Campingplatz durfte man das tun, was überall sonst auf der Insel verboten war – in den Dünen herumlaufen, und sogar Zelte aufstellen.

»Wie geht's dir?«, fragte Meike.

Frieke lächelte. »Gut«, sagte sie. »Richtig gut.«

»Keine Übelkeit mehr?«

Frieke schüttelte den Kopf. »Und ich habe plötzlich wieder richtig viel Energie.«

»Dann bist du in der Schwangerschaft angekommen.« Meike wirkte sehr zufrieden. »Genieß die Zeit. Auch zu zweit. Wollt ihr noch mal in den Urlaub fahren?«

Frieke schüttelte den Kopf. »Wir haben darüber nachgedacht, aber hier gibt's genug zu tun bis September. Und im Herbst und Winter ist mir die Insel am liebsten.«

»Kann ich verstehen. Ich bin schon neugierig, wie das wird.«

»Weißt du schon, wo du wohnst, wenn der Zeltplatz schließt?«

»Keine Ahnung. Ich wollte mich treiben lassen. Und wenn sich gar nichts findet, muss ich wohl bei euch einziehen«, sagte Meike lachend.

»Meine Freundin Emma bezieht bald ein Haus im Dorf. Sie meint aber, es ist für sie und ihre Zwillinge allein zu groß. Vielleicht möchtest du dort ein, zwei Zimmer zur Untermiete beziehen?«

»Klingt gut.«

Gestern Abend hatten Frieke und Emma lange über Emmas Zukunft auf der Insel gesprochen. Für Mina kam nur ein Verkauf in Frage, und Emma hatte Angst, die Kosten nicht allein tragen zu können. Dann waren sie auf die Idee gekommen, dass Emma einzelne Zimmer vermieten könne.

Frieke blieb ein knappes Stündchen bei Meike vor dem Zelt sitzen. Sie tranken Kaffee aus Thermosbechern und aßen dazu Stücke vom Früchtekuchen, den Frieke daheim in der Küche stibitzt hatte. Bevor sie sich auf den Heimweg machte, stieg sie zur Düne hinauf.

Johanne saß noch genau dort, wo Frieke sie zurückgelassen hatte. Ganz entspannt blickte sie aufs Meer hinaus. Sie schöpfte Kraft aus diesem Anblick. Heute war das Meer nicht so ruhig wie an den letzten Tagen, es war etwas aufgeregt und grau, mit kleinen Schaumkronen besetzt. So mochte Frieke es lieber. Wenn nur der Sommer bald vorbei wäre, damit der Sturm wieder das Meer gegen die Insel drückte und man sich bei jedem Schritt vor der Haustür gegen den Wind stemmen musste.

»Wollen wir zurück?«, rief Frieke, als sie noch wenige Schritte von Johanne entfernt war.

Die alte Dame drehte sich langsam um. Ihre Wangen waren nass von Tränen, und als sie die Hand ausstreckte, damit Frieke ihr aufhalf, zitterten die Finger.

»Und was ist, wenn ich jetzt alles kaputtmache?«, fragte sie leise.

»Dann bauen wir alles wieder auf.«

Johanne lächelte.

»Es wird dann anders sein, nicht wahr?«

»Aber nicht schlechter.«

Johanne hakte sich bei Frieke unter, und gemeinsam stiegen sie den Bohlenweg hinauf.

Auf dem Rückweg drückte der Wind ordentlich von hinten, und so sausten sie in Rekordzeit zurück ins Dorf. Johanne hielt sich vorne wieder fest und wirkte irgendwie ruhiger als noch vor einer Stunde.

»Das Meer macht Dinge mit einem«, sagte sie, als sie schließlich aus dem Lastenrad stieg. »Finden Sie nicht auch?«

»Ja«, sagte Frieke. »Das macht es.«

Was es auch machte, das Meer – es machte alles richtig.

Diese eine Stunde am Meer, in der Stille und für sich … die hatte Johanne geholfen. Denn jetzt wusste sie, was sie wollte.

Um Punkt zwölf Uhr betrat sie den Gastraum der Combüse, wo die Wirtin Elsa sie bereits erwartete. »Deine Gäste sind schon da«, berichtete sie und führte Johanne zu dem kleinen Séparée, in dem bereits ihre Familie wartete.

Oltmanns war noch nicht da.

Das überraschte Johanne nicht. Es würde sie auch nicht überraschen, wenn er überhaupt nicht kam. Das war es, was sie mit dem Meer ausgemacht hatte. Dass es sie nicht stören durfte, wenn Oltmanns Kruse sie versetzte. Dann musste sie ihrer Familie eben ohne ihn davon erzählen. Das wäre auch nicht das Schlimmste.

Am meisten fürchtete sie ohnehin *seine* Reaktion. Was er davon halten würde, dass er nicht nur einen Sohn hatte, sondern auch drei erwachsene Enkel, eine Schwiegertochter und, wenn Johanne das Geturtel von Dani mit ihrem Freund Micha richtig deutete, in nicht allzu ferner Zukunft auch Urenkelkinder. Oder zumindest einen … Schwiegerenkel. Sagte man das so?

Vielleicht würden Dani und Micha aber auch nie heiraten und Kinder bekommen, und das wäre dann vermutlich auch in Ordnung. Die Zeiten waren andere. Oder sie bekamen Kinder, heirateten aber nicht. Vor fünfzig Jahren undenkbar. Das hatte sie ja überhaupt erst in die Bredouille gebracht, in der sie nun steckte.

Nachdem sie von allen begrüßt worden war, nahmen sie an der langen Tafel Platz. Ein Stuhl blieb leer, und als Thomas fragend die Augenbrauen hob, spürte Johanne die Röte in ihren Wangen. »Es fehlt noch jemand«, sagte sie.

»Ach? Ich dachte, es wird ein Familienessen?« Seine Augen funkelten belustigt.

»Das wird es auch«, erklärte Johanne möglichst würdevoll, und siehe da, das brachte sogar ihren klugen, sonst nicht um eine Antwort verlegenen Ältesten zum Schweigen.

Julia brach das Schweigen.

»Joachim hat den Stammbaum fertig«, sagte sie leise. »Möchtest du ihn zeigen, Jockel?«

»Haben wir die Zeit?«, fragte der Zwanzigjährige nervös. Er war der Jüngste der drei Enkel, schlank und hochgewachsen wie sein Vater, mit den hellen Augen des Großvaters, den er noch nicht kannte. Und mit einer überraschenden Ähnlichkeit zu Oltmanns, bemerkte Johanne in diesem Moment.

Alle schoben Gläser und Besteck beiseite, Stoffservietten wurden in einer Tischecke gestapelt, während Jockel aus einer Pappröhre einen großen Bogen Papier zog und auf dem Tisch ausrollte. »Hier haben wir unsere Familie«, sagte er nicht ohne Stolz. »Ausgehend von Oma Johanne und Opa Ernst. Hier Papa mit seinen Geschwistern, und hier sind wir.«

Johanne beugte sich über den Stammbaum. Sorgfältig hatte Jockel alle ihm bekannten Daten notiert und die Verbindungslinien zwischen ihren Kindern gezogen. Nur bei Thomas fehlte der Strich, dort verlief nur eine gepunktete Linie zu Johanne. »Hier musst du mir helfen, Oma«, sagte er und tippte mit dem Finger auf die Linie. »Ich kenne deine Blutgruppe – null positiv – und die von Opa auch – B positiv. Aber Papa hat A negativ … Das habe ich erfragt, weil mir auffiel, dass Papa ja schon vor eurer Hochzeit geboren wurde. Unüblich für die Zeit. Außerdem …« Er fuhr mit der Hand durch seine weißblonden, kurz gehaltenen Locken.

Johanne nickte. Ja. Außerdem.

Jetzt wäre der richtige Moment, in dem Oltmanns hätte kommen müssen. Spätestens! Aber einmal ein Lump, immer ein Lump. Fünfzig Jahre änderten einen Mann nicht, und dieser Mann hatte wohl beschlossen, dass er Johanne und ihre Familie – *die auch seine war!* – versetzen wollte.

Johanne versuchte, ihre Enttäuschung zu verbergen. Für diesen Moment hatte sie sich vorhin am Meer gewappnet, und sie war Frieke dankbar für den kleinen Ausflug. Denn sie hatte das Meer gefragt, und das Meer hatte ihr geantwortet.

Wenn er dich versetzt, ändert das nichts. Deine Familie wird dich immer lieben.

»Ich möchte euch etwas erzählen«, sagte sie leise. »Von einer jungen Frau, die vor über fünfzig Jahren einen Fehler gemacht und diesen nie bereut hat.«

Bevor sie weitersprechen konnte, riss jemand schwungvoll die Tür zum Séparée auf. Plötzlich stand Oltmanns im Raum, direkt neben Thomas. »Bitte vielmals um Entschuldigung für meine Verspätung. Ich musste diese hier noch von der Fähre holen.« Er raschelte umständlich mit dem Papier, das um den Blumenstrauß gewickelt war. Seine Wangen wurden fleckig, er fluchte leise, dann überreichte er der ihm folgenden Kellnerin den Blumenstrauß und drückte Johanne das Papier in die Hand. »Ach nein«, murmelte er, riss an dem Strauß, er wäre fast über seinen Stock gestolpert, stand vor Johanne und sah sie an. »Meine liebe Hanni«, sagte er leise. »Ich freue mich.«

Mehr nicht. Johanne nahm die Blumen entgegen, und dann stand schon Thomas neben ihr. »Mutti«, sagte er, und ihr wurde das Herz ganz weit, denn so hatte sie ihn lange nicht mehr reden gehört, oder dass er sie Mutti nannte. Das war auch lange her, sie wüsste nicht, wann das letzte Mal gewesen war.

»Möchtest du uns miteinander bekannt machen?« Thomas flüsterte die Frage, niemand beachtete Johanne und ihren Sohn, während Oltmanns bereits dazu übergegangen war, sich selbst vorzustellen, reihum schüttelte er Hände, lächelte freundlich und etwas unbeholfen, sein Blick ging über die Köpfe der Enkel hinweg immer wieder zu Thomas.

Er sieht es. Oltmanns hat es sofort begriffen.

Johanne spürte nur noch Erleichterung, alle Schwere, die sich in den letzten Wochen auf ihre Brust gelegt hatte, war weg. Es waren nicht viele Worte nötig, damit Oltmanns und Thomas einander erkannten als das, was sie waren.

Trotzdem sprach Johanne es aus. Weil sie es selbst irgendwie *sagen* musste, damit es sich wirklich anfühlte. Über fünfzig Jahre des Schweigens, da konnte sie nicht still bleiben in diesem besonderen Moment.

»Thomas, darf ich vorstellen? Das ist Oltmanns Kruse. Dein … Vater.« Vor dem letzten Wort holte sie tief Luft, und dann ging ein kollektives Aufatmen durch den Raum.

Oltmanns ergriff Thomas' Hand. »Das freut mich sehr«, sagte er. Alles Polternde, Laute war von ihm abgefallen, und zurück blieb ein alter, nachdenklicher Mann, der auf den schaute, der sein Sohn sein sollte, auf die drei Enkel, die Schwiegertochter. Dann lächelte er, und es war ein so helles, strahlendes Lächeln, dass Johanne sich am liebsten in diesem Moment an ihn geschmiegt hätte, weil etwas in seinem Blick lag, von dem er wohl selbst nicht gewusst hatte, dass es ihm irgendwann noch einmal zuteil werden würde.

Vaterstolz. Das war es, was Oltmanns Kruse in diesem Moment empfand.

Sie blieben lange in der ›Combüse‹, sie aßen und tranken, und als nach dem Dessert der Kaffee serviert wurde, blieben sie einfach sitzen. Später machten sie einen Spaziergang durchs Dorf und kehrten dann an den großen Tisch zurück, um Kuchen zu essen, und es war klar, dass dieser Tag wohl nicht vor dem Abendessen enden würde. Zwischendurch verschwand Oltmanns kurz, und als er zurückkam, setzte er sich zu ihr. Er, der zuvor immer so unnahbar auf jeden gewirkt hatte, genoss sichtlich die Aufmerksamkeit seiner Enkel, insbesondere Jockel bekam nicht genug von den Geschichten dieses »neuen« Großvaters.

»So wird's nicht immer sein«, meinte Oltmanns nachdenklich.

»Was meinst du genau?«, fragte Johanne.

»Schau sie dir an, Hanni.« Sie verzog das Gesicht, doch bevor sie etwas sagen konnte, legte er eine Hand auf ihre. »Verzeih einem alten Kerl. Ich hatte ja keine Ahnung, was für ein pralles Leben du hast mit deiner Familie. Hätte ich das gewusst ...« Er zupfte ein Taschentuch aus der Hosentasche und wischte sich über die Nase.

»Aber, aber.« Nun war es an Johanne, die Hand auf seinen Arm zu legen. »Wir müssen jetzt nicht sentimental werden, Oltmanns. Es ist passiert, und ja, damals war ich dir böse deshalb. Ich musste ganz schön was einstecken. Aber dann kam Ernst, und er war gut zu mir. Ich habe ihn sehr liebgewonnen.«

»Vergib einem alten Trottel.« Oltmanns stopfte das Taschentuch zurück und stützte sich mit beiden Händen auf den Gehstock. »Meinst du, es gibt für uns noch etwas mehr in der Zukunft? Mehr als diesen einen Tag? Ich bin über siebzig. Meine Tage sind gezählt. Aber ich würde gern noch ein wenig Zeit mit diesen Menschen hier verbringen.«

»Dann frag sie das«, sagte Johanne sanft. »Ich bin sicher, sie mögen dich und werden gern zu dir auf die Insel kommen.«

Er sah sie von der Seite an. »Das war ja nicht meine Frage. Weißt du, ich würde auch gern Zeit mit dir verbringen. Viel mehr Zeit. Die Vergangenheit zurückholen können wir nicht. Aber wir können es diesmal anders machen. Besser. Ich kann es besser machen.«

Johanne musste darüber nicht nachdenken. »Einverstanden«, sagte sie. »Aber nur unter einer Bedingung.«

»Ich höre?«

»Ich muss niemals in diesem komischen Jacuzzi sitzen, den du da in deiner Suite hast einbauen lassen.«

Oltmanns lachte.

»Ich meine es ernst! Ich habe mich informiert. Blubberwasser, das bunt angeleuchtet wird? Das ist ordinär!«

»Verstanden«, sagte er gutmütig. »Unter uns: Ich habe mich bisher auch nicht reingetraut.«

Das wiederum brachte Johanne zum Lachen. Und während sie so gemeinsam lachten, dachte sie: Manchmal gibt das Leben uns eine zweite Chance. Wir haben es selbst in der Hand, ob wir sie ergreifen oder nicht.

Sie war fest entschlossen, diesmal nichts dem Zufall zu überlassen.

KAPITEL 19

Der Sommer schritt mit einer Eile voran, die Frieke schon vom letzten Jahr kannte. Der Herbst streckte bereits seine Fühler aus, die Tage wurden spürbar kürzer, und schon bald, mit den ersten Tagen des September, würden auch die meisten Inselgäste abreisen. Dann würde es ruhiger werden. Frieke sagte sich, dass es genau richtig war, im Winter ein Baby zu bekommen – so blieb ihr über den Herbst noch genug Zeit, sich an dieses neue Leben zu gewöhnen.

Tagsüber kam sie kaum aus der Buchhandlung raus. Die Mittagspausen, die sie immer mit Bengt verbrachte, waren eine willkommene Abwechslung. Er überließ die Brandseeschwalben nun sich selbst. Die Auswertung der Daten für die diesjährige Brutsaison könne auch bis zum Herbst warten, versicherte er ihr.

Und seine neue Häuslichkeit brachte auch andere Nebenwirkungen mit sich. So kam Frieke eines Mittags nach Hause, der Küchentisch war schon gedeckt, und auf dem Herd köchelte ein Topf Kartoffelsuppe, von Bengt aber keine Spur. Sie fand ihn schließlich draußen vor dem Gartenhäuschen, das Ole noch errichtet hatte und in dem sie inzwischen Werkzeuge und Gartengerät aufbewahrten.

Auf der kleinen, überdachten Veranda stand Bengt vor einem Möbelstück, dass er mit Schleifpapier bearbeitete.

»Was ist das?«, fragte sie dennoch vorsichtig.

Er richtete sich auf. »Wonach sieht es denn aus?«

»Eine … Babywiege?«

»Genau.« Er legte den Arm um Friekes Schulter und zog sie an sich. Die andere Hand legte er auf ihren Bauch, wo sich unter dem Shirt inzwischen ganz zart eine kleine Wölbung bildete. »Eine Wiege für unser Baby. Gefällt sie dir?«

Ja, dachte Frieke. Die gefiel ihr sehr.

Es war wie ein Schiff. Mit kleinem Bug, die Planken ließen genug Platz, damit die Luft zirkulieren konnte. (Obwohl ihr Baby noch einige Monate gut geschützt in Friekes Bauch heranwachsen würde, hatte sie sich dank ausgiebiger Lektüre inzwischen zu einer Expertin in Sachen Babyschlaf entwickelt. Zumindest theoretisch.) Oval geformt und mit einem Himmel, der an ein Segel erinnerte und der im Moment noch schlaff und etwas grau herabhing, sah die Wiege wunderschön aus.

»Ich dachte mir, das wäre vielleicht das Richtige für das Enkelkind eines Kapitäns«, sagte Bengt leise und streichelte ihren Bauch. Frieke quiekte. Etwas war da in ihrem Bauch, das sie noch nicht richtig einordnen konnte. Ein leises Blubbern wie von platzenden Seifenblasen ...

»Mach das noch mal«, forderte sie Bengt auf.

»Was denn?«

»Den Bauch streicheln. Reden. Egal. Alles, was du gerade gemacht hast.« Dann dämmerte es ihr. »Es hat sich bewegt!«

»Was? Kann nicht sein!« Bengt ging vor ihr in die Knie, umfasste mit beiden Händen den Bauch und redete weiter auf ihn ein. »Ich werde die einzelnen Bretter abschleifen, anschließend können wir sie lasieren oder lackieren, ganz wie du willst. Eine neue Matratze müssten wir kaufen, denn ich glaube, die Größe ...«

Lachend und atemlos vor Glück brachte Frieke ihn zum Schweigen. »Da ist es wieder!«

»Ich spüre nichts!«, sagte Bengt betrübt.

»Bald«, tröstete sie ihn. »Bald spürst du es auch.«

»Bis dahin werde ich einfach weiter alte Möbel restaurieren. Weißt du schon, wie lange Lilli noch bleibt?«

»Bis Anfang September. Also noch drei Wochen. Danach darfst du dich im zukünftigen Kinderzimmer austoben.« Frieke grinste. Sie verstand ja seine Ungeduld, aber sie würde Lilli keinen Tag früher als verabredet ziehen lassen. Auch nicht, wenn Bengt schon seit Wochen mit Farbrollen, Tapeten und Werkzeug vor dem Gästezimmer Stellung bezogen hatte, um dort alles auf den Kopf zu stellen.

Von Emma wusste Frieke, dass für den Anfang ein Kinderzimmer gar nicht zwingend nötig war, aber Bengt ließ sich davon nicht abbringen.

»Also erzähl, woher hast du dieses edle Stück?« Frieke konnte sich gut vorstellen, wie diese kleine Schiffswiege schon bald im Kinderzimmer ihren Platz fand. Besonders gut gefiel ihr das Gestell mit den Rollen. Damit könnte sie das Baby, wenn es schlief, von einem Raum in den nächsten fahren. Wie praktisch!

»Ich erzähle es dir gern beim Essen. Kartoffelsuppe mit Krabben. War heute früh extra am Hafen.«

»Oh mein Gott, ich muss dich heiraten!« Frieke verdrehte verzückt die Augen. Kartoffelsuppe mit Krabben gehörte zu ihren Lieblingsessen.

Bengt gefror das Lächeln auf dem Gesicht. »So, musst du das …?«

»Herrje, das war ein Scherz.« Frieke hakte sich bei ihm unter. Sie wusste ja inzwischen, dass das Thema heiraten für Bengt ein rotes Tuch war. Bisher war ihr das egal gewesen, doch diese Schwangerschaftshormone machten etwas mit ihr. Sie fand es plötzlich gar nicht mehr so abwegig, zu heiraten. Mit dem Kind würde sie ohnehin ihr Leben lang mit Bengt verbunden sein. Und nichts anderes wollte sie. Was konnte es Schöneres geben, als diese Verbundenheit vor der Welt (und wenn es nach ihrer Mutter ging, vermutlich auch vor Gott) zu bezeugen?

»Und nun erzähl. Wie hast du dieses wunderbare Babybett aufgetrieben?« Sie gingen zum Haus. Während Bengt die Teller mit duftender Suppe füllte, auf die er Schnittlauchröllchen, Krabben und einen Klacks saurer Sahne gab, erzählte er.

»Die Wiege hat Emma gefunden, als sie Mina beim Ausräumen des Hauses half. Auf dem Dachboden waren Kisten mit allerlei Kindersachen. Das Bett hat Pauls Bruder gebaut, und all ihre Kinder haben darin gelegen. Für die Enkel wollte es keiner haben. Also hat Mina es Emma geschenkt, die dabei aber vor allem an uns gedacht hat. Falls sie selbst noch mal dafür Verwendung hat, möchte sie es gern zurück.«

»Falls sie noch mal dafür Verwendung hat, so so.«

»Ja. Wenn die Jungs mit Puppen spielen. Oder Enkelkinder ins Haus stehen, was weiß ich.«

»Sie ist wunderschön.«

»Dann darf ich die Wiege noch etwas zurechtmachen und sie kommt in unser Kinderzimmer?«

Frieke streichelte Bengts Wange. »Du darfst dich ganz nach Lust und Laune austoben.«

Bevor Frieke sich wieder auf den Weg in die Buchhandlung machte, umarmte sie Bengt. Seine starken Arme, seine breite Brust, der Duft seines Wollpullovers, den er trotz der noch sommerlichen Temperaturen trug – das alles vermittelte ihr eine innige Geborgenheit, von der sie nicht gewusst hatte, dass das Leben sie für sie bereithielt. Es fühlte sich an, als hätte schon diese Schwangerschaft dafür gesorgt, dass sie einander noch näher waren.

Wie das wohl erst wurde, wenn das Baby auf der Welt war?

Konnte sie denn einen Menschen mehr lieben als Bengt? Im Moment schien ihr das schwer vorstellbar.

Als Frieke die Buchhandlung betrat, tauchte Emmas blonder Kopf hinter dem Ladentisch auf. »Hier sieht's aus!«, rief sie. »Als hätte ich letzten Montag nicht bereits aufgeräumt.«

Frieke grinste. »Du kannst es nicht lassen, hm?«

Es wurde Zeit, dass Emma mit den ersten Kursen startete. Anfang November sollte es losgehen.

Emma wollte nichts überstürzen. Dieser neue Lebensabschnitt, das hatte sie Frieke erzählt, als sie in Emmas neuem Haus damit anfingen, die Tapeten von den Wänden zu kratzen, sollte länger halten als der letzte. Sie war hergekommen, um zu bleiben. Und nach allem, was Frieke bisher mitbekam, gelang es Emma, Schritt für Schritt all das abzuarbeiten, was sie zu tun hatte. So viel schafften andere nicht in drei Jahren, aber Emma bewies wieder einmal, dass sie perfekt organisiert war.

»Wenn ich den Laden während deiner Elternzeit führen soll, brauche ich dann auch *mein* System.«

»Du kannst gerne ab Januar so viel umräumen wie du willst. Bis dahin räume ich alles zurück, wie ich es brauche.« Frieke schlüpfte hinter den Tresen. Die Freundinnen umarmten sich.

»Aufgeregt?«, erkundigte Frieke sich.

Emma nickte etwas beklommen. Frieke verstand sie sehr gut. Sie erinnerte sich daran, wie sie vor zwei Jahren ihrem Vater begegnet war. Natürlich war Emmas Situation eine ganz andere, aber Frieke war überzeugt, dass es sich ähnlich anfühlte.

»Du wirst das bestimmt hinkriegen«, versicherte sie ihrer Freundin.

»Schon«, sagte Emma etwas still. »Aber wie wird er auf die Zwillinge reagieren?«

»Wenn ich das richtig in Erinnerung habe, hat er dir in den letzten Wochen nicht das Gefühl gegeben, dass er sich *nicht* auf die beiden Rabauken freut.«

»Das stimmt.« Trotzdem konnte Emma nicht vergessen, wie viele Jahre vergangen waren.

Die Ankunft ihres Vaters hatte sich verspätet, denn kurz nachdem sie sich verabredet hatten, war ein Sturm über seine Plantage hinweggefegt. Wochenlang hatte Emmas Vater darum gerungen, einen Teil der Pflanzungen zu retten. Denn anders als sie immer gedacht hatte, genoss er dort in der Nähe von Malaga nicht seinen verdienten Lebensabend auf einem kleinen Stück Land. Die Plantage war im Laufe der Zeit gewachsen und bildete nicht nur seine Lebensgrundlage, sondern bot auch einem Dutzend anderen Menschen Arbeitsplätze.

So hatte Emma ihren Vater immer in Erinnerung gehabt – als Macher. Und es war für sie beruhigend zu sehen, dass er wieder zum Macher geworden war, nachdem er den großen Schmerz um seine Frau überwunden hatte.

Heute sollte er endlich zu Besuch kommen. Er würde eine Woche bleiben, hatte Emma aber versichert, dass er im Hotel wohnen wolle.

»Wirst du ihm auch Raik vorstellen?«

Emma zuckte mit den Schultern. »Keine Ahnung, ehrlich gesagt.«

Frieke hakte nicht nach. Das Thema Dr. Raik Tossens war eines, das nicht mal beim Tapetenknibbeln auf den Tisch kam.

Sie wollten einander Zeit lassen. Was in der Theorie ja ganz hübsch klang, erwies sich in der Praxis als kaum umsetzbar. Die Insel war zu klein, sodass sie einander ständig über den Weg liefen.

Alles, was den Isländerhof betraf, besprach Emma mit Conny. Und nachdem Mina letzte Woche das Haus verlassen hatte, war sie in jeder freien Minute dort, renovierte und organisierte, während Lars und Timo von Johanne und Trudi betreut wurden.

Als Emma jetzt die letzten Meter zu ihrem Haus lief, zauberte der Anblick ein Lächeln auf ihr Gesicht. *Ihr* Haus! Nachdem Torben und sie sich einig waren, dass eine Scheidung so schnell wie möglich über die Bühne gehen sollte, und weil sie überzeugt war, dass sie sich nicht ums Geld streiten würden – Torben war immer schon großzügig gewesen, und er zeigte sich auch jetzt generös –, hatte er kurzerhand das Eigenkapital für den Hauskauf zur Verfügung gestellt. Das Reihenhaus in Hamburg war in den letzten Jahren deutlich im Wert gestiegen, und aktuell plante er, es in Kürze zu verkaufen und sich in der Stadt eine Wohnung zu suchen. »Wir werden uns schon einigen«, hatte er gesagt. Und Emma hätte vielleicht protestiert und sein Geld nicht genommen, wenn die Gelegenheit nicht so günstig gewesen wäre. Ein bisschen so, als wollte dieses Haus von ihr gekauft werden.

Frieke hatte ihr berichtet, dass die meisten Privathäuser auf der Insel unter der Hand verkauft wurden, als Emma noch darüber nachdachte, ob sie das wirklich machen wollte. »Klar willst du«, hatte ihre Freundin lapidar geantwortet. »Oder willst du warten, bis in zwei oder drei Jahren zufällig wieder ein Haus auf den Markt kommt?«

Und wo sollten sie so lange wohnen? Für Emma war klar, dass sie auf der Insel bleiben würde – unabhängig davon, wie sich die Sache mit Raik entwickelte.

Die Sache mit Raik, ach ja.

Im Moment entwickelte sich da mal gar nichts, und obwohl sie beschlossen hatten, sich Zeit zu geben, ärgerte es sie, dass sich Raik so konsequent daran hielt und sich darauf beschränkte, ihr über den Hof hinweg zuzuwinken, wenn sie sich sahen.

Bald wäre auch das vorbei. Emma wollte so schnell wie möglich umziehen; nächste Woche fuhr sie nach Hamburg und würde dort einen ganzen Container mit ihren Sachen packen, die dann auf die Insel gebracht wurden.

Das neue Leben – es begann genau hier. Und sie spürte ein aufgeregtes Kribbeln.

Besser konnte sie nicht in ihr neues Leben starten, sie hatte Frieke, aber vor allem auch Trudi und Johanne. Sie waren ein echter Glücksfall für sie – in mehr als doppeltem Sinne. Die beiden rüstigen Damen hatten sich, kaum dass sie miteinander bekannt waren (ein geschickter Schachzug, den Emma wieder mal Frieke zu verdanken hatte), nach einem kurzen Kennenlernen füreinander erwärmt. Wenn Emma das richtig verstanden hatte, nahmen sie dasselbe Blutdruckmedikament und schimpften vereint über die vielen Nebenwirkungen, die sie immer wieder heimsuchten. Auch Arzttermine wurden jetzt immer so gelegt, dass sie gemeinsam bei Raik im Wartezimmer hocken konnten. Gemeinsam trauten sie sich auch die Betreuung der Zwillinge zu, die in den letzten zwei Monaten noch mal deutlich quirliger geworden waren.

Jetzt stürzten die beiden Jungs johlend auf sie zu. Während Emma versuchte, sich unter den beiden Kindern wieder hervorzuwühlen, räumte Johanne bereits auf. Trudi erzählte vom Vormittag, und in den ganzen Trubel hinein traf auch noch Meike ein, die schon bald zwei Zimmer im Obergeschoss beziehen und das danebenliegende Bad mitbenutzen würde. Sie brachte ein paar Dinge vom Zeltplatz, die sie dort nicht mehr brauchte.

»Müsst ihr nicht längst zum Hafen?«, fragte Meike und stellte ihren Karton im Flur auf den Boden.

Wie auch die anderen Räume sah der Flur echt übel aus – überall hing die Tapete in Fetzen von den Wänden, teilweise waren die Böden herausgerissen. Emma hatte das Gefühl, diese ganze Renovierungssache nicht gründlich durchdacht zu haben. Bisher hatten Torben und sie immer Handwerker beauftragt. Na ja, aber wie schwer konnte das schon sein, so ein paar Bretter zu verlegen und ein paar Tapetenbahnen zu kleben?

Schwierig war vor allem die Beschaffung der Materialien. Da stand noch ein größerer Besuch in einem Baumarkt auf dem Festland an. Anschließend musste alles in einen Container verpackt auf die Insel gebracht werden, wo dann das Fuhrunternehmen mit dem Elektrokarren die Sachen bis vor Emmas Haustür lieferte. Umständlich und teuer. Aber sie hatte es ja so gewollt.

Später, dachte sie.

Erst wollte sie ihren Vater vom Hafen abholen.

»Stimmt, die Fähre kommt bald. Habt ihr Lust, euren Opa abzuholen? Opa Mango?«

Seit ihrem ersten Telefonat vor zwei Monaten hatte Emmas Vater ihr wieder Obstkisten geschickt – die erste kam mit einem gerahmten Foto, »damit die Racker wissen, wie ich aussehe.« Das Foto hatte jetzt einen Ehrenplatz auf dem Kaminsims im Wohnzimmer. Es zeigte ihn inmitten seiner Mangobäume auf der Plantage, zwei Hunde zu seinen Füßen. Lars und Timo begrüßten jedes neue Obstpaket weiterhin mit lauten »Opa Mango!«-Rufen.

Emma war schon gespannt, wie sie reagierten, wenn Opa Mango von der Fähre kam.

Sie zog mit den Zwillingen los, die aufgeregt und überdreht im Bollerwagen hüpften, während sie zog. Meike blieb im Haus zurück und wollte den Nachmittag nutzen, um mehr Tapeten zu kratzen. Trudi und Johanne wollten später noch einkaufen. Emma schätzte, dass sich da in Kürze die nächste WG bilden würde, wenn es Trudi auf dem Isländerhof in ihrer kleinen Wohnung zu teuer wurde.

Die Menschen auf der Insel waren ihr so viel näher als all jene, mit denen sie daheim Umgang gepflegt hatte. Es war ein neues Leben, und je mehr Emma sich darin einrichtete, umso besser gefiel es ihr.

Als sie den Hafen erreichte, konnte Emma schon die Fähre an der Zufahrt sehen. An diesem Wochentag zum Ende der Saison waren nicht so viele Gäste an Bord. Trotzdem wartete sie voller Ungeduld, bis die Fähre anlegte, die Gangway ausgebracht wurde und die Menschen gemächlich an Land gingen.

Ihre Fingerspitzen kribbelten, und plötzlich wurde Emma ganz kalt. Sie schlang die Arme um ihren Oberkörper. Lars und Timo saßen brav im Bollerwagen, sie wussten, dass der Hafen ihre Mama nervös machte – das tiefe Wasser des Hafenbeckens war zu nah. Emma war erleichtert. Eine Sorge weniger in diesem Moment, während sie nach ihrem Vater Ausschau hielt.

Wie sollte sie ihn begrüßen? Mit seinem Vornamen? Papa? Früher, aber das war lange her, hatte sie oft Papi zu ihm gesagt, und er hatte sie manches Mal, wenn sie einander besonders nah waren, Emchen gerufen. Aber das würde er jetzt nicht machen, oder?

Die Nervosität drohte sie völlig zu zerfressen, als plötzlich ein Kopf in der Menge auftauchte. Graue Haare, ein grauer Schnauzbart. Sie wusste von dem Foto, dass in den vergangenen Jahren einige Lachfältchen um die Augen hinzugekommen waren, und auch, dass ihr Vater inzwischen etwas schlanker war.

Da war er tatsächlich. Er trug eine abgewetzte Reisetasche in der einen, einen großen Koffer in der anderen Hand.

Am liebsten hätte sie in diesem Moment geweint. Vor Erleichterung, aber auch, weil so viele Gefühle sie zu überwältigen drohten. Trauer. Liebe. Freude. Es war ein bisschen zu viel für sie.

Emma hob Lars aus dem Bollerwagen. »Schau mal.« Sie zeigte auf ihren Vater.

»Opa Mango!« Lars strampelte, dass sie ihn runterließ. Ihr Vater war bis auf wenige Schritte herangekommen, und bevor

Emma Lars davon abhalten konnte, stürmte er schon auf ihren Vater zu.

Den Mann, den er nur aus Emmas Erzählungen und von dem Foto auf dem Kaminsims kannte. Und den paar Videotelefonaten, die sie in den vergangenen Wochen geführt hatten.

Timo wäre fast kopfüber aufs Pflaster gestürzt, als er aus dem Bollerwagen kletterte, um seinem Bruder zu folgen. Emmas Vater ging in die Knie und breitete die Arme weit aus. Lars und Timo liefen auf ihn zu, blieben aber zwei Meter vor ihm stehen und guckten sich nach Emma um.

Zweijährige waren eben doch nicht so leicht um den Finger zu wickeln.

Emma folgte langsamer. »Papi«, sagte sie leise, als sie zwischen ihren Söhnen stand, die sich an ihren Beinen festhielten. »Da bist du endlich.«

Ihr Vater richtete sich auf. »Emchen.«

Und dann fielen sie einander um den Hals. Lachend und weinend. In diesem Moment fiel aller Groll von Emma ab, den sie so viele Jahre mit sich herumgetragen hatte.

Jetzt, das spürte sie, würde alles gut werden.

KAPITEL 20

Eine Woche war zu wenig Zeit, um fünfzehn Jahre aufzuholen. Aber niemand konnte Emma und ihrem Vater vorwerfen, dass sie in dieser Woche nicht versuchten, so viele Lücken wie möglich zu füllen, die sich durch die Jahre der Trennung aufgetan hatten.

Am ersten Tag ließen sie sich viel Zeit zum Erzählen. Zum Schwelgen. Sie saßen bis spät in die Nacht in Emmas Wohnung. Sie vergaß den Groll und den Schmerz. Beides würde sich nicht von diesem Abend oder der Woche gänzlich vertreiben lassen, aber sie spürte, dass es danach besser sein würde. Dass sie ihren Frieden damit schließen würde, was sie all die Jahre von ihrem Vater geglaubt hatte.

Zu später Stunde, als Emma die zweite Flasche Rotwein öffnete, räusperte sich ihr Vater. »Ich habe dir die Sachen deiner Mutter mitgebracht«, sagte er leise. »Möchtest du sie jetzt schon sehen?«

»Gerne«, sagte Emma. Sie spürte, wie ihr Herz einen Satz machte. »Ich dachte schon ... «

»Dass ich es vergessen habe? Auf keinen Fall. Versprochen ist versprochen.«

Er stand auf und ging in das zweite Schlafzimmer, in dem Koffer und Reisetasche noch unausgepackt standen. Als er zurückkam, hielt er den Koffer in der Hand. »Da ist alles drin, was ich damals mitgenommen habe.«

Emma dachte an Trudi, die vor wenigen Monaten auch mit einem ganzen Koffer Erinnerungen auf der Insel gestrandet war.

Sie schluckte. »Ich hätte es nie für möglich gehalten, dass ein ganzes Leben in einen Koffer passt«, sagte sie leise.

»Es gibt noch mehr.« Er zögerte. »Ich wollte dich nicht überfordern. Es ist ... viel.« Er öffnete den kleinen Koffer.

Briefe. Bücher. Schwarze Notizbücher. Fotos. Emma schluckte. Dann entdeckte sie etwas, woran sie sich nur allzu gut erinnerte.

»Mein Salzteig-Aschenbecher.«

Sie hob die kleine Scheußlichkeit heraus. Ihr Vater grinste verlegen. »Ich habe ihn aufgehoben, weil ich dachte, sie wird schon Gründe gehabt haben, warum sie ihn nicht weggeschmissen hat, nachdem keiner mehr rauchte.«

Emma lächelte. »Den habe ich im Kindergarten gebastelt und ihr zum Muttertag geschenkt«, erinnerte sie sich.

»Sie fand ihn hässlich. Wir alle fanden ihn hässlich, sogar du.«

Jetzt konnte sie sogar darüber lachen. »Ja, weil er mir nicht so gelungen war, wie ich mir das vorgestellt habe.«

»Du warst schon damals sehr ehrgeizig.«

Emma zog eines der Notizbücher heraus. »Was ist da drin?«

Ihr Vater zuckte mit den Schultern. »Alles Mögliche. Tagebucheinträge. Rezepte.«

»Rezepte?« Ihre Augen begannen zu leuchten. All die Plätzchen und Sonntagsbraten ihrer Kindheit – sollte sie tatsächlich noch einmal darauf zurückgreifen können? Emma war durchaus bewusst, dass die Erinnerung an die eigene Kindheit trügen konnte, erschien einem doch alles im Rückblick so viel größer, besser, strahlender. Aber die Weihnachtsplätzchen ihrer Mutter hatte sie so lange vermisst ...

»Und ihre Tagebücher.« Ihr Vater wählte eines der Notizhefte aus und drückte es Emma in die Hand. »Sie hat viel über dich geschrieben. Ich finde, du hast ein Recht auf diese Geschichten. Sie schrieb immer mit viel Liebe über uns.«

Emma drückte das Moleskine an sich. Sie wusste einen Moment lang nicht, was sie sagen sollte. Sie dachte an ihre Geschäftsidee. An die Trauer, die bei ihr nach so vielen Jahren wieder aufgewacht war – wenn auch auf eine melancholische, nicht schmerzhafte Art. An Trudi, der es so viel besser ging, seit sie akzeptierte, dass die Vergangenheit nichts war, was man einfach in den brennenden Kamin werfen durfte.

»Ich habe dir noch nicht von meiner Geschäftsidee erzählt, oder?«, fragte sie.

Und dann setzten sie sich wieder hin. Gemeinsam blätterten sie in den Notizen ihrer Mutter, schauten sich die vielen Fotos an – und Emma erzählte davon, wie sie anderen Menschen helfen wollte, mit ihren guten Erinnerungen zu leben. Weil gute Erinnerungen das waren, was den Menschen Kraft geben konnte. Sie weinte ein bisschen, als sie ein Foto fand, auf dem sie gerade ein paar Stunden alt war und ihre Mama sie im Arm hielt, glücklich und stolz im Krankenhausbett sitzend, einen üppigen Blumenstrauß daneben, den Emmas Vater mitgebracht hatte. Sie weinte, weil so viel Liebe aus diesen Erinnerungen zu ihr sprach, dass ihr Herz, das sich zuletzt der Liebe verschlossen hatte, davon ganz weich wurde. Und aufnahmefähig.

Am nächsten Morgen zeigte Emma ihrem Vater das Haus. Er schritt die kleinen Räume ab, Küche, Bad, Wohnzimmer, Esszimmer, dann stieg er die Treppe hoch. Zwei Kinderzimmer, ein Schlafzimmer, das war alles.

»Bisschen klein vielleicht«, meinte er.

»Für uns wird es reichen. Da bin ich mir ganz sicher. Wirklich. Außerdem wird hier auf der Insel nicht so groß gebaut. Es müssen ja alle Baumaterialien erst aufwendig hergebracht werden. Und heizen muss ich es auch, wenn im Winter die Stürme über die Insel fegen.«

»Ich meinte nur, falls du noch mal heiratest und ihr mehr Kinder wollt.«

Emma wurde rot. »Dann ist es eben etwas eng. Oder wir suchen uns was anderes.«

Seit gestern Abend dachte sie viel an Raik. Sie hatte heute früh mehrmals schon das Handy in der Hand gehabt und dann doch wieder eingesteckt. Nein. Das, was sie Raik zu sagen hatte, wollte sie persönlich sagen.

»Gefällt mir. Wann fahren wir in den Baumarkt?«

»Äh ...« Emma wusste kurz nicht, was sie darauf antworten sollte.

»Ich kenne mich ein bisschen mit Renovierungen aus. Das Haus auf meiner Plantage war kaum mehr als eine Ruine, als ich es bezogen habe.« Ihr Vater trat ans Fenster. Im Garten stand unter den Obstbäumen ein windschiefer Schuppen, grau und verwittert. Darin stand das alte Gartengerät, das Mina ihr geschenkt hatte.

»Den könnte man auch wieder herrichten. Aber das schaffen wir nicht alles in einer Woche. Dir wird wichtiger sein, dass ihr bald einziehen könnt, nicht wahr?«

»Ich habe dich nicht eingeladen, damit du für mich den Handwerker spielst.«

»Na ja. Wenn du dich in den letzten fünfzehn Jahren nicht um hundertachtzig Grad gedreht hast, bist du handwerklich immer noch relativ unbedarft. Und wie gesagt, ich kenne mich aus.« Er legte den Arm um Emmas Schulter, und sie erlaubte sich, in diese kleine Umarmung zu fallen, sich zu entspannen. »Lass dir helfen. Ich mache es ja nicht allein. Du wirst schon mit anpacken müssen.«

Das Erste und Wichtigste war eine Einkaufsliste, erklärte ihr Vater. Den Rest des Vormittags verbrachten sie damit, die Räume zu vermessen und Notizen zu machen. Sie überlegten, was sie wo machen wollten, welche Böden, welche Wandbeläge. Die Zwillinge hatten derweil im Schlafzimmer ein paar lose Tapetenecken gefunden, die noch an der Wand hingen und fingen fröhlich damit an, sie abzuziehen. Im Nu waren sie mit Staub und Mörtel bedeckt.

Am Nachmittag fuhren sie mit dem Wassertaxi aufs Festland. Emma hatte zumindest so lange, bis sie ganz auf der Insel angekommen war, ihr Auto bei den Garagen untergestellt, und mit diesem fuhren sie in den Baumarkt und suchten alles aus, was sie brauchten, und veranlassten für den übernächsten Tag die Lieferung auf die Insel. Als Emma die zahlreichen Farbeimer, Tapetenrollen, Werkzeug und Laminatböden bezahlte, wurde ihr ein bisschen schwindelig. Doch ihr Vater versicherte ihr, damit hätte sie dann das Gröbste erst mal geschafft. Das Badezimmer war noch ein Posten, den sie später würde angehen müssen – dort regierte aktuell noch der moosgrüne Fliesenschick der siebziger Jahre. Aber das musste warten.

Den nächsten Tag verbrachten sie zur Hälfte im Haus mit weiteren Vorbereitungen, die andere Hälfte am Meer. Es war ein sonniger, warmer Tag, und wer wusste schon, wie lange das so bleiben würde? Emma saß im Sand, sie beobachtete, wie ihr Vater mit ihren Söhnen Sandburgen baute. Ihr Herz öffnete sich immer weiter, und während sie die drei beobachtete, ertappte sie sich dabei, wie ihre Gedanken zu Raik gingen. Wie sie sich vorstellte, dass er mit Lars und Timo Sandburgen baute, ihnen den Sand vom Hosenboden klopfte und anschließend Getränke und heiße Würstchen aus dem Glas verteilte. Er zeigte ihnen, wie sie in den kleinen Tümpeln, die das Watt freilegte, mit Keschern Krebse fangen konnten, sammelte mit ihnen die schönsten Schwertmuscheln und trug einen der beiden abends, wenn sie alle erschöpft waren, auf dem Arm nach Hause …

Ihr Vater ließ sich neben Emma in den Sand plumpsen. Er wühlte in der Hosentasche, in der er wie früher immer eine Handvoll Kleingeld mit sich herumtrug, mit dem er gern auch beim Gespräch klimperte oder wenn er irgendetwas überlegte. Er drückte ihr eine Centmünze in die Hand.

»Wofür ist die?«, fragte sie verblüfft.

»Für deine Gedanken. Du warst gerade ganz weit weg.«

Sie lachte verlegen. »Kann schon sein.«

»Also? Worüber denkst du nach?«

»Gab es für dich in den letzten Jahren andere Frauen, Papa?«, platzte es aus Emma heraus. »Nach Mamas Tod, hast du da irgendwann gedacht, du willst noch mal mit einer anderen Frau zusammen sein so wie mit ihr?«

Ihr Vater dachte lange über diese Frage nach, ehe er mit einer Gegenfrage antwortete. »Wäre das ein Problem für dich?«

»Nein«, sagte sie ehrlich verblüfft. Auf den Gedanken wäre sie nie gekommen – ihrem Vater etwas zu verwehren, nur aus Treue zu ihrer Mutter.

»Wir haben damals kirchlich geheiratet. Da hieß es immer ›bis dass der Tod euch scheidet‹, und so haben wir es gehalten. Aber dann, nachdem sie nicht mehr war ... Ich habe lange getrauert, sehr lange. Habe dich im Stich gelassen.«

Emma machte eine Handbewegung, als wollte sie seine Entschuldigung wegwischen. »Ich habe das auch getan, auf meine Weise. So trauern wir eben.«

Er nickte. »Aber dann, nach knapp zwei Jahren, gab es da eine Frau. Und ich habe mich auf sie eingelassen, obwohl ... Na ja. Es war von vornherein klar, dass es nicht von Dauer sein würde. Aber ich war ein verliebter Idiot, ich fühlte mich wieder lebendig. Das war wohl das Wichtigste nach diesem ganzen Elend. Wieder im Leben ankommen. Vorher hatte ich nur auf der Plantage gehaust, mich um Mangos und Orangen geküm-

mert. Sie gab mir Kraft und Ideen. Es hätte auch gutgehen können ...«

»Und was lief dann schief?«

Bevor ihr Vater antworten konnte, kamen die Zwillinge her-
angestapft und verlangten etwas zu essen. Emma gab jedem
eine halbe Banane, die sie fröhlich mampften, dann stapften sie
wieder Richtung Sandburg.

»Oder möchtest du nicht darüber reden?«, hakte sie nach.

»Was schiefging? Gar nichts. Es hat einfach nicht gepasst.
Aber wir sind gute Freunde seitdem. Und es muss nicht immer so laufen. Wenn es passt, dann ist es egal, wann es passiert.
Dann springt man einfach ins Ungewisse. Ich würde es immer
wieder so machen.«

Emma hätte gern mehr über diese Frau erfahren, aber sie
ahnte, dass sie im Moment nur so viel von ihrem Vater zu hören bekam.

»Bei mir ist es ... also es gibt da vielleicht jemanden«, sagte
sie nachdenklich.

»Einen Mann?«

Sie lächelte. »Ja, einen Mann. Er ist ... wunderbar. Zu den
Jungs sowieso, aber bei mir machte er bisher auch vieles richtig.
Es ist ... leicht.« Sie atmete tief durch.

War es das wirklich? *Leicht?*

*Ja und nein. Er macht es mir leicht, aber das ist nicht mehr als ein
Flirt im Moment. Eine Ablenkung davon, dass ich mitten im Leben
stehe, in einer mehr als blöden Situation, zwischen zwei Abschnit-
ten. Wenn ich da nur irgendwie rauskomme, dass ich auch gedanklich frei für ihn bin. Dann wäre es im doppelten Sinne leicht.*

»Das klingt, als wäre es schon vorbei? Ist er der Grund für
eure Trennung?«

»Papa!«

Er hob in gespielter Unschuld die Hände. »Was weiß ich

denn, was hier alles passiert ist in den Jahren seit eurer Hochzeit? Ich habe Torben immer gemocht, auch wenn er immer ein wenig...« Er suchte nach dem richtigen Wort.

»Abwesend. Er war immer irgendwie abwesend«, half Emma ihm.

»Ja, genau.«

»Das stimmt. Aber selbst wenn Raik vorher schon da gewesen wäre, ich hätte gar keine Zeit dafür gehabt. Oder auch nur einen Gedanken daran verschwendet, dass er und ich ... na ja, jedenfalls ist er *jetzt* da, nachdem Torben und ich uns getrennt haben.«

»Und er ist toll, und du hast so ein Kribbeln im Bauch?«

»Ja.«

»Hm. Torben hat sich von dir getrennt, oder?«

»Ja, aber er hat das richtig gemacht. Wir wären auf Dauer irgendwann sehr unglücklich geworden, das sehe ich ein.«

»Bist du auf ihn sauer deswegen?«

»Wie kann man nicht sauer sein, wenn der Partner sieben Jahre wegwirft?«

»Ich meine, ob du sauer bist und ihm jetzt deshalb eins auswischen willst.«

»Nein, gar nicht. Für mich hat das eine irgendwie gar nichts mit dem anderen zu tun. Ich habe einfach ...«

»Sehnsucht«, sagte ihr Vater leise, als Emma nicht weitersprach.

Sie vergrub die Zehen im Sand und antwortete nicht.

Genau, Sehnsucht. Sie würde sich schon bald vielleicht wieder für eine Beziehung bereit fühlen. Mit Raik.

Daran, wie schnell sie ihr Leben auf die Insel verlegte und sich eine neue Existenz schuf, erkannte Emma ja bereits, wie sehr sie in dem alten Leben gefangen gewesen war. Es schien ihr jetzt, nur zwei Monate nach der Trennung, völlig abwegig,

jemals wieder in einem Reihenhäuschen am Rand einer Großstadt zu hocken und darauf zu warten, dass ihr Partner von einer
langen Reise zurückkam. Oder dass er nach neun Uhr abends
von der Arbeit kam, wenn die Kinder schon schliefen.

Kinder. Das war auch so ein Punkt. Nach der Geburt der Zwillinge hatte Emma gedacht, das Thema wäre für sie durch. Zwei
würden reichen. Aber immer häufiger stellte sie sich ein Leben
mit Raik vor. Und da waren nicht nur die Zwillinge ...

»Manchmal muss man etwas wagen. Du hast schon damit angefangen. Mut bewiesen. Du hast ein Haus gekauft, hast dein Leben wieder in der Hand.« Emma lächelte verlegen, denn es fühlte sich gerade nicht so an, als hätte sie das Leben in der Hand ...
»Du gründest ein Unternehmen! Und ich habe dich seit fünfzehn Jahren nicht so glücklich und voller Energie erlebt.«

»Dabei bin ich immer so müde.«

»Du schaffst viel. Natürlich macht das müde. Wenn du einen
Rat möchtest von deinem alten Herrn – dann mach das, was
dein Herz dir sagt. Wenn dieser Raik es wert ist, verliere keine Zeit. Und wenn er klug ist, wovon ich ausgehe, wird er auch
nicht den Fehler begehen, dich auf etwas festzunageln, das für
euch nicht mehr funktioniert. Und schlafe, soviel du kannst.
Schlaf heilt einen von den abendlichen düsteren Gedanken.«
Er atmete tief durch. »Rückblickend hätte ich im Leben ruhig
mehr Risiken eingehen können.«

»Du? Aber du hast doch alles hinter dir gelassen.«

»Weil ich es musste, Emma. Weil ich es musste.«

Danach hing jeder seinen Gedanken nach.

Emma dachte nur eines. *Ich muss das nicht machen.*

Aber ich will so gerne.

Mit einem zufriedenen Seufzen schloss Raik die letzte Patientenakte für diesen Tag. Er mochte, wie sich nach der Sprechstunde der Stapel auf dem kleinen Tischchen neben seinem Schreibtisch langsam in Wohlgefallen auflöste. Wieder hatte er ein halbes Dutzend kurende Damen mit den gewünschten Anwendungen versorgt. Aber er hatte auch richtige Erfolgserlebnisse vorzuweisen, und das erleichterte ihm diesen Job. Die kleine Raphaela zum Beispiel war wieder einmal bei ihm gewesen, und es ging ihr schon viel besser. Sonja wirkte so glücklich, als er ihr das mitteilte.

Er war jedenfalls mit sich und der Welt zufrieden. Bevor er das Licht löschte und seinen Computer ausschaltete, warf Raik noch einen kurzen Blick aufs Handy.

Sein Herz machte einen kleinen, frohen Hüpfer. Anders als in den letzten Wochen, da dieser letzte Blick am Abend, bevor er sein Handy wegsteckte und bewusst bis zum nächsten Morgen ignorierte, damit er nichts Unüberlegtes tat – zum Beispiel eine Nachricht an jemanden schrieb, der gar keine Nachrichten von ihm bekommen wollte – hatte er heute Glück.

Emma schrieb ihm.

Können wir uns mal wieder treffen? Oder …?

Raik atmete tief durch. Jetzt nur keinen Fehler machen, dachte er.

Aber eigentlich hatte er den Fehler ja schon vor zwei Monaten gemacht. Hätte er Emma sein Interesse an ihr nicht deutlicher zeigen müssen?

Vielleicht. Aber er hatte auch gefürchtet, es könnte irgendwie komisch wirken, wenn er ihr ständig irgendwo auflauerte, sie in ein Gespräch verwickelte, sie ständig daran erinnerte, dass er nicht nur Interesse an ihr hatte, sondern dass er mehr wollte.

Mehr als Freundschaft.

Mehr als … das, was jetzt war. Oder eben nicht.

Oder was?, schrieb er zurück.

Er sah, dass sie eine Antwort tippte und blieb einfach sitzen.

Reden. Wir sollten reden. Das geht am besten bei einem Treffen. Heute Abend?

Er hatte nichts vor.

Bei dir oder bei mir?

Sie ließ sich mit der Antwort Zeit.

Bei mir. Im neuen Haus.

Also dann. Vermutlich hatte sie gerade jemanden organisiert, der auf die Zwillinge aufpasste. Dann wären sie in ihrem Haus alleine…?

Raik merkte, dass er aufgeregt war. Allein mit der Frau, die ihm seit Wochen nicht aus dem Kopf ging, obwohl er sich von ihr fernhielt. Und ihr musste es ja ähnlich ergangen sein, sonst hätte sie sich nicht bei ihm gemeldet.

Oder?

Falls Raik gehofft hatte, ihn würde ein romantisches Abendessen in frisch renovierten Räumen erwarten, wurde er leider enttäuscht.

»Hier.« Emma drückte ihm zur Begrüßung einen Spatel in die Hand. »Morgen müssen die Wände frei von Tapeten sein.« Sie ging voran in das große Wohnzimmer, das von einer nackten Glühbirne bis in den letzten Winkel ausgeleuchtet war. In der Mitte des Raums stand eine Bierkiste, daneben zwei Gartenstühle, alt und vergilbt. Aber die Kissen auf den Sitzflächen vermittelten eine Gemütlichkeit, die Raik fast wieder versöhnte.

Er stand etwas verloren mit dem Spatel in der Hand im Raum, während Emma schon wieder vor einer Wand stand, einen blauen Müllsack neben sich. Sie kratzte Tapetenreste von der Wand, die sich erstaunlich gut lösten. Er blickte an sich hinunter – Jeans und hellblaues Hemd mit kurzen Ärmeln. Die braunen Lederschuhe waren seine liebsten.

Er räusperte sich.

»Was ist denn?« Emma drehte sich zu ihm um.

»Wenn ich gewusst hätte, dass ich hier arbeiten soll...«

Erst jetzt sah sie ihn richtig an, glaubte er. Vorher schien sie völlig beseelt von ihrer Aufgabe zu sein.

»Oh«, sagte sie. Und dann legte sie den Spatel weg, schnürte den Müllsack zu und verschwand kurz im Badezimmer. Er hörte Wasser rauschen. Dann kam sie zurück. Statt der Arbeitshose trug sie auch eine Jeans; das alte Hemd hatte sie gegen ein dunkelrotes, ärmelloses Top getauscht. Ihre Füße steckten in Sandalen.

»Besser so?«

Er trat näher an sie heran. Sie ließ es zu; er bräuchte nur die Hand ausstrecken.

»Ich hätte meine Arbeitssachen mitgebracht, wenn ich gewusst hätte, dass du Hilfe brauchst.«

Emma blickte zu ihm auf. »Ich dachte, das habe ich erwähnt?«

Er schüttelte lächelnd den Kopf. Auch Emma lächelte.

»Okay. Was machen wir jetzt?«

»Wonach ist dir denn?«, fragte er.

In ihren Augen funkelte es. Er hob die Hand und strich eine Strähne aus ihrem Gesicht, die sich aus dem Pferdeschwanz gelöst hatte.

»Ich weiß nicht.«

»Du wolltest reden«, murmelte er.

»Ja...«

»Und Tapeten abreißen.«

Sie lachte und machte einen halben Schritt auf ihn zu. Jetzt standen sie so dicht voreinander, dass sie sich fast berührten.

»Ist das okay?«, fragte sie.

Es war mehr als okay. Er blickte auf Emma hinab. Sie war wirklich eine erstaunliche Frau. Tough, könnte man sagen. Sie packte die Dinge an. Ließ sich von einer Scheidung nicht aus der Bahn werfen, sondern zog einfach aus dem Haus ihres baldigen Exmannes aus, kümmerte sich allein um die Zwillinge, kaufte ein Haus und gründete ein Unternehmen. Wo war da Platz für ihn? War überhaupt Platz? Also, wenn er nicht gerade bereit war, bei einem Date Tapeten von den Wänden zu kratzen ...

»Wir haben uns in den letzten Wochen kaum gesehen«, sagte Emma. »Ich vermute, das war wegen unseres letzten Gesprächs.«

»Ich dachte, das wäre besser so. Ich wollte nicht ...«

Sie legte ihm den Zeigefinger auf den Mund. »Mich bedrängen, das ist mir schon klar. Und mir ist klar, dass ich in einer blöden Lebenssituation stecke, in der man davon ausgehen müsste, dass ich jeden Moment unter dem enormen Druck zusammenbreche.«

So hätte er es nicht formuliert.

»Ich bin stark. Ich schaffe das hier allein.« Sie zeigte auf die Wände. »Ich habe mal gelesen, es braucht ein ganzes Dorf, um ein Kind großzuziehen. Nun, offensichtlich habe ich dieses Dorf hier auf der Insel gefunden, denn noch nie haben sich so viele Menschen gerne um die Zwillinge gekümmert. Sie werden hier eine wundervolle Kindheit haben, auch wenn ihre Mama nicht vierundzwanzig Stunden am Tag bei ihnen ist. Und sie haben immer noch einander. Die beiden kommen schon klar, das weiß ich inzwischen. Aber was ist mit mir? Ich habe mehr als nur den Traum von diesem Haus oder davon, dass im Herbst die Leute meine Kurse buchen. Oder dass meine kleine Familie zufrieden ist. Und da kommst du ins Spiel.« Sie tippte ihm an die Brust.

»Ich?« Er spielte den Überraschten.

»Ich habe erst gedacht, ich müsste mir Zeit lassen, bevor ich eine neue Beziehung eingehe. Damit derjenige nicht…«

»Zum Lückenbüßer wird«, vollendete Raik ihren Satz.

Sie nickte. »Okay, ich hätte es etwas anders formulieren sollen. Damit es nicht schiefgeht. Weil man falsche Erwartungen hat. Aber ich bin dir seit Wochen aus dem Weg gegangen. Es ändert nichts daran, dass du mir nicht aus dem Kopf gehst. Wir müssen es versuchen.«

»Müssen wir das?« Er konnte sich nur mühsam ein Grinsen verkneifen.

»Ja. Also, wenn du willst.« Sie atmete etwas schneller. »Zwingen kann ich dich nicht…«

»Ich will das probieren«, sagte er leise. »Mit dir und mir. Und mit allem, was dazugehört.«

»Ich bringe ziemlich viel mit.«

Er lachte. »Das stört mich nicht im Geringsten.« Behutsam legte Raik die Arme um Emmas Taille und zog sie an sich. Sie legte den Kopf an seine Brust und schloss für einen kurzen Moment die Augen. »Ich habe versucht, dich mir aus dem Kopf zu schlagen. Weil ich gesehen habe, wie viel sich in deinem Leben bewegt. Ich dachte, wenn ich dann auch noch dazwischenfunke…«

»Und ich dachte schon, du hast das Interesse an mir verloren«, murmelte sie.

»Niemals«, erwiderte er ruhig. Und es stimmte – seit ihrer ersten Begegnung damals im Garten von Frieke hatte er sich zu ihr hingezogen gefühlt. Er konnte nicht genau sagen, woher dieses Gefühl kam, was es begründete. Aber musste Liebe denn immer rational sein? Konnte man sich nicht einfach in den anderen verlieben und dann, wenn diese Gefühle auf Gegenseitigkeit beruhten, selbst in den verrücktesten Lebenssituationen noch ein bisschen verrückter sein?

»Und wenn es schiefgeht?«, fragte Emma.

Er legte zwei Finger unter ihr Kinn und hob es leicht an, bis sie ihm in die Augen sah. »Dann haben wir es wenigstens versucht«, sagte er und drückte ihr einen sanften Kuss auf die Lippen.

Emma wurde ganz weich in seinen Armen. Der Kuss gewann an Intensität, und bevor er gar nichts mehr dachte, fuhr ihm noch ein ganz verrückter Gedanke durch den Kopf.

Das hier könnte nicht nur ein Versuch sein, bei dem wir unseren Gefühlen nachgeben. Es kann auch etwas ganz Großes werden.

Er wusste nicht, ob ihm dieser Gedanke den Atem raubte; vermutlich war es eher dieser innige Kuss, der so viel mehr verhieß. Die Zukunft. Das Leben, wie er es sich immer gewünscht hatte. Mit der einen Frau, der sich sein Herz geöffnet hatte.

»Warum hast du dich nicht gemeldet?«

Drei Stunden später. Sie hatten die Tapeten sich selbst überlassen, denn die Tapeten würden auch morgen noch hängen, und Emma ahnte, dass Raik sich mit genauso viel Eifer in die Renovierung stürzen würde wie in alles, das sie betraf.

Jedenfalls waren sie gemeinsam Arm in Arm durch das abendlich ruhige Inseldorf gelaufen, zum Isländerhof, in sein Haus, die Treppe hoch, in sein Schlafzimmer. Und dort hatten sie sich alle Zeit der Welt genommen. Einander erfahren. Besser kennengelernt. Das Gefühl getrunken, wenn man im Arm des anderen eindöste. Das alles hatte sie genossen, es hatte ihr das Gefühl gegeben, dass er ihr Wurzeln geben würde. Flieg hoch hinaus, Emma. Du hast nun den einen Menschen gefunden, der dich immer festhält.

Sie kuschelte sich an seine Brust. Raik dachte immer noch über ihre Frage nach – oder war er schon eingeschlafen? Sie lächelte. Wenn sie nicht irgendwann wieder zurück in ihre Wohnung müsste, um ihren Vater abzulösen, hätte sie das jetzt auch am liebsten gemacht. So geborgen und sicher hatte sie sich lange nicht gefühlt.

»Ich wollte dir Zeit geben«, sagte Raik schließlich. Er legte einen Arm hinter den Kopf und lächelte auf sie herab. »Nicht, damit du es irgendwann nicht mehr aushältst und zu mir kommst. Das lag nie in meiner Absicht. Ich wollte einfach, dass du die Zeit bekommst, die du brauchst.« Er lachte leise. »Und ich war ganz froh, dass du etwas länger gebraucht hast. Ich musste mir auch erst über einige Dinge klarwerden...«

»Zum Beispiel?« Sie stützte das Kinn auf die Hände, blickte zu ihm auf. Seine dunkelblauen Augen glänzten verträumt, und die dunklen Wuschelhaare luden sie dazu ein, ihre Finger darin zu vergraben. Aber das hier war wichtiger.

»Ob ich das kann. Du hast schon Kinder, für mich waren Kinder immer... eine Möglichkeit. Aber keine, die ich ernsthaft in Erwägung gezogen habe.«

»Mich gibt's nur mit den Zwillingen«, erinnerte sie ihn sanft.

Raik grinste. »Das ist mir bewusst. Und ja, ich finde es ... schön. Ich mag deine beiden. Ich habe mich sogar schon gefragt...«

Er sprach nicht weiter. Musste er auch gar nicht, denn Emma wusste, was er sich gefragt hatte. Sie hatte sich das auch schon gefragt, nur hatte sie bisher keine für sie befriedigende Antwort gefunden.

Alles hatte seine Zeit. Auch diese Frage.

»Bis wir darauf eine für uns beide zufriedenstellende Antwort haben, müsste ich noch ein Haus renovieren und ein Unternehmen gründen.«

Er lachte. »Das klingt nicht wie eine Abfuhr.«

»Ganz und gar nicht. Aber ich hab's gern ordentlich. Einen Schritt nach dem anderen.«

Raik umschloss sie mit beiden Armen. »Und ich möchte jeden dieser Schritte an deiner Seite gehen.«

Emma schloss die Augen. Das hier. Das war es, was sie immer gesucht hatte. Dieses unbezahlbare Gefühl, dass sie den Aufgaben des Lebens nicht allein gegenüberstand.

»Schläfst du?«, murmelte Raik nach ein paar Minuten Stille.

»Nein.« Emmas Stimme klang heiser. »Ich habe nur nachgedacht. Mir vorgestellt, wie wir ...«

Sie sprach nicht weiter.

»Ja«, sagte Raik nur.

Das Schweigen, das nun folgte, war anders. Friedlicher. Emma hielt die Augen geschlossen, und bevor sie wusste, ob sie sich würde wach halten können ... schlief sie in seinen Armen ein.

Raik ließ sie schlafen. Und fast hätte es am nächsten Morgen den ersten Streit zwischen ihnen gegeben, als Emma nach sieben Stunden tiefem Schlaf in seinen Armen hochfuhr, links und rechts tasteten ihre Hände, sie murmelte: »Meine Babys?«, und war dann hellwach und aus dem Bett, während Raik noch verschlafen die Augen rieb.

»Wo willst du hin?«, fragte er.

»Zu meinen Kindern!«, rief sie.

»Denen geht's gut. Ich war gestern Abend noch drüben und habe deinem Vater Bescheid gesagt.«

Emma plumpste zurück auf die Matratze. Entgeistert starrte sie ihn an, in einer Hand die Socken, die sie irgendwo am Fußende des Betts gefunden hatte. »Was hast du gemacht?«

»Deinem Vater gesagt, dass du hier schläfst. Damit er sich keine Sorgen macht und weiß, wo er dich im Notfall findet. Die Zwillinge schliefen, und er machte auf mich nicht den Eindruck, als wäre er völlig überfordert von der Aufgabe.«

Emma spürte, wie das Lachen in ihrem Hals kitzelte. Sie stellte sich vor, wie Raik in Jeans und mit dem zerknitterten Hemd vor der Wohnungstür stand, vor ihrem Vater, der streng diesen Mann anblickte, der sich erdreistete, seine Tochter über Nacht bei sich zu behalten ...

»Er wirkte nicht sonderlich überrascht.«

»Nun, ich habe ihm von dir erzählt«, erklärte sie würdevoll.

»Aha, aha?« Raik schlang die Arme um ihren Oberkörper und versuchte, sie wieder zu sich aufs Bett zu ziehen. »Was hast du ihm denn so über mich erzählt?«

Sie kicherte, ließ sich küssen, sie stahl sich diese zwei Minuten unbeschwerte Zärtlichkeit, bevor der Alltag sie ganz einnahm. »Nur dass es vielleicht jemanden gibt.«

Raik lachte. »Okay, jetzt weiß er auch, *wen* es da gibt. Möchtest du, dass ich mitkomme?«

Emma schüttelte den Kopf. »Ich hätte dich gerne an meiner Seite, am liebsten rund um die Uhr«, sagte sie. »Aber es wird vielleicht zu viel für die Zwillinge. Lassen wir's langsam angehen.«

»Okay.« Das verstand Raik. »Sehen wir uns heute Nachmittag? Die Praxis schließt mittags schon. Ich könnte zum Renovieren kommen.«

»Du weißt, im Moment nehme ich jede helfende Hand, die ich kriegen kann.«

Er küsste sie auf die Nasenspitze. »Dann rechne mit meinen zwei linken Händen.«

Emma zog sich rasch an und lief die Treppe nach unten. Auf dem Weg nach draußen kam sie an der offenen Küchentür vorbei. Conny stand vor der Kaffeemaschine und goss sich gerade einen Becher ein.

»Moin!«, rief Emma ihr zu, bevor sie aus dem Haus schlüpfte. Sie lief über den Hof, betrat das Gästehaus und lief zur Souterrainwohnung. Hinter der Tür hörte sie schon den zweistimmigen Chor ausgelassener Zwillinge, die vermutlich kurz davor standen, die Wohnung in ihre Einzelteile zu zerlegen. Hunger, tippte Emma.

Tatsächlich. Als sie in die Küche kam, saßen Lars und Timo bereits in ihren Hochstühlen und feuerten ihren Vater an, der am Herd stand und Rührei machte. Beide Zwillinge hatten eine Scheibe Toast in der Hand, auf der sie zwischen ihren Anfeuerungsrufen zufrieden herumkauten.

Emma nahm diesen Anblick in sich auf. Erinnerungen sammeln – das war es, was so wichtig war im Leben. Und diese Erinnerung wollte sie für immer bewahren. Ihr Vater und ihre Söhne. Die Menschen, die wirklich zählten in ihrem Leben.

»Moin«, begrüßte sie ihren Vater und legte ihm kurz die Hand auf die Schulter. Er fuhr herum, grinste. »Alles klar?«

»Bestens. Die Jungs haben durchgeschlafen. Ich habe sie fertig gemacht, und bis vor zehn Minuten haben wir gespielt.« Er zeigte auf das Sofa, das mit Kissen und Decken zerwühlt war. »Buden gebaut.«

»Toll, danke.«

»Kaffee kommt.«

Emma setzte sich zu den Zwillingen, aber die interessierten sich nicht für ihre Mama, sondern für das Rührei, das der Opa ihnen jetzt servierte. Emma bekam einen Becher Kaffee und dann saßen sie zu viert am Tisch.

»Bist du glücklich?«, fragte ihr Vater.

»Ja, sehr.« Emma versteckte ihr Gesicht hinter dem Kaffeebecher.

»Gut. Mehr brauche ich nicht wissen.«

Und dabei beließen sie es.

Später am Tag waren sie im Haus. Meike kam vorbei und half mit den Tapeten, während Emmas Vater im Wohnzimmer den

Teppich herausriss. Als mittags Raik in einer alten Jeans und einem grauen, alten T-Shirt dazukam, zogen sich die beiden dorthin zurück und werkelten gemeinsam. Am frühen Nachmittag hielt ein Elektrokarren vor dem Haus, und alle halfen dabei, die bestellten Farben, Tapeten, Laminatpakete und anderen Einkäufe aus dem Baumarkt auszuladen. Sogar die Zwillinge trugen die Päckchen mit Tapetenkleister und Farbrollen ins Haus und verteilten sie eher willkürlich in den Räumen im Erdgeschoss.

Die Arbeit schritt gut voran. Emma schaute einmal leise ins Wohnzimmer, aber ihr Vater und Raik arbeiteten stumm Hand in Hand, schnell legten sie die ersten Bahnen des Laminats aus. Sie schienen sich zu verstehen.

»Da hast du einen Guten gefunden«, sagte ihr Vater, als sie spätabends gemeinsam im Wohnzimmer von Emmas kleiner Ferienwohnung saßen. »Der packt mit an und lässt sich auch mal was sagen. Hoffentlich werdet ihr glücklich.«

»Das hoffe ich auch«, sagte Emma still. Es gab noch etwas, das ihr keine Ruhe ließ, und sie konnte das ihrem Vater gegenüber nicht ansprechen. Darum ließ sie das Thema auf sich beruhen. Auch dafür würde irgendwann der richtige Moment kommen.

»Sag mal … kommt ihr mich denn irgendwann auch in Spanien besuchen?«

»Klar, gerne.« Emma lächelte. »Ich hatte mir überlegt, vielleicht zu Weihnachten?«

Ihr Vater brummte. Er zog den Hocker näher ans Sofa und ließ mit einem Seufzen die bestrumpften Füße darauf sinken. Er sah müde aus. Kein Wunder. Vermutlich hatte er heute am meisten geschleppt und geackert.

»Bringst du ihn dann mit?«

»Wenn das für dich okay ist.«

Noch mehr Brummen. »Ich habe einen ganz schönen Schreck bekommen, als er gestern Abend vor der Tür stand.«

»Ich bin eingeschlafen. Eigentlich wollte ich zurückkommen.«

»Das mit den Kindern habe ich gut hinbekommen.«

Emma schwieg. Sie merkte, ihr Vater erwartete gar keine Entschuldigung oder Rechtfertigung. Irgendwas brannte ihm auf der Seele, und sie musste ihm den Raum lassen, dass er davon erzählen konnte.

»Früher, als du noch so klein warst, da hat deine Mutter mich nie mit dir allein gelassen. Ich habe es mir auch gar nicht zugetraut. Jetzt frage ich mich, ob sie es mir genauso wenig zugetraut hat. Ob sie mich von den Aufgaben als Vater ferngehalten hat.«

»Das kann schon sein. Früher war vieles anders.«

Er hatte die Augen halb geschlossen, und seine Hand hielt das Glas Grog umschlossen, das Emma ihm gemacht hatte. »Aber ich habe es hingekriegt«, murmelte er. »Du hast es mir zugetraut.«

Das entsprach nicht ganz der Wahrheit. Wäre Emma nicht eingeschlafen, wäre sie nur aus Pflichtbewusstsein spätabends zurückgegangen. Und ja, weil sie ihrem Vater nicht zugetraut hätte, sich gut um die Zwillinge zu kümmern.

»Du hast es gemeistert. Bei Zwillingen! Das ist schon eine Leistung.«

Er brummelte: »Danke.« Aber sie sah, wie sehr er sich über dieses Kompliment freute.

Am nächsten Morgen wachte Emma früh auf, weil die Zwillinge meinten, dass sie den Tag ja wohl mit ihrer Mama genießen könnten, sobald es hell war. Statt sich darüber zu ärgern – denn die letzten zwei Jahre hatten sie gelehrt, dass sich ärgern einem niemals half, wenn zwei kleine Dickköpfe selbige durchsetzen wollten –, packte sie die Zwillinge in den Bollerwagen und zog mit ihnen los Richtung Strand.

Zu dieser frühen Stunde war dort noch nichts los. Sie ließen den Bollerwagen am Dünenweg zum Badestrand stehen. Emma schulterte den Rucksack mit Snacks und Getränken, den sie in weiser Voraussicht gepackt hatte, nahm die Zwillinge an die Hand und lief mit ihnen einfach los. Sie wusste, die beiden würden sich schon melden, wenn sie müde waren. Sie wusste auch, dass sie im schlimmsten Fall beide ein ganzes Stück weit würde zurücktragen müssen.

Aber so weit kam es nicht. Nach einer Viertelstunde blieb Timo stehen. »Hier«, sagte er und zeigte auf einen Flecken Sand, der sich in nichts von den letzten Hunderten Metern Strand unterschied, an denen sie vorbeigelaufen waren. Emma breitete eine kleine Picknickdecke aus, die beiden Jungs räumten bereits die Tupperdosen aus dem Rucksack, öffneten sie, gekochte Eier und Cocktailtomaten purzelten in den Sand, sie fanden die Cocktailwürstchen und machten sich darüber her, während Emma die Eier pellte.

Es war herrlich. Sie wusste nicht, wann sie zuletzt einfach mal etwas mit den beiden unternommen hatte. Und was ihr auffiel, war jetzt doch diese Veränderung, die im Alltag immer an ihr vorüberging. Sie waren inzwischen zwei; Emma dachte gern an den Geburtstag zurück. Sie sprachen immer mehr, und langsam waren sie nicht mehr rund um die Uhr auf Emma angewiesen, sondern lösten sich immer mehr.

Das war der Lauf der Dinge, das wusste sie. Aber trotzdem wollte sie am liebsten die Zeit anhalten.

Sie hatte viel erreicht in diesem Sommer. Und vieles würde sie im kommenden Herbst schaffen. Eine Sache gab es aber, die ihr keine Ruhe ließ. An die sie immer wieder denken musste, egal wie oft sie versuchte, sie von sich zu weisen …

Vielleicht war sie mutig genug dafür. Vielleicht war jetzt der richtige Moment gekommen.

Conny war überrascht von Emmas Bitte, aber sie freute sich auch darüber. Sie trafen sich zwei Tage später nachmittags im Pferdestall.

»Ich habe dir ein paar Sachen rausgelegt, die müssten passen. Für den Anfang reicht das.«

Zweifelnd starrte Emma auf die Reithose, den Helm und die Stiefel, die Conny ihr einfach in die Hand drückte. Sie seufzte. Ihr Herz raste schon wieder so, aber sie erinnerte sich an die Atemtechnik aus dem Geburtsvorbereitungskurs, mit der sich auch hervorragend eine aufkommende Panik im Keim ersticken ließ. Nach ein paar Atemzügen nickte sie und verschwand in der Sattelkammer, um sich umzuziehen.

Als sie wieder in die Stallgasse trat, führte Conny gerade ein Pferd aus der Box. »Das ist Svalur, ein richtig cooler Kerl. Den bringt nichts aus der Ruhe.« Svalur war ein Rappe und erinnerte Emma damit sehr an die große Hannoveranerstute Jenny, bei der sie damals vor über zwanzig Jahren aus dem Sattel gefallen war. Sie schluckte nur und nickte. »Okay«, sagte sie.

Die erste Kontaktaufnahme verlief schon mal gut – Svalur wandte sich Emma zu, als sie sich ihm näherte. Sie streichelte behutsam seine Nüstern, und Svalur begann sofort, die Taschen ihrer Weste schnobernd abzusuchen.

»Immer hungrig ist er übrigens auch.« Conny zerrte ihn am Halfter zurück. »Willst du ihn selbst satteln?«

Emma nickte. Sie ließ sich die Handgriffe, die ihr nach so langer Zeit nicht mehr vertraut waren, von Conny zeigen. Dann drückte Conny ihr die Zügel in die Hand. »Für den Anfang nehme ich ihn an die Longe. Führst du Svalur nach draußen?«

Emma atmete tief durch. Jetzt gilt's, dachte sie. Nur nicht bange machen.

Aber Svalur machte es ihr leicht. Er folgte brav am Zügel, als Emma ihn nach draußen führte.

Der Hof lag wie ausgestorben da. Das war ihre Bedingung gewesen – sie wollte diesen ersten Reitversuch unter Ausschluss der Öffentlichkeit wagen. Nur Conny, Svalur und sie. Raik war mit ihrem Vater und den Zwillingen im Haus. Weiß der Geier, was sie dort machten. Vermutlich zerstörten die Zwillinge gewohnt hartnäckig alles, was die Erwachsenen mühsam aufbauten. Emma rechnete mit dem Schlimmsten: Tapeten, die noch feucht von den Wänden gerissen wurden, Farbeimer, die auf dem frisch verlegten Laminat umkippten. Die Klassiker eben.

Inzwischen hatte sie die kleine Koppel erreicht, die für Connys Anfängerstunden reserviert war und auf der man deutlich den Longierkreis sah, auf dem Emma schon in wenigen Minuten auf Svalurs Rücken ihre Runden drehen sollte.

Es könnte ja auch sein, dass einer der Zwillinge auf eine Leiter kletterte und abstürzte. Oder der andere Zwilling einen kräftigen Schluck vom Tapetenkleister nahm ...

»Emma? Hallo?« Conny wedelte mit einer Hand vor Emmas Gesicht herum. »Alles okay?«

Ich muss weg, wollte Emma sagen. Aber als sie den Mund aufmachte, kam nur ein Krächzen heraus.

»Wir kriegen das schon hin.« Conny stand neben Emma, sie legte den Arm um ihre Schultern, und erst da merkte Emma, wie sehr sie zitterte. Sie wollte widersprechen, denn es fühlte sich gar nicht danach an, als könnte sie das schaffen. Aber bevor sie ein Wort herausbekam, fuhr Conny fort: »Mir ging es auch mal so. Dass ich mich nicht getraut habe.«

»Dir?« Emma sah sie verblüfft an. »Aber ...«

»Es gibt kaum Pferdemenschen, denen das nicht schon mal passiert ist. Du fällst vom Pferd, vielleicht unter nicht ganz so schönen Umständen – und findest danach nicht wieder in den Sattel. Das passiert so oft. Und wenn du jetzt wieder anfängst, wirst du bestimmt irgendwann wieder vom Pferd fallen. Aber so ist das. Wie im Leben.«

Wie im Leben...

Emma sah auf Svalur, der entspannt neben ihr stand. So gesehen...

Sie war vom Leben gründlich aus dem Sattel geworfen worden. War verlassen worden, hatte ihr Heim verloren. Aber was hatte das mit ihr gemacht? Es hatte ihren Widerspruchsgeist geweckt, und sie hatte nicht lange gebraucht, um sich ein ganz neues Leben zu schaffen. Sie war, um in diesem Bild zu bleiben, sofort wieder in den Sattel gestiegen. Nur eben in einen anderen, der sie in eine andere Richtung führte...

Sie verstand. Svalur war nicht diese knöchrige Hannoveranerstute, die sie bockend in das Sägemehl geworfen hatte. Das Leben änderte sich, alles war in Bewegung. Auch sie veränderte sich, selbst wenn sie tief in ihrem Innern noch die Zwölfjährige war, deren Traum vom Reiten mit dem Abwurf endete. Oder die Achtzehnjährige, die am Grab der eigenen Mutter stand und nicht fassen konnte, wie das alles so schnell passieren konnte. Wie ihre Mutter einfach nicht mehr da war und ihr Vater, der immer Teil der Familie gewesen war, sich aber nie so sehr eingebracht hatte, wie sie es sich insgeheim gewünscht hatte, verschwand, als hätte sie ihn nie interessiert. Hatte sie deshalb später Torben gewählt, den stets abwesenden Freund, Ehemann, Vater? Vielleicht.

Aber jetzt war sie die dreiunddreißigjährige toughe Unternehmerin, Mutter und Liebende. Sie war vorangeschritten, hatte Entscheidungen für sich getroffen und nicht für andere, hatte sich nicht vom Leben an der Nase herumführen lassen. Sie hatte die Zügel in der Hand.

Ein letzter tiefer Atemzug. Ihr Fuß fand den Steigbügel, ihre Hände fassten den Sattel, und dann stieß sie sich vom Boden ab.

Conny brauchte ihr nicht mal zu helfen, denn so hoch war ein Isländer ja nicht. Und kaum saß sie im Sattel, schon spürte sie ein Gefühl von Freiheit, von dem sie nicht gewusst hatte, dass sie es vermisst hatte.

Es fühlte sich richtig an.

Vor allem aber fühlte es sich richtig gut an.

Conny, die sie von unten beobachtete, beschirmte die Augen mit einer Hand gegen die Sonne. »Und?«, fragte sie. »Ist das gut?«

»Ja«, sagte Emma. Sie nickte, rückte noch mal den Helm zurecht und umfasste die Zügel. Conny, die bisher an Svalurs Kopf gestanden hatte, ließ das Zaumzeug los.

»Dann wollen wir mal.«

Sie fingen im Schritt an. Emma versuchte zuerst, sich in diesen Rhythmus einzufinden, sie erinnerte sich wieder an den korrekten Sitz und versuchte diesen umzusetzen. Svalur trottete ziemlich unbeeindruckt von seiner Reiterin im Kreis, die Zügel hingen noch sehr locker. Dann ermutigte Conny sie, dass sie selbst die Zügel aufnahm, und sofort spitzte der Isländer die Ohren, sie gingen hin und her, er schien ganz bei seiner Reiterin zu sein. Emma traute sich sogar ein bisschen Trab, und nach zwanzig Minuten verkündete Conny, das reiche für den Anfang.

»Glücklich?«, fragte sie Emma, als diese aus dem Sattel glitt. Emma klopfte Svalurs Hals, sie hätte das Pferd am liebsten umarmt, so glücklich fühlte sie sich gerade.

Sie hatte es tatsächlich geschafft. Eine große, alte Angst einfach überwunden.

Das Gefühl, alles schaffen zu können, hätte sie in diesem Moment gerne konserviert, um es in den dunkleren Stunden wieder hervorholen zu können. Aber das ging natürlich nicht.

Conny umarmte sie stürmisch. »Du hast es gemeistert!«

»Danke.« Emma lächelte verlegen.

»Und? Wirst du weitermachen?«

Emma wollte schon verneinen. Aber warum eigentlich nicht? Früher war das Reiten ihr Traum gewesen, und nachdem sie ihr Trauma offenbar überwunden hatte, fühlte sie, wie die Lust daran wieder wuchs. Niemand konnte sie davon abhalten, ihre Ziele zu verfolgen. Sie fühlte sich stark.

»Wenn ich darf?«

»Jederzeit. Du gehörst doch jetzt zur Familie.« Conny legte ihr den Arm um die Schultern. Sie ließen Svalur vorantrotten, der den Weg in den Stall genau kannte.

Familie. Hier hatte sie gefunden, was sie bisher nicht vermisst hatte.

Die Zwillinge hatten zu Emmas grenzenloser Überraschung nicht das kleine Haus auseinandergenommen, sondern brav mit ihren eigenen Pinseln die untere Hälfte einer Wand in der zukünftigen Küche gestrichen. Später würden davor Küchenschränke stehen, weshalb eventuelle Farbnasen nicht so problematisch waren. Emma staunte nicht schlecht, dass Raik und ihr Vater, die beide im Umgang mit Kleinkindern alles andere als geübt waren, so gut mit Lars und Timo auskamen. Aber das sagte sie nicht laut; es hätte zu sehr danach geklungen, dass sie den beiden nichts zutraute.

Und das stimmte gar nicht.

Es war offenbar so ein Mutterding, dass sie glaubte, alles besser und am liebsten allein zu schaffen. Das war eben ein Irrtum. Wenn sie Hilfe bekam, sollte sie die auch annehmen.

Raik, der gerade Lars half, den Pinsel wieder in den Eimer zu tunken, stand auf und umarmte Emma. Sie küssten sich. »Und?«, fragte er.

Emma machte sich verlegen von ihm los. Sie fühlte sich etwas befangen.

»Alles gut«, sagte sie. »Ich bin zwanzig Minuten geritten, und übermorgen kriege ich noch mal eine richtige Einzelstunde.«

»Das freut mich sehr.« Er küsste sie auf die Nasenspitze. »Und hier leben auch noch alle.«

Sie lachte nervös. Im Nebenraum hörte sie ihren Vater mit Lars reden, der ihm wie ein kleiner Hund überallhin folgte. »Versteht ihr euch?«, fragte sie.

»Müssen wir das?«

Nein, natürlich nicht. Emma war erwachsen genug, dass sie die Wahl ihres Partners nicht vom Segen ihres Vaters abhängig machen würde.

»Ich mag ihn«, sagte Raik. »Und ich glaube, er ist jetzt auch nicht total gegen mich eingestellt. Außerdem …« Er nahm sie fest in die Arme und rieb seine Nase an ihrer, »will ich nicht mit ihm zusammen sein. Sondern mit dir.«

»Mhhhh«, machte Emma. »Kannst du das noch mal machen?«

Raik lachte und küsste sie auf den Mund. Erst das Räuspern ihres Vaters ließ die beiden auseinanderfahren.

»Ich will eure Zweisamkeit wirklich nicht stören, aber irgendwer hat hier gerade in die Hose gemacht. Und ich war's nicht.«

Emma lachte. Sie nahm Lars auf den Arm und trug ihn nach oben. Während sie seine Windel wechselte, sah sie aus dem Fenster. Hinter dem Haus war ein kleiner Garten. Dahinter nichts als Dünen, und dann, irgendwann, das Meer.

Sie hatte es Frieke ja nicht geglaubt, als die behauptet hatte, die Insel hole sich die Menschen, wenn man nicht aufpasse. Aber jetzt wusste sie, was ihre Freundin meinte. Denn obwohl Emma nie im Leben gedacht hätte, dass sie irgendwann hier leben würde, war nach wenigen Monaten für sie klar gewesen, dass diese Insel, dieses Dorf, dieses *Haus* für sie die letzte Station sein würde.

Sie war angekommen. Egal, was die Zukunft für sie bringen mochte – hier war ihr Zuhause.

EPILOG

Der goldene Herbst bescherte der Insel noch einmal einen steten Strom Tagesgäste, bevor in den letzten Oktobertagen das Wetter in nur wenigen Tagen so grau, trüb und nass wurde, dass Frieke am liebsten in den Winterschlaf gegangen wäre.

Sie fühlte sich träge. Unförmig war das Wort, das sie Bengt gegenüber einmal benutzt hatte. Er hatte sie daraufhin in den Arm genommen und dann vor den mannshohen Spiegel im Flur geschoben. »Was siehst du?«, hatte er gefragt, die Hände locker auf ihren Schultern.

»Meine Knie sind dick. Und die Oberschenkel«, hatte sie gejammert.

»Das ist nur vorübergehend. Sieh genauer hin. Was siehst du?«

Sie wusste keine Antwort. Okay, da war der Bauch, schön rund und fest. Inzwischen waren die Tritte ihres Babys an manchen Tagen richtig schmerzhaft, vor allem wenn es mit dem Popo nach unten lag und fröhlich auf ihrer Blase herumtrampelte. Ihre Brüste waren etwas größer als vorher. Und auch ihr Gesicht wirkte breiter, wie alles an ihr. Es könnte an den Quarkrosinenbrötchen liegen ...

»Ich sehe eine wunderschöne Frau. Die Frau, die ich von Herzen liebe und mit der ich bald das größte Abenteuer meines Lebens beginnen werde.« Bengt küsste sie sanft am Hals. »Also hör auf, diese zauberhafte Frau mit irgendwelchen abwertenden Kommentaren zu bedenken. Das hat sie nämlich nicht verdient.«

Bengts Worte hatten Wirkung gezeigt. Frieke versuchte seitdem, nicht mehr ganz so streng mit sich selbst zu sein. Sie legte nun auch häufiger Pausen ein, wenn die Arbeit sie ermüdete. »Ein Baby wachsen zu lassen ist allein schon ein Vollzeitjob«, pflegte Meike zu sagen. »An manchen Tagen ist das okay, an anderen aber ganz schön anstrengend.«

Meike hatte es geschafft, dass Frieke nicht mehr bei jeder kleinen Unregelmäßigkeit in Panik verfiel und sogar streckenweise die Schwangerschaft genießen konnte.

Als sie an diesem nebligen Morgen Anfang November einen Pappkarton mit Büchern aufs Lastenrad hob, ging es ihr jedenfalls bis auf ihre Müdigkeit richtig gut.

Sie fuhr noch am Strandweg vorbei und hielt nach ein paar Blumen Ausschau. Aber das war vergebene Mühe; im November war die Vegetation wirklich zum Erliegen gekommen. Nur die Rosen im Garten des Kapitänshauses hatten noch ein paar Knospen, doch sie hatte am Morgen vergessen, sie abzuschneiden.

Bald wäre schon Zeit für die Barbarazweige, dann käme Weihnachten, und dann ... Frieke seufzte und streichelte ihren Bauch. Ach, sie war doch wie alle Schwangeren. Sie sprach sogar manchmal mit dem Baby.

»Uff, das ist ganz schön anstrengend für uns beide«, murmelte sie jetzt, als sie in den steilen Weg zum Isländerhof einbog. »Bald müssen wir das Lastenrad auch stehen lassen, hm?«

Im Ferienhaus brannte Licht. Als Frieke mit dem Bücherkarton im Arm in den Flur trat, traf sie auf Ines, die gerade die Treppe wischte.

»Moin«, grüßte sie. »Emma ist mit den Seminarteilnehmern oben.«

»Moin. Geht's gut?«

Ines nickte glücklich. »Das erste Seminar war gleich ausgebucht. Das ist super, oder?«

Mehr als super. Frieke freute sich sehr für Emma. Sie stieg die Treppe hoch und betrat den großen Raum unterm Dach, der bis zum Frühjahr als Seminarraum dienen würde.

Emmas Idee, als Erinnerungssammlerin den Seminarteilnehmern zu vermitteln, wie man »richtig« seine Sachen ordnete, ohne dabei Dinge wegzuwerfen, die einen emotionalen Wert besaßen, hatte sich dank Friekes Unterstützung und einer kleinen, ausgefeilten Social-Media-Kampagne auf Instagram rasch zu einem Geheimtipp gemausert, und die Anmeldungen flogen ihnen nur so zu. Damit waren dann auch die Wohnungen ausgebucht. Fünf Tage blieben die Seminarteilnehmer auf der Insel, mit der Option, für zwei weitere Nächte zu verlängern, bevor das nächste Seminar begann.

Ines kümmerte sich um die Wohnungen und alles, was dazugehörte – sie sorgte für die Brötchen am Morgen, übernahm auf Wunsch auch einen Einkaufsdienst und kochte drüben in der Küche des Wohnhauses die Mittagsmahlzeiten.

Leider hatten sie es nicht geschafft, den Dachboden auszubauen. Auf der Insel herrschte in den Sommermonaten ein Bauverbot, um die Idylle nicht zu stören. Daher hatten Emma und Conny sich darauf beschränkt, für genug Wärme durch zwei weitere Heizstrahler und etwas mehr Licht durch blitzblank geputzte Fenster zu sorgen. Die abgenutzten Dielenbretter waren unter einem großen, bunten Teppich verschwunden, auf dem sechs Tische standen, an denen die fünf Seminarteilnehmer und Emma saßen. Hinter Emma stand ein Whiteboard. Das war für den Anfang alles – aber als Frieke hereinkam, war Emma bereits mit ihren Teilnehmern in eine Kennenlernrunde vertieft. Am Whiteboard stand das Thema dieses Seminars: »Erinnerungen sammeln – warum das nichts mit Achtsamkeit, Minimalismus und Hygge zu tun hat«.

Frieke setzte sich auf einen Stuhl unter dem Dachflächenfenster und wartete, bis Emma sie bemerkte, ihren Seminarteilnehmern eine Aufgabe gab und zu ihr herüberkam.

»Hi.« Sie umarmten einander. »Ich habe deine Bücher mitgebracht.«

»Hi, danke!« Emmas Wangen waren vor Aufregung gerötet, ihre Augen glänzten. Sie trug einen total kuscheligen hellgrauen Cardigan, der ihr sehr gut stand. »Rechnung liegt dabei?«

»Wie immer.« Frieke lächelte.

»Sehen wir uns heute Abend?«

Sie hatten sich schon vor einer Weile verabredet. Beide waren so sehr beschäftigt, dass sie sich kaum häufiger sahen als früher, als Emma noch in Hamburg wohnte.

»Klar, ich bin um sieben bei euch.«

»Lieber halb acht. Wenn die Zwillinge noch nicht schlafen und mitkriegen, dass du kommst, werden sie sich bis Mitternacht wachhalten.«

»Das wollen wir ja nicht.«

Sie umarmten sich noch einmal. Frieke spürte das leise Zittern ihrer Freundin. »Du machst das super«, flüsterte sie ihr zu. »Toi, toi, toi!«

Sie lief wieder nach unten und trat hinaus in das graue Novemberwetter. Das Lastenrad schnurrte leise, als sie zurück zur Buchhandlung fuhr.

Sie freute sich für Emma, die auf der Insel ihre Erfüllung gefunden hatte – und offenbar auch den Mann, der ihr den Neuanfang erleichterte. Das mit Raik war ernst, das konnte Frieke heraushören, sobald Emma ihn erwähnte. So hatte sie nicht einmal in der Zeit ihrer ersten Verliebtheit über Torben gesprochen.

Es war nur eine Frage der Zeit, dass die beiden zusammenzogen und heirateten. Das freute Frieke sehr.

Heiraten ... ein Thema, über das sie nur mit einem gewissen

Unbehagen nachdachte, denn das war ein wunder Punkt. Seit Bengt und sie einmal scherzhaft darüber gesprochen hatten, waren sie nicht mehr auf das Thema zurückgekommen. Aber für Frieke war es eben ein Thema. Das merkte sie daran, wie ihre Gedanken immer mal wieder darum kreisten. Nicht, weil sie eine Hochzeit in Weiß mit Kutsche, Kirchengeläut und peinlicher Brautentführung wollte, sondern aus ziemlich merkwürdigen Gründen, die sie selbst nicht so genau verstand.

Es ging ihr sicher nicht darum, Bengt an die Kette zu legen. Da würde ein Trauschein nicht helfen. Und sie mutmaßte auch nicht, dass er sich von ihr entfernen wollte, weshalb das ein ziemlich absurder Grund war, um eine Ehe zu schließen. Genauso wenig ging es ihr um die Institution Ehe.

Aber sie dachte an viele Freundinnen und Bekannte, die heirateten, als sie schwanger wurden. Nicht alle planten ihre Familiengründung so generalstabsmäßig wie Emma, die erst heiratete und dann die Kinder bekam.

Genau dort war der Knackpunkt.

Frieke stand auf eigenen Beinen. Sie war eine erfolgreiche Geschäftsfrau, ihr gehörte ein Haus im Dorf, und die Buchhandlung würde in einigen Jahren auch ganz ihr gehören, wenn es weiterhin so gut lief. Sie war gut aufgestellt für die Zukunft, wie man so schön sagte. Und an ihrer Seite stand unerschütterlich Bengt, der einen sicheren Job hatte. Auch in zwanzig Jahren würde er noch seine Brandseeschwalben beobachten, vermutete sie. Und ihr Kind würde ihn früher oder später nach draußen in die Natur begleiten, im hohen Gras spielen und abends unter dem Panoramadach des Bauwagens mit seinem Papa die Sterne zählen.

Doch was war, wenn ihr etwas passierte? Wenn Bengt mit dem Kind zum Arzt musste? Es waren ganz einfache Alltagsdinge, die jetzt nicht sonderlich kompliziert waren, sich aber als kompliziert erweisen konnten. Zumal sie ja auf der Insel auch im Notfall von der Außenwelt abgeschnitten waren.

Würde ein Trauschein etwas daran ändern?

Als sie bei ihren Überlegungen an diesem Punkt angelangt war, erreichte Frieke die Hauptstraße und radelte am Inselcafé vorbei. Eine Stimme riss sie aus ihren Gedanken.

»Huhu, Frieke!«

Es war Johanne, die auf den Stufen zum Inselcafé stand und sich gerade von einer Freundin verabschiedete. Frieke bremste und sprang vom Sattel.

Die Freundin war niemand Geringeres als Trudi, die inzwischen Dauergast in einer kleinen Pension war. Sie nahm das mit dem »auf der Insel sterben« wohl doch ernster, als alle anfangs gedacht hätten.

Johanne eilte Frieke entgegen. »Gut, dass ich Sie treffe! Dann brauche ich nicht noch zu Ihnen rauszugehen, der Buchladen hat ja schon zu.« Sie zog aus ihrer Handtasche einen cremefarbenen Umschlag, auf den mit dunkelrotem Wachs ein Siegel eingedrückt war.

»Johanne!« Frieke erkannte sofort, was das war. »Ich wusste ja nicht ...«

Die alte Dame wurde direkt ein bisschen rot. »Na ja, es sollte erst nur eine ganz kleine Feier werden. Aber dann hat Oltmanns gesagt, nein, das lässt er nicht zu. Wenn wir schon mitten im Winter heiraten müssen, will er wenigstens eine große Feier in seinem Hotel ausrichten. Und wenn Sie abends nicht mehr heimfinden, bekommen Sie eine große Suite, meine Liebe.«

Frieke hielt den Umschlag in der Hand. »Aber ich dachte, er sei ein egoistischer, eitler Hansel, mit dem Sie nie mehr etwas zu tun haben wollen?«

»Ach, ja.« Die Röte wurde noch etwas tiefer, Johanne vergrub ihr Gesicht in dem feingemusterten fliederfarbenen Kaschmirschal, den sie sich um den Hals gewickelt hatte. »Also kommen Sie? Mit Ihrem Mann?«

»Wir kommen«, versprach Frieke. »Wenn ich da nicht gerade das Baby bekomme ...«

»Ach, das wird sich ja hoffentlich noch ein paar Wochen Zeit lassen. Die Hochzeit ist schon Ende November.«

»Na dann! Wir werden da sein.« Frieke winkte und fuhr, den Brief zwischen die Zähne geklemmt, weiter.

Also auch Johanne. Schon bald würde sie Frau Oltmanns Kruse sein. Und Frieke? Würde sie immer Frieke Wallgren sein? Nun, natürlich könnte sie ihren Namen behalten ...

Ach, Unsinn. Hör jetzt auf mit dem Quatsch. Deine Hormone wieder, hm? Du hast Bengt, ihr liebt euch. Bald bekommt ihr ein Baby. Das ist so viel mehr, als manch andere haben ...

Wie um ihren Gedanken Nachdruck zu verleihen, versetzte Baby Wallgren ihr gerade einen ziemlich kräftigen Tritt. Puh!

Zum Glück hatte sie das Kapitänshaus erreicht. Als sie das Fahrrad neben dem Haus in den kleinen Unterstand schob, den Bengt aus dem Holz gezimmert hatte, das beim Abriss von Emmas Gartenschuppen übriggeblieben war, war da wieder dieses Gefühl, das ihr keine Hochzeit, kein Ring, nichts auf dieser Welt würde geben können.

Sie gehörte hierher. Auf diese Insel, in dieses Dorf mit seinen teils schrulligen, allesamt liebenswerten Bewohnern mit all ihren Geschichten, sie gehörte zu dem kleinen Buchladen in der Dorfmitte, vor allem aber zu diesem Haus, das sich im Obstgarten duckte, zu diesem Mann, der den Kopf einzog, als er jetzt in der Haustür stand, ein weißes Geschirrtuch als Schürzenersatz unter den Bund seiner Jeans geklemmt. Und er begrüßte sie mit den Worten, die sie am liebsten hörte: »Da bist du ja. Ich habe für uns gebacken.«

DANKSAGUNG

Ich könnte das alles nicht schreiben, wenn es nicht euch gäbe – meine Leser.

Aber bei diesem Buch weiß ich gar nicht, wo ich anfangen soll mit dem Dankesagen.

Zunächst bedanke ich mich bei allen, die »Mein wunderbarer Buchladen am Inselweg« gelesen, rezensiert und weiterempfohlen haben, die sich auf den zweiten Band gefreut und mich damit sehr motiviert haben, auf die Insel zurückzukehren.

Dank an Daniela, die mir im frühen Stadium des Schreibens die perfekte Idee für die Nebenhandlung mit Oltmanns und Johanne lieferte. Meine Twittergang, die mir in den langen Schreibmonaten immer wieder genug Abwechslung bot. Ihr seid nicht schuld, dass ich den Abgabetermin überzogen habe, ich schwör's!

Mein besonderer Dank gilt meiner Agentin Franka Zastrow. Es gibt keine bessere!

Unbezahlbar ist die behutsam und teilweise entschlossen redigierende Hand meiner Lektorin Anne Sudmann beim Aufbau-Verlag.

Vor allem danke ich meinem Mann Alexander, der mich unterstützt, ermutigt und mich, wenn ich grollend durchs Haus ziehe, einfach in Ruhe lässt, weil ich gerade wieder auf einem dramaturgischen Problem herumkaue. Ich liebe dich!